岳麓書社

读名著　选岳麓

古典名著普及文库

宋词三百首

彭敏 导读 注译

岳麓書社·长沙

图书在版编目(CIP)数据

宋词三百首/彭敏导读、注译. —长沙:岳麓书社,2020.11

ISBN 978-7-5538-1373-8

Ⅰ.①宋… Ⅱ.①彭… Ⅲ.①宋词—选集②宋词—注释

Ⅳ.①I222.844

中国版本图书馆 CIP 数据核字(2020)第 178655 号

SONGCI SANBAISHOU

宋词三百首

导读注译:彭 敏

责任编辑:曾 倩

责任校对:舒 舍

封面设计:罗志义

岳麓书社出版发行

地址:湖南省长沙市爱民路 47 号

直销电话:0731-88804152 0731-88885616

邮编:410006

版次:2020 年 11 月第 1 版

印次:2020 年 11 月第 1 次印刷

开本:890mm×1240mm 1/32

印张:11.125

字数:310 千字

ISBN 978-7-5538-1373-8

定价:32.00 元

承印:湖南省众鑫印务有限公司

如有印装质量问题,请与本社印务部联系

电话:0731-88884129

出版说明

中国古典名著是中华优秀传统文化的重要载体，今天人们要学习传统文化，如果说有所谓捷径可寻，那恐怕就是直接阅读古典名著了。长期以来，为大众读者出版古典名著的普及读物一直是本社的重要使命。约三十年前，我们便出版了“古典名著普及文库”，收书五十余种，七十余册，蔚为大观。这套书命名为“普及”，首先是因为采用了简体字横排的排版方式。当时的古典名著图书，以未经整理的影印本和繁体竖排本居多，大众读者阅读有障碍，故本文库的推出，确有普及之效。其次，我们提出要让读者“以最少的钱买最好的书”，定价远低于当时同类型品种。基于此，这套“普及文库”迅速流向读者的书架，销量极大，功在普及不浅。

当年这套书，所收各书都是文言文全本，无注释，不翻译，对于今天的大众读者来说，已经很难起到普及作用了。而且，读者如果仅仅出于品鉴、入门的需要，也无须通读大部头的全本古籍。因而，我们推出这套全新的“古典名著普及文库”，在选目上广泛听取国内名校学者们的建议，收录经、史、子、集四部之中第一流的名著一百余种，邀请学有专攻的学者精心注释、翻译，并加以导读。篇幅大的经典，精选菁华，篇幅适中的出版全本，个别篇幅小的，则将主题相近的品种合刊为一册。

我们希望有更多的人能够买得起、读得懂中国的古典名著，接受中华优秀传统文化的滋养。这一套轻松好读又严谨可靠的普及文库，便是我们努力实践这一理念的结果。

前言

宋之词与楚之骚、汉之赋、六代之骈语、唐之诗、元之曲，被并称为“一代之文学”，又以其对情感细致入微的抒写，与以言志为主的唐诗花开并蒂，是中国古典文学史上一朵风姿摇曳的情花。自宋代以来，宋词的选本多不胜数，其中以清末民初上彊村民编选的《宋词三百首》最为流行。

上彊村民乃朱祖谋（1857—1931）之号。朱祖谋，原名朱孝臧，字藿生，一字古微，又作古薇，号沤尹，又号彊村，又号上彊村民，浙江吴兴人。光绪九年（1883）进士，历官编修、侍讲学士，至礼部侍郎。工词，为晚清四大词家之一，其词“融诸家之长，声情益臻朴茂，清刚隽上，并世词家推领袖焉”（钱基博《现代中国文学史》），又被称“集清季词学之大成，公论翕然，无待扬榷”（叶恭绰《广箧中词》卷二）。词集有《彊村语业》二卷，其门人龙榆生为其补遗一卷，收入《彊村遗书》。上彊村民工于词，在词的创作上成就斐然，对晚清百年来的词坛影响深远，然而或因受清季乾嘉学派的影响，其词学理论很少见，却在辑录校勘上贡献卓越，其刊刻的《彊村丛书》，搜集词别集163家，并遍求南北藏书家善本加以勘校，为迄今所见比较完善的词体大型总集之一。又辑《湖州词徵》30卷，《国朝湖州词录》6卷，等等。正是在此广泛占有选源、校勘甚为精详的基础之上，上彊村民编选了《宋词三百首》，成为目前最为盛行的词作选本。

上彊村民的《宋词三百首》有三个版本，第一个是初编稿本，共选宋词312首，此本未刊；第二个是1924年的刻本，此本有况周颐之序，在原来的初编稿本基础之上删去词作21首，增补9首，共选宋词300首；第三个版本是三编稿本，此本在1924年刻本的基础之上又删词28首，增补11首，共选宋词283首。因第三种稿本是上彊村民最终选编的《宋词三百首》定本，体现的是上彊村民最为成熟的词选观念，故本书以其三编稿本为底本作译注与赏析。

上彊村民的词学观点虽未见于论著当中，难以把握，但是从其选本当中其实可以窥探一二。从其所选词家与词作数量来看，首先可见上彊村民颇尊词体，重视格律派，其所选之词作数量前几位排名为：吴文英25首，周邦彦22首，姜夔17首，晏幾道15首，柳永13首，辛弃疾12首，贺铸11首，晏殊10首，苏轼10首。其中吴文英、周邦彦、姜夔词皆极守格律，注重词体之本色，强调词作与诗作的艺术区别，这透露出上彊村民在词学上“尊体”的表现。其次，从上彊村民所选词作风格来看，则是推崇密丽词风，《宋词三百首》入选吴文英词作最多即是明证。上彊村民词体创作学吴文英，曾云：“君特（吴文英）以隽上之才，举博丽之典，审音拈韵，习谙古谐，故其为词也，沉邃缜密，脉络井井，缒幽抉潜，开径自行，学者匪造次所能陈其义趣。”（朱孝臧《梦窗词集·跋》）故其选词亦特别推崇吴文英之密丽词，其他词家的词作，亦多有以此标准入选者。此外，在推崇吴文英式的注重格律、缜密博丽之词外，上彊村民亦兼收清空、疏宕等其他多样词风，此以姜夔、苏轼等词家的多样风格为典型。推尊一家而不拘泥于此一家，而是兼收并蓄，注意对多样词风的尊重，此亦是上彊村民的《宋词三百首》能适应广泛大众的审美趣味而长盛未衰的重要原因。

上彊村民的《宋词三百首》编目主要以词家生卒年时间为序依次排列，但仍有个别例外，如北宋末年宋徽宗赵佶之《宴山亭·北行见杏花》排在首篇，是因其帝王身份而受到格外的“提位”，而南北宋之交的李清照却排于三百首之末，则是因其女性地位而受到格外的

"降位"。此种排序方式在当代看来当然有不甚合理之处，但在中国古代的晚清亦实有其时代局限。考虑到尊重《宋词三百首》的本来面貌，本书在词家与词作的次序上不随意改动，仍依上彊村民所编的次序排列，望读者知悉。

上彊村民的《宋词三百首》自问世以来，注译本实多，甚至现今书肆已难见当日之白文本，而全为注译、赏析本。因前人注本名家云集，本编即便想后出转精也无异于登天，故本编在注译之初便无意争辉于各家注本，而自定下一个适合普罗大众阅读习惯的注译原则，以求注文的细致、译文的平实。凡是普通读者可能有疑问的词语，本编不厌其烦全加注释，且对每一篇词作都当成唯一的作品来注释，即同一词语在不同词作中出现时，不避麻烦地重复注释，以求读者任意翻到某一首作品时都能得到解读。在白话译文上则注重语言的直译，意脉的流畅，尽量化解读者的阅读障碍。除了译注之外，本编还在每位词家之前加以生平简介，对每篇词作加以简要赏析。词家生平简介主要对词人的姓名、生卒年、字号、应举年份、仕宦经历、词作风格等方面作简要说明，以方便读者联系词家生平来理解其作品。简要赏析则主要从词作的创作背景、艺术结构、艺术风格、历代评价等方面展开，不一定全面、深刻，但对读者而言或可作为一种思路的引导。此外需要说明的是，本编虽然以平实易读为首要注译原则，但是在准确度上绝对地秉持着学术严谨的态度，尽量杜绝滥注、误解。然而囿于笔者学力，译注、赏析中或有错漏，则还需请教于方家。

总而言之，本书在译注原则上追求平实易读而细致准确；在编写体例上，以词牌名、词家、词题、词作、注文、译文、赏析为序，以符合读者的阅读习惯。本书是一本普遍适合小、中、大学生，以及社会其他相关爱好人士的普及读物。

彭敏

2019 年仲夏

目录

宴山亭

北行见杏花

赵佶

导读

赵佶(1082—1135),即宋徽宗,神宗第十一子。元符三年(1100),其兄哲宗崩后继位为帝。宣和七年(1125),金兵攻宋,禅位于皇太子,即钦宗。钦宗靖康二年(1127),父子二人俱被金人所俘,胁迫北行,死于五国城(今黑龙江依兰)。赵佶书画俱擅,亦长于诗词,可惜大多散佚,现存词十余首。

此篇借咏杏花作亡国之君的哀叹,是赵佶在汴京失陷之后,被俘北行途中所作。开篇六句细致描写杏花形貌之美,"易得凋零"急转直下,写杏花虽美却易受风吹雨打,零落凄凉,暗寓自己一朝之间从帝王之尊沦为阶下囚徒的可悲命运。下阕抒情,直云远离故宫,音信无传,本想梦中或能再见,可是最近连梦也不做,则是对复国之绝望的暗寓。本篇词旨借杏花之凋零抒发亡国丧家之恨,凄楚悲凉,可与南唐后主李煜《虞美人》相较读之。

原文

裁剪冰绡[1],轻叠数重,淡着燕脂[2]匀注。新样靓妆[3],艳溢香融,羞杀蕊珠[4]宫女。易得凋零,更多少、无情风雨。愁苦,问院落凄凉,几番春暮?

凭寄离恨重重,者[5]双燕何曾,会人言

译文

杏花纯净如同用洁白透亮的绸缎裁剪,又轻巧地层层堆叠,其明艳又仿佛是浅淡均匀地抹上了胭脂。它像是装扮时新的美人,明艳芬芳,就连住在蕊珠宫的仙女见了都要羞愧不如。然而杏花虽美,风雨无情,几经摧残,极易凋零。暮春时节,杏花散落,院落之中美好已逝,唯留一片凄凉愁苦。

想要凭借飞翔的双燕寄去我无尽的离愁别恨,可是这双燕哪里懂得人语?我来到语？天遥地远，万水千山，知他故宫何处？怎不思量？除梦里有时曾去。无据，和[6]梦也新来不做。

天遥地远的北地，与家乡相隔万水千山，哪里还看得到过去所居之宫殿在何方？我怎么能不思念？除非在梦里，偶尔才能回去。可是梦也难以依凭，因为我近来连梦也不做了。

注释

1 **冰绡:**透明洁白如同冰雪的丝织品。 2 **燕脂:**即胭脂。 3 **靓**(jìng)**妆:**艳丽的妆饰。 4 **蕊珠:**即蕊珠宫，相传为仙人所居之宫阙。 5 **者:**这。 6 **和:**连。

木兰花

钱惟演

导读

钱惟演(977—1034)，字希圣，五代时吴越王钱俶之子，跟随其父归顺宋朝，官至翰林学士、中书门下平章事等。钱惟演博学能文，曾预修《册府元龟》。又擅作诗词，诗风清丽，是宋初“西昆体”诗派的代表。晚年因擅议宗庙、攀附太后等事落职贬居，不久病逝。现存词作二首。

此篇是词人晚年贬居之时的暮春抒怀之作。上阕开头三句描写暮春时节的美好景象，却以“泪眼愁肠”引发词人的满腹愁苦。下阕“情怀”“鸾镜”两句叹老，最末两句云从前尚且还知要保重病体，如今却不顾一切，只想借酒浇愁，可见“愁”比“病”更为强烈。词篇风格绮艳而情感哀婉。

原文

城上风光莺语乱，城下烟波春拍岸。绿杨芳草几时休？泪眼愁肠先

译文

城楼之上春光明媚，莺声阵阵，城楼之下水雾苍茫，春波荡漾。杨柳已绿，芳草青青，几时才会衰败？如斯景致，我却泪眼婆

已断。

情怀渐觉成衰晚，鸾镜[1]朱颜惊暗换。昔年多病厌芳尊[2]，今日芳尊惟恐浅。

姿，愁肠寸断。

我已年老体衰，铜镜之中的青春容颜早就悄悄转换。早年的时候我还因为体弱多病不敢贪杯饮酒，如今愁绪满怀，只想借酒消愁，唯恐美酒不够。

注释

1 **鸾镜:**镜子的美称。古时镜子多雕刻凤凰、鸾鸟以为装饰。 2 **芳尊:**酒杯的美称。尊，同"樽"，酒杯。

苏幕遮

范仲淹

导读

范仲淹(989—1052)，字希文，少年孤贫力学，真宗大中祥符八年(1015)进士，仁宗朝官至枢密副使、参知政事，曾主持"庆历新政"。皇祐四年(1052)，调知颍州，病故于赴任途中，谥文正。范仲淹纯孝节俭，泛爱乐善，朝堂民间，声誉俱佳。

此篇是羁旅抒怀之作。词人曾出任陕西路安抚使，此篇描写清旷辽远的西北风光与思乡难耐的旅居生活，大概就作于当时。上阕写景，以"碧云""黄叶""烟翠""斜阳""芳草"勾勒出一幅色彩缤纷的、辽远开阔的秋日美景。下阕抒情，描写羁旅之人深夜难眠，借酒消愁的苦痛。全篇虽写愁怀，然意境开阔，有振拔之气。

原文

碧云天，黄叶地，秋色连波，波上寒烟翠。山映斜阳天接水，芳草

译文

白云碧天，黄叶满地，秋色连着秋波，波上寒烟笼罩，一片苍翠。极目远望，水天相接，山影映在斜阳之下，家乡的芳草不解人

无情，更在斜阳外。

黯乡魂，追旅思。夜夜除非，好梦留人睡。明月楼高休独倚，酒入愁肠，化作相思泪。

情，生长在更远的斜阳之外。

睹景思乡，客旅之人，黯然伤神。因为思乡，无法入眠，除非夜夜好梦，才得安睡。不眠之夜，千万不要独自凭倚高楼，因为明月当空，本想借酒消愁，然而美酒入肠，却化作了相思之泪。

御街行

范仲淹

导读

此篇是秋日怀人之作，故又题《秋日怀旧》，而所怀之人是君上还是家人，不得而知。下阕“眉间心上”一语，后来被李清照化用为名句“才下眉头，却上心头”。

原文

纷纷坠叶飘香砌[1]。夜寂静，寒声[2]碎。真珠帘卷玉楼空，天淡银河垂地。年年今夜，月华如练[3]，长是人千里。

愁肠已断无由醉，酒未到，先成泪。残灯明灭枕头攲[4]，谙尽孤眠滋味。都来[5]此事，眉间心上，无计相回避。

译文

落叶缤纷，飘向铺满落花的石阶。秋夜寂静，只听到寒风吹拂落叶的细碎之声。珠帘高卷，华丽的楼阁空无一人。银河倒挂低垂，映照得夜空颜色浅淡。每一年的这个夜晚，月光都皎洁如白绢，思念之人常常远在千里之外。

相思之愁令人肝肠寸断，消愁之酒亦无法令人沉醉，因为酒还未到，泪已先流。伴着残灯，欲明欲灭，斜倚孤枕，难以入睡，实是尝尽了这独眠的孤苦滋味。算来这孤独相思之苦，结在眉间，凝于心上，总是无法逃避。

注释

1 **香砌:**铺满落花的石阶。 2 **寒声:**寒夜之中风吹落叶的细碎声响。 3 **练:**白绢。 4 **攲(qī):**倾斜。 5 **都来:**算来,想来。

千秋岁

张先

导读

张先(990—1078),字子野。仁宗天圣八年(1030)进士。历任吴江知县、永兴通判、渝州知州、虢州知州等,以都官郎中致仕。张先以词闻名,声名与柳永相当。因其词中有三处巧用“影”字,故世人称其为“张三影”。

此篇是暮春怀人之作。上阕写景,鶗鴂悲鸣,百花凋零,风雨交加,柳絮乱飞,营造一派凄凉之象。下阕写情,以不老之天衬不绝之情,极言情之深重。“心似双丝网,中有千千结”一句颇奇巧,写尽情人相思的缠绵煎熬。

原文

数声鶗鴂[1],又报芳菲歇。惜春更选残红折,雨轻风色暴,梅子青时节。永丰[2]柳,无人尽日花飞雪。

莫把幺弦[3]拨,怨极弦能说。天不老,情难绝,心似双丝网,中有千千结。夜过也,东窗未白孤灯灭。

译文

几声杜鹃啼叫,又报告着春日花草即将凋零。落花残折更易引发惜春之意,雨虽轻柔,风却残暴,在这梅子泛青的季节。当年洛阳城里永丰坊的柳枝,无人识无人看,整日伴着如雪飘零的落花,自顾自地在风中飞扬。

莫要拨弄琵琶的幺弦,因为幺弦最能诉说极幽怨的情思。天不会衰老,就如情难以断绝。情人相互思念的心就像交叠的丝网,缠绕着无数纠结。夜将过去,东面的窗还未露出黎明之光,而室内的孤灯早已燃尽熄灭。

注释

1 **鶗鴂**(tíjué)**:**杜鹃鸟,又称布谷鸟,暮春时节开始啼鸣。 2 **永丰:**永丰坊。白居易《杨柳枝词》有“永丰西角荒园里,尽日无人属阿谁”之句,咏洛阳永丰坊之柳树。此句闻名,后人多有唱和。张先此句明显是化用白居易之句而来。 3 **幺弦:**琵琶第四弦,声音细小,常用于表达幽怨之情,苏轼诗亦有“切切幺弦细欲无”之句。

菩萨蛮

张先

导读

此篇写宴席之上佳人弹筝之图景。上阕写筝声,下阕写弹筝少女。筝声哀婉清雅,暗传幽恨;少女容颜妩媚,神态风流。曲与人相得益彰。

原文

哀筝一弄湘江曲,声声写尽湘波绿。纤指十三弦[1],细将幽恨传。

当筵秋水慢[2],玉柱斜飞雁。弹到断肠时,春山眉黛低。

译文

哀怨的筝声演奏着湘江曲,乐声写尽湘江绿波之清深景致。佳人的纤纤素手拨弄着筝的十三弦,细细地将她的幽怨传递出来。

正当筵席之上,弹筝佳人的眼波如同秋水一样弥漫,她手下的筝柱横斜一列,就像是高飞成列的大雁。筝曲弹到伤情断肠之时,她那有如春山一般的黛眉也黯然低垂。

注释

1 **十三弦:**筝有十三弦,故以“十三弦”指代筝。 2 **慢:**通“漫”。

醉垂鞭

张先

导读

此篇从服饰、妆容、身段等方面刻画了一位美丽少女。从外貌着笔写女子之美,本是小词的本色作法,然以“闲花淡淡春”形容女子的淡妆清容,以“昨日乱山昏,来时衣上云”形容女子飘然如仙的丰神,都不落俗套,颇为出色。

原文

双蝶绣罗裙,东池宴初相见。朱粉不深匀,闲花淡淡春。

细看诸处好,人人道柳腰身。昨日乱山昏,来时衣上云。

译文

初次与你相见是在东池的宴会,你身上的罗裙绣着双飞的蝴蝶。你脸上并无浓妆,只浅浅地敷了胭脂与白粉,就像是默默无争的野花,淡淡地点缀着春色。

细细地看你,诸般都好,在座之人也都夸你的细腰有如柳条。你莫不是从昨日黄昏的群山里走来?像巫山神女那样,来的时候衣服上还带着山间的仙云之气。

一丛花

张先

导读

此篇是闺阁女子恨别怀远、思念情人之作。上阕写登高送别情人时的情景,下阕写送别情人后独守长夜的情景。全篇由外景及于内心,女主人公对前程命运的思量尤其动人，引人感慨。末句“不如桃杏，犹解嫁东风”，化用唐人李贺“嫁与春风不用媒”之句，但更显风情旖旎，意蕴深厚。

原文

伤高怀远几时穷？无物似情浓。离愁正引千丝[1]乱，更东陌，飞絮蒙蒙。嘶骑渐遥，征尘不断，何处认郎踪？

双鸳池沼水溶溶[2]，南北小桡[3]通。梯横画阁黄昏后，又还是，斜月帘栊[4]。沉恨细思，不如桃杏，犹解嫁东风。

译文

满怀伤心登上高楼，对远方之人的思念何时才能穷尽？这世间没有什么能像情感这般浓烈。离别的愁绪牵引着千万柳丝迎风乱舞，更别提东边小道上柳絮漫天飞扬，蒙蒙一片。你骑着嘶鸣的马儿渐行渐远，扬起的灰尘连绵不断，情郎啊，我要去哪里寻找你的踪迹？

池水缓缓流动，两只鸳鸯戏水其中，这汪池水连通南北，时常有小船往来通行。雕梁画栋的阁楼里，登高的梯子已被横放，已是黄昏之后，我依旧是一个人独坐窗前，透过卷帘的窗口，看着一弯月亮斜斜地挂在天空。怀着深沉的恨别之情，细细地思量，我的命运还不如那春日的桃花、杏花，至少她们还知道嫁给东风，随之而去。

注释

1 **千丝**：指随风飘舞的万千柳条，用以形容离愁别恨如乱丝纠缠。2 **溶溶**：水缓缓流动的样子。3 **小桡**(ráo)：桡，船桨，舟楫。小桡，指代小船。4 **栊**：窗户。

天仙子

张先

导读

此篇是惜春之词。小序说明词人疲病，愁绪满怀，以致热闹的宴会也勾不起兴趣，不想参加。词上阕写词人把酒听歌，醉卧消愁，而愁浓不解，其原因大概是有感于春光易逝，往事难追，后期无望。下阕以禽鸟并眠、月弄花影的美好景致反衬自身孤寂，而对明日落红满径的预想再合伤春之旨，余味无穷。其中“云破月来花弄影”一句历来评价极多极高，陈师道《后山诗话》云：“尚书郎张先善著词，有云‘云破月来花弄影’‘帘压卷花影’‘堕飞絮无影’，世称诵之，谓之‘张三影’。”王国维《人间词话》云：“（此词）着一‘弄’字而境界全出矣。”

原文

时为嘉禾小倅[1]，以病眠不赴府会[2]。

水调[3]数声持酒听，午醉醒来愁未醒。送春春去几时回？临晚镜，伤流景[4]，往事后期[5]空记省。

沙上并禽池上暝[6]，云破月来花弄影[7]。重重帘幕密遮灯，风不定，人初静，明日落红应满径。

译文

我当时在嘉禾做州郡的副职小官，因为生病了躺在床上，没有去参加官府的宴会。

手持酒杯细听《水调》的歌曲声声，中午醉饮，睡起之时酒已醒而愁绪还未清醒。在这暮春时节，送走了春天，春天什么能回来呢？傍晚对着明镜，感伤这如流水一般逝去的光景，往事与后来的约期凭空地勾起我的记忆。

沙滩上，池塘中，成双成对的禽鸟相依眠宿。天空中，明月冲破了云层，月光下，花枝舞弄着倩影。一层又一层的帘幕密密地遮住了灯光，风还没有停，人声已然安静，明日落花定会铺满屋外小径。

注释

1 **嘉禾小倅(cuì)**:嘉禾,地名,是秀州的别称。倅,副职。其时张先为秀州通判,相当于知州副职,故自称嘉禾小倅。 2 **府会**:官府的宴会。 3 **水调**:当时流行的曲调名。 4 **流景**:如同流水一样逝去的光景。 5 **后期**:以后的约期。 6 **暝**:日暮,夜晚。这里引申为夜晚的眠宿。 7 **弄影**:影子跟随物体的摇摆而移动。

青门引

张先

导读

此篇为暮春怀人之作。由白日写到深夜,从春日的天气变幻写到词人的心绪曲折。写景极尽寂寥,层层折折,已是极致;更难得的是写情,一点即收,含蓄蕴藉。上片用“又是去年病”作出似有还无的神秘暗示,下片“那堪”、送影之句又作烘托,正自孤寂,怀念伊人,而偏巧隔壁佳人荡秋千的倩影映入眼帘,沉闷的愁绪在活泼倩影的反衬之下更显浓郁,堪称神笔。

原文

乍暖还轻冷,风雨晚来方定。庭轩寂寞近清明,残花中酒[1],又是去年病。

楼头画角[2]风吹醒,入夜重门静。那堪更被明月,隔墙送过秋千影。

译文

天气刚刚变暖,还时常有些微微的寒凉,一整天都风雨交加,直到傍晚时分才安定。独坐庭院之中,寂寞无声,时节已近清明,伴着残花把酒,不觉之中竟喝到大醉,此种情景同去年一样,仍是心病。

凉凉的晚风,夹杂着城楼之上的画角之声,将我的酒意吹醒。夜深了,重门紧闭,庭院寂静。思念伊人,哪里还能忍受明月将墙外荡秋千的身影移送到我的眼前。

注释

1 **中(zhòng)酒:**多饮而醉酒。 2 **画角:**一种常用于军中的乐器。形如竹筒,本细末大,一般用竹木、皮革或铜制成,外表绘有彩纹,故称。

浣溪沙

晏殊

导读

晏殊(991—1055),字同叔,临川(在今江西抚州)人。七岁能作文,十四岁以神童召试,赐同进士出身,官至集贤殿大学士,同中书门下平章事兼枢密使。晏殊出身富贵,一生平顺居高,故其词风富丽雍容,温润蕴藉,娴雅有情致。存《珠玉词》一卷,收词一百三十余首。晏殊之子晏幾道亦擅作词,二人被称为"大晏""小晏"。

此篇是伤春之作,但并无太多伤感之意,造语清丽,闲愁淡淡,将对春光逝去的感怀融入宇宙万物周而复始运转的哲思当中,意味深长。其中"无可奈何"两句对偶精致工巧又浑然天成,是脍炙人口的千古名句。

原文

一曲新词酒一杯,去年天气旧池台,夕阳西下几时回?

无可奈何花落去,似曾相识燕归来,小园香径独徘徊。

译文

听一曲新词饮一杯美酒,还是去年的天气,旧时的池水亭台,这夕阳西落之后何时再归来?

花儿落去无可奈何,燕儿归来似曾相识,而我独自在这小园的花径之上徘徊。

浣溪沙

晏殊

导读

此篇是伤别怀远之作。上阕点出时光短暂，人生有限，离别之时更应对酒当歌、及时行乐。下阕抒情，与其别后凭空怀念友人，不如在这酒席之上珍惜眼前朋友的情谊。全词造语简洁，但发人深省，余味悠长。

原文

一向[1]年光有限身，等闲[2]离别易消魂，酒筵歌席莫辞频。

满目山河空念远，落花风雨更伤春，不如怜取眼前人[3]。

译文

时光一瞬，生命有限，平常的离别更易让人悲痛，欢歌把酒的宴席虽然频繁，但请莫要推辞。

出行在外，眼前都是高山河流，便会凭空思念起远方的友人。风雨摧落繁花，更易引起伤春之痛，倒不如珍惜这宴席之上眼前的人。

注释

1 **一向**：一晌，片刻，形容时间极短。 2 **等闲**：平常。 3 **不如怜取眼前人**：此句化用唐人元稹《会真记》中崔莺莺之句："还将旧来意，怜取眼前人。"

清平乐

晏殊

导读

此篇是寄远怀人之作。全词只描写了两个很平常的生活小景，上阕写词人展信见字，满纸倾诉深情，但相思之惆怅，其实难寄。下阕写凭楼望远，寻觅芳踪，但远山遮挡，佳人难寻，景观依旧，物是人非，憾恨绵长。

原文

红笺[1]小字，说尽平生意。鸿雁在云鱼在水，惆怅此情难寄。

斜阳独倚西楼，遥山恰对帘钩。人面不知何处[2]，绿波依旧东流。

译文

红色的信笺上写满小字，倾诉你我平素的深情。虽说云中鸿雁与水中游鱼都可传信，但我这万般惆怅的相思之情却难以传达。

黄昏之时独自倚靠在西楼之上，放眼望去，远山正对着窗前的帘钩。佳人不知在何方，唯有碧波绿水仍旧向东流淌。

注释

1 **红笺：**一种小幅而华贵的红色信纸，相传为唐代女诗人薛涛创制。

2 **人面不知何处：**此句化用唐人崔护《题都城南庄》句“人面不知何处去，桃花依旧笑春风”。

清平乐

晏殊

导读

此篇是伤秋之作。全词通过描绘秋季来临时的种种物候变化来渲染词人淡淡的闲愁。上阕以金风坠叶、醉后浓睡，点染出词人的富贵闲情；下阕以残花斜阳、双燕南归、银屏微寒，点染出词人的淡淡愁绪。全词用语清淡，情亦清淡，展现出晏殊独有的雍容娴雅词风。

原文

金风[1]细细，叶叶梧桐坠。绿酒初尝人

译文

细细的秋风将梧桐叶一片片地吹落。绿色的新酒，初尝容易让人沉醉，枕在小窗易醉，一枕小窗浓睡。

紫薇朱槿花残[2]，斜阳却照阑干。双燕欲归时节，银屏昨夜微寒。

下浓浓酣睡。

紫薇和朱槿凋零，斜阳正照在栏杆。燕子双双南归的时节，银饰的屏风昨夜有了微微寒凉。

注释

1 **金风**：指秋风。 2 **紫薇、朱槿**：两种植物名。紫薇，花色紫红，初夏开花，至秋方谢，故又名百日红。朱槿，开红色花朵的木槿，亦是夏开秋落，又名扶桑。

木兰花

晏殊

导读

此篇是感叹人生苦短、主张及时行乐之作。莺燕皆去，春逝梦残，浮生一瞬。文君神女，知心情人，无法挽留。独醒伤悲，不如沉醉。此篇多用比兴与典故，亦巧妙化用前人之句，颇显才学，是宋人本色。

原文

燕鸿过后莺归去，细算浮生[1]千万绪。长于春梦几多时，散似秋云无觅处。[2]

闻琴解佩神仙侣[3]，挽断罗衣留不住。劝君莫作独醒人，烂醉花间应有数[4]。

译文

春燕鸿鹄已飞走，黄莺也随后归去。仔细算来，人生沉浮，千头万绪。春景虽美，但如梦幻，不能长存，又像是秋云散去，无处寻觅。

卓文君闻琴知音，私奔司马相如，仙女多情解佩，赠予郑交甫，像这样的神仙眷侣，即便拽断她们的罗裙，也无法留住。奉劝朋友不要做独自清醒的人，不如到花丛中去畅饮酣醉，这才是我们的命数。

注释

1 **浮生:**平生,人生。此语本自《庄子·刻意》"其生若浮,其死若休"。 2 **长于春梦几多时,散似秋云无觅处:**此句化用唐人白居易《花非花》句:"来如春梦几时多,去似朝云无觅处。"春梦,春日嗜睡,梦境易忘,故以春梦喻好景易逝。 3 **闻琴:**此用卓文君闻琴声与司马相如私奔的典故。《史记》载,文君新寡,司马相如以琴挑之,文君遂与相如私奔。 **解佩:**此用郑交甫获仙女解佩赠珠的典故。《列仙传》载,郑交甫游汉江遇到两位仙女,请求一女将所佩宝珠相赠,得佩后行数十步,佩与女皆消失不见。 4 **有数:**有命数,被命运所定。

木兰花

晏殊

导读

这是一首怀旧思人之作。春暖水碧,初会佳人,歌声清脆,舞姿婀娜。玉栏香阶,纵酒宴游,酣醉徜徉,不知天晚。当年的期会热闹非凡,而今日共我宴游之人,竟无当年一半。整首词前面六句都在回忆当年与友人的热闹亲密,最后两句倏然一转,回到现实,两相对比,一声感叹,不尽愁怀,充满了物是人非、今非昔比的人世沧桑之感。

原文

池塘水绿风微暖,记得玉真[1]初见面。重头歌韵响琤琮[2],入破[3]舞腰红乱旋。

玉钩阑下香阶畔,醉后不知斜日晚。当

译文

春风带着微微的暖意,吹过碧绿的池水,记得就是在这时我初次遇见美若仙子的玉真。唱着重头的小词,她的声音像玉器相击般清脆,入破之时,她腰肢婀娜,红裙旋舞,令人眼花缭乱。

玉砌的曲栏之下,落花满地的台阶之畔,

时共我赏花人，点检如今无一半。

酒醉沉沉，浑然不觉夕阳已斜天色已晚。当时和我一同赏花的人，如今清点一番，竟然不足一半。

注释

1 **玉真：**仙女，泛指美女。此处当是晏殊家歌伎之名。 2 **重(chóng)头：**一首词上下两阕平仄完全相同称为重头。 **琤琮(chēngcóng)：**玉器相击发出来的清脆之声。 3 **入破：**唐宋时候的大曲每套有十余遍，结构上又分为散序、中序、破等三大段。破这一段开头的第一遍称为“入破”。入破后，音乐节奏变得急促，此时舞者入场。

木兰花

晏殊

导读

此篇是以闺中妇人口吻所写的送别相思之作。词中“绿杨”“芳草”“长亭”皆为送别意象，渲染出浓厚的离愁别绪。年少儿郎轻易抛弃情人离去，情人口吻不乏幽怨。下阕两用对比，多情与无情对比，天地有穷与相思无尽对比，虽是白描，却情意缱绻。

原文

绿杨芳草长亭[1]路，年少抛人容易去。楼头残梦五更钟，花底离愁三月雨。

无情不似多情苦，一寸还成千万缕。天涯地角有穷时，只有相思无尽处。

译文

驿道上，长亭边，杨柳碧绿，芳草萋萋，青春年少的儿郎轻易地挥别情人离去。城楼之上五更的钟声惊醒残梦，离愁繁密，就像是落在花底的三月细雨。

无情之人不像多情之人那样饱受相思之苦，一寸愁苦化成了千丝万缕。天涯地角尚有穷尽的边缘，只有思恋之苦无边无际没有尽头。

注释

1 **长亭**:古时驿道五里设一短亭,十里设一长亭,方便行人歇息与亲友送别。

踏莎行

晏殊

导读

此篇是送别之作。上阕写分别时朋友双方之情景,下阕写别后思念友人的情怀。

原文

祖席[1]离歌,长亭别宴,香尘[2]已隔犹回面。居人[3]匹马映林嘶,行人去棹[4]依波转。

画阁魂消,高楼目断,斜阳只送平波远。无穷无尽是离愁,天涯地角寻思遍。

译文

在长亭中设下离别的筵席,筵席上唱着离别之歌,友人远去,芬芳的尘土阻隔了视线,却仍然不断回首遥望。送行之人骑着马徘徊在树林,林中传来阵阵马儿的嘶鸣。行人之船已撑棹离开,顺着水波渐行渐远。

登上雕梁画栋的阁楼,离别之愁让人销魂,在这高楼之上望断天涯,只能看到斜阳之下,江波已平,一望无垠。人间无穷无尽的是离愁,让人将天涯地角都寻思个遍。

注释

1 **祖席**:古代出行需设筵席祭祀路神,称为祖席。后泛指送别的筵席。 2 **香尘**:路有落花,碾为尘土,尘土也沾染香气,故称香尘。 3 **居人**:送行之人,与行人相对。 4 **棹**(zhào):类似于桨的划船工具。此处指代船。

踏莎行

晏殊

导读

此篇是抒写暮春闲愁之作。上阕视角在野外，花稀叶盛，柳絮飞舞，一片暮春景象，但仍旧生机勃勃，“春风不解”一语拟人，略带俏皮。下阕视角转向室内，朱帘轻垂，炉烟袅袅，酒醉梦醒，夕阳斜照，庭院深深，方才透出淡淡的惆怅，而这惆怅又是因一场愁梦无端而起，是晏殊词典型的富贵闲愁之风。

原文

小径红稀，芳郊绿遍，高台树色阴阴见。春风不解禁杨花，蒙蒙乱扑行人面。

翠叶藏莺，朱帘隔燕，炉香静逐游丝[1]转。一场愁梦酒醒时，斜阳却照深深院。

译文

小路上红花日渐稀少，郊外碧草繁茂，高楼亭台在绿树阴阴中若隐若现。春风不知道禁止柳絮的放纵飞舞，它们蒙蒙纷乱直扑行人脸面。

翠绿的树叶将黄莺藏在其中，朱红的窗帘将燕子隔在屋外，香炉寂静，缭绕的轻烟伴着香气欲散未散。醉酒入睡却做了一场愁梦，醒来之时，夕阳已斜斜地照在深深的庭院。

注释

1 **游丝：**指香炉中升起的缭绕轻烟。

蝶恋花

晏殊

导读

此篇是抒写春日闲愁之作。上阕写初春，曲栏碧树，风轻柳黄，筝声乍鸣，燕子双飞，景致美好。下阕直转写暮春，柳絮飘落，雨打红杏，暗喻好景不长。末二句云好梦惊醒，无处寻觅，怅恨无边，惜春之愁更进一层。此处暗中化用唐人金昌绪《春怨》诗意："打起黄莺儿，莫教枝上啼。啼时惊妾梦，不得到辽西。"但不着痕迹，颇为精妙。

原文

六曲阑干偎碧树，杨柳风轻，展尽黄金缕[1]。谁把钿筝移玉柱[2]，穿帘海燕[3]双飞去。

满眼游丝[4]兼落絮，红杏开时，一霎清明雨。浓睡觉来莺乱语，惊残好梦无寻处。

译文

弯弯曲曲的栏杆依傍着绿树，微风轻吹着杨柳，扬起嫩黄好似金线的柳条。是谁在调整那玉制的弦柱，拨弄着金花宝筝？筝声乍起，惊动燕子，双双地穿帘飞去。

春光之下，满眼都是游动的虫丝和飘落的柳絮。清明时节，红杏盛开，却下了一阵淅淅沥沥的小雨。黄莺乱鸣，惊醒沉睡之人，茫然之中，梦中好景无处寻觅。

注释

1 **黄金缕：**指柳条，形容柳条新抽时嫩黄的样子。 2 **钿筝：**镶嵌金属或宝石为装饰的筝。 **玉柱：**玉制的固定筝弦用的筝码。 3 **海燕：**即燕子，古时相传燕子自海上飞来，故称海燕。 4 **游丝：**虫类所吐的飘荡在空中的丝。

凤箫吟

韩缜

导读

韩缜(1019—1097),字玉汝。庆历二年(1042)进士,神宗时官至枢密院事,哲宗朝拜尚书右仆射兼中书侍郎,罢知颍昌府。仅存词一首。

此篇是怀人之作。上阕写闺中思妇与游子的相会与别离。相见时情意绵绵,"陌上初熏"化用江淹《别赋》"闺中风暖,陌上草薰"。然而才刚相会,又将离别,"垂珠""泣送",芳草连天,下连"远水",上接"孤云","楼高"而"目断",一系列的动作与意象的使用,细致勾画出思妇情态。下阕从游子的角度着笔,回忆与闺中佳人相伴时的美好时光。"朱颜"二句写年华易老,草色常新,二者相衬,生出当及时行乐之感。然佳人相隔,"莫负青春"终是妄想,更添委屈愁怀。此词的高妙之处,除了上下阕从不同主人公的视角来描写离情外,还在于以芳草意象贯穿始终,又以离情交织其中,以芳草比喻离情,又以离情赋予芳草灵性,咏物抒情,水乳交融,细密自然。

原文

锁离愁,连绵无际,来时陌上初熏[1],绣帏[2]人念远,暗垂珠露,泣送征轮。长行长在眼,更重重、远水孤云。但望极楼高,尽日目断王孙[3]。

消魂,池塘别后,曾行处、绿妒轻裙[4]。

译文

离别的愁绪深锁于心,连绵无边,想到你来的时候小路上花草才刚刚散发出芬芳香气。闺中女子思念远行之人,暗自垂下泪珠,哭泣地送走踏上征程的车轮。征人已远去,送别之人还在痴痴地眺望,看到的只有重重远水和片片孤云。登上高楼极目远眺,目光阻隔,再也看不到游子的身影。

自从在这池塘边分别之后,离愁别绪让人销魂。曾经走过的地方,佳人身穿翠绿的轻罗

恁时[5]携素手，乱花飞絮里，缓步香茵[6]。朱颜空自改，向年年、芳意长新。遍绿野、嬉游醉眼，莫负青春。	薄裙，可与春草争色。那时牵着伊人玉手，在乱花飘零、飞絮满天之中，缓缓地徜徉在芬芳的草地上。佳人的青春红颜渐渐老去，而春草却年年芳香长新。在这遍地碧绿的草地上，应尽情地嬉戏游玩、畅饮大醉，才不辜负那易逝的青春年华。

注释

1 **陌上初熏：**小路上花草散发出芬芳香味。陌，田间小路。熏，同"薰"，指花草的香味。 2 **绣帏：**绣房，闺房。帏，帐幔。 3 **王孙：**贵族公子，这里引申为远行之人。 4 **绿妒轻裙：**轻薄的绿罗裙与草色争艳。 5 **恁(nèn)时：**那时。 6 **香茵：**芬芳的草地。

木兰花

宋祁

导读

宋祁(998—1061)，字子京，仁宗天圣二年(1024)与其兄宋庠同举进士，兄弟二人皆文才出众，被并称为"二宋"。曾与欧阳修合修《新唐书》。官至翰林学士、工部尚书等。卒后谥景文，有《景文集》。

此篇是咏春之作。上阕写春色美好，"绿杨"两句对仗工整精致，其中"红杏枝头春意闹"一句，"闹"字将春日繁花盛开、生气勃勃之态烘托得至为传神，历来评价尤高，王国维评曰"着一'闹'字而境界全出"，宋祁也因此而得一"红杏尚书"的称号。下阕末尾两句举杯劝斜阳，构意新颖，表现出对时光流逝的不舍，但无一丝哀愁气。全篇意境健朗，生机充盈，有别于一般惜春之作的愁苦之态。

原文

东城渐觉风光好，縠皱波纹迎客棹[1]。绿杨烟外晓云轻，红杏枝头春意闹。

浮生[2]长恨欢娱少，肯爱[3]千金轻一笑？为君持酒劝斜阳，且向花间留晚照。

译文

游览在东城，感觉春日风光越来越好，像绉纱一样的水面细波，迎来了游客的小船。晨光薄雾里，杨柳碧绿，白云轻淡。红杏繁盛，在枝头争艳，热闹了整个春天。

飘浮不定的一生中，憾恨太多而欢娱太少，哪里肯为吝惜千金而轻视欢笑呢？让我为你举起酒杯，奉劝那斜阳，在这繁花丛中多多地停留照耀。

注释

1 **縠(hú)皱波纹**：像绉纱褶皱一样的细小波纹。縠，一种有细小皱纹的丝织品。 2 **浮生**：飘浮不定的人生。此语本自《庄子·刻意》："其生若浮，其死若休。" 3 **肯爱**：岂肯吝惜。

采桑子

欧阳修

导读

欧阳修(1007—1072)，字永叔，号醉翁，晚年又号六一居士。仁宗天圣八年(1030)进士，官历翰林学士、参知政事等。支持范仲淹主持的"庆历新政"，曾长期作为文坛领袖，改革文风，奖掖后进，曾巩、王安石、苏轼、苏辙等北宋众多名人皆出其门。曾主持编修《新唐书》，并独撰《新五代史》。谥文忠，世称欧阳文忠公。

此篇描写晚春景致，是欧阳修晚年退居颍州时所作。上阕写西湖残花飞絮的晚春风光，下阕写曲尽人散后闲居家中，静待燕归。虽是写暮春景致与活动，但全篇充满闲淡自适的情调与胸怀，毫无衰败之气，表现出词人不以物而喜悲的超脱心境。

原文

群芳过后西湖[1]好，狼藉残红[2]，飞絮蒙蒙，垂柳阑干[3]尽日风。

笙歌散尽游人去，始觉春空，垂下帘栊[4]，双燕归来细雨中。

译文

虽然百花已谢，但西湖的景色依然美好。满地的落花繁杂散乱，漫空的柳絮迷蒙飞扬，轻盈垂落的柳条在整日的春风里交错纵横。

乐声歌声渐渐停歇，游人也都尽兴离去，此时才开始感觉到春末的空寂，放下窗前竹帘，细雨中，燕子双双归来。

注释

1 **西湖：**指颍州西湖，在今安徽阜阳。 2 **狼藉残红：**形容落花凋零、满地杂乱的样子。 3 **阑干：**纵横散乱的样子。 4 **帘栊：**窗户上的竹帘。

诉衷情

欧阳修

导读

此篇写歌女愁绪。上阕写歌女早起梳妆，"轻霜""呵手"二语见出天气微寒，"梅妆""远山"烘托歌女娇美聪慧，亦点出心中离别之愁。而微寒天里早起，精心梳妆，也从侧面反映出歌女生活之艰辛。下阕写心理活动，追忆往事，惋惜流年，欲歌而先敛容，欲笑而先蹙眉，将歌女萦绕在心、欲罢不能的愁怀刻画得十分传神到位。

原文

清晨帘幕卷轻霜，呵手试梅妆[1]。都缘自有离恨，故画作远山[2]长。

译文

清晨起来卷起结着薄霜的帘幕，呵气温暖双手，尝试化上梅花妆。都是因为心中存有离别的愁怨，故而将双眉画得像远山一样又细又长。

思往事，惜流芳[3]，易成伤。拟歌先敛[4]，欲笑还颦[5]，最断人肠。

思量起往事，痛惜流逝的年华，更容易让人心伤。想要唱歌却先把表情收敛，想要欢笑却又皱起眉头，这种愁绪最让人断肠。

注释

1 **梅妆**：梅花妆。据《太平御览》卷三十《时序部》引《杂五行书》记载，南朝宋武帝朝的寿阳公主卧于檐下，有梅花落其额间，形成五瓣花形，三日之后才清洗落去。后来宫女以为神奇，都争相模仿，画梅于额间，故成流行一时的"梅花妆"。 2 **远山**：远山眉。将眉毛画得细长，像水墨点染的远山。典出《西京杂记》卷二："（卓）文君姣好，眉色如望远山……" 3 **流芳**：流逝的年华。 4 **敛**：指表情收敛。 5 **颦**：皱眉。

踏莎行

欧阳修

导读

此篇是抒写离情别恨之作。上阕是以远行之人的口吻自道别离之愁，下阕是从闺中思妇的角度来叙说别离之痛，此词的妙处即在于两相对举，道尽了离情的缠绵悱恻。

原文

候馆[1]梅残，溪桥柳细，草薰风暖摇征辔[2]。离愁渐远渐无穷，迢迢不断如春水。

寸寸柔肠，盈盈粉泪，楼高莫近危阑[3]倚。

译文

候馆的梅花凋零残败，溪水桥边的细柳低垂，碧草芬芳，春风和暖，行人骑在马上轻摇手中的缰绳。离别的愁绪随着征途渐远而愈加无穷无尽，就像连绵不断的春江之水。

心中柔肠寸断，脸上珠泪晶莹，莫要登上高楼倚靠栏杆。平坦宽阔的原野尽头，是

原文	译文
平芜[4]尽处是春山，行人更在春山外。	一重重的春山，而远行之人更在那春山之外。

注释

1 **候馆**：古时供旅客临时休息、等候消息的馆舍。 2 **征辔**：行人坐骑的缰绳。 3 **危阑**：又写作"危栏"，高楼上的栏杆。 4 **平芜**：平坦宽阔的原野。

蝶恋花

欧阳修

导读

此篇写闺怨。首句妙用叠字写庭院之深，触目所及之处，是繁茂杨柳，数重帘幕，可见闺中女子高阁禁锢的幽居之况。"玉勒"两句是思妇想象郎君骑马游乐的寻欢之景，"章台路"点出郎君可能正在繁华都市卧花眠柳，与闺中女子深居的孤寂形成强烈对比，更显思妇之怨。下阕以暮春黄昏之景烘托闺中女子的内心活动，春无法留，其实是青春难留，雨打花残，泪眼问花，花纷飞而无语，既是写花，更是写人，红颜薄命，无可奈何，进一步衬托闺中女子的愁怨。

原文	译文
庭院深深深几许？杨柳堆烟[1]，帘幕无重数。玉勒雕鞍游冶处[2]，楼高不见章台路[3]。	庭院深深，不知究竟有多深？杨柳繁茂，堆叠如烟，帘幕重重，不可计数。给骏马配上玉饰马衔、雕花马鞍，郎君骑着马在那繁华的烟花之地游玩，登上高楼眺望，却看不见那章台路上的歌楼妓馆。
雨横风狂三月暮，门掩黄昏，无计留	三月的暮春，冷雨随着狂风横扫，重重院门可以掩住屋外黄昏，却没有办法留春永驻。

春住。泪眼问花花不语，乱红飞过秋千去。

双眼含泪想要问落花可知我心，落花默默不语，纷乱地随风飞到了秋千之外。

注释

1 **堆烟**:形容杨柳繁茂堆叠的样子。 2 **玉勒**:玉饰的马衔。 **雕鞍**:雕花的马鞍。 3 **章台路**:汉代长安的街名。《汉书·张敞传》载京兆尹张敞常走马经过章台路。其地繁华，妓馆林立。《太平广记》载唐人许尧佐《柳氏传》，讲述唐代才子韩翃与居住在长安章台街的妓女柳氏的故事，韩翃有《章台柳·寄柳氏》词传世。后世将章台路比作花街柳巷风尘之地。

蝶恋花

欧阳修

导读

此篇是伤春抒怀之作。词以反问语气直接抒情，年年春日，年年闲愁，花前酣饮，醉酒消瘦，正是闲愁的具体表现。下阕再发一问，青草杨柳，美景如斯，似乎仍是不知此愁从何而起，因何而终，末句再落笔到人，寂寥孤独，回应前句所问，用语浅淡而意蕴深长。

原文

谁道闲情[1]抛弃久？每到春来，惆怅还依旧。日日花前常病酒[2]，不辞镜里朱颜瘦。

河畔青芜[3]堤上柳，为问新愁，何事年年有？独立小桥风满袖，平林[4]新月人归后。

译文

谁说春日闲愁被忘记太久了？每年春天一到，惆怅心绪便依旧如同往年。每日在花前酣饮，常常大醉成病，毫不顾惜镜子里的青春红颜日渐消瘦。

河边芳草青青，堤上绿柳依依，问问自己，因为何事年年都有新添的忧愁？独自站在小桥之上，春风灌满宽袖，平原上的小树林升起弯弯新月，在游人归去以后。

注释

1 **闲情:**即闲愁。 2 **病酒:**因过量饮酒带来的身体不适,即醉酒。 3 **青芜:**青草。 4 **平林:**平原上的树林。

蝶恋花

欧阳修

导读

此篇是闺怨之作。暮春时节,女子独居深闺,思念远游在外的郎君,心中不乏怨念。上阕以游踪不定的行云喻出门远游的郎君,"百草"一语双关,既点出当下时节繁花似锦,也暗指外面世界诱惑之多,"香车"承接上句之意,写女子猜测丈夫在何处冶游,语意缠绵而微含怨念。下阕写女子思君心切,百无聊赖,登楼自语,频频追问归来的燕子是否遇到丈夫,此句颇有新意,亦见心痴情切。最末以柳絮喻愁,将愁怀具象化,但梦里也无法寻见,更显此恨之百转千回,绵绵不绝。此篇妙处在于连用三个问句,相思痴念层层加深,然怨而不怒,哀而不伤,绮丽缱绻,动人至极。

原文

几日行云[1]何处去?忘了归来,不道[2]春将暮。百草千花寒食[3]路,香车系在谁家树?

泪眼倚楼频独语。双燕来时,陌上相逢否?撩乱春愁如柳絮,依依[4]梦里无寻处。

译文

这几日郎君又游荡到了何处?忘记了归来,不觉春日已将逝去。寒食节踏青路上的千百种芳草、鲜花异彩纷呈,而郎君的香车又系在谁家的树干上?

双眼含泪倚在高楼,频频地自言自语:这双双飞来的燕子,你们在路上可曾遇到我的郎君?春愁纷乱如同柳絮飘飞,心中思慕,在梦中也追寻无处。

注释

1 **行云:**流动的云。宋玉《高唐赋·序》记巫山神女云:"妾在巫山之阳,高丘之阻,旦为朝云,暮为行雨,朝朝暮暮,阳台之下。"后以行云喻指行踪不定之人。2 **不道:**不觉。3 **寒食:**节日名,在清明前一日或二日。4 **依依:**形容思慕之情。

木兰花

欧阳修

导读

此篇是思妇怀远之作。上阕直书离别之事,思念之人在离别之后渐行渐远,音信全无,故而眼中心头全是凄凉。三个"渐"字连用,似将思妇的心绪推远,亦将离愁深化。下阕以秋风吹竹之声将胸中的离愁别恨具象化,情景交融。末尾两句,孤眠难耐,寄希望于梦中,然而梦也难成,哀婉幽怨之情更推进一层。

原文

别后不知君远近,触目凄凉多少闷!渐行渐远渐无书,水阔鱼沉[1]何处问?

夜深风竹敲秋韵[2],万叶千声皆是恨。故敧[3]单枕梦中寻,梦又不成灯又烬。

译文

自从分别之后,不知你到了何方,是远是近,目光所及之处都是凄凉,心中多少愁闷。你越走越远,书信也渐渐断绝,江水宽阔,鱼沉水底,要去何处问寻你的踪迹?

夜深风起,吹过竹林响起秋夜之声,万千竹叶的声响传递的都是怨恨。因此斜倚着孤枕,想去梦中追寻你,可梦未做成,灯花已燃成灰烬。

注释

1 **水阔鱼沉:**形容音信断绝。古有鱼雁传书之说,鱼沉即指无人传书。 2 **秋韵:**秋声。 3 **攲(yī):**通“倚”,斜靠着。

浪淘沙

欧阳修

导读

此篇是春日与友人同游之作。词从宴游祝酒入题,愿与春光从容与共。“垂杨”句指出宴游地点,此地亦是从前春游之地,当下与过去相重合。下阕感慨人生聚散无常,“今年”三句是词中名句,其妙处有二:一是在上阕的基础之上,将当下、过去和未来相重合,放大时空,大大增加词的内涵,境界阔大。二是花一年比一年好,人之聚散却难卜,看似写花,实则写人。“知与谁同”一语暗示友人和自己可能离开洛阳,明年来赏此花之人不知是何人,自己与友人亦未知何日再有幸同游,以惜花写惜人,以乐事衬忧愁,而又未落实语,虚实相生,诗意浪漫,余味无穷,的确妙不可言。

原文

把酒祝东风,且共从容。垂杨紫陌[1]洛城东,总是当时携手处,游遍芳丛。

聚散苦匆匆,此恨无穷。今年花胜去年红,可惜明年花更好,知与谁同?

译文

举起酒杯向东风祝祷,希望春光与游人能从容共处。洛阳城东的小道上,垂杨依依,繁花盛开,这是当时我们携手同游、漫步花丛的地方。

欢聚和离散都是这样匆匆,心中的愁苦、憾恨无尽无穷。今年的花比去年的更红,可惜的是,即便明年的花更好,又哪知道能和谁一起欣赏呢?

注释

1 **紫陌**:京师郊野的道路。

青玉案

欧阳修

导读

此篇是游子暮春思归之作。上阕开篇即以设问表达对暮春来临、时光飞逝的惆怅。之后几句虽写春日美景,但存了伤春的心思,仍带着淡淡愁绪,更何况,词人也直接点明,如斯美景之下,“有个人憔悴”。下阕解释“憔悴”的原因。虽然在长安能生活得富贵安逸,但终究不是家乡,最末四句进一步强化思归情切,表明唯有“归来”才可解心中愁苦。全篇语言自然浑成,意脉流畅贯通,剖白层层深入,虽写平常事,亦能动人。

原文

一年春事都来[1]几?早过了、三之二。绿暗红嫣浑可事[2]。绿杨庭院,暖风帘幕,有个人憔悴。

买花载酒长安市,又争似家山见桃李[3]?不枉东风吹客泪,相思难表,梦魂无据,惟有归来是。

译文

细细算来一年的春天有多久?早已过了三分之二。深碧的树叶与红艳的花朵都美好而令人开怀。庭院中绿杨依依,暖风吹拂着帘幕,有个人在那里忧心憔悴。

虽能从长安集市买来鲜花与美酒,可是又怎么能像在故乡的山里,能见桃李花开?不埋怨东风吹得客居之人垂泪,思乡之情难以表达,在梦里没有可依凭的痕迹,只有等到归来的那一天才能安心如意。

注释

1 **都来**:算来。 2 **浑可事**:都是令人开心的事。浑,都。可事,可心之事。 3 **争似:**怎似。 **家山:**家乡的山。

曲玉管

柳永

导读

柳永(约 987—约 1053),字耆卿,原名柳三变,族中排行第七,故又称柳七。仁宗景祐元年(1034)进士,官至屯田员外郎。柳永虽在仕进上沉沦潦倒,然毕生致力作词,自称"奉旨填词柳三变"。其词作拓宽题材,擅长表现羁旅情怀、城市风光、歌妓生活等等,又自创曲调,多以慢词抒怀,对词的发展功不可没。柳永是北宋最具代表性的婉约派词人,其词传播极广,当时有言"凡有井水处即能歌柳词"。

此篇是羁旅中的怀恋之作。词有三叠,其妙处亦在此三叠的曲折回环。第一叠写登高望远,景致凄清,以"忍凝眸"结束景色描写,过渡至下文的抒情。第二叠写怀远思人,音书难通,以"思悠悠"引起下文。第三叠写忆往抚今,黯然神伤,以"却下层楼"收束,亦照应第一叠之登楼远望。全篇意脉曲折而流畅,语言晓畅自然,情致委婉深长。

原文

陇首[1]云飞,江边日晚,烟波满目凭阑久。一望关河[2]萧索,千里清秋,忍凝眸[3]。

杳杳神京[4],盈盈[5]仙子,别来锦字终难偶[6]。断雁[7]无凭,冉冉[8]飞下汀洲、思悠悠。

译文

山丘之上,彩云飘飞,江天边际,落日西垂。久久地凭栏眺望,满目皆是雾气蒙蒙的江波。放眼望去,山河一派萧条冷落,千里原野皆是清冷秋气,让人不忍注目凝视。

在那遥远渺茫的汴京城里,有位佳人美若仙子,自从别离之后,虽有情书传来,但终究是难以相遇。如今鸿雁路断,传书无凭,只能缓缓地飞落沙洲,我的思念更加悠悠不绝。

暗想当初，有多少、幽欢佳会；岂知聚散难期，翻成雨恨云愁。阻追游，每登山临水，惹起平生心事，一场消黯，永日无言，却下层楼。

暗暗回想当初，多少次欢乐美好的幽期约会；哪里知道人生聚散难以预料，往日的相聚转眼变成雨和云一般无尽的别愁离恨。路途阻隔，无法同游，每次登临山水美景，总能勾起平生的伤心之事，终是一场黯然销魂，只好整日默默无言，独自走下高楼。

注释

1 **陇首：**高丘之巅。 2 **关河：**关山河川，指山河。 3 **忍凝眸：**不忍长久注目凝视。 4 **杳杳神京：**指佳人居住的京城遥远而音书难通。杳杳，遥远渺茫。神京，北宋都城汴京，在今河南开封。 5 **盈盈：**美好的样子。 6 **锦字：**织在锦上的字句，代指女子寄给丈夫或情人的书信。 **难偶：**难以相遇。 7 **断雁：**指鸿雁不能传书，即音书断绝。 8 **冉冉：**缓慢的样子。

雨霖铃

柳永

导读

此篇是写离情别绪的名作。上阕写临别情景，寒蝉鸣秋，日暮骤雨，都门设帐，饮酒饯别，时节、天气、场景渲染出凄清的底色。船家催促的无情，反衬执手凝噎的深情，设想前路茫茫，更添酸楚凄凉。离别场面与惜别情态，有如一帧帧画面般清晰动人，又如戏曲故事般流丽生动。下阕直接点明“伤离别”之词旨，情绪抒发似要达顶点，然又设问酒醒何处，既与上文饮酒饯别相呼应，又引起下文“杨柳岸”一句想象之景，情绪似稍稍从离别中抽离出来，关注前路，然紧接着下句再回到主题，别后时光，良辰美景，千种风情，无人相伴，皆是枉然！情意深长执着。全篇写景虚实相生，情景交融，述情深婉动人，意脉回环曲折，点染得当，风格清朗和畅，确是词中精品。尤其是“杨柳岸、晓风残月”一句，脍炙人口，历来评价极高。

原文

寒蝉凄切，对长亭[1]晚，骤雨初歇。都门帐饮无绪[2]，留恋处、兰舟[3]催发。执手相看泪眼，竟无语凝噎[4]。念去去、千里烟波，暮霭沉沉楚天[5]阔。

多情自古伤离别，更那堪、冷落清秋节[6]！今宵酒醒何处？杨柳岸、晓风残月。此去经年[7]，应是良辰好景虚设。便纵有千种风情，更与何人说？

译文

秋末的蝉鸣凄凉悲切，长亭送别时已是傍晚，急猛的阵雨刚刚停歇。在都城外设帐饯别，却无畅饮心绪，依依不舍之时，兰舟催促出发。牵着手相互看着，满眼含泪，喉间哽塞，竟一句话也说不出来。心中想着这一去便是千里之远，一片烟波，傍晚夜雾沉沉，楚地的天空一望无际。

自古以来多情之人最伤心的是离别，哪里再能忍受是在这清冷萧瑟的深秋时节！今夜我会酒醒在什么地方呢？大概是在杨柳飘飘的河岸边，伴着凌晨的风与残破的月。这次一去便要长年分别，此后即便遇到好的天气、美的景致，恐怕也形同虚设。即便心中有千种意趣情怀，我又能跟谁诉说？

注释

1 **长亭：**古时驿道五里设一短亭，十里设一长亭，方便行人歇息与亲友送别。 2 **都门帐饮：**在京都城门外设帐饮酒话别。 3 **兰舟：**对船的美称。 4 **无语凝噎：**喉咙哽塞，想要说话却说不出来。 5 **楚天：**楚地的天空。因楚国在南方，亦泛指南方的天空。 6 **清秋节：**清冷萧瑟的深秋时节。 7 **经年：**一年或数年。

蝶恋花

柳永

导读

此篇是怀远思人之作。上阕写景，融情其中，高楼凭栏久伫，看尽无边春色，然心中黯淡，因无人领会思人情意。下阕抒情，写思人之苦楚与执着，想要醉酒高歌来转移愁苦，然终究无味，为了所思之人憔悴，实是心甘情愿。最末句一往情深，掷地有声又缱绻缠绵，是词中名句。

原文

伫倚[1]危楼风细细，望极[2]春愁，黯黯生天际。草色烟光残照里，无言谁会凭阑意？

拟把疏狂图一醉[3]，对酒当歌，强乐还无味。衣带渐宽终不悔[4]，为伊消得[5]人憔悴。

译文

长久地倚靠在高楼的栏杆上，风微微地吹来，极目远望，心中无限春愁，弥漫向遥远的天边。碧绿的草色，迷蒙的雾气，掩映在残阳余晖里，默默无言，谁能理解我倚靠栏杆的心意？

想要狂放不羁地大醉一场，举起酒杯高歌，但勉强欢乐反而毫无意味。身形逐渐消瘦，衣服愈加宽松，而终究不懊悔，为了她宁愿一身憔悴。

注释

1 **伫倚：**长时间地站着倚靠。 2 **望极：**极目远望。 3 **拟把疏狂：**打算狂放不羁。 4 **衣带渐宽：**指人因逐渐消瘦而显衣服宽松。 5 **消得：**值得。

采莲令

柳永

导读

此篇抒写别情。上阕写送别情景，月落天明，征人欲行，佳人执手相送。歧路分别，佳人伫立，行者断肠。其妙处在于写作视角在西征行人与送行者之间几番变换，回环曲折，诉尽离别酸楚。下阕主要写行者之离愁，兰舟急去，贪图赶路，不顾行人离绪，心中有怨，却又无人可说，更加郁结。末句以淡远景色收束，余味袅袅，哀伤不绝。

原文

月华收[1]，云淡霜天曙。西征客、此时情苦。翠娥[2]执手，送临歧[3]、轧轧[4]开朱户。千娇面[5]、盈盈伫立，无言有泪，断肠争忍[6]回顾？

一叶兰舟，便恁[7]急桨凌波去。贪行色[8]、岂知离绪，万般方寸[9]，但饮恨、脉脉同谁语？更回首、重城不见，寒江天外，隐隐两三烟树。

译文

月亮收敛起光华，云气清淡，遍地白霜，天色将明。将要西行的人，此时心情愁苦。轧轧地打开朱红的大门，佳人紧握我的手，送我到分别的岔路。千般娇媚的面庞，轻盈婀娜的身姿，佳人久久站立，默默无言，眼中含泪，我肝肠痛断，怎么忍心回头去看她？

我乘坐的一叶扁舟，就这么在急切的桨声里随着水波快速地离去了。船家贪图赶路，哪里知道我们心中的离愁别绪，千万种复杂的心情，只有吞下满心的憾恨，脉脉深情，能和谁言说？再回头时，一重重的城墙已不可见，只在那寒冷的江天之外，隐隐约约地看见两三道雾气笼罩下的树影。

注释

1 **月华收:**月色收敛,指月亮降落,天将明亮。 2 **翠娥:**青色蛾眉,指代美女。 3 **临歧:**面对分别的岔路。 4 **轧轧**(yàyà)**:**拟声词,形容开门的声音。 5 **千娇面:**千般娇媚的面孔。 6 **争忍:**怎么忍心。 7 **便恁**(nèn)**:**就这么。恁,这么,这样。 8 **行色:**出行的迹象。 9 **方寸:**心绪,心态。

浪淘沙慢

柳永

导读

此篇是怀人之作。词有三叠,首叠写思绪缘起,午夜梦回,风吹烛灭,宿醉渐醒,雨滴空阶,如斯种种孤独凄凉的情景,不免让词人伤悼沉沦,怀恋故人,自责负心,因而愁怨顿起。次叠回忆以往与情人欢会之情景,如胶似漆,片刻也不曾分离。三叠回到当下,自悔疏离,又发愿未来,期待能再会情人,重温旧梦。词的结构由现今,至过往,回现今,再至未来,以自悔自责为线索,回环往复,细密铺叙,情致深婉。又写男女欢会情事,大胆直露,不避细节,在宋代文人词中较为少见。

原文

梦觉透窗风一线,寒灯吹息。那堪酒醒,又闻空阶夜雨频滴。嗟因循[1]、久作天涯客。负佳人、几许盟言,便忍把、从前欢会,陡顿[2]翻成忧戚。

愁极,再三追思,洞

译文

梦中醒来,一缕冷风透过窗棂吹进来,熄灭了寒夜里的孤灯。哪里能够忍受夜半酒醒,又听到夜雨频频地滴在空阔的台阶。叹息自己蹉跎岁月,成了长久飘荡天涯的行客。辜负了佳人,多少山盟海誓成空言,狠心地把从前的两情欢会,突然翻转成眼下的孤独忧戚。

愁闷到了极点,再三地回忆从前,在寝

房深处，几度饮散歌阑[3]，香暖鸳鸯被。岂暂时疏散，费伊心力。殢云尤雨[4]，有万般千种，相怜相惜。

恰[5]到如今，天长漏永[6]，无端[7]自家疏隔。知何时、却拥秦云态[8]？愿低帏昵枕[9]，轻轻细说与，江乡夜夜，数寒更思忆。

房的深处，多次喝过了酒，唱罢了歌，同卧在熏香温暖的鸳鸯锦被里。那时候我们何曾片刻疏离分散，劳她费神惦念。二人欢爱亲昵，万般柔情，千种缠绵，两情依依相惜。

可是到了如今，滴漏不尽，时光久远，我平白无故地自己疏远别离。哪里知道什么时候才能再次拥抱你这样的美人？想要放下帏帐，与你亲昵枕席，轻轻地向你详细诉说情意，在这遥远的江边水乡，多少个寒冷的夜里，我数着更声，把你思念。

注释

1 **因循：**闲散地蹉跎时光。 2 **陡顿：**突然。 3 **饮散歌阑：**喝完酒，听罢歌。阑，尽。 4 **殢(tì)云尤雨：**形容男女之间的亲昵欢爱。殢，沉溺。尤，缠绵。 5 **恰：**却，可是。 6 **漏永：**时光长久。古时以漏壶计时，故有此说。 7 **无端：**平白无故的，没来由的。 8 **却拥秦云态：**再拥抱这样的美人。却，再。秦云态，秦云楚雨暗指男女欢爱，此以秦云态指代美人。 9 **低帏昵枕：**放下帏帐，在枕席间亲昵。

定风波

柳永

导读

此篇是思妇闺怨词。上阕开篇即铺叙闺中女子即便在美好春光里依旧百无聊赖、诸事厌倦的愁态，最末以“薄情”一语点破愁之缘由。下阕紧接此缘由铺叙，但皆从虚处着笔，“悔当初”将笔触引入想象之中，如若当时不放郎君远行，则可与之日夜厮守，不使青春虚度。语言大胆泼辣，直露坦率，是柳永俚俗词的代表作。据《画墁录》载，柳永曾拜谒晏殊，晏殊问："贤俊作曲子么？"柳永答："只如相公亦作曲子。"晏殊讥讽柳永道："殊虽作曲子，不曾道'彩线慵拈伴伊坐'。"可见柳永此类俚俗词在当时的上流社会是不太被接受的。

原文

自春来、惨绿愁红，芳心是事可可[1]。日上花梢，莺穿柳带，犹压香衾[2]卧。暖酥消[3]，腻云亸[4]，终日厌厌倦梳裹[5]。无那[6]。恨薄情一去，音书无个。

早知恁么[7]，悔当初、不把雕鞍锁。向鸡窗[8]、只与蛮笺象管[9]，拘束教吟课。镇[10]相随、莫抛躲，针线闲拈伴伊坐。和我，免使年少光阴虚过。

译文

自入春以来，见到的绿叶红花似乎都带着凄惨愁苦，心中空虚，所有事情都平淡无味，无法上心。阳光照在花丛，黄莺穿梭在柳条之间，而我仍然拥着熏香的被子躺着。温暖柔腻的肌肤消瘦了，顺滑如云的秀发低垂着，整天没精打采，懒得梳妆打扮。无奈。可恨那薄情的郎君一别之后，音信也没有一个。

早知道是这样，后悔当初，没有把他的雕花马鞍锁上。将他留在家里，坐在书房窗前，只拿着彩色纸笺和象牙毛笔吟咏攻读，寸步不离。常相伴，不要抛弃离散，我闲闲地拿着针线挨着郎君坐。与我厮守，免得使青春年少的光阴虚空度过。

注释

1 **可可**：不经心、不在意的样子。 2 **衾**：被子。 3 **暖酥消**：温暖柔腻的肌肤消瘦了。 4 **腻云亸**(duǒ)：顺滑如云的头发低垂着。亸，下垂的样子。 5 **梳裹**：梳妆打扮。 6 **无那**：无奈。 7 **恁么**：如此，这样。 8 **鸡窗**：书房。据南朝宋刘义庆《幽明录》记载，晋人宋处宗将一只极为宠爱的长鸣鸡养在窗前，鸡可说人言，与宋处宗对语，使其言谈大进。因而后人以鸡窗指代书房。 9 **蛮笺象管**：纸和笔。蛮笺，蜀地所产的彩色笺纸。象管，象牙做的笔。10 **镇:**常常,长久。

少年游

柳永

导读

此篇写落魄游子的羁旅漂泊之愁。上阕写景,一派空旷萧索之象,一人一马缓步其中,更见孤寂。下阕述情,踽踽独行,前途无期,朋友离散,意兴阑珊,此般种种,皆是孤寂愁苦的原因。最妙之处在末句"不似去年时",当下实景与去年虚景两相对比,以虚衬实,极尽悲慨。此篇总体风格寂寥苍茫,在柳词当中较为少见。

原文

长安古道马迟迟[1],高柳乱蝉嘶。夕阳岛外,秋风原上,目断四天垂。

归云一去无踪迹,何处是前期[2]?狎兴[3]生疏,酒徒萧索[4],不似去年时。

译文

长安的古道上马儿缓缓地前行,高高的柳树上秋蝉胡乱嘶鸣。夕阳垂落在山丘之外,秋风吹过的草原之上,极目远望,四面广阔,天空低垂。

飘散的云彩一去即无踪无影,哪里才是我未来的期约归宿?冶游的兴致荒疏衰减,同醉的酒友离散零落,如今已不像是去年的这个时候。

注释

1 **迟迟:**缓慢行走的样子。 2 **前期:**未来的约期和归宿。 3 **狎兴:**亲昵冶游的兴致。 4 **酒徒:**酒友。 **萧索:**离散,稀少。

戚氏

柳永

导读

此篇抒写羁旅愁怀。《戚氏》是柳永自创的慢调词。词有三叠，共二百一十二字，是词史上有名的长词。词首叠写深秋驿馆的黄昏景致，一派凄凉。次叠由清朗的驿馆夜景勾起词人对过往生活的回忆。第三叠紧承上文，继续铺叙对往日恣意生活的回顾，至“别来迅景如梭”陡然转笔，回到现实，呼应开端。最终以熄灯无眠结束全篇，写尽失意游子的孤独酸楚。词全篇结构由当下至过往，再由过往回到当下，抚今追昔，意脉清晰，传情深切，是词人对自己生平的真实写照与沉痛反思。宋人王灼《碧鸡漫志》载前人之语：“《离骚》寂寞千年后，《戚氏》凄凉一曲终。”将此篇与《离骚》对举，未免有所夸张与拔高，但也可见出此词的艺术高度。

原文

晚秋天，一霎微雨洒庭轩。槛菊[1]萧疏，井梧[2]零乱，惹残烟。凄然，望江关，飞云黯淡夕阳间。当时宋玉悲感，向此临水与登山。[3]远道迢递[4]，行人凄楚，倦听陇水潺湲。正蝉吟败叶，蛩[5]响衰草，相应喧喧。

译文

晚秋时节，一阵细雨洒落在庭院当中。栏杆外的菊花萧索凋残，井台边的梧桐叶落零乱，笼罩在雨后残存的烟雾之中。多么凄凉！远望江河关山，云彩黯淡浮动，夕阳从容悠闲。当年宋玉悲叹秋色，就是在如此景致中临近水畔，登上高山。远行的道路遥远没有尽头，路上的行人凄凉悲苦，厌倦了再听那陇水潺潺。正当此时，秋蝉在枯萎的树叶中吟唱，蟋蟀在枯黄的草丛中鸣叫，声音此起彼伏，纷扰喧闹。

孤馆度日如年，风露渐变，悄悄至更阑。长天净，绛河[6]清浅，皓月婵娟。思绵绵，夜永对景，那堪屈指，暗想从前。未名未禄，绮陌红楼，往往经岁迁延。

帝里风光好，当年少日，暮宴朝欢。况有狂朋怪侣，遇当歌对酒竞留连。别来迅景如梭，旧游似梦，烟水程[7]何限？念利名、憔悴长萦绊，追往事、空惨愁颜。漏箭移[8]，稍觉轻寒，渐呜咽、画角[9]数声残。对闲窗畔，停灯向晓，抱影无眠。

孤独地在驿馆里度日如年，秋风和露水渐渐变得清寒，时间也悄悄地到了更漏已残的深夜。浩瀚无边的天空干净无云，银河清朗浅淡，明月皎洁生辉。相思之情连绵不绝，长夜里对着这样的景致，已是满心哀伤，哪里还能忍受屈指细算，回忆从前时光。那时没有成就功名与利禄，却在歌楼酒馆里流连，蹉跎岁月。

汴京风光美好，那时正当年少，早晚皆是欢宴作乐。况且还有狂放怪诞的朋友相伴，遇到对酒当歌的宴席就争相沉醉。离别之后的光景飞逝如梭，旧日嬉游的时光好似梦境，前程如烟雾一样迷茫，何处才是尽头？考虑声名与利益，束缚牵绊，身心交瘁，追忆往事，空留下惨淡愁颜。时光像箭 样飞逝，稍稍地觉得有些微寒，画角的呜咽之声渐渐传来，残音不绝。静坐窗下，熄灭夜灯等待天明，与影子做伴，彻夜无眠。

注释

1 **槛菊：**栏杆外的菊花。 2 **井梧：**井台边的梧桐。 3 **当时宋玉悲感，向此临水与登山：**先秦宋玉曾作《九辩》写秋气有云："悲哉秋之为气也！萧瑟兮草木摇落而变衰。憭栗兮若在远行，登山临水兮送将归。"此句所指即宋玉之辞。 4 **迢递：**遥远。 5 **蛩**(qióng)**：**蟋蟀。 6 **绛河：**银河。 7 **程：**路程。 8 **漏箭移：**时光像箭一样飞逝。漏，古代计时器，此指时光。 9 **画角：**一种常用于军中的乐器。形如竹筒，本细末大，一般用竹木、皮革或铜制成，外表绘有彩纹，故称。

夜半乐

柳永

导读

此篇是羁旅愁绪之作，为慢词长调，共三叠。首叠述行舟中所见之景，冬日云暗，行船到达当年西施浣纱之地越溪，波平风顺，商旅攀谈，客船当中一派热闹景象，与开篇“乘兴”二字相呼应。次叠写词人在行舟之中所见江岸之景。远望是“酒旗”“烟村”“霜树”构成的渔村小景，近看是“渔人”鸣榔归家、“浣女”羞涩笑语，一派温馨活泼的村居画面，故而勾起词人羁旅离愁。三叠以“到此因念”一语笔锋陡转，开始抒发思家怀人之情。悔恨抛下香闺佳人，独自浪迹在外，然而已是年末，归期延后，思乡情绪到达顶点。末句泪眼长望归家之路，则显余味不绝。词全篇结构井然，以景抒情，由喜至悲，情绪转换自然真切，是抒写羁旅愁怀的名作。

原文

冻云[1]黯淡天气，扁舟一叶，乘兴离江渚。度万壑千岩，越溪[2]深处。怒涛渐息，樵风[3]乍起，更闻商旅相呼。片帆高举，泛画鹢[4]、翩翩过南浦。

望中酒旆[5]闪闪，一簇烟村，数行霜树。残日下、渔人鸣榔[6]归去。败荷零落，衰杨掩映，岸边两两三三，浣纱游女。避行

译文

寒云笼罩，天气阴沉。乘着一叶小舟，兴致勃勃地离开江岸。经历了千山万水，到达了越溪的深处。汹涌的波涛渐渐平息，顺风突然吹起，又听到行商之人的相互呼唤。一片片风帆高高挂起，一条条画船翩翩滑过南浦。

远望河岸酒旗随风飘动，一座山村炊烟袅袅，几行经霜的树木立在村前。残阳之下，渔人敲着木榔浮舟归家。残败的荷花稀稀落落，叶落的杨树隐隐约约。河岸之上，浣纱的少女三三两两，她们躲避

客、含羞笑相语。

到此因念，绣阁轻抛，浪萍难驻。叹后约、丁宁[7]竟何据？惨离怀、空恨岁晚归期阻。凝泪眼、杳杳神京[8]路，断鸿声远长天暮。

着行人，羞涩地笑着相互低语。

行到此处才勾起我的思念，轻率地抛下闺阁佳人，流浪在外像浮萍一样难以停驻。哀叹着佳人一再叮嘱的日后约期，究竟要何时才能实现？离别的情怀惨淡，徒劳地怅恨到了年末归期又要阻断。满眼含泪，凝望遥远的回京之路，一声声孤雁的长鸣消逝在暮色沉沉的广阔天空之中。

注释

1 **冻云：**冬日凝结不散的阴冷寒云。 2 **越溪：**传说为越国美女西施的浣纱之处，即今浙江绍兴若耶溪。 3 **樵风：**顺风。此处用汉代郑弘之典。据《会稽记》载，郑弘砍柴遇仙人，仙人问其所欲，郑弘答：常常苦恼在若耶溪负薪而行很困难，希望早上刮南风，傍晚刮北风。后来仙人果然如他所愿，让他顺风而行。 4 **画鹢：**画着鹢鸟为装饰的船，也泛指船。 5 **酒旆：**酒旗，酒馆高挂在门口用来招揽客人的旗子。 6 **鸣榔：**用长木棒敲击船舷，用以惊鱼，使鱼入网，或作为歌声之节拍。词中当指后者。榔，亦作“桹”。 7 **丁宁：**同“叮咛”，一再嘱咐。 8 **杳杳神京：**遥远的汴京。

玉胡蝶

柳永

导读

此篇是怀人抒情之作。上阕写凭栏远望之景，“望处”二字统摄全篇，后文景致皆从此处来。傍晚秋色，月冷叶黄，奠定全篇惆怅的基调。“故人何在”一句点出题旨。下阕以回忆往事荡开情绪，复又回归至眼下现实，“念双燕”一句盼信情切而不得，末句绘出独立斜阳之景，与上阕凭栏怅惘相呼应。

原文

望处雨收云断，凭阑悄悄，目送秋光。晚景萧疏，堪动宋玉悲凉[1]。水风轻、蘋花[2]渐老；月露冷、梧叶飘黄。遣情伤，故人何在？烟水茫茫。

难忘，文期酒会[3]，几孤风月[4]，屡变星霜[5]。海阔山遥，未知何处是潇湘？念双燕、难凭音信；指暮天、空识归航。黯相望，断鸿声里，立尽斜阳。

译文

悄悄地凭栏远望，雨停了云也散去，眼看着秋日的阳光消逝。傍晚的景色萧索凄凉，足以引发人产生宋玉那样的悲秋之叹。轻风吹拂水面，浮萍花渐渐衰败了，秋夜月寒露冷，梧桐叶枯黄飘落。心中满是悲凉，往日相交的故人在哪里？眼前只有烟雾笼罩的茫茫水波。

难以忘怀，文人的雅集酒会，离别以来，我们辜负了多少的美好景致，经历了多少斗转星移的年华。海面宽阔，山路遥远，不知道哪里才是我们相会的潇湘？感念那双飞的燕子，难以凭借它们寄去音讯，遥指暮色中的天边，徒劳地辨识归来的航船。不见熟悉的身影，只能一次次伤感地凝望，声声的孤雁长鸣里，我长久地伫立，直至斜阳落尽。

注释

1 **宋玉悲凉：**宋玉《九辩》曾写秋日之悲，故以"宋玉悲凉"指代词人悲秋的心情。 2 **蘋花：**水上浮萍所开的小花，夏开秋谢。 3 **文期酒会：**文人举行的诗酒集会。4 **几孤风月：**辜负了多少的美好景致。孤，辜负。 5 **星霜：**年岁。星辰一年一个轮回，霜降一年一至，故称一年一星霜。

八声甘州

柳永

导读

此篇是柳永表达羁旅情怀的代表作。上阕写景，"对"字领起全篇景物描写，暮雨清秋，霜风残照，花叶凋零，一派萧索景象，而关河、物华等语开拓出阔大意境，视角宽广，意韵幽远。下阕抒情，多年流连异乡，思家心切。抒情的妙处在于不止单纯从自己的角度出发来写思归之情，同时也从故乡佳人盼归的角度相对来写，尤为痴情动人。

原文

对潇潇[1]暮雨洒江天，一番洗清秋。渐霜风凄紧，关河[2]冷落，残照当楼。是处[3]红衰翠减，苒苒物华休[4]。惟有长江水，无语东流。

不忍登高临远，望故乡渺邈，归思难收。叹年来踪迹，何事苦淹留[5]？想佳人、妆楼凝望，误几回、天际识归舟[6]？争[7]知我、倚阑干处，正恁[8]凝愁？

译文

傍晚时分，面对着狂风卷着暴雨飞洒在天空与江面，经过一番雨水的清洗，秋天更显明净。凄冷的秋霜之风刮得越来越紧，山河一片冷落萧条，残阳的余晖正照在楼头。到处都是红花凋落，绿叶枯萎，美好的景物渐渐凋残。只有那滔滔长江水，默默无语地向东流淌。

不忍心登到高处遥望远方，故乡在那遥远渺茫的地方，渴望归家的思绪被勾起便难以收束。感叹这些年来的行踪足迹，到底因为什么事情苦苦地久留在异乡？遥想故乡的佳人，在闺楼上久久地凝望，多少次把天边归来的行船误以为是情人的归舟。她怎么会知道，我正倚靠着栏杆，愁绪是这么的凝重。

注释

1 **潇潇：**形容风狂雨骤的样子。 2 **关河：**关防要塞与河流，即指山河。 3 **是处：**到处。 4 **苒苒：**渐渐地。 **物华休：**景物凋零。 5 **淹留：**久留。 6 **天际识归舟：**此处借用南朝诗人谢朓《之宣城郡出新林浦向板桥》诗句："天际识归舟，云中辨江树。" 7 **争：**怎。 8 **恁：**这么。

迷神引

柳永

导读

此篇是羁旅惆怅之作。上阕写词人旅程之中所见之景，轻舟暂泊，暮角胡笳，江水茫茫，平沙落雁，烟笼寒林，远山浅淡，意象十分丰富，有动有静，有远景有近景，勾勒出一幅江南水乡泊舟图。下阕抒情，写离乡外任的劳累与忧思，往日的欢乐不再，欲归亦不得，满腹愁怀，与上片凄冷开阔之景相互交融。末尾两句仍以景收束，意蕴悠长。

原文

一叶扁舟轻帆卷，暂泊楚江南岸。孤城暮角[1]，引胡笳[2]怨。水茫茫，平沙雁，旋惊散。烟敛寒林簇[3]，画屏展。天际遥山小，黛眉[4]浅。

旧赏轻抛，到此成游宦。觉客程劳，年光晚。异乡风物，忍萧索、当愁眼。帝城赊[5]，秦楼[6]阻，旅魂乱。芳草连空阔，残照满。佳人无消息，断云远。

译文

一叶小舟收起船帆，暂时停泊在楚江的南岸。孤城里日暮时分吹响了号角，又引出一段胡笳的哀怨曲调。江水茫茫，平坦沙地上栖息着大雁，旋即又被惊扰而四散。暮霭如烟聚集萦绕在寒冷的树林之间，这种景象如同画屏一样展现在眼前。在遥远的天边，山小小的，好像是女子浅浅淡淡的黛眉。

将往日的爱恋轻易地抛弃，离开家乡来到此地为官。深深地感觉到旅程劳顿，一年的光阴又到了岁末。这异乡的风光景物，萧索凄凉，不忍相看，一看便要愁绪满眼。都城遥远，旧日游乐的秦楼楚馆也被阻隔，羁旅之人心烦意乱。芳草萋萋绵延到空旷阔大的天边，残阳余晖洒满江河，佳人没有消息传来，孤云一片远远地浮在天空。

注释

1 **暮角:**日暮时分吹响的号角声。 2 **胡笳:**一种吹奏乐器。汉代流行于塞北和西域一带。 3 **簇:**聚集。 4 **黛眉:**女子黛画之眉,此处形容远山青黑。黛,青黑色的颜料。 5 **赊:**遥远。 6 **秦楼:**指旧日寻欢游乐之地。

竹马子

柳永

导读

此篇是羁旅行役之作。上阕先写景,至"览景想前欢"一句,由景生情,之后皆是采用情景交融的表现方式。全篇景物描写展现出柳词中少有的雄浑苍凉的艺术境界,"孤垒""危亭""雄风"等意象的使用呈现出粗犷的一面,而"雄风"与"雌霓"相对,又显露出词人对语言的精心雕琢。

原文

登孤垒荒凉,危亭旷望,静临烟渚。对雌霓[1]挂雨,雄风[2]拂槛,微收残暑。渐觉一叶惊秋,残蝉噪晚,素商[3]时序。览景想前欢,指神京、非雾非烟深处。

向此成追感,新愁易积,故人难聚。凭高尽日凝伫,赢得消魂无语。极目霁霭

译文

登上孤立荒凉的营垒,站在高处的亭子里放眼远望,静静地看着烟雾笼罩的水中小洲。面对着颜色浅淡的彩虹,雨后湿气未散,强劲的风吹过亭中栏杆,微微地赶走了夏日残留的炎热。渐渐感觉到一片树叶飘落,惊醒了秋天,秋蝉在傍晚鸣叫,秋天已然按照时节到来。看着眼前景致回想以往的欢乐,目光指向京城,那不是雾也不是烟的记忆深处。

面对如此景物,禁不住追怀伤感。新添的愁绪,又轻易地堆积在心里,因为与故人再难相聚。登高凭栏,久久地伫立,凝目远望,最后却黯然销魂,默默无语。极目眺望的地方,

霏微[4],暝鸦零乱,萧索江城暮。南楼画角[5],又送残阳去。

雨过天晴,雾气迷蒙,黄昏的乌鸦散乱飞舞,暮色下的江城萧条冷落。南边楼头响起画角之声,又将一抹残阳送走。

注释

1 **雌霓:**彩虹的一种。彩虹有双环时,内环色彩鲜艳者为雄,称为虹;外环色彩暗淡者为雌,称为蜺,即霓。 2 **雄风:**强劲的风。 3 **素商:**指秋天。 4 **霁霭霏微:**雨过天晴之后雾气迷蒙的样子。 5 **画角:**一种常用于军中的乐器。

桂枝香

王安石

导读

王安石(1021—1086),字介甫,号半山,谥文,北宋著名的政治家、文学家,“唐宋八大家”之一。仁宗庆历二年(1042)进士,神宗熙宁二年(1069)主持推行新法,官至同中书门下平章事,封荆国公。罢相后退居金陵。有《临川集》。

此篇是金陵怀古词,上阕以“登临送目”统领金陵秋景,下阕以“念往昔”统领怀古之思。以壮丽山河为背景抒发国家盛衰兴亡之慨叹,境界阔大,立意高远,笔力雄健,又不乏词体本色之旖旎哀婉,尤其是多处化用前人名句,不着痕迹,更出新意,不愧为词中杰构。

原文

登临送目,正故国[1]晚秋,天气初肃。千里澄江似练[2],翠峰如簇[3]。归帆去棹斜阳里,

译文

登上高楼远望,旧都金陵正是深秋时节,天气刚刚开始萧索肃杀。千里长江澄澈如同一条白色长绢,翠绿的峰峦重叠簇集。江里鼓着风帆的小船在夕阳里来去穿梭寻找归路,岸边迎着西风飞舞的酒旗斜斜地矗立。画船华美,浮云轻淡,

背西风，酒旗斜矗。彩舟云淡，星河鹭起[4]，画图难足[5]。

念往昔、繁华竞逐，叹门外楼头[6]，悲恨相续。千古凭高，对此漫嗟荣辱。六朝[7]旧事如流水，但寒烟、衰草凝绿。至今商女[8]，时时犹唱，后庭遗曲[9]。

白鹭款款地从波光粼粼的江面上飞起。如此美景，用图画也难以表现。

回念往昔，金陵城里奢华淫逸的生活竞相追逐，感叹当年城门之外韩擒虎已兵临城下，陈后主与张丽华却还在楼阁上寻欢作乐，类似的亡国悲恨接续相连。千年以来登上高楼凭栏远眺，面对眼前如斯景致，让人不由得感慨历史的荣辱得失。六朝为都的金陵城里，旧日的史事如同眼前滔滔流逝的江水一样一去不回，只有这寒冷的烟雾、衰败的野草还凝聚着一抹苍凉绿意。到了如今，歌女们仍旧时时唱着陈后主那亡国的《后庭》遗曲。

注释

1 **故国：**旧日的都城，这里指金陵。 2 **千里澄江似练：**形容千里长江澄澈如同一条长长的白绢。此句化用谢朓《晚登三山还望京邑》“澄江静如练”句。 3 **翠峰如簇：**翠绿的峰峦重叠簇集。 4 **星河鹭起：**白鹭款款从长江中飞起。星河，一般指银河，此处指江水澄澈、波光粼粼的长江。
5 **画图难足：**用图画也难以表现这样的美景。 6 **门外楼头：**此句化用唐人杜牧《台城曲》诗句“门外韩擒虎，楼头张丽华”。杜牧诗讽南朝陈后主陈叔宝亡国之事，隋朝开国大将韩擒虎已领兵攻至金陵城外，陈后主尚与宠妃张丽华寻欢作乐。 7 **六朝：**指曾建都金陵的三国吴、东晋与南朝的宋、齐、梁、陈六个朝代。 8 **商女：**歌女。 9 **后庭遗曲：**指陈后主所作的曲子《玉树后庭花》。杜牧诗《泊秦淮》有“商女不知亡国恨，隔江犹唱后庭花”之句，后世以“后庭曲”为亡国之音。

千秋岁引

王安石

导读

此篇是旅途抒怀之作。上阕写景,以声入画,寒砧、画角,一派萧瑟秋声入耳,奠定全篇基调。东归燕、南来雁,一来一往,忙忙碌碌,如同人生。楚庄王的兰台之风与庾亮的南楼之月,象征着这两位史上名人的从容与自得,恰与此时之自我形成映照。下阕抒怀,承接上阕末尾之意,自己的羁旅悲凉来自对名利的追逐。风流闲却、秦楼误约,无可奈何,缘由何在?词人终是醒悟过来。此篇可看作是词人对自己前半生的反思与感悟。

原文

别馆寒砧[1],孤城画角[2],一派秋声入寥廓。东归燕从海上去,南来雁向沙头落。楚台风[3],庾楼月[4],宛如昨。

无奈被些名利缚,无奈被他情担阁[5],可惜风流总闲却。当初漫留华表语[6],而今误我秦楼[7]约。梦阑时,酒醒后,思量著。

译文

枯坐旅馆,寒冷中捣衣声传来,应和着孤城楼头的画角之声,一派秋日的声音在寥廓的天空回荡。归去的燕子向东边的海上飞去,南迁的大雁栖落在沙洲之上。楚地的兰台清风,庾亮的南楼明月,一如昔年昨日。

无奈总被些微声名利禄束缚!无奈总被纷杂世情耽搁!可惜风流潇洒的生活被抛却!当初随意许下功成名就、尽早归来的诺言,而今却误了我与秦楼佳人的约期。梦尽之时,酒醒之后,细细地思量这些心事。

注释

1 **别馆:**旅馆。 **寒砧:**秋冬季节的捣衣之声。砧,捣衣石。 2 **画角:**

一种常用于军中的乐器。形如竹筒,本细末大,一般用竹木、皮革或铜制成,外表绘有彩纹,故称。 3 **楚台风:**楚襄王游兰台时的风。出自宋玉《风赋》:“楚襄王游于兰台之宫,宋玉、景差侍。有风飒然而至,王乃披襟而当之,曰:‘快哉此风!寡人所与庶人共者邪?’” 4 **庾楼月:**东晋庾亮登南楼赏的月。据《世说新语》载:庾亮在武昌登南楼赏月,遇佐吏殷浩等,遂据胡床与诸人咏谑。 5 **担阁:**耽搁。 6 **华表语:**华表,又称华表柱,指城门、宫殿等大建筑物前有雕琢装饰的大石柱。《搜神后记》载丁令威学仙得道,化鹤归来,落在城门外的华表柱上。有少年举弓欲射,鹤飞而言:“有鸟有鸟丁令威,去家千年今始归。城郭如故人民非,何不学仙冢垒垒。”因此,“华表语”引申为早日归来的意思。 7 **秦楼:**佳人居所。出自汉乐府诗《陌上桑》:“日出东南隅,照我秦氏楼。”秦氏楼是诗中女主人公罗敷的住处。词中引申为情人的居所。

清平乐

王安国

导读

王安国(1028—1074),字平甫,王安石之弟,北宋著名诗人。熙宁初年赐进士出身,曾官大理寺丞、集贤校理等,王安石罢相后,受吕惠卿构陷落职,放归乡里。王安国器识磊落,才情过人,文风宏富典重,诗风博奥深芜。

此篇是惜春词。首句感叹春光不留,“费尽莺儿语”一句颇具巧思。落红满地,是具体描写春去景象。下阕借歌女琵琶表达忧思,“不肯画堂朱户”一句赋予杨花高洁品格,由外物致内心,格调立即拔高,磊落清雅,不似一般惜春词之哀哀戚戚。

原文

留春不住,费尽莺

译文

春光怎么也留不住,白白费尽黄莺的

儿语。满地残红宫锦[1]污，昨夜南园风雨。

小怜[2]初上琵琶，晓来思绕天涯。不肯画堂朱户，春风自在杨花。

歌语。满地的红色落花像被弄污的宫中锦缎，原来昨夜的南园经历了风雨的摧残。

歌女刚刚拨弄起琵琶，拂晓时分思绪翩跹飞绕天涯。不愿意依附于豪户朱门，在春风里自由自在的是那飞扬的杨花。

注释

1 **宫锦：**宫中锦缎，此处指铺满地面的落花。 2 **小怜：**北朝齐后主宠妃冯淑妃名小怜，此处借指琵琶歌女。李贺《冯小怜》诗云："湾头见小怜，请上琵琶弦。"词中即是化用此句。

临江仙

晏幾道

导读

晏幾道(1038—1110)，字叔原，号小山，晏殊之子。晏幾道出身贵胄，后家道中落，沉沦下僚，曾任乾宁军通判、开封府判官等。性情疏落孤傲，沉心文翰，尤其擅长小词，词风缠绵哀怨，情真意切，与其父并称"大小晏"。存《小山词》一卷。

此篇是怀人之作。上阕交代怀人背景，酒后梦醒，独自一人，最易勾起愁怀，于是忆起去年同样来过的春愁。"落花人独立，微雨燕双飞"两句借用五代诗人翁宏诗句，点铁成金，不着痕迹。下阕直抒怀人之思，回忆与女主人公初见时情景，真切动人。尾句借明月、彩云收束，尤增小词清朗风神。

原文

梦后楼台高锁，酒醒帘幕低垂。去年春

译文

梦醒之后高高的楼台朱门已锁，酒醒之时重重的帘幕低低垂下。去年的春愁又一次恨却来[1]时，落花人独立，微雨燕双飞。

记得小蘋[2]初见，两重心字罗衣[3]。琵琶弦上说相思，当时明月在，曾照彩云归。

袭上心头，落花之处有人孤独伫立，微雨之中燕子相伴双飞。

还记得初次与小蘋相见之时，她身穿绣着两重心字图样的罗衣。轻拨琵琶琴弦，诉说相思之情，当时的明月一如今夜当空，月光曾经照耀着她如彩云一般归去的身影。

注释

1 **却来：**又来，再来。 2 **小蘋：**歌女名。 3 **心字罗衣：**绣着心字的丝绸衣服。

蝶恋花

晏幾道

导读

此篇是别后抒怀之作。上阕虚写梦境，梦中走遍江南，却不遇离别之人，梦中销魂，醒后惆怅，是浓得化不开的愁怀。下阕实写思念情境，想要寄送书信，而无所依托，想要借筝缓抒情怀，却不自觉地频移弦柱，暴露无法平静的心情，委婉而真切。

原文

梦入江南烟水路，行尽江南，不与离人遇。睡里消魂无说处，觉来惆怅消魂误。

欲尽此情书尺素，浮雁沉鱼[1]，终了无凭

译文

梦里走入江南的烟云水路，然而走遍了江南各地，也没能与离别之人相遇。睡梦之中销魂之愁无处诉说，醒来后惆怅不已，只因梦中销魂之愁影响了我。

想要在寄予你的书信上写尽如此情绪，然而鸿雁远飞，鱼儿沉水，终究是没有寄出书

据。却倚缓弦歌别绪，断肠移破秦筝柱[2]。

信的办法。无奈缓缓弹筝以抒离别情绪，断肠之痛却让人移破了秦筝的弦柱。

注释

1 **浮雁沉鱼：**古以雁和鱼传递书信，大雁远飞，鱼儿沉水，说明音信不通。 2 **移破秦筝柱：**秦筝十三弦，每弦皆有琴柱支撑，移动弦柱可以调节音色高低。“移破”是夸张用法，说明移动弦柱多次。

蝶恋花

晏幾道

导读

此篇是别后抒怀词。开篇直抒情事，昔日与故人醉中相别，相聚短暂，离散容易。后两句移入实景，夜半月斜，凭窗失眠。画屏闲展，可见室中空寂，观屏中吴山，可见人心中孤寂。下阕前几句仍是抒情，衣上酒痕与诗中文字，皆在诉说词人的凄凉意绪，将酒痕与文字类比，构思奇特而合理。后两句又转入实景，化用唐人杜牧《赠别》之句：“蜡烛有心还惜别，替人垂泪到天明。”将红烛拟人化，陡添凄清寒意。

原文

醉别西楼醒不记，春梦秋云[1]，聚散真容易。斜月半窗还少睡，画屏闲展吴山翠。

衣上酒痕诗里字，点点行行，总是

译文

醉里离开西楼，醒来之后全无记忆。春梦短暂，秋云易散，时光飞逝，如同云梦，消散无痕，人生聚后离散，最是容易。月亮斜挂在半窗，窗内之人少睡，榻前画屏闲闲地舒展，屏中吴地山水青翠。

衣襟上的酒痕与诗里的文字一样，都是一点一点，一行一行，诉说着凄凉苦意。红烛自悲凄凉意。红烛自怜无好计，夜寒空替人垂泪。

自怜，也没有好的办法解人愁绪，只能在寒夜之中白白地替人垂下眼泪。

注释

1 **春梦秋云**：指时光飞快流逝，如同云梦消散了无痕迹。唐人白居易诗《花非花》有句："来如春梦不多时，去似秋云无觅处。"词中即化用此句。

鹧鸪天

晏幾道

导读

此篇抒写别后相逢。上阕以"当年"二字点出所述乃回忆之事，当时佳人劝酒殷勤，歌舞尽兴。下阕先写别后回忆，多次梦中相见。最末两句点出，因总是梦中相见，此次相逢，仍恐是梦中，感人至深。此词佳处在于一波三折，从回忆往昔，到梦中相逢，到最末真的重逢，却犹似梦中。曲曲折折，深婉动人。

原文

彩袖殷勤捧玉钟，当年拚却[1]醉颜红。舞低杨柳楼心月，歌尽桃花扇底风。

从别后，忆相逢，几回魂梦与君同。今宵剩把银釭照[2]，犹恐相逢是梦中。

译文

当年佳人轻挽彩袖殷勤地为我捧起玉制的酒盅，让我心甘情愿醉红了脸。佳人翩翩起舞，从月上柳梢的傍晚，直至明月当空照高楼的深夜，众人尽情歌唱，直到再也无力摇动桃花扇。

自从分别之后，回忆起相逢之时，几次在魂梦之中与你相聚。今夜尽情用银灯照亮细看，仍然害怕此次与你相逢是在梦中。

注释

1 **拚(pàn)却**:甘愿,任凭。 2 **剩**:只管,尽情。 **银釭(gāng)**:银色底座的油灯。

生查子

晏幾道

导读

此篇是行役思人之作。上阕实写行役之中,思念恋人,为之白头。下阕虚写,想象回归之日,要对相思之人诉说衷肠。全篇用语简洁朴素,语短情长。

原文

关山[1]魂梦长,塞雁音书少。两鬓可怜青[2],只为相思老。

归傍碧纱窗,说与人人[3]道。真个别离难,不似相逢好。

译文

身处关口,魂梦渐长,塞外鸿雁带来的音讯越来越少。我两鬓令人怜爱的黑发,只因为相思而渐渐老去。

等我归来,依傍在碧纱窗下,我要和你说:“与你分离真的好难,不像相逢这样好。”

注释

1 **关山**:关口。2 **可怜青**:可爱的黑发。可怜,可爱的,令人怜爱的。青,黑色,借指黑发。 3 **人人**:对亲爱之人的昵称,宋代口语。

木兰花

晏幾道

导读

此篇是伤春词。上阕开篇怨东风无情，用拟人手法。“碧楼”两句说明伤春之情缘来已久，年年如是。“遮”字用得巧妙，愁本无形，以帘影遮之，则化无形于有形，使之具象化。下阕恼自己不该多管春残闲事，以致耗神垂泪，其实侧面表达对暮春花残的无可奈何。末句将情绪收束于美酒落花之中，虽是愁怀，但不乏洒脱意气。哀而不伤，俊逸洒脱，大概是小山词在一众婉约词当中的特出之处。

原文

东风又作无情计，艳粉娇红[1]吹满地。碧楼帘影不遮愁，还似去年今日意。

谁知错管春残事，到处登临曾费泪。此时金盏直须深，看尽落花能几醉。

译文

东风又使出无情的心计，将深红浅红的各色娇美花朵吹落满地。玉楼上的层层帘影遮不住春愁，仍然像去年今日一样勾起了伤感的情绪。

谁知我错误地理会了这暮春花残之事，登山临水之处皆费神垂泪。此刻金杯之中只管满斟美酒，看尽这落花，又能有几次酣醉！

注释

1 **艳粉娇红：**形容春日花朵多彩娇美。

木兰花

晏幾道

导读

此篇是恋情词。上阕写景，“秋千”两句回忆与恋人相处时的居所与闲事。“雨余花”“风后絮”两句看似写暮春景致，实则委婉道出恋人后来的沦落之境，惹人怜惜。下阕抒情，从前欢会，而今音信全无，“襄王春梦”之典再次暗示从前欢场相恋，而今了无痕迹。“紫骝”两句，骏马尚且记得从前游乐之地，何况词人呢？可见情深。

原文

秋千院落重帘暮，彩笔[1]闲来题绣户。墙头丹杏雨余花，门外绿杨风后絮。

朝云[2]信断知何处？应作襄王春梦去[3]。紫骝[4]认得旧游踪，嘶过画桥东畔路。

译文

架着秋千的院落里帘幕重重已是春暮，闲暇之时在华丽的门户上提笔挥毫。墙头残余着几枝经雨后的红杏，门外碧绿的柳枝随风飘下飞絮。

佳人的音信断在了何处？从前的欢会就像是楚襄王的春梦那样一去不返。骏马还认得旧时游乐过的踪迹，嘶鸣着路过画桥东边的道路。

注释

1 **彩笔:** 相传江淹有五彩笔，故而文思敏捷。 2 **朝云:** 据宋玉《高唐赋·序》载，楚王游高唐梦神女与之欢会，神女临走时说自己“旦为朝云，暮为行雨”，楚王为其立“朝云”庙。此以“朝云”代指佳人。 3 **襄王春梦:** 宋玉《神女赋·序》载，楚襄王与宋玉游云梦，闻先王高唐梦神女，夜寝，亦梦遇神女。此处用典形容词人往日欢乐恣意的生活如梦幻一般化去，而今无处寻踪。 4 **紫骝**(liú)**:**骏马。

清平乐

晏幾道

导读

此篇写恋人离别。上阕描写分别的情景,恋人苦留不住,醉饮送行之酒后登舟离去,“碧涛”“晓莺”等是送行人想象恋人旅途中的景色,“过尽”隐隐道出恋人离去之快速,暗添怨念。下阕以杨柳诉别情,仍是缠绵。而末两句陡转,让恋人再不要寄书信来,因为从前欢娱无所凭据。其决绝口吻很是突然,但仍是负气之言,将女主人公怨恨恋人离去又难以彻底割舍的矛盾心理表现得细致入微。

原文

留人不住,醉解兰舟去。一棹碧涛春水路,过尽晓莺啼处。

渡头杨柳青青,枝枝叶叶离情。此后锦书[1]休寄,画楼云雨无凭。

译文

留不住心上人,他酒醉后解开兰舟离去。画船行走在春水碧波之中,所过之处耳边萦绕拂晓黄莺的啼鸣。

送别的渡头杨柳郁郁葱葱,它们的枝枝叶叶都饱含着你我的离别之情。从此以后不要再寄来书信诉说衷情,那华丽楼阁上的欢情盟誓皆是空口无凭。

注释

1 **锦书:**指情书。

阮郎归

晏幾道

导读

此篇是闺怨怀人词。上阕写女主人公早起梳妆，熏香脂粉还似从前，可恋人情意不再，以旧物比故人，合情合景。后两句承前，以“书更疏”举证恋情越来越淡薄。下阕用“冷”和“孤”来形容“衾凤”“枕鸳”这本来是成双成对的意象，更显独眠之人的冷清寂寞，故而只好借酒浇愁。最末两句为解相思求索于虚无的梦寐，无奈梦也没有，反倒更添愁郁。末尾与宋徽宗《宴山亭》末“除梦里有时曾去。无据，和梦也新来不做”有异曲同工之妙。

原文

旧香残粉似当初，人情恨不如。一春犹有数行书，秋来书更疏。

衾凤[1]冷，枕鸳[2]孤，愁肠待酒舒。梦魂纵有也成虚，那堪和梦无。

译文

剩余的熏香和残留的脂粉还和当初一样，可恨恋人的情意却不像当初。春天尚且还有几行书信寄来，秋天以来书信更为稀疏。

绣着凤凰的衾被里凄凄冷冷，绣着鸳鸯的枕头上人影孤单，满腹愁肠只待美酒来舒缓。梦中纵使能相见也是虚空一场，哪里还能忍受连梦也没有。

注释

1 **衾凤：**被子上绣着的凤凰。此指被子。 2 **枕鸳：**枕头上绣着的鸳鸯。此指枕头。

阮郎归

晏幾道

导读

此篇是重阳抒怀之作。上阕前两句写景，露已成霜，大雁南飞，秋意甚浓。后两句写重阳佳节，有美酒佳人相伴，人情温暖，好似回到了故乡。下阕承接上阕之意，趁着佳节佩兰草、簪菊花，难得放纵恣肆一场，似将节日的热烈气氛烘托至顶峰。然而最末两句陡转，他乡终非故乡，沉醉无法消除悲凉，而清歌只徒增断肠。结句愁绪突起，又戛然而止，余不尽之意。

原文

天边金掌[1]露成霜，云随雁字[2]长。绿杯红袖趁重阳，人情似故乡。

兰佩紫，菊簪黄，殷勤理旧狂。欲将沉醉换悲凉，清歌莫断肠。

译文

远望天边，京城里铜人手中托着承露盘，已是露结成霜的时节，云彩随着大雁列字南飞而被拉长。举起酒杯，舞动红袖，趁着重阳，人情温暖好似回到了故乡。

佩戴紫茎的兰花，簪上黄色的菊花，费尽心思地整理出一如从前那样的疏狂。想要用沉醉替换心绪的悲凉，清唱的歌曲莫作悲声，一唱将要断肠。

注释

1 **金掌：**汉武帝在长安建章宫建铜柱，上有铜人，手掌托着承露盘。

2 **雁字：**大雁飞行时排列成“人”字或“一”字，故称。

六幺令

晏幾道

导读

此篇以歌女口吻叙写恋情。上阕写女主人公在暮春黄昏学画远山眉，春心荡漾，眼波横流，未及写情，情已流溢。又写女主人公自制妙曲演唱，颇受欢迎，可见其才情歌艺皆好。下阕写女主人公与情人互赠诗文，“难答”“慵押”等语流露出女主人公的娇憨。“笙歌散了”几句写女主人公歌宴之后与情人的短暂约会，不用红蜡，但凭月色，颇有意趣，而末句将前文之热闹归于密会时的宁静，更是意味深长。

原文

绿阴春尽，飞絮绕香阁。晚来翠眉宫样，巧把远山[1]学。一寸狂心未说，已向横波[2]觉。画帘遮匝，新翻曲妙，暗许闲人带偷掐[3]。

前度书多隐语，意浅愁难答。昨夜诗有回文[4]，韵险[5]还慵押。都待笙歌散了，记取来时霎。不消红蜡，闲云归后，月在庭花旧阑角。

译文

绿树成荫，春光已尽，飞絮飘扬，环绕熏香的楼阁。傍晚时分，找来宫中时新的翠眉样式，用巧思学画细长浅淡的远山眉。一颗心的火热激情尚未言说，却已从流转如波的目光中察觉。彩绣的帘幕密密遮蔽，却挡不住新改编的妙曲传出，暗暗默许了听曲闲人记谱偷学。

你之前寄来的书信当中多有隐语，意思虽浅显，但我难以回答。你昨夜的诗是回文体，用韵又险，让我懒得步韵和诗。等到歌乐散场，记得来相会的那一时，不需要红烛照明，闲云归去后，月亮照在庭院花丛边的旧日栏杆一角。

注释

1 **远山:**远山眉。将眉毛画得细长浅淡,像水墨点染的远山。典出《西京杂记》卷二"(卓)文君姣好,眉色如望远山"。 2 **横波:**眼神,指目光流转如水波横斜。 3 **偷掐:**指暗中依曲记谱。 4 **回文:**一种词序回环或顺逆皆可读的诗体。 5 **韵险:**诗歌用韵太窄,难以和诗。

御街行

晏幾道

导读

此篇写旧地重游怀恋故人。全篇多是写景,将怀人情愫融于景物描写当中,情与景多层次展开。开篇上阕第一层写暮春时节寻访佳人,佳人所居在景色美好的街南。第二层寻人不遇,则回至北楼,痴望街南之树。下阕承接上文,"阑干倚尽""几度黄昏雨"说明痴痴等待已是多日,此又是一层。佳人苦等不来,于是骑马盘旋于二人曾经同游过的绿荫之地,此是第四层。最末用唐人崔护"人面桃花"的典故点明景在人不在之失落,伤感意味更为浓烈。此篇妙处在于结构井然而情致婉曲,耐人寻味。

原文

街南绿树春饶[1]絮,雪[2]满游春路。树头花艳杂娇云,树底人家朱户。北楼闲上,疏帘高卷,直见街南树。

阑干倚尽犹慵去[3],几度黄昏雨。晚春盘马[4]踏青苔,曾傍绿阴深驻。

译文

春日的街南绿树葱郁,柳絮多得像白雪一样铺满了行人春游的道路。树梢上交杂映衬着艳花与娇云,树荫底下居住着朱门大户的人家。闲散地登上北面的高楼,稀疏的帘幕高高卷起,一眼望见街南的绿树。

倚遍了栏杆,仍然懒怠离去,经历了几场黄昏雨。晚春时节,骑马盘旋,踏在青苔之上,我们曾经在这绿树成荫的地方久落花犹在，香屏空掩，人面知何处[5]？

久地驻足。从前的落花依旧，华美的屏风空掩，心中思念的人不知去了何方？

注释

1 **饶**：多。 2 **雪**：比喻白色柳絮。 3 **慵去**：懒得离去。 4 **盘马**：骑马盘旋。 5 **人面知何处**：此句化用唐人崔护《题都城南庄》句“人面不知何处去，桃花依旧笑春风”。

虞美人

晏幾道

导读

此篇是闺怨词，以闺中妇人口吻抒写对离人的思念怨悱之情。上阕写闺中女子倚栏盼归，以明月之圆反衬情人的不团圆。“昨夜还曾倚”说明女主人公非一时期盼，而是夜夜盼归。第三句的“初”字尤妙，不说眼下，而言当初，暗示女主人公在离别之初尚且对月圆之夜有所期盼，而今的月圆只能更添烦忧。下阕“罗衣著破”说明分别时间之久，“旧意”一语则分明有所怨恨。末尾更直言整整一春都沉浸在离愁别恨之中，哀婉之至。

原文

曲阑干外天如水，昨夜还曾倚。初将明月比佳期，长向月圆时候、望人归。

罗衣著破前香在，旧意谁教改。一春离恨懒调弦，犹有两行闲泪、宝筝前。

译文

弯弯曲曲的栏杆外天色如水一样湛蓝，昨日夜里我也曾倚靠在这里。离别之初我还将明月比作佳期，常常在月圆之时盼望着离人归来。

身上的罗衣已穿破，从前的香气还残留，旧时的情意是谁改变了？整个春天因为离别恨意而懒怠调弦弹琴，却还有两行闲愁之泪滴落在宝筝之前。

留春令

晏幾道

导读

此篇是闺怨词，写闺中女子怀恋离别的爱人。上阕以午夜梦回开篇，心神隐约迷茫，画屏云水朦胧，如此情境出自刚刚睡醒之人，很符合生活细节，亦营造出忧郁基调。后几句寄书给相思之人，点明愁闷缘由。下阕写女子回到曾经别离的高楼之上，远望恋人所去之地，可见痴情。末句谓楼下江水中有自己的相思之泪，更添幽婉深致。而“分流”一语双关，既写楼下之水，又暗指与爱人分离，十分巧妙。

原文

画屏天畔，梦回依约，十洲[1]云水。手拈[2]红笺寄人书，写无限、伤春事。

别浦[3]高楼曾漫倚，对江南千里。楼下分流水声中，有当日、凭高泪。

译文

画屏中的天边，在我午夜梦回时，隐隐约约，看着像是十洲仙山的云水。手里捏着红色信纸想要寄信给你，把心中无限的伤春心事写与你知。

我曾长久地倚靠在我们分别的水边高楼上，面对着千里的江南风光。楼下江水分流有声，那水中有我当日凭倚高楼落下的眼泪。

注释

1 **十洲**：传说中的十座仙山，为仙人所居。此处指屏风上的山水图画。
2 **拈**(niǎn)：用手指搓转。 3 **别浦**：分别的水边。

思远人

晏幾道

导读

此篇是闺怨词，以闺中女子口吻抒写对外出游子的思念之情。上阕融情于景，将思念之情融合在晚秋景致之中，高旷辽远而情意深长。下阕主要抒情，描写女主人公给游子写信的种种细节，其中泪滴砚台、和泪研墨，泪滴信纸、红笺无色，此二事之描写既贴合生活实际又最为真挚深婉，尤其令人动容。

原文

红叶黄花秋意晚[1]，千里念行客。飞云过尽，归鸿[2]无信，何处寄书得？

泪弹不尽临窗滴，就砚旋[3]研墨。渐写到别来，此情深处，红笺为无色。

译文

红色的枫叶与黄色的菊花传达着晚秋之意，我思念着千里外的行客游子。天边飞云尽过，南归的大雁没有带来你的消息，我要向哪里寄送给你的书信？

临窗而哭，眼泪滚落不尽，就着这滴在砚台里的泪水旋即研墨写信。渐渐写到与你分别之事，怨恨愈加浓重，频频滴落的泪水竟冲淡了信纸的红色。

注释

1 **红叶黄花**：指枫叶与菊花。2 **归鸿**：南归的大雁。3 **旋**：旋即，立刻。

水调歌头

苏轼

导读

苏轼(1037—1101),字子瞻,号东坡居士。北宋仁宗朝嘉祐二年(1057)进士,得欧阳修赏识。神宗熙宁时期曾先后出知杭州、密州、徐州。元丰时因诗文讽喻新法,触怒新党,遭遇历史上有名的“乌台诗案”,贬居黄州。哲宗元祐时期旧党执政,累迁中书舍人、翰林学士、知制诰等,后出知杭、颍、扬、定诸州。绍圣期间,新党重掌政权,远贬惠州、儋州。至徽宗即位,遇赦北还,病逝于常州。苏轼为全能型的文学大家,诗词文赋兼擅,对于词体开创尤多,境界开阔,风格多样,超逸洒脱,既有婉约清丽之词,亦作放旷清壮之词,在词体婉约本色词之外,别立一宗,开创豪放词派。词集有《东坡乐府》,存词三百余首。

此篇是中秋怀人之作。词人当时外任密州,已与胞弟苏辙分别多年,中秋难聚,故借明月抒怀。词从问月发端,一问明月起始,二问天宫何年,浮想联翩,奇逸超凡。之后又联系自我,想要乘风归去,“归”字用得颇有意味,既是去月宫,又何言归?莫非词人本是谪仙?又或者说词人欲归之月宫又暗喻朝堂?随即“我欲”又化为“惟恐”,月宫孤寒,即便起舞也只有清影相伴,还是不如在人间。下阕连用“转”“低”“照”三个动词,描绘月移夜深之景,暗合词人失眠之境。“不应有恨”两句分明是词人对明月有些微怨意,怨其在人们分别时月圆,然这怨意转瞬即逝,旋即自解于妙理。人不长聚,月难长圆,此乃自然规律,只要各自安好,千里之外共赏明月亦是乐事。此篇清旷超迈,格调高洁,情韵俱佳,故南宋胡仔评云:“中秋词自东坡《水调歌头》一出,余词尽废。”

原文

丙辰[1]中秋，欢饮达旦，作此篇兼怀子由[2]。

明月几时有，把酒问青天。[3]不知天上宫阙[4]，今夕是何年。我欲乘风归去，惟恐琼楼玉宇[5]，高处不胜寒。起舞弄清影，何似在人间。

转朱阁，低绮户，照无眠。不应有恨，何事长向别时圆？人有悲欢离合，月有阴晴圆缺，此事古难全。但愿人长久，千里共婵娟[6]。

译文

丙辰年的中秋节，开心地喝酒直至天明，写下这篇词，同时也思念我的弟弟子由。

明月从何时开始存在？我端着美酒询问青天。不知道天上的月宫，今夜是哪一年？我想要乘着清风归去，又害怕那美玉雕琢的楼宇，处在云霄高处，不能忍受凄凉的清寒，翩翩起舞也只能守着自己孤独的身影，哪里像在这人间？

月光转过朱漆的楼阁，低低地移入雕花的窗前，映照着失眠的人。明月不应对人间怀有怨恨，却为何偏偏在人们别离的时候月圆呢？人间有悲欢离合，月亮有阴晴圆缺，此事自古以来难以万全。但愿你我二人能够安康长久，虽相隔千里也能共赏这美好明月。

注释

1 **丙辰**：宋神宗熙宁九年(1076)，当时苏轼在密州(今山东诸城)。 2 **子由**：苏辙，字子由，苏轼的弟弟。 3 **明月几时有，把酒问青天**：唐人李白《把酒问月》诗有句“青天明月来几时，我今停杯一问之”，此句即化用其意。 4 **天上宫阙**：指月宫。 5 **琼楼玉宇**：指月宫。 6 **婵娟**：指明月。

水龙吟

次韵章质夫《杨花词》[1]

苏轼

导读

此篇借咏杨花抒思妇离愁。上阕写杨花飘落，以柔肠喻柳条，以娇眼喻柳叶，情景好似闺中梦幻，构思奇巧又契合情理。下阕写春尽花落，杨花化为浮萍。若说杨花是三分春色，则两分归为尘土，一分交付流水，极尽哀伤，末句以杨花实是离人之泪点明主题。全篇用拟人手法，将无情之杨花比喻成有情之思妇，情韵神似，栩栩如生，若即若离，缠绵悱恻，是咏物词中名篇。

原文

似花还似非花，也无人惜从教坠[2]。抛家傍路，思量却是，无情有思[3]。萦损柔肠，困酣娇眼，欲开还闭。梦随风万里，寻郎去处，又还被莺呼起。[4]

不恨此花飞尽，恨西园、落红难缀。晓来雨过，遗踪何在？一池萍碎[5]。春色三分，二分尘土，一分流水。细

译文

像花又不像是花，也没有人怜惜，任凭它飘零坠落。抛却有如家乡的枝头，依傍路旁道边，看似无情却是有意。柳枝有如柔肠，愁思萦绕而憔悴无力，柳叶似那娇眼困倦迷茫，似要睁开又懒懒闭合。杨花飘荡，好似那春闺妇人恍惚入梦，随风去向万里之外，追寻情郎所在的地方，却又被黄莺的娇啼唤醒。

不怨恨这杨花已经飞尽，只恨西园里的落花再难连缀枝头。早晨又下了一场小雨，杨花遗落的踪迹在哪里？已化作了一池零乱的浮萍。若将杨花春色分为三分，则有两分归于尘土，一分交付了流水。仔

看来不是杨花，点点是离人泪。

细看来，那不是杨花，而是离别之人的滴滴眼泪。

注释

1 **章质夫：**章楶(jié)，字质夫，苏轼同僚好友。曾作《杨花词》，苏轼用其词之原韵唱和，故称次韵。 **杨花：**实指柳花，即柳絮。 2 **从教坠：**任凭它飘落坠地。 3 **有思：**有意。 4 **"梦随风万里"三句：**形容杨花飘荡，忽起忽落，惶然迷离，好似闺妇追寻情郎的梦境。唐人金昌绪《春怨》诗云："打起黄莺儿，莫教枝上啼。啼时惊妾梦，不得到辽西。"词中即化用此诗。 5 **萍碎：**指杨花飘落水中有如浮萍。

永遇乐

苏轼

导读

本篇小序言为梦盼盼而作，实是一首怀古词，抒发了古今世事如梦的感慨。上阕写景，清风明月，鱼跳露泻，一派清冷之象。此时词人从奇遇佳人的睡梦中惊醒而游园，更显寂寞。下阕抒怀，由景入情，游子思归不得，梦想破灭，人亡物在，一切都充满了酸楚之感。"古今如梦"一句点题，一切是梦，则不必伤怀，或许多年之后，后人也会为我所建之楼台而发出感叹呢！情入此理，则再无伤感，反倒生出一种超凡脱俗的舒爽快意。

原文

彭城夜宿燕子楼[1]，梦盼盼，因作此词。

明月如霜，好风如水，清景无限。曲港跳鱼，圆荷泻露，寂寞无

译文

夜晚住宿在彭城的燕子楼，梦见燕子楼的旧主关盼盼，因而写下了这首词。

月光如霜般洁白，好风如水一样清凉，夜景清幽无限。弯曲的河港里鱼儿跳出水面，圆圆的荷叶上露珠倾泻下来，寂寞的夜

人见。纨如[2]三鼓，铿然[3]一叶，黯黯梦云惊断。夜茫茫、重寻无处，觉来小园行遍。

天涯倦客，山中归路，望断故园心眼。燕子楼空，佳人何在？空锁楼中燕。古今如梦，何曾梦觉，但有旧欢新怨。异时对、黄楼[4]夜景，为余浩叹。

里一个人也不见。三更的鼓声响起，静夜中落叶触地有声，将我从黯然魂梦中惊醒。夜色茫茫，找不到之前美妙的景色，醒来之后我将小园寻了个遍。

流浪天涯的游子已经疲倦，看着山中归去的道路，眼里心中痴痴地盼着回归故乡。燕子楼已空，当年的楼中佳人在哪里？只空空地锁着楼中的燕子。古今万事都似是梦，不曾梦醒，只有旧欢和新怨牵动人心。等到以后，人们对着黄楼的夜景，会为我发出深深的叹息。

注释

1 **燕子楼：**唐代张建封镇守徐州时为爱妾关盼盼所建，张死后，盼盼感念旧情而不改嫁，独居燕子楼十余年。白居易曾作《燕子楼》诗歌咏此事。 2 **纨(dǎn)如：**纨然，击鼓声，古时夜晚击鼓以报时。 3 **铿(kēng)然：**本指金石之声，此处形容寂静夜里落叶触地有声。 4 **黄楼：**苏轼任徐州知州时在彭城建黄楼。

洞仙歌

苏轼

导读

此篇描写蜀主孟昶与宠妃花蕊夫人夏夜在摩诃池纳凉的情景。上阕写花蕊夫人之美，首二句写其肌肤如冰，身骨如玉，是神仙资质。而后荡开笔去，写所居环境乃水殿，有清风、暗香、绣帘、明月。“绣帘开”两句尤其动人，清风拂动，绣帘微开，“一点明月窥人”，拟人手法用得灵动俏皮，最富情致。而明月所窥之景，却是美人倚枕，“钗横鬓乱”，自然妩媚，无一点尘俗气。下阕写蜀主与花蕊夫人携手至室外纳凉，“试问夜如何”几句对话写出二人闲适中的绵绵情意。“但屈指、西风几时来”，情人相守则不觉时光流逝，只问秋风几时能来，却不知年华已如流水偷偷转换，将情词抹上哲理色彩，让人思量，意蕴深远。此词之深婉与东坡之豪放词异趣，然不减旷逸神韵，仍是东坡词本色。

原文

余七岁时，见眉州老尼，姓朱，忘其名，年九十岁。自言尝随其师入蜀主孟昶[1]宫中，一日大热，蜀主与花蕊夫人夜纳凉摩诃池上[2]，作一词，朱具能记之。今四十年，朱已死久矣，人无知此词者，但记其首两句，暇日寻味，岂《洞仙歌》令乎？乃为足[3]之云。

冰肌玉骨，自清凉无汗。水殿风来暗香满。绣帘开、一点明月窥人，人未寝，攲枕[4]钗横鬓乱。

起来携素手，庭户无声，时见疏星度河汉。试问夜如何？夜已三更，金波[5]淡、玉绳[6]低转。但屈指、西风几时

译文

我七岁的时候，遇见眉州的老尼姑，姓朱，忘记她的名字了，高龄九十岁。她说曾经跟随她的师傅去五代蜀国君主孟昶的宫里，有一天天气非常热，孟昶和花蕊夫人夜晚在摩诃池上乘凉，写了一首词，朱姓老尼姑全部能记住。如今又过去四十年了，朱姓老尼姑已去世很久了，没有人知道这首词，我只记得开头两句，闲暇的日子探寻这两句的风味，难道不是《洞仙歌》短词调吗？于是补全了这首词。

冰雪一般的肌肤，美玉一般的身骨，自然是通体清凉而无汗。水池中清风吹过，送来满殿幽香。绣帘被风轻轻掀开，小小明月透过缝隙窥视帘中之人，佳人还未就寝，斜靠着枕头，发钗横斜，鬓发散乱。

携着佳人的素手起来，庭户之中毫无声响，抬头时望见疏落的流星越过银河。试问这样的夜晚已深至几何？已过了三更，月光渐渐浅淡，玉绳星低低西转。她只掐着手指计算秋日西风几时能来，却不知似水流年已

来，又不道流年、暗中偷换。

在暗暗地转换。

注释

1 **孟昶：**五代后蜀君主，在位三十一年，亡国后降宋，通音律，擅填词。 2 **花蕊夫人：**孟昶宠妃，孟昶降宋暴卒后为宋太祖贵妃。 **摩诃池：**建于隋朝，旧址在今成都东华门遗址，前蜀曾改称为宣华池。 3 **足：**补足。 4 **攲(yǐ)枕：**斜靠着枕头。攲，通“倚”。 5 **金波：**指月光。 6 **玉绳：**星名。

卜算子

黄州定惠院寓居作

苏轼

导读

此篇是咏物词，作于苏轼贬居黄州之时，词中所咏之孤鸿其实就是苏轼的自况。词上阕写夜景，残月当空，漏断人静，营造清冷孤寂的气氛。而后以幽人独往与孤鸿缥缈相对举，颇具象征意味与浪漫气息。下阕承接上文，仍以象征手法写孤鸿遭际，可视作苏轼的自我剖白。“惊起”二句虽是写孤鸿，但尽显词人惊魂不定、忧惧孤苦的内心。“拣尽”二句写孤鸿宁守荒冷沙洲，不肯攀缘高枝，实是诗人自守清高、不甘流俗的自白。全篇意境清冷孤高，语语双关，黄庭坚评云：“语意高妙，似非吃烟火食人语，非胸中有数万卷书，笔下无一点尘俗气，孰能至此！”

原文

缺月挂疏桐，漏断[1]人初静。谁见幽人[2]独往来，飘渺[3]孤鸿影。

惊起却回头，有

译文

残月挂在稀疏的梧桐树梢，深夜漏壶的水已滴尽，人声也刚刚安静。谁能看见幽隐之人孤独地往来，只有那隐约飘忽的孤雁身影。

它突然惊飞而起却又留恋回首，心中有恨

恨无人省。拣尽寒枝不肯栖，寂寞沙洲冷。

却无人能懂。它选遍了寒冷的树枝却不肯栖息，最后独自停歇在一片冰冷的沙洲。

注释

1 **漏断：**计时漏壶的水已滴完，意指夜深。 2 **幽人：**幽隐之人，此是词人自指。 3 **飘渺：**同"缥缈"，隐约，若有若无。

青玉案

送伯固[1]归吴中

苏轼

导读

此篇是送别词。上阕写词人送友人归吴中，引发对吴中的怀念，后四句写词人对吴中景物十分熟悉，可见情感之深。下阕借王维隐居时所作之画来暗指吴中景物之美，又双关欲隐之意。最末四句云老天若准许归隐，则杭州是最佳定居之地，身上所穿之春衫尚且是当年离别西湖时佳人所缝。全篇笔意婉丽清艳，借送别友人表达自己欲归之意，构思巧妙。

原文

三年枕上吴中路，遣黄犬[2]、随君去。若到松江呼小渡，莫惊鸳鹭，四桥尽是、老子经行处。

辋川图上看春暮[3]，常记高人右丞[4]句。作个归期天定许，春衫犹是，小蛮针线，曾湿西湖雨。

译文

三年来常在梦中踏上回归苏杭之路，我派遣一只传信的黄犬，跟你一同归去。你若到了松江呼唤渡船，莫要惊扰了鸳鸯白鹭，吴中四桥的各处我都曾经游赏过。

欣赏王维的《辋川图》，看着画中的暮春之景，常常记起高士王维的诗句。定下一个回归的日期，天公一定允许，身上穿着的春衫还是小蛮的针线缝制，曾被西湖的离别之雨沾湿。

注释

1 **伯固:**苏坚,字伯固,是苏轼的同宗好友,曾与苏轼在杭州共事。 2 **黄犬:**此处用西晋陆机以黄犬传递家书的典故。据《晋书·陆机传》载:陆机有犬名黄耳,曾系家书于其颈,黄耳送书至家,并携答信返回洛阳。此指让黄犬带回故地的消息。 3 **辋川图:**唐代王维画作。此句指观王维之画。 4 **右丞:**王维曾任尚书右丞,故世人称其为王右丞。

临江仙

苏轼

导读

此篇是遣怀之词,作于苏轼贬居黄州之时。上阕记事,写词人夜饮东坡,几度沉醉,回家时已是夜半,家童熟睡不醒,家门难进,只好扶杖听那滔滔江声。其中特意写家童熟睡鼾鸣,与词人苦闷醉饮形成鲜明对比。下阕抒怀,痛恨身不由己,深陷于名利苦海之中,故而发出从此归隐、寄情江海的誓愿,苦闷中生出洒脱,终是东坡之风。

原文

夜饮东坡[1]醒复醉,归来仿佛三更。家童鼻息已雷鸣,敲门都不应,倚杖听江声。

长恨此身非我有,何时忘却营营[2]。夜阑风静縠纹[3]平,小舟从此逝,江海寄余生。

译文

夜里在东坡饮酒,酒刚醒又喝醉,回家时仿佛已是夜半三更。家童已熟睡,鼾声如雷,我敲门都毫无应答,只能倚靠着拐杖听那滔滔江声。

长久地痛恨我的身体不能自我做主,何时能够忘却这些虚浮名利。夜深了风平浪静,我多想乘小船而去,从此将余生托付于江海。

注释

1 **东坡:**在今湖北黄冈东南,苏轼贬居黄州时躬耕于此,故后来自号东坡。2 **营营:**内心不安,奔走钻营,形容追逐名利。3 **縠(hú)纹:**细小的波纹。縠,有皱纹的纱。

定风波

苏轼

导读

此篇是纪行小词,作于苏轼贬居黄州之时。词人与友人郊外遇雨,同行诸人都觉狼狈,词人却有不同的感受。上阕首句以“穿林打叶”形容风骤雨急,然词人以“吟啸徐行”的从容态度应对,可见胸襟。下阕“斜照相迎”“也无风雨也无晴”等语更显词人的淡然与豁达。全篇写日常生活小景,但充满哲学意味,情、景、理三者巧妙融合,塑造了一个自信乐观、飘逸旷放的人物形象。

原文

三月七日,沙湖道中遇雨,雨具先去,同行皆狼狈,余不觉。已而遂晴,故作此。

莫听穿林打叶声,何妨吟啸且徐行。竹杖芒鞋[1]轻胜马,谁怕?一蓑烟雨任平生。

料峭[2]春风吹酒醒,微冷,山头斜照却相迎。

译文

三月七日在沙湖的路上遇到下雨,仆人已先拿着雨具离去了,同行的人都觉得很狼狈,我不这样觉得。不多久天便放晴了,于是作了这首词。

不要听那穿透树林、敲打树叶的风雨之声,不妨一边吟唱一边缓缓行走。竹杖与草鞋,轻快自便胜过骑马,有什么可怕?披一身蓑衣,便任我在烟雨之中安度平生。

春风带着寒意吹人酒醒,微微有些寒冷,山头的斜阳却恰来相迎。回首望向风

回首向来萧瑟处，归去，也无风雨也无晴。	雨萧瑟的来处，信步归去，心中淡然既无风雨也无天晴。

注释

1 **芒鞋：**草鞋。 2 **料峭：**形容春风带着寒意。

贺新郎

苏轼

导读

此篇上阕咏人，写美人独居于华屋之内，绝尘而又孤寂。下阕咏物，写石榴花盛开于春日繁花尽落之后，亦不免被秋风吹落的命运，既是写花，亦是写人。全篇意象清隽，人似花娇，花具人愁，以榴花喻美人，又以美人委婉表达词人的心声，婉曲缠绵，寄意深远。

原文	译文
乳燕飞华屋。悄无人、槐阴转午，晚凉新浴。手弄生绡[1]白团扇，扇手一时似玉。渐困倚、孤眠清熟。帘外谁来推绣户？枉教人、梦断瑶台[2]曲。又却是，风敲竹。	雏燕穿梭于华丽的屋内。悄然无人，槐树的树荫在午后慢慢转移，傍晚天凉，佳人刚刚出浴。手中把弄着白色绢扇，扇子与素手洁白似玉。渐觉困倦斜倚，独自熟睡。帘外是谁来推开雕绘华美的门户？白白地让人在瑶台仙曲中惊醒。细看时，原来是夜风叩响了竹门。
石榴半吐红巾蹙[3]。待浮花浪蕊都尽，伴君幽独。秾艳一枝细看取，芳心千重似束。又恐被、西	石榴花半开好似红巾褶皱。等到轻浮争艳的花卉都谢了，只有这石榴花来陪伴幽独佳人。摘取一枝鲜艳的石榴花细细地玩赏，千重的花瓣正像是佳人的芳心被

原文	译文
风惊绿。若待得君来向此，花前对酒不忍触。共粉泪，两簌簌[4]。	万千深情重重紧束。又害怕被秋风惊扰而凋落，只剩一树叶绿。如果等到佳人来面对此景，残花之前饮酒的凄楚不忍目触。残花与粉泪，两相垂落。

注释

1 **生绡:**未经漂煮的丝绢。2 **瑶台:**传说中的仙境。3 **蹙:**皱。4 **簌簌:**纷纷坠落的样子。

江城子

乙卯正月二十日夜记梦

苏轼

导读

此篇是苏轼唱绝千古的悼亡词。用词体悼亡，是东坡之首创。词首句以十年生死相隔写尽离恨，因为过于思念而想要忘怀，却心不由己，欲忘不得，情感自然真挚。人不得见，孤坟亦在千里之外，无处诉说相思，更添伤情。"纵然"二字转笔，即便相见又如何？长别十年，容颜大变，相见亦不能识，此时并入自我身世之感，恨憔悴衰老，今不似昔。下阕虚写魂梦相见，亡妻如故，二人却相对无言垂泪，细节动人。末尾三句再回归现实，痛断肝肠。全篇用白描手法，以平常语写平常事，无任何矫饰，然而凄婉执着，感人泪下。

原文	译文
十年生死两茫茫，不思量，自难忘。千里孤坟[1]，无处话凄凉。纵使相逢应不识，尘满面，	我与你十年生死相隔，两相渺茫。不愿去思念你，却又自然地难以忘怀。你的孤坟远在千里之外，我都没有地方去寻找你诉说凄凉。纵然我与你相逢，你应该也认不

鬓如霜。

夜来幽梦忽还乡，小轩窗，正梳妆。相顾无言，惟有泪千行。料得年年肠断处，明月夜，短松冈。

出我了，我如今已是俗尘满面，鬓白如霜。

夜里幽幽魂梦好似忽然回到家乡，你坐在小窗前，正在梳妆。我与你相对无言，只有垂泪千行。料想每年令我肠断之处，就是那明月朗照的夜晚，种满矮松的山冈孤坟。

注释

1 **千里孤坟：**指苏轼亡妻王弗之墓。此时苏轼外任密州（今山东诸城），亡妻葬于家乡眉山（今四川彭山），相隔岂止千里。

望海潮

洛阳怀古

秦观

导读

秦观（1049—1100），字少游，别号淮海居士，扬州高邮（今属江苏）人。元丰八年（1085）进士。元祐初年受苏轼举荐为秘书省正字兼国史院编修。师事苏轼，与黄庭坚、张耒、晁补之游于苏轼之门，世称“苏门四学士”。哲宗期间，因“元祐党籍”事连坐，一贬再贬，至郴州、横州、雷州等地。徽宗即位，诏允归朝，卒于北归途中。秦观词风婉约幽怨，多痴男怨女之词。

此篇是怀古词。上阕写早春游洛阳引发怀古之思，抒写旧时的欢乐极尽铺叙之词。下阕由回忆旧时的热闹转至今时年暮之孤独凄凉。词人善用今昔对照之法来形成强烈反差，全篇用语华丽绵密，温婉典雅，而意脉连续，颇有气骨，可视为秦观词风之代表作。

原文

梅英疏淡，冰澌溶泄[1]，东风暗换年华。金谷[2]俊游，铜驼[3]巷陌，新晴细履平沙。长记误随车[4]，正絮翻蝶舞，芳思[5]交加。柳下桃蹊[6]，乱分春色到人家。

西园夜饮鸣笳[7]。有华灯碍月，飞盖妨花。兰苑未空，行人渐老，重来是事堪嗟。烟暝酒旗斜，但倚楼极目，时见栖鸦。无奈归心，暗随流水到天涯。

译文

梅花稀疏浅淡，坚冰初融，随波荡漾，春风暗自转换了年华。从前金谷园中贤俊同游，铜驼街巷富丽繁华，初晴漫步于沙原。总记得年少时误追了人家的香车，正当这柳絮翻飞、彩蝶翩舞的时节，惹起春日的思绪万千。杨柳树荫、桃花小径，随意地将春色分送至千万人家。

夜饮于西园，吹奏起胡笳助兴，高挂的华灯遮掩了月色，飞驰的车盖碰伤了盛开的繁花。金谷园并未荒废、空旷，游人却渐渐衰老，旧地重游事事感慨嗟叹。烟霭弥漫的黄昏里酒旗斜飘，徒然倚楼远望，时而见到归鸦栖树。我心思归而无奈，只暗暗随着流水奔到天涯。

注释

1 **冰澌溶泄：**河里冰块初融，随流水荡漾。 2 **金谷：**金谷园，西晋石崇的别墅，在洛阳西北。 3 **铜驼：**汉代洛阳街巷名。 4 **长记误随车：**此处化用唐人韩愈《嘲少年》“只知闲信马，不觉误随车”句。 5 **芳思：**春日情思。 6 **桃蹊：**桃树下的小路。 7 **鸣笳：**奏乐助兴。笳，古代北方民族的一种乐器，类似笛子。

八六子

秦观

导读

此篇是思念佳人之作。陡然以恨开篇，接以叙事绘景，缠绵悱恻。碧草繁盛，漫漫无边，铲却还生，以之喻恨，形象贴切，又以眼前之景勾起离别回忆。下阕回忆再往前推，则是二人相恋的美好时光，却又陡然急转。欢娱虽好，无奈如流水不可长久，如今佳人远离，黯然伤神。结尾不直写心意，而用傍晚飞花、残雨、黄鹂啼鸣等意象来营造凄迷意境，烘托词人哀怨深沉的情感，独具巧思。

原文

倚危亭，恨如芳草[1]，萋萋[2]刬尽还生。念柳外青骢[3]别后，水边红袂[4]分时，怆然暗惊。

无端天与娉婷[5]，夜月一帘幽梦，春风十里柔情。怎奈向、欢娱渐随流水，素弦声断，翠绡香减。那堪片片飞花弄晚，蒙蒙残雨笼晴。正销凝[6]，黄鹂又啼数声。

译文

倚靠着高高的亭台，离恨有如芳草绵绵不绝，繁盛茂密，铲尽了还会复生。怀念起柳树旁我骑着青骢马与你离别，流水边你挥舞着红袖与我依依惜别，不禁悲怆生来，暗自心惊。

无来由上天赐予你娇美容颜，夜里明月透过帷帘来窥探幽梦，梦里你我柔情有如共沐春风十里。无可奈何，欢娱爱悦随同流水渐渐逝去，琴弦声音断绝，翠碧纱巾的芳香也消减。哪里还能忍受傍晚时分，片片花瓣凋谢飞舞，残雨蒙蒙，笼罩着新晴。正当销魂凝恨之时，黄鹂又啼叫了几声。

注释

1 **恨如芳草**：李煜《清平乐》有句："离恨恰如春草，更行更远还生。"

2 **萋萋:**形容草盛的样子。 3 **青骢:**毛色青白相杂的骏马。 4 **红袂:**红色衣袖,代指女子。 5 **娉婷**(pīngtíng):形容女子容貌、姿态美好。 6 **销凝:**销魂凝恨。

满庭芳

秦观

导读

此篇是恋人别离词。上阕写景,"抹"与"连"字用得精妙,苏轼以此直称为"'山抹微云'秦学士"。下阕述情,与恋人两情缠绵,一朝别离,伤情无限。既以直笔写伤情,又以景物衬内心,末尾三句写行船渐远,回首城楼,只见灯火不见人,景真情切。

原文

山抹微云,天连衰草,画角声断谯门[1]。暂停征棹,聊共引离尊。多少蓬莱旧事,空回首、烟霭纷纷。斜阳外,寒鸦万点,流水绕孤村。[2]

销魂,当此际,香囊暗解,罗带轻分。漫赢得青楼,薄幸名存。[4]此去何时见也?襟袖上、空惹啼痕。伤情处,高楼望断,灯火已黄昏。

译文

远山抹上淡淡的云,碧天连着枯黄的草,城楼上的画角声也停了。暂时停驻行舟,姑且共举离别的酒杯。许多当年馆居蓬莱阁的往事,今日徒然回首,都只是纷纷而过的烟云。天边夕阳之外,寂寂寒空中千万只乌鸦像黑点飞过,潺潺流水环绕着孤寂的村庄。

神迷魂惑,正当此时悄悄取下随身香囊,轻轻解开衣上罗带。白白赢得了一个混迹青楼、薄情负心之名。此时离去,何时才能再见?衣襟袖口,徒劳地沾惹上啼哭泪痕。那伤情之处,高楼消逝于回望的双眼,只见万家灯火,已是黄昏。

注释

1 **画角:**一种常用于军中的乐器。 **谯门:**古时城门上用以远望之高楼。 2 **寒鸦万点,流水绕孤村:**化用隋炀帝诗句:"寒鸦千万点,流水绕孤村。" 3 **薄幸:**薄情。此句化用自杜牧《遣怀》诗句:"十年一觉扬州梦,赢得青楼薄幸名。"

满庭芳

秦观

导读

此篇怀人。词大部分叙写回忆中与美人同游的乐事,那时春色宜人,花飞燕逐,香车宝马,兴尽而眠,情意无限。"豆蔻"一句直转入当下,孤独凭栏,日影惨淡,与前文形成鲜明对比,以此来表达对往日生活的无限留恋。全篇状物写景细腻传神,抒情婉转忧伤,语词清丽精工。

原文

晓色云开,春随人意,骤雨才过还晴。古台芳榭,飞燕蹴[1]红英。舞困榆钱自落,秋千外、绿水桥平。东风里,朱门映柳,低按小秦筝[2]。

多情,行乐处,珠钿翠盖[3],玉辔红缨[4]。渐酒空金榼[5],花困蓬瀛[6]。豆蔻[7]梢头旧恨,

译文

拂晓晨色里云雾散尽,春光美好尽随人意,暴雨才停天便放晴。古老而美丽的亭台与水榭之间,飞翔的燕子追逐飘落的红花。舞得困倦的榆钱自然掉落,秋千之外,碧绿的春水丰盈,与桥面齐平。春风里,朱红高门映衬翠绿杨柳,你在那里低低地弹奏出秦筝小乐。

往日多情,游冶行乐之处,你戴着珠宝镶嵌的首饰,乘坐翠羽装饰的华车,我骑着配备玉饰笼头和红色飘带的骏马。金杯中的美酒渐渐成空,如花美人困倦疲乏,暂歇在有如蓬莱、瀛洲一般的歌台舞榭。豆蔻年华的美丽

十年梦、屈指堪惊。凭阑久,疏烟淡日,寂寞下芜城[8]。

少女,心中充满离别之恨,一别十年如梦,屈指细数足惊心神。凭倚栏杆许久,只见烟云稀疏,日影黯淡,寂寂沉入扬州城。

注释

1 **蹴:**追逐。 2 **秦筝:**一种类似瑟的弦乐器,相传为秦朝蒙恬所造,故称。 3 **珠钿翠盖:**珠钿指镶嵌珠宝的首饰,翠盖指翠羽装饰的车盖。 4 **玉辔红缨:**配备华美笼头和红色飘带的马匹。5 **金榼**(kē)**:**盛酒容器。6 **蓬瀛:**蓬莱、瀛洲,传说中的海上仙山。此喻指游冶场所。 7 **豆蔻:**少女十三四岁曰豆蔻。 8 **芜城:**指扬州。南北朝之时扬州因兵乱而荒芜,鲍照为之作《芜城赋》,故称。

减字木兰花

秦观

导读

此篇是闺中思妇词。上阕写思妇独自怀念征人,以小篆香形容寸断回肠,比喻新颖。下阕紧承上文,思妇愁眉不展,即便春风吹过亦无半点舒怀,成日登楼远望盼征人归来,然目送鸿雁飞尽,也只是字字愁怀。词人善于将思念之苦具象化为形象之物,语词朴实无华,而意境含蓄辽远,情韵深长。

原文

天涯旧恨,独自凄凉人不问。欲见回肠[1],断尽金炉小篆香[2]。

黛蛾长敛,任是春风吹不展。困倚危楼,过尽飞鸿字字愁。

译文

内心怀着远隔天涯的旧恨,只能独自品味凄凉,无人过问。想要见我这愁苦的百曲回肠,就像是那烧尽的形似小篆的寸断盘香。

青黛的蛾眉总是收敛紧皱,任凭春风吹拂也不能舒展。困倦地倚靠高楼栏杆,飞过的大雁排列成文,字字都写满了愁思。

注释

1 **回肠:**心中愁苦,好似肠子千回百转一般。 2 **小篆香:**形状像小篆的盘香,也指香灰。

浣溪沙

秦观

导读

此篇写早春闺中闲愁。上阕以轻寒、晓阴、无赖、淡烟、流水等语构筑成清幽寂寞的情境,下阕写居于此种环境中的女主人公的心绪,以"雨细如愁"淡淡点题,而"宝帘闲挂"又透着随意,更显此愁之无由而起,无处能收。此篇小令用语寥寥而意脉绵长,格调淡雅,对仗精工。"自在飞花""无边丝雨"一联,尤为精妙,让人叫绝。

原文

漠漠[1]轻寒上小楼,晓阴无赖似穷秋[2],淡烟流水画屏幽。

自在飞花轻似梦,无边丝雨细如愁,宝帘闲挂小银钩。

译文

淡淡的寒意广阔弥漫,悄悄侵袭小楼,早晨阴云惨淡,百无聊赖好像到了晚秋,幽寂画屏上淡淡轻烟笼罩着流水。

自在悠闲的落花轻柔似梦,无边坠落的细雨丝丝如愁,精美的帘幕随意地挂在小小银钩。

注释

1 **漠漠:**广阔弥漫的样子。 2 **无赖:**无聊。 **穷秋:**晚秋,九月。

阮郎归

秦观

导读

此篇是羁旅遣怀之作，写于词人贬居郴州之时。上阕写除夕寒夜，孤独无眠。下阕点题思乡。羁旅孤苦，“峥嵘”暗指岁月艰难，“又除”指明已贬居多年。最末两句，以大雁南飞至衡阳则止的典故来写音书阻隔，举目无亲，凄惨之至。

原文

湘天风雨破寒初，深沉庭院虚。丽谯吹罢小单于[1]，迢迢清夜徂[2]。

乡梦断，旅魂孤，峥嵘[3]岁又除。衡阳犹有雁传书，郴阳和雁无[4]。

译文

潇湘天气多风雨，正要送走寒冬之气，幽深沉闷的庭院一片空虚。华丽城楼之上吹完了《小单于》乐曲，漫漫的清冷长夜即将过去。

回乡之梦已断，羁旅之魂孤独，冷峻残酷的一年过去又至除夕。湘中的衡阳尚有鸿雁可以传书，我僻居在这湘南的郴州连鸿雁都无。

注释

1 **丽谯:**彩饰的高楼。 **小单于:**唐代曲名。 2 **徂**(cú):过去，逝去。 3 **峥嵘:**原意为高峻的山峰，此处引申为冷峻、残酷之意。 4 **郴阳:**郴州，在今湖南南部。当时词人贬居于郴州。 **和:**连，即使。

绿头鸭

晁元礼

导读

晁元礼(1046—1113),一名晁端礼,字次膺。熙宁六年(1073)进士,曾为县令,因忤上官坐废,徽宗政和三年(1113)以承事郎为大晟府协律郎,未及供职而卒。常与晁补之唱和。

此篇为中秋赏月怀人词。上阕写月夜景色,晚云尽收,皓月无边,正是一年最美的时光,然而如斯美景引逗起相思之情。下阕以“念佳人”转至怀人,相思之人同沐月色,或能稍解相思。末尾三句与东坡“但愿人长久,千里共婵娟”同趣。

原文

晚云收,淡天一片琉璃。烂银盘、来从海底[1],皓色千里澄辉。莹无尘、素娥淡伫[2],静可数、丹桂参差。玉露初零,金风未凛,一年无似此佳时。露坐久、疏萤时度,乌鹊正南飞[3]。瑶台冷,阑干凭暖,欲下迟迟[4]。

念佳人、音尘别后,对此应解相思。最关情、漏声正永,暗断肠、花

译文

傍晚彩云收敛,浅淡的天空澄净得如同一片琉璃。灿烂明亮的圆月从海底升起,皎洁的月光洒下澄澈光辉,照耀千里。月亮晶莹透亮,纤尘不染,嫦娥淡雅安娴,月色明亮安静,连那丹桂参差疏落的枝条也可数清。秋露刚开始降落,秋风还未曾凛冽,一年之中没有什么时候像现在这样美好。久坐于凝露的夜里,稀疏的萤火虫时时飞来,乌鹊则正要南飞。瑶台清冷,栏杆因我久久倚靠而变暖了,欲下台阶却眷恋不舍。

思念佳人,自离别后再无音信,对此月圆之景应该能纾解相思。最牵动情思的是连绵不断的更漏之声传来,暗自让人肠断,

阴偷移。料得来宵，清光未减，阴晴天气又争知。共凝恋、如今别后，还是隔年期。人强健，清尊素影，长愿相随。

花影悄悄移动。料想明天夜晚，月亮的清辉不会减少，然而天气阴晴又哪里知道呢？我们共同凝神眷恋这中秋之月，今日别后，要来年才能再见。只要人身体康健，清酒满杯，淡素月影，将长长久久地相伴相随。

注释

1 **烂银盘、来从海底：**唐人卢仝(tóng)《月蚀》诗有句："烂银盘从海底出，出来照我草屋东。"烂银盘指灿烂明亮的圆月。 2 **素娥：**指嫦娥，也用作月的代称。 **淡伫：**淡雅。 3 **乌鹊正南飞：**汉末曹操《短歌行》有句："月明星稀，乌鹊南飞。" 4 **迟迟：**眷恋而不舍离去的样子。

蝶恋花

赵令畤

导读

赵令畤(zhì)(1051—1134)，字德麟，自号聊复翁，是宋太祖次子燕王德昭之玄孙。哲宗元祐时，苏轼荐其于朝，后坐元祐党籍，十年不复得用。高宗朝以宗室袭封为安定郡王。有《聊复词》一卷，存词三十余首。

此篇写闺中春愁。春虽已至寒未去，欲减罗衣而时令不许，此是愁一；人在深闺，红杏枝头，本欲一观，又有清明雨，此是愁二；整日寂寥，焚香买醉，可醒来仍被春恨所恼，此是愁三。似乎春日愁怀之起因甚多，然而最末二句却委婉道破真相，真正愁怨之根源在于思念之人远在天涯，而飞燕耽误了带来他的归信。这种层层渲染、逐章显志之法，尤给人以缠绵含蓄、余味不尽之感。

原文

欲减罗衣寒未去，不

译文

想要减掉罗衣可春寒还未退去，无心

卷珠帘[1]，人在深深处[2]。红杏枝头花几许[3]？啼痕止恨清明雨。

尽日沉烟香一缕，宿酒醒迟，恼破春情绪。飞燕又将归信误，小屏风上西江路。

卷起珠帘，一人独处在香闺深处。红杏枝头的花朵还剩下多少？花瓣上的泪痕只是在怨恨这清明时节的雨。

整日点着沉香，轻烟一缕，宿醉过后醒来太迟，却被春愁情绪所恼。飞燕又将情郎来信之期耽误，只好在小屏风上细细寻索郎君所在的西江路。

注释

1 **不卷珠帘：**唐人王昌龄《西宫春怨》有句："西宫夜静百花香，欲卷珠帘春恨长。"此处"不卷珠帘"，亦指春恨之意。 2 **人在深深处：**语出欧阳修《蝶恋花》"庭院深深深几许"之句。 3 **红杏枝头花几许：**此句化用宋祁《玉楼春·春景》"红杏枝头春意闹"一句。

蝶恋花

赵令畤

导读

此篇写闺中女子惜春怀人。上阕惜春，春寒欲尽，落红成阵，日日醉困，春恨不绝。下阕怀人，情人远走，音信无凭，望穿秋水，却只等来黄昏夕阳。词篇形象地刻画了一位孤独无奈、相思情乱的闺中女子形象。

原文

卷絮风头寒欲尽，坠粉飘香，日日红成阵。新酒又添残酒困，今春不减前春恨。

译文

清风卷起柳絮，春寒即将退尽，花儿凋谢，香气飘散，每日落红一阵又一阵。残酒未醒又饮新酒，只能平添困意，去年春恨满怀，今春恨意丝毫不减。

蝶去莺飞无处问，隔水高楼，望断双鱼[1]信。恼乱横波秋一寸[2]，斜阳只与黄昏近。

蝴蝶、黄莺纷纷飞去，无处询问，伫立高楼隔水远眺，望穿双眼也盼不到双鱼书信。反倒扰乱眼波增加烦恼，斜阳西下，黄昏又要临近。

注释

1 **双鱼：**又称"双鲤"。一底一盖的鱼形木板，古人把书信夹在其中。常指代信笺。 2 **横波秋一寸：**指美人目光流转有如秋水。

清平乐

赵令畤

导读

此篇是伤春怀旧之词。上阕写春日美景，下阕起句转入回忆，从前与友人结伴游冶，热闹欢乐，如今却独自一人萍踪浪迹，情绪跌宕，对比惨烈。全篇语意浅白而情感悲切，"一生憔悴""几个黄昏"二语更是令人痛彻心扉，历来为人称颂。

原文

春风依旧，著意[1]隋堤柳。搓得鹅儿黄欲就[2]，天气清明时候。

去年紫陌青门[3]，今宵雨魄云魂[4]。断送一生憔悴，只消几个黄昏？

译文

春风一如往年，吹拂着隋堤的杨柳。新生的柳条被搓成小鹅绒毛似的黄色，正是天气清朗明净的时候。

去年在郊外城中四处游冶，如今却如雨云般四处漂泊。将这一生在憔悴里断送，又只需几个这样的黄昏？

注释

1 **著意：**有意于，用心于。 2 **鹅儿黄：**指嫩黄的柳条。 **就：**成，完成。

3 **紫陌青门：**京城郊外的小路与京城青色的城门，代指京城的游冶之处。
4 **雨魄云魂：**形容人如雨如云一般四处漂泊，萍踪不定。

水龙吟

次韵林圣予《惜春》

晁补之

导读

晁补之(1053—1110)，字无咎，晚号归来子。元丰二年(1079)进士，受知于苏轼，与黄庭坚、秦观、张耒同游于苏门，被称为“苏门四学士”。绍圣中，坐元祐党籍，贬监处州、信州酒税。徽宗立，任为吏部员外郎、礼部郎中。卒于知泗州任上。存有《鸡肋集》七十卷，词六卷，名为《晁氏琴趣外篇》，词风学东坡。

此篇是伤春词。上阕以问发端，写春光短暂，但一句“不如垂柳”，道出繁花虽谢而柳条正当茂盛，从而引入说理：春去秋来，并非春老，会老的其实是愁春之人。下阕又道桃花凋谢，是因桃树自己想要结子，并非因为春去，从而引申到人生：人生亦是如此，老来自有老来的风味，不必忧愁。全篇情由景起，以理析情，情、景、理三者交融一体。而其明理反倒让其赏春之情并无多少伤感，而是显得十分豁达，在宋代一众凄婉的惜春词中独有趣味。

原文

问春何苦匆匆，带风伴雨如驰骤。幽葩细萼，小园低槛，壅培[1]未就。吹尽繁红，占春长久，不如垂柳。算春长不老，人愁春老，愁

译文

试问春天何苦匆匆离去，夹着风带着雨如骏马飞驰。清幽的花朵，细嫩的绿萼，小小的园圃栏槛低矮，刚刚堆肥培土，花枝未曾挺秀。春日风雨吹落繁花，若论占据春光最久，繁花不如垂柳。算起来春天年年都在，不会衰老，是人在苦恼春日离去而感叹时光

只是、人间有。

春恨十常八九，忍轻孤、芳醪[2]经口。那知自是、桃花结子[3]，不因春瘦。世上功名，老来风味，春归时候。最多情犹有，尊前青眼，相逢依旧。

易老，这种愁只是人间才有。

世间怀有春恨的人十有八九，不忍轻易辜负那入口的香醇美酒。哪里知道，桃花凋落是因为自己想要结果，并非为了春去而消瘦。世上的功名利禄也是如此，人生尝到了老年的意味，如同春天到了将要离去的时节。最多情温暖的时候，是那旧友相逢，举杯痛饮，相顾而视，知心如旧。

注释

1 **壅(yōng)培：**堆肥培土。 2 **芳醪(láo)：**美酒。 3 **桃花结子：**语本唐人王建《宫词》："自是桃花贪结子，错教人恨五更风。"

忆少年

别历下[1]

晁补之

导读

此篇感叹官场沉浮。晁补之遭贬离开历城，故作此篇。上阕开篇连用三个"无"字，道尽沉浮宦海、终得虚幻的无可奈何。继而写南山相送，然故人远隔高墙，不得相见，尤其伤感。下阕歌咏历城景色如画，可惜再来将成陈迹。末尾二句化用刘禹锡两游玄都观所作的两首诗，借以表白遭到迫害之后的心志，尤其惹人深思。

原文

无穷官柳，无情画舸[2]，无根行客。

译文

无穷无尽的官柳伫立道旁，无知无情的画船来来往往，无根无着的游子四处漂泊。南山

南山尚相送，只高城人隔。

尚且有情，为我相送，只是那城墙高耸，阻隔城内之人，再不能见。

罨画园林溪绀碧[3]，算重来、尽成陈迹。刘郎[4]鬓如此，况桃花颜色。

园林有如彩画般色彩斑斓，溪水一片深碧透红，就算以后再来，这些景致都将成为陈迹。唐人刘禹锡直至两鬓斑白、年已老迈才回京城，更何况是那极易凋零的桃花。

注释

1 **历下**：在今山东济南。 2 **画舸**（gě）：彩饰的船。 3 **罨**（yǎn）**画**：彩画。**绀碧**：深青透红色。 4 **刘郎**：指唐人刘禹锡。刘禹锡被贬后复归京城，有《玄都观桃花》诗“玄都观里桃千树，尽是刘郎去后栽”以讽弄权者，旋即又被贬，十四年后再归京，又作《再游玄都观》“种桃道士归何处，前度刘郎今又来”以志不屈之心。晁补之因遭贬离开历城而作此词，故借刘禹锡之意来表达年华消逝、人事变迁之感。

洞仙歌

泗州中秋作

晁补之

导读

此篇咏中秋之月。上阕写中秋户外赏月，由无月至有月，从碧空写至人间，其中“桂影”一句语带双关，既可指月宫又可指人间。又由神京路远写到月宫仙境举头可望，更为近便，构思奇巧。下阕写室内宴饮玩月，佳人美酒相伴，更登南楼，看月下人间，是何等乐事？此词境界阔大，气格雄放，有东坡之风。

原文

青烟幂[1]处，碧海飞

译文

淡青烟云笼罩的地方，从深碧海洋一

金镜[2]。永夜闲阶卧桂影。露凉时，零乱多少寒螀[3]，神京远，惟有蓝桥[4]路近。

般的晴空里飞出一轮金黄透亮如镜的明月。漫长月夜的空阶上卧着桂树的疏影。露水渐凉时，多少寒蝉开始零乱地鸣叫，汴京遥远，唯有那月宫仙境离我更近。

水晶帘不下，云母[5]屏开，冷浸佳人淡脂粉。待都将许多明，付与金尊，投晓共流霞[6]倾尽。更携取胡床[7]上南楼，看玉做人间，素秋千顷。

水晶帘高高卷起，云母屏风随意展开，佳人的浅淡脂粉浸润在清冷的月光中。待我将这许多的月色光辉，都倾倒于酒杯之中，等到拂晓连同流霞一同倒尽。更带着胡床一同登上南楼，看这白玉铺成的人间，欣赏素淡色月光笼罩下的千里清秋。

注释

1 **幂：**覆盖，笼罩。 2 **金镜：**指金黄莹透的明月。 3 **寒螀**(jiāng)**：**寒蝉。 4 **蓝桥：**桥名，在陕西蓝田。唐人裴铏《传奇》有《裴航》篇讲述秀才裴航在蓝桥遇仙女云英，二人婚后一同升仙的故事。此处以蓝桥指代月宫仙境。 5 **云母：**一种透明如玻璃的矿石，可做屏风。 6 **流霞：**本指彩霞，王充《论衡·道虚》载其为一种仙酒。 7 **胡床：**一种可折叠的轻便坐具。

临江仙

晁冲之

导读

晁冲之，生卒年不详，字叔用，晁补之堂弟。绍圣初年，受党争牵连被黜，隐居于河南具茨山下，终生不恋功名。

此篇是怀人词。上阕以回忆开篇，写往日宴饮欢娱，与如今音信断绝形成对比。又谓故人不能相见，即便相见亦情不如初，充满伤感。下阕承接此种情绪，现实既不可见，则期待梦中重逢。然而“相思”三句再起波折，即便梦中相见了，也不要问各自过得何如，因为此时的人生就如同春去一样，只余落花满地。全篇情感在回忆、现实、梦中、现实等场景中转换，委婉诉尽了词人对过往的无限怀念与对坎坷遭遇的无奈悲叹。

原文

忆昔西池[1]池上饮，年年多少欢娱。别来不寄一行书，寻常相见了，犹道不如初。

安稳锦衾今夜梦，月明好渡江湖。相思休问定何如，情知春去后，管得落花无。

译文

忆起当年在西池上宴饮，每年都有许多的欢娱。分别之后不曾寄来一行书信，即便平常相见了，仍然说情谊不如当初。

整理好锦被以求今夜入梦，趁着月明好渡过江湖。相互思念也不要过问各自何如，明明知晓春天过后，管不了落花有还是无。

注释

1 **西池**：汴京的游冶之地。

虞美人

舒亶

导读

舒亶(1041—1103)，字信道，号懒堂。治平二年(1065)进士，累迁御史中丞，曾与李定弹劾苏轼，造成历史上有名的“乌台诗案”。作词工小令，风格清丽淡雅。近人辑有《舒学士词》一卷。

此篇为寄赠友人之词。上阕写词人独登小楼观秋景，萧瑟而清冷。下阕写长安冬景寂寥，唯有美酒做伴。末尾两句从好友的角度着笔，写盼望好友寄来消息，带来江南的春色，表达了词人孤独苦闷、渴望友情慰藉的心情。

原文

芙蓉落尽天涵水，日暮沧波起。背飞双燕贴云寒，独向小楼东畔倚阑看。

浮生只合尊前老，雪满长安道。故人早晚上高台，寄我江南春色一枝梅[1]。

译文

荷花落尽，天水相接，日暮黄昏，碧波被风吹起。相背而飞的双燕紧贴着寒云，独自登上小楼东侧，倚在栏杆上远望。

人生只应该伴着美酒一起变老，白雪铺满了长安的街道。远方的故人每日早晚也将登上高台，寄给我一枝江南春日的早梅。

注释

1 **一枝梅：**南朝陆凯自江南寄梅花一枝给范晔，并附诗云："折梅逢驿使，寄与陇头人。江南无所有，聊赠一枝春。"

渔家傲

朱服

导读

朱服(1048—？)，字行中，熙宁六年(1073)进士。累官国子司业、礼部侍郎等，徽宗朝被贬兴国军，卒于贬所。存词一首。

此篇是伤春词。上阕写景，微风细雨，杨柳青烟。"恋树湿花"一句以人情拟物，极有情致。下阕叙事抒情，用唐代贺知章解金龟换美酒以酬李白的典故，委婉表明极意留春之情。最末一句谓今日乐事他年泪，用语警策，意蕴深长，非历经人世沧桑之人不能言。

原文

小雨纤纤风细细，万家杨柳青烟里。恋树

译文

细雨绵绵，微风习习，千家万户掩映在浓密杨柳的青烟薄雾里。因为留恋树枝，湿花飞不起，愁无际，和春付与东流水。

九十光阴[1]能有几？金龟[2]解尽留无计。寄语东阳沽酒市，拚[3]一醉，而今乐事他年泪。

被雨淋湿的花朵不愿飞起，愁绪无边无际，连同春日都付与东流之水一同逝去。

春天一季九十日的光阴能留多久？将身上所佩的金龟全部解下来买醉也无法留住春天。托言给东阳街上的酒家，我只求一醉，今日的醉饮乐事，他年回想必然热泪横流。

注释

1 **九十光阴：**指春天三个月，共九十天。 2 **金龟：**唐三品以上官员佩带金龟。唐李白《对酒忆贺监》诗有序："太子宾客贺公，于长安紫极宫一见余，呼余为谪仙人，因解金龟换酒为乐。……"诗云："金龟换酒处，却忆泪沾巾。" 3 **拚**(pàn)：舍弃，不顾一切。

惜分飞

富阳僧舍作别语赠妓琼芳

毛滂

导读

毛滂，字泽民。元祐中，苏轼知杭州，毛滂为法曹，受知于苏轼。有《东堂词》，存词二百余首，词风清空雅健。

此篇为离别词。上阕描写词人与歌妓琼芳的离别情态，佳人清泪如露坠，愁眉如峰聚，情深而人美。后两句写二人情深相似，离别愁苦，相对无言，情感真切。下阕写别后的刻骨相思，化用高唐神女的典故形容恋情不复的颓唐寂寞。最末两句意欲让潮水将离人的断魂带回至佳人的身边，奇思妙想，将相思离情表现得淋漓尽致。

原文

泪湿阑干[1]花著露，愁

译文

眼泪横流有如花朵上挂着露珠，愁

到眉峰碧聚。此恨平分取,更无言语空相觑[2]。

眉紧锁仿佛远山群聚。这离恨你我二人平分承担,徒劳地相互对视,再说不出一句言语。

断雨残云无意绪[3],寂寞朝朝暮暮。今夜山深处,断魂分付潮回去。

当日云雨欢娱到如今只留残破回忆,了无意趣,寂寞占据了朝朝暮暮。今夜宿在山林深处,将我这离别断魂付与潮水,回到你身边。

注释

1 **阑干:**纵横交错的样子。 2 **觑:**看。 3 **断雨残云:**宋玉《高唐赋·序》记楚王梦中与巫山神女欢会,神女临别时云:“妾在巫山之阳,高丘之阻,旦为朝云,暮为行雨,朝朝暮暮,阳台之下。”此处化用典故,意指恋情离散之狼藉。

菩萨蛮

陈克

导读

陈克(1081—?),字子高,自号赤城居士。绍兴中曾为敕令删定官。词风大多闲丽恬淡,有少数作品直刺现实,颇为鲜见。

此篇是即景小令。上阕描写春日街市美景,香街细柳,碧空红花,景色十分宜人。下阕生动刻画了一个恣意玩乐的纨绔少年,白马黄衫,盘桓青楼,“醉眼不逢人”一句更是画龙点睛,将其荒唐与目中无人表现得入木三分,“午香吹暗尘”则借景暗讽,余味不尽。

原文

赤阑桥尽香街直,笼街细柳娇无力。金碧[1]上青空,花晴帘影

译文

朱红栏杆的桥一头连着平直的繁华街道,娇弱无力的细长柳枝十分茂密,笼罩着街市。金碧辉煌的高楼直插入蔚蓝的天空,晴

原文	译文
红。	日里鲜花的艳丽映红了帘幕。
黄衫[2]飞白马，日日青楼下。醉眼不逢人，午香吹暗尘。	身着华服的少年骑着白马飞驰，日日盘桓于青楼之下。他眯着迷离醉眼仿若目中无人，正午弥漫着花香的街市被吹起一阵暗尘。

注释

1 **金碧**：指金碧辉煌的高楼。 2 **黄衫**：指代华服。

菩萨蛮

陈克

导读

此篇是春词。全篇写景，描绘了一幅幽静闲适的春日庭院图。上阕着意突出庭院之静景，绿芜、青苔、芭蕉、蝴蝶、暖帘，自在随意。下阕则增添了几分热闹，双燕轻语，杨花旋转，簸钱声传，庭院虽然幽静，却不冷清，而是闲适悠然。最末一句"绿窗春睡轻"既与前句簸钱之戏一静一动，相互映衬，颇有意趣，又以"轻"字修饰"睡"，表现主人公似睡似醒之状态，尤是妙笔。

原文	译文
绿芜墙绕青苔院，中庭日淡芭蕉卷。蝴蝶上阶飞，烘帘[1]自在垂。	绿草丛生的围墙环绕着长满青苔的庭院，庭院中淡淡日光下，芭蕉嫩叶微卷。蝴蝶翩翩飞上台阶，暖帘随意自在低垂。
玉钩双语燕，宝甃[2]杨花转。几处簸钱[3]声，绿窗春睡轻[4]。	白玉的帘钩上一对燕儿呢喃低语，装饰精美的井壁边杨花飘落旋转。好几处传来掷钱游戏的嬉闹声，绿纱窗里的人儿正做着轻浅的春梦。

注释

1 **烘帘**:暖帘。2 **宝甃**(zhòu):装饰精美的砖砌井壁。3 **簸**(bǒ)**钱**:一种赌博游戏。4 **绿窗春睡轻**:晏幾道《更漏子》有"绿窗春睡浓"句,此处以翻案法化用。

洞仙歌

李元膺

导读

李元膺,生平不详,约与蔡京同时,曾做过南京(今河南商丘)教官。

此篇咏春,劝人赏春须得趁早。上阕着意写早春梅柳,用拟人手法,以青眼、梅心喻之,写二者情意绵绵,颇有意趣。下阕劝人趁早寻春,谓繁花盛开之时,"已失春风一半",言春色极盛则衰,富含哲理,发人警醒。

原文

一年春物,惟梅柳间意味最深。至莺花烂漫时,则春已衰迟,使人无复新意。余作《洞仙歌》,使探春者歌之,无后时之悔。

雪云散尽,放晓晴庭院。杨柳于人便青眼[1]。更风流多处,一点梅心[2],相映远,约略颦轻笑浅[3]。

一年春好处,不在浓芳,小艳疏香[4]最娇

译文

一年之中春天的风物,只有在梅花与柳树之间意味最深长。到黄莺啼鸣、花朵艳丽时,则春天已经衰残迟暮了,让人无法再感受到新意。我作这首《洞仙歌》,让赏春的人歌唱,不要有后来春残时的悔恨。

白雪阴云消融散尽,晨晓时分庭院见晴。杨柳抽出嫩叶仿佛青眼对人有情。更加风流多情的,是那一点点有心红梅,与垂杨碧柳远远相映,隐隐约约地微微皱眉,轻轻浅笑。

一年之中春天最美好的地方,不在于繁花浓艳,而在于梅花的清艳与清香最为

软。到清明时候，百紫千红花正乱，已失春风一半。早占取、韶光[5]共追游，但莫管春寒，醉红自暖[6]。

娇媚温软。等到清明时节，万紫千红，繁花乱斗，已失了春光的一半。因此要早早趁着短暂的春光，一同追随游览，不要顾虑早春尚寒，饮下美酒，脸泛红晕，身上自暖。

注释

1 **青眼:**此语双关，一指柳叶颜色形状有如青眼，又借阮籍对喜欢之人加以“青眼”的典故暗指柳叶向游春之人投射出含有情意的目光。 2 **梅心:**此亦语带双关，一指梅红似心，又指梅花有心。 3 **颦轻笑浅:**微微皱眉，浅浅含笑。颦，皱眉。 4 **疏香:**指疏淡的梅香。 5 **韶光:**美好的春光。 6 **醉红自暖:**指饮酒后脸泛红晕，身感温暖。

青门饮

时彦

导读

时彦(？—1107)，字邦美。元丰二年(1079)状元，历任兵部员外郎、集贤校理、吏部尚书等职。存词一首。

此篇写羁旅怀人。上阕写羁旅之景，由旅途所见之萧瑟冬景写至驿馆之幽静寂寞，由景及人，由外感至内心，视角渐渐收近，层次井然。下阕怀人，起首回忆离愁，至醉里梦中相见，然醒来仍成烦恼，再回想从前分别之时，最终憧憬回归之情状，层层折折、回环往复地向深处推进情感，细腻曲折，深婉悠长。

原文

胡马嘶风，汉旗翻雪，彤云[1]又吐，一竿残照。古木连

译文

北地的骏马和着冷风嘶吼，大宋的王旗在雪花中翻飞，密布的阴云中又吐出一轮夕阳，在天边留下一抹余光。高大的古木连接着云空，无数

空，乱山无数，行尽暮沙衰草。星斗横幽馆[2]，夜无眠、灯花空老。雾浓香鸭[3]，冰凝泪烛，霜天难晓。

长记小妆才了，一杯未尽，离怀多少。醉里秋波，梦中朝雨，都是醒时烦恼。料有牵情处，忍思量，耳边曾道。甚时[4]跃马归来，认得迎门轻笑。

的山峰错杂堆叠，暮色中走尽了无边的沙漠，四处都是衰败的枯草。满天的星斗错综横亘于幽静的驿馆之上，长夜无眠，灯花白白地烧尽。鸭形的香炉浓烟缭绕，滴泪的蜡烛有如水凝成冰，凝霜的秋夜漫长总是难以破晓。

总是记得你素妆淡抹刚完成的样子，一杯酒尚未饮尽，心中离情泛滥。醉里仿佛又见到你的眼神如波，梦中终会再与你欢娱相续，然而醒来后这些都成为烦恼。料想牵动情思之处，不忍细细思量，是你曾在耳边轻轻说道：你什么时候策马归来？可还认得我在门口迎候轻笑的面容？

注释

1 **彤云**：下雪前密布的灰暗浓云。 2 **幽馆**：幽静的驿馆。 3 **香鸭**：鸭形的香炉。 4 **甚时**：什么时候。

谢池春

李之仪

导读

李之仪（约 1035—1117），字端叔，自号姑溪居士、姑溪老农。治平进士，曾从军西北。元祐末从苏轼于定州幕府，官终朝请大夫。有《姑溪词》，其词工巧婉约。

此篇写春日离愁。上阕写景，声色相衬，动静皆宜，更以酒喻春，巧思妙意。然而即便美景如斯，人却愁怀难纾。下阕以“频移带眼”的细节来写相思之人日渐消瘦，与柳永的“衣带渐宽”异曲同工。而后文见与不见的纠结烦恼更是细腻婉曲，写尽了相思之人的绵绵恨意。

原文

残寒消尽，疏雨过、清明后。花径款余红，风沼萦新皱[1]。乳燕穿庭户，飞絮沾襟袖。正佳时，仍晚昼，著人[2]滋味，真个浓如酒。

频移带眼[3]，空只恁、厌厌[4]瘦。不见又思量，见了还依旧，为问频相见，何似长相守。天不老，人未偶，且将此恨，分付庭前柳。

译文

残余的寒气消失殆尽，细雨飘过，已是清明之后。花间的小径上留有凋残的落花，风吹过池沼荡起新的波纹。雏燕在庭院与门户间穿梭，纷飞的柳絮沾满了衣襟袖口。正是美好的时节，夜晚连着白昼，迷人的滋味，真个香浓如酒。

频繁地移动腰带的扣眼，白白地就这样精神萎靡人消瘦。见不到你又思念，见到了又要分离，忧愁依旧，想要问与其这样频频相见，时时分离，何不长相厮守。天公无情不会老，你我有情却不能相守，只能将离愁别恨交付给庭前的垂柳。

注释

1 **风沼萦新皱：**风吹过池沼荡起新的波纹。 2 **著人：**迷人，惹人喜欢。 3 **带眼：**腰带上的扣眼。 4 **厌厌：**精神不振的样子。

卜算子

李之仪

导读

此篇是相思词。词以长江起兴，写二人天各一方，相见极难，故相思极深。又以滔滔长江水喻相思情，语浅情浓，冲口而出，感情热烈，带有十分鲜明的民歌风格。

原文

我住长江头[1],君住长江尾[2];日日思君不见君,共饮长江水。

此水几时休?此恨何时已?只愿君心似我心,定不负相思意。

译文

我住在长江上游,你住在长江下游。每天思念你却见不到你,我与你共饮着这长江的水。

这长江的流水几时才停歇?我与你的分别之恨何时才能平息?只愿你的心一如我的心,我一定不会辜负你的相思情意。

注释

1 **长江头:**指长江上游,在今四川。 2 **长江尾:**指长江下游,在今江苏。

瑞龙吟

周邦彦

导读

周邦彦(1056—1121),字美成,号清真居士。元丰中,召为太学正,历任庐州教授、秘书省正字、河中知府等,徽宗朝官至徽猷阁待制,提举大晟府。性好音乐,能自度曲,注重格律,善于铺叙,以赋法入词,词风富丽高雅。有《清真集》,又名《片玉词》,存词二百余首。

此篇怀人。词有三叠,首叠写春日寻访旧地所见之景。次叠怀念伊人,描写初见时的印象。三叠方才细述心中情事,抚今追昔,寻访旧情人而不得,不知有何人可以相伴。"探春尽是,伤离意绪"点明题旨,末尾四句写词人失意流连,晚归路上所见之景,字里行间皆是伤感。

原文

章台路[1],还见褪粉梅梢,试花桃树。愔愔[2]坊陌人家,定巢燕子,归

译文

繁华的街市上,还能见到凋零了花朵的梅枝,还有刚刚试着开花的桃树。街市里巷的人家幽静无声,安巢的燕子,飞回从前的

来旧处。

黯凝伫，因念个人[3]痴小，乍窥门户。侵晨浅约宫黄[4]，障风映袖，盈盈笑语。

前度刘郎[5]重到，访邻寻里，同时歌舞，惟有旧家秋娘[6]，声价如故。吟笺赋笔，犹记燕台句[7]。知谁伴，名园露饮[8]，东城闲步？事与孤鸿去，探春尽是，伤离意绪。官柳低金缕，归骑晚、纤纤[9]池塘飞雨。断肠院落，一帘风絮。

旧巢。

黯然地凝神伫立，因为思念起那个娇小玲珑的女子，那时她倚在门缝中悄悄看人。清晨时分，她的额上淡淡地抹着宫黄，举起衣袖遮挡晨风，仪态美好，言语含笑。

我外放归来，重游旧地，寻访邻里打听她的踪迹。当年同她一起歌舞的女子，如今只剩下旧时的秋娘，名誉身价一如从前。我如今再吟词作赋，还记得我赠她的词句。不知如今谁能伴我，在名园里露天饮酒，在东城里闲游漫步？过往的情事有如孤鸿飞去不留痕迹，探赏春光，心中也满是离情别绪。大道旁的柳树低低垂下嫩黄的枝条，我骑马晚归，池塘边纷纷地乱飞着细雨。这令人断肠的院落，帘幕上沾满了风吹来的柳絮。

注释

1 **章台路**:汉代长安的街名。其地繁华，妓馆林立，后世将章台路比作花街柳巷风尘之地。 2 **愔愔**(yīnyīn):安静的样子。 3 **个人**:那人，伊人。 4 **浅约宫黄**:淡抹脂粉。古时宫女在额头抹黄粉以为装饰，后民间女子亦效仿，遂称宫黄。 5 **刘郎**:指唐人刘禹锡。刘禹锡被贬后复归京城，有《玄都观桃花》诗“玄都观里桃千树，尽是刘郎去后栽”以讽弄权者，旋即又被贬，十四年后再归京，又作《再游玄都观》“种桃道士归何处，前度刘郎今又来”以志不屈之心。词人因党争遭黜十年后重回汴京，此处用典亦暗含身世之感。 6 **秋娘**:姓杜，本是唐代金陵的著名歌妓。此处泛指歌妓。 7 **燕台句**:据唐李商隐《柳枝》五首诗序所载，柳枝为洛阳女子，偶闻李商隐《燕台》诗而心生爱慕，但终未成偶。此处用典指代赠给情人的词句。 8 **露饮**:室外露天饮酒。 9 **纤纤**:形容细雨纷纷的样子。

风流子

周邦彦

导读

此篇是相思词。上阕实写，述春日黄昏之时，寻访情人而不可见，于是羡慕梁间燕子，可以随意出入藏娇的金屋。帘幕深深，佳人不见，可偏偏又能听到她的丝竹之声，传达出绵绵情意，更让人相思情切。下阕虚写，猜想情人梳理新妆、独自待月西厢的孤独无奈，而自己更为苦情，梦中亦不得相见。"问甚时说与"几句以问句期待来日相见的美好，最末转念又怨天公，为何不能即刻让二人相见。层层叠叠，写尽相思之情的百转千回，一个痴情公子形象跃然纸上。

原文

新绿小池塘，风帘动、碎影舞斜阳。羡金屋[1]去来，旧时巢燕；土花[2]缭绕，前度莓墙[3]。绣阁里、凤帏深几许？听得理丝簧。欲说又休，虑乖芳信[4]；未歌先噎，愁近清觞[5]。

遥知新妆了，开朱户、应自待月西厢[6]。最苦梦魂，今宵不到伊行[7]。问甚时说与，佳音密耗[8]，寄将秦镜[9]，

译文

清新碧绿的春水涨满了小池塘，风吹帘动，细碎的帘影在斜阳里舞动。真羡慕那旧日在梁间筑巢的燕子，可以在佳人金屋内飞来飞去。苔藓滋长蔓延，爬上从前长着青苔的墙壁。闺房里，绣凤的帷帐到底有多深？隐约听到她在吹奏丝簧。那乐声好似满怀欲说还休的心事，唯恐误了佳音传来，尚未歌唱便先哽咽，心中愁苦，只能借酒遣怀。

远远地想象她梳理了新妆，推开了朱红的窗户，应当是在等待明月照进西厢。最愁苦的是连我的梦魂，今夜也不能去到她的身旁。问什么时候能把心中的隐秘深情说与她听，赠予她明镜，换她回赠的奇香？天公

偷换韩香[10]？天使教人，霎时厮见何妨！

是否可以成全我们，让我与她霎时间就相见又有何妨！

注释

1 **金屋：**指佳人所居之华屋。 2 **土花：**指苔藓。 3 **莓墙：**长满青苔的墙壁。莓，莓苔，青苔。 4 **芳信：**佳音。 5 **清觞：**美酒。 6 **待月西厢：**唐元稹《会真记》中崔莺莺有诗赠张生云："待月西厢下，迎风户半开。拂墙花影动，疑是玉人来。" 7 **伊行：**她的身旁。 8 **密耗：**隐秘的消息。 9 **秦镜：**东汉人秦嘉宦游，寄明镜、宝钗并诗赠其妻徐淑。此处代指情人信物。
10 **韩香：**晋人贾充之女贾午暗恋韩寿，窃西域奇香以赠之，后二人结为连理。此亦代指情人信物。

兰陵王

柳

周邦彦

导读

此篇是送别词。词虽名为柳，实是借柳写离别之情。词有三叠，首叠写春日柳堤送别，交代时间、地点、事件。次叠写当宴送别，哀感顿生，征人离去，两相隔绝。三叠写离别之后，愁怨堆积，景依旧，人不见，于是回忆往事，暗自神伤。词以离别前、离别中、离别后的结构叙写，情感推进层层加深，细腻委婉，真挚动人。此篇传唱极广，据《樵隐笔录》载，"西楼南瓦皆歌之，谓之'渭城三叠'"。

原文

柳阴直，烟里丝丝弄碧。隋堤[1]上，曾见几番，拂水飘绵[2]送行色。登

译文

柳荫连缀笔直，杨柳如烟，绿枝丝丝拂动。隋堤上，曾多少次看到，飘飞的柳絮轻拂水面送别远行的人。登高临远，回望故乡，

临望故国，谁识，京华倦客？长亭路，年去岁来，应折柔条过千尺[3]。	有谁认得京城的倦游羁旅之客？十里长亭的路上，一年一年地过去，被折取赠别的柔嫩柳条大概已上千枝。
闲寻旧踪迹，又酒趁哀弦，灯照离席。梨花榆火[4]催寒食。愁一箭风快，半篙波暖。回头迢递便数驿，望人在天北。	趁着闲暇寻找旧时的踪迹，又趁着哀伤的弦乐痛饮美酒，灯光照着离别的宴席。梨花开放，榆火燃起，催促着寒食节的到来。愁闷呀，船像箭一样在风中飞速地离开，竹篙的一半插入温暖的春波里。回头再看，船已迢迢行远，过了几个驿站，离去的人远在天涯之北。
凄恻，恨堆积。渐别浦萦回，津堠[5]岑寂，斜阳冉冉春无极。念月榭携手，露桥闻笛。沉思前事，似梦里，泪暗滴。	心中凄凉悲痛，愁怨堆积。送别的河岸曲折迂回，渡口的土堡一片静寂，斜阳缓缓落下，春色无边无际。怀念在月下亭榭与你携手，在沾满露水的桥上一同聆听笛声。沉溺于往事，好似在梦里，眼泪暗暗垂滴。

注释

1 **隋堤：**隋炀帝时开凿运河，并沿岸修建河堤种植柳树，故称隋堤。2 **飘绵：**指柳絮飞扬。3 **应折柔条：**古有折柳枝送行之习俗。4 **榆火：**唐代清明时节皇帝以榆、柳之火赐近臣，以取一年之利。5 **津堠：**码头边上的土堡，可供人休息和瞭望。

琐窗寒

周邦彦

导读

此篇是羁旅思乡词。上阕情景交融，柳树桐花，小帘朱户，客居环境虽美，然而春夜细雨，独自伫立，不免引发思归之心，更何况这种羁旅之况自少年之时便开始，更是让人厌倦孤独。下阕将视角转至当下，年老迟暮，又逢寒食，京中冷落，思归不得，只好呼唤酒友，买醉消愁。然而即便如此，乡愁难消，仍是忍不住要去想故乡的佳人是否还在。若真归去，一定要酩酊于花下，既承上文"旗亭唤酒"，又与上阕"故人剪烛西窗语"相照应。全词结构缜密，婉曲深情，层层渐显。

原文

暗柳啼鸦，单衣伫立，小帘朱户。桐花半亩，静锁一庭愁雨。洒空阶、夜阑未休，故人剪烛西窗语[1]。似楚江暝[2]宿，风灯零乱，少年羁旅。

迟暮，嬉游处。正店舍无烟，禁城百五[3]。旗亭[4]唤酒，付与高阳俦侣[5]。想东园、桃李自春，小唇秀靥今在否？到归时、定有残英，待客携尊俎。

译文

昏暗的柳荫里乌鸦啼鸣，我穿着单衣伫立，小帘低垂，门户朱红。白桐开花，树荫半亩，静静地锁住了一庭院的春愁之雨。细雨洒落在空阶之上，夜深了仍未停止，我何时才能回到家乡与故人在西窗前剪着烛花，谈着知心的话语。此时的我好似夜宿楚江，灯火在风中零乱，自少年时便是寄身他乡的客旅。

而今年华迟暮，嬉戏游乐在此处。正当店铺馆舍禁绝烟火，冬至一百零五天后迎来寒食，全城禁火。飘着旗帜的酒馆里，唤人送上美酒，交给对饮的酒友，一醉方休。想念那东园里，桃李自然一派的繁盛春意，那有着樱桃小唇、秀美面庞的佳人如今还在否？等到我归家之时，一定还残存未落的花瓣，等待着我回来醉饮花下。

注释

1 **故人剪烛西窗语：**化用唐人李商隐《夜雨寄北》诗句："何当共剪西窗烛，却话巴山夜雨时。"表达希望归去与故人重逢忆旧的心愿。 2 **暝：**日落，天黑。 3 **禁城百五：**古时风俗，冬至节后一百零五天为"寒食节"，禁火三日。"禁城"指全城禁火。 4 **旗亭：**指酒楼，因楼外悬挂酒旗，故称。 5 **高阳俦侣：**

指汉代郦食其以“高阳酒徒”之名求见刘邦的典故。这里指对饮的酒友。

六丑

蔷薇谢后作

周邦彦

导读

此篇咏蔷薇落花。上阕写春尽花落,“怅客里”一句并入自我飘零身世,则知此词并非简单地咏物,而是借蔷薇抒愁怀。词中以美人之葬喻蔷薇之凋,哀情绝艳,而以“蜂媒蝶使”之喻连接人花之情,亦旖旎动人。下阕更直写蔷薇情深,不舍离去,“牵衣待话”,期待人的关注与留恋,缠绵婉丽。全词视角在花与人之间不断转换,以人喻花,以花写人,回环曲折,委婉暗示自己的游宦哀感,意蕴深长。

原文

正单衣试酒,怅客里、光阴虚掷。愿春暂留,春归如过翼,一去无迹。为问家何在?夜来风雨,葬楚宫倾国[1]。钗钿[2]堕处遗香泽,乱点桃蹊,轻翻柳陌。多情为谁追惜?但蜂媒蝶使,时叩窗槅[3]。

东园岑寂,渐蒙笼暗碧[4]。静绕珍丛[5]

译文

正是换上单衣品尝新酒的时候,惆怅客居异地,光阴白白地抛掷。祈愿春天暂时停留,春天归去却如展翅的飞鸟,一旦离去,了无痕迹。试问蔷薇花在哪里?昨夜风吹雨急,埋葬了一如楚宫倾国美人的风姿。落花好似美人的钗钿堕地,遗留淡淡的香气。桃树下的小路上落花凌乱地点缀,杨柳荫的小道上花瓣轻舞翻飞。心中多情又在为谁追悼惋惜?只有那蜜蜂蝴蝶像媒人使者一样,时时来叩响雕花的窗格。

东园一片静寂,渐渐地枝繁叶密,绿荫幽暗。静静地环绕着花丛徘徊,暗暗叹息。蔷薇底，成叹息。长条故惹行客，似牵衣待话，别情无极。残英小、强簪巾帻[6]。终不似、一朵钗头颤袅[7]，向人攲侧[8]。漂流处、莫趁潮汐。恐断红、尚有相思字，何由见得？

花枝伸出长长的枝条故意招惹行旅之客，好像牵住人的衣裳，期待着有人跟她说话，离情别意无边无际。凋残的落花细小，勉强地拾取一朵簪在头巾上。终究不像鲜花戴在头钗上那般颤悠摇曳，娇俏地向人倚靠倾斜。若要随水漂流，莫要趁着潮汐。唯恐那凋落的花瓣上，还刻有相思的字句，若随潮汐急流而去，哪里还能见到那相思情意？

注释

1 **倾国**：汉代李延年有诗："北方有佳人，绝世而独立。一顾倾人城，再顾倾人国。"此以美人比喻蔷薇花。 2 **钗钿**(diàn)：镶嵌金花的首饰，此喻落花。 3 **窗槅**：窗格子，也称窗棂。 4 **蒙笼暗碧**：指树木繁茂，绿荫幽暗。 5 **珍丛**：花丛。 6 **巾帻**：头巾。 7 **颤袅**：颤动摇曳的样子。 8 **攲侧**：倾斜倚靠。

夜飞鹊

周邦彦

导读

此篇是送别词。上阕以行人视角写离别情景。夜晚送行，临近黎明方才分别，可见情深不舍。下阕以送行人的视角写分别归来之后的情景。送至人语不闻才缓缓而归，归来之后又重回旧地徘徊远望，情致深婉。全篇层次井然，融情入景，情真如画，一帧帧一幅幅，宛在目前。

原文

河桥送人处，凉夜何其。斜月远坠

译文

河水桥边送别行人的地方，夜晚多么寒凉。西斜的月亮远远地在天边垂下余晖。铜盘余辉。铜盘烛泪已流尽，霏霏凉露沾衣。相将散离会，探风前津鼓[1]，树杪参旗[2]。花骢[3]会意，纵扬鞭、亦自行迟。

迢递路回清野，人语渐无闻，空带愁归。何意重经前地，遗钿不见，斜径都迷。兔葵燕麦[4]，向斜阳欲与人齐。但徘徊班草[5]，欷歔酹酒[6]，极望天西。

里的蜡烛已流干了眼泪，厚重、冰凉的露水沾满衣裳。离别前的宴会即将散去，探听消息的风送来前面渡口催发的鼓声，透过树梢见到那参旗星远远地挂在夜空。五花骏马也知晓行人的心意，纵然扬起马鞭催促，它也仍然慢慢地前行。

清旷的原野上道路遥远曲折，行人的话语声渐渐听不见了，独自一人空空地带着离愁归去。哪里料到重新回到当时的送别之地，遗落的钗钿没有找到，偏斜的小路让人迷失了来路。兔葵和燕麦向着斜阳生长，高高地想要与人平齐。只能徘徊在当时铺草而坐的地方，叹息着洒酒于地，极目远望西方的天边。

注释

1 **津鼓**：古时渡口前设置的传达信号的鼓。 2 **树杪**(miǎo)：树梢。 **参(shēn)旗**：星宿名，初秋时黎明前出现。 3 **花骢**(cōng)：五花马。 4 **兔葵、燕麦**：植物名，指野葵、野麦。 5 **班草**：铺草，布草。 6 **酹**(lèi)**酒**：洒酒于地，表祭奠或起誓。

满庭芳

夏日溧水无想山作

周邦彦

导读

此篇是词人任溧水（在今江苏）县令之时，借夏日无想山之景抒发宦游漂泊之感。上阕写景，夏夜的江南空气湿润，景色宜人，然而最末三句却暗暗透露出客居的惆怅。下阕专意抒情，以秋去春来的社燕比喻自身的飘零不定。"莫思身外"是自劝及时行乐，"江南倦客"又回至难忍自叹，"醉时眠"再勉强自我开解，情绪一波三折。全篇体物精致细腻，吐意含蓄婉曲，可细细体味。

原文

风老莺雏，雨肥梅子，午阴嘉树清圆。地卑山近，衣润费炉烟。人静乌鸢[1]自乐，小桥外、新绿溅溅[2]。凭阑久，黄芦苦竹，疑泛九江船。

年年，如社燕[3]，飘流瀚海，来寄修椽[4]。且莫思身外，长近尊前。憔悴江南倦客，不堪听、急管繁弦。歌筵畔，先安簟[5]枕，容我醉时眠。

译文

夏风吹着雏莺渐渐长大，雨水浇灌着梅子日益肥美，正午亭亭如盖的大树洒下圆形的清凉阴影。地势低洼又靠近山地，衣服湿润总要用炉火烘烤。人声安静，乌鸦和老鹰自得其乐，小桥的那一边，绿水新涨，溅溅流动。久久地倚靠栏杆，只见遍地长满了黄芦和苦竹，疑似泛舟在九江之上。

一年又一年，好像社燕一样，飘飞流荡于南北瀚海，来这里只是寄居在长长的屋檐之下。暂且不要去想那身外之事，不如长坐于酒杯之前。憔悴疲倦的江南羁客，不忍听那激切繁复的管弦音乐。就在酒宴边上，先给我安置竹席与枕头，好让我醉时酣眠。

注释

1 **乌鸢：**乌鸦和老鹰。 2 **溅溅**(jiānjiān)：形容水流有声。 3 **社燕：**古时以立春后第五个戊日为春社，立秋后第五个戊日为秋社，以祭祀土神。燕子为候鸟，大约在春社时飞来，秋社时飞去，故称"社燕"。 4 **修椽：**屋顶上支撑瓦片的长木条，燕子常筑巢其上。 5 **簟**(diàn)：竹席。

过秦楼

周邦彦

导读

此篇怀人。词人描绘了一幅幅不同场景的生动画面来表现相思之情。上阕起首三句夜静风凉，明月照水，写的是眼中之景。之后三句回忆往年夏夜佳人笑扑流萤，是想象中景。之后再回到现实之景，感叹年华易逝，佳人远隔。下阕从旁人那里听说佳人近况，鬓发稀落，容颜消瘦，懒理妆容，又是想象中景。紧接着又回到现实，眼前之景是苔藓生长，花朵凋零，惹人愁绪。又以江淹、荀倩之典正面表达自己浓郁的相思。最末两句描写夜空之景，辽远而寂寞，余味无穷。整首词在现实与想象之中交错变换了多幅图画，用来表达词人千折百回的情感，技巧独特。

原文

水浴清蟾[1]，叶喧凉吹，巷陌马声初断。闲依露井，笑扑流萤[2]，惹破画罗轻扇。人静夜久凭阑，愁不归眠，立残更箭[3]。叹年华一瞬，人今千里，梦沉书远。

空见说、鬓怯琼梳，容消金镜，渐懒趁时匀染。梅风地溽[4]，虹雨苔滋，一架舞红[5]

译文

明月的倒影沐浴在水中，清凉的夜风吹拂树叶沙沙作响，街巷里车马嘈杂声刚刚停歇。闲适地倚靠在露井的围栏，仿佛看到当年的她嬉笑着追扑点点萤火，碰破了轻罗彩画的团扇。夜深人寂久久地凭栏倚靠，愁绪满怀不能回屋入眠，伫立至深更。感叹年华短暂好似一瞬，而今人隔千里，魂梦沉逝，音书遥远。

徒然地听说她因鬓发渐少而害怕玉梳，因形容消瘦而害怕铜镜，渐渐地懒得赶时髦匀粉装扮。黄梅时节的风吹得满地潮湿，夏雨过后彩虹当空，苔藓滋生，满架的花朵飞舞都变。谁信无聊为伊，才减江淹[6]，情伤荀倩[7]。但明河影下，还看稀星数点。

飘落改变了容颜。有谁能相信因为她我满心无聊，好似江淹一样才思顿减，好似荀倩一样为爱人伤痛欲绝。夜空里只有银河的光影之下，还有稀疏的星星数点。

注释

1 **清蟾：**指明月，传说月宫有蟾蜍，因而以蟾代指月。 2 **流萤：**萤火虫。 3 **更箭：**古代以铜壶盛水滴漏，壶中立箭标刻度以计时计更。 4 **溽：**湿润。 5 **舞红：**落花。 6 **江淹：**《南史》载齐梁间文学大家江淹才思敏捷，后梦中被自称郭璞的人取回五彩笔，从此再也难写佳篇，故称"江郎才尽"。 7 **荀倩：**三国时荀粲（字奉倩）有妻曹氏，极美，后早逝，荀粲为之伤痛不已，不久也离世。

花犯

周邦彦

导读

此篇咏梅。上阕写梅花之清艳脱俗，又回忆起往年赏梅之景，拉大时空界限。下阕由感叹花期之短，想象不久之后梅花将成梅子，而自己却又要踏上征程，漂泊于江湖，只能在梦中想象梅之潇洒风神。词作在歌咏清绝之梅花的同时并入自我沉浮身世，纡折反复，余味深长。

原文

粉墙低，梅花照眼，依然旧风味。露痕轻缀，疑净洗铅华[1]，无限佳丽。去年胜赏曾孤倚，冰盘[2]同燕喜。更

译文

矮墙粉白，梅花映照人眼，依然是从前的风姿。露水的痕迹轻轻地缀在花瓣，好像美人洗净脂粉，展露出无比美好的容颜。去年曾独自倚靠，观赏梅花的胜景，明月照耀着同宴的欢喜。更可爱的是雪中那高高一

可惜[3]、雪中高树，香篝熏素被[4]。

今年对花最匆匆，相逢似有恨，依依愁悴。吟望久，青苔上，旋看飞坠。相将见、翠丸[5]荐酒，人正在、空江烟浪里。但梦想、一枝潇洒，黄昏斜照水。

树红梅，好似散发香味的熏笼上覆盖着素白的被子。

今年赏花最是行色匆匆，与梅花相逢时只觉得她含着怨恨，依依不舍地愁苦憔悴。沉吟着久望，看那青苔之上，花瓣凋零，飞旋飘落。不久将要看到，青梅被进献到酒席之上，而我却已乘船漂荡在烟波浩渺的江河之中。只能希望在梦中见到，一枝俊逸洒脱的梅花，在黄昏里斜斜地映照水面。

注释

1 **铅华:**化妆用的铅粉。2 **冰盘:**圆月。3 **可惜:**可爱。4 **香篝:**熏笼。这里是比喻手法，指红梅上白雪覆盖，好似熏笼在熏白色的被子。 5 **翠丸:**梅子。

大酺[1]

周邦彦

导读

此篇抒思归之情。上阕描写早春清晨之景，“润逼”“寒侵”的触感，“虫网吹粘”的细节，无不显露出作者的细致入微，又以鸟声静、人声静反衬雨声闹，营造出一个安静、清新、湿冷、无眠的场景。下阕抒情，揭示无眠的原因。用庾信、卫玠、马融三个历史名人的典故来说明自己的思归愁苦之情，尤为深重。结句以景收束全篇，而情感未曾完结，寂寞流溢。全篇顾盼生情，千折百回。

原文

对宿烟收，春禽静，飞雨时鸣高屋。墙头青玉旆[2]，洗铅霜都尽，嫩梢相触。润逼琴丝[3]，寒侵枕障，虫网吹粘帘竹。邮亭无人处，听檐声不断，困眠初熟。奈愁极频惊，梦轻难记，自怜幽独。

行人归意速，最先念、流潦[4]妨车毂。怎奈向兰成[5]憔悴，卫玠[6]清羸，等闲时、易伤心目。未怪平阳客[7]，双泪落、笛中哀曲。况萧索、青芜国，红糁[8]铺地，门外荆桃[9]如菽。夜游共谁秉烛？

译文

昨夜的雾霭散尽，春日的禽鸟还在安眠，雨滴飞落时时敲响高高的屋脊。墙头伸出几枝青翠的竹枝，好似洗尽了铅华，嫩绿的叶梢彼此相触。潮湿的空气浸润着琴弦，寒意侵袭着枕席帷帐，虫网被风吹破粘上竹帘。驿馆静寂无人，只听见屋檐下雨滴不断，困倦不已刚要熟睡。怎奈愁苦至极频频惊醒，梦境轻浅难成记忆，自我哀怜幽幽独处。

行人归心似箭，最让人挂怀的是路上积水横流，妨碍车轮行进，归期未卜。无奈只能像庾信那样因为思乡而憔悴，像卫玠那样因为忧愁而清瘦羸弱，无端地愁绪满怀，损伤心目。难怪当年马融客居平阳，听到哀婉的笛声，思乡情动，双目垂泪。更何况在这萧索的青草荒园，园中落花细碎如米粒铺满地面，门外樱桃果实如豆。在这夜晚，有谁可与我秉烛夜游？

注释

1 **大酺(pú)：**官方准许的大宴饮。 2 **青玉旆：**青翠的新竹叶。旆，古时旌旗末端像燕尾的飘带。 3 **润逼琴丝：**潮湿的空气浸润着琴弦。 4 **流潦：**流动的积水。 5 **兰成：**庾信的小字。庾信是南北朝文学家，初仕梁，出使西魏，因政权更迭留居北方不得南归，作《哀江南赋》抒怀。 6 **卫玠：**字叔宝，西晋名士，貌美而体弱，因病早逝。 7 **平阳客：**指东汉马融，曾在平阳客舍闻洛阳人吹笛，触动情思，作《长笛赋》。 8 **红糁：**比喻细小的红色落花。糁，米粒。 9 **荆桃：**樱桃的别称。

解语花

上元

周邦彦

导读

此篇写元宵灯会的盛景。上阕写词人在外任之地赏游灯会之景，华灯簇簇，月光流泻，游人如织，丽人如云，箫鼓喧闹，熏香扑鼻。下阕回忆往年在京都过元宵的繁盛之景。最末兴尽而归。全篇咏街市繁荣，歌舞太平，可为此类词之代表。

原文

风销焰蜡[1]，露浥烘炉[2]，花市光相射。桂华流瓦[3]，纤云散、耿耿[4]素娥欲下。衣裳淡雅，看楚女、纤腰一把。箫鼓喧、人影参差，满路飘香麝[5]。

因念都城放夜[6]，望千门如昼，嬉笑游冶。钿车[7]罗帕，相逢处、自有暗尘随马[8]。年光是也，唯只见、旧情衰谢。清漏移、飞盖归来，从舞休歌罢。

译文

晚风吹蚀了燃烧的蜡烛，露水湿润了红色的花灯，灯市上彩光纷繁，相互映照。月光流淌在屋瓦之间，轻淡的云彩散尽，夜空明亮，嫦娥仿佛要飘然而下。淡雅的衣裳，缠裹着南国女子的腰肢，纤细可握。箫声鼓声喧腾热闹，往来人影参差错落，满街弥漫着丽人们衣裙上散发的麝香味道。

因而怀念起往年元宵节京城里解除宵禁，一眼望去千门万户华灯照耀犹如白昼，人们嬉笑游乐。镶嵌金饰的马车上坐着手挥罗帕的佳人，多情少年与之相逢，自然跟在马后追逐，路上微微扬起尘埃。今年的光景大概也是如此，只是旧时的情意已经衰减消退。清晰的滴漏声标明着时间推移，伴随着歌舞停歇，兴致已尽，驾着轻车飞快归来。

注释

1 **焰蜡**:燃烧的蜡烛。 2 **烘炉**:指炉状的花灯。 3 **桂华流瓦**:月光流淌在屋瓦之间。桂华,指月光。 4 **耿耿**:明亮安静的样子。 5 **香麝**:一种名贵香料。 6 **放夜**:解除宵禁。 7 **钿车**:镶嵌金饰的马车。 8 **暗尘随马**:化用唐人苏味道《正月十五夜》之句:“暗尘随马去,明月逐人来。”暗尘,指少年弟子追逐香车佳人,路上微微扬起尘土。

蝶恋花

周邦彦

导读

此篇是送别词。上阕写离别之前的情状,离别之人睡眠不安,黎明即醒,送别之人双眼清亮,泪落不断。下阕写离别时的情景,执手相看,徘徊踌躇,不忍离去。末句写离别之后,唯有寒露与鸡鸣相伴,不着一字,写尽凄苦。

原文

月皎惊乌栖不定,更漏[1]将阑,辘轳[2]牵金井。唤起两眸清炯炯,泪花落枕红绵冷。

执手霜风吹鬓影,去意徊徨,别语愁难听。楼上阑干横斗柄[3],露寒人远鸡相应。

译文

月光皎洁,惊起乌鸦,栖息不定,计时的更漏将要滴完,黎明井台边传来辘轳转动的声音。唤她起身,她的双眸清亮,目光炯炯,泪花落在红绵枕上,一片湿冷。

牵着她的手,秋风吹动她的鬓影。临去之时情意徘徊彷徨,分别之语愁苦而不忍听。楼头之上北斗星柄横斜,晨露寒冷,行人渐远,唯有清晨的鸡鸣相应。

注释

1 **更漏**:古以铜壶盛水,滴漏计时报更,故称更漏。 2 **辘轳**(lùlú):辘轳汲水时绞盘转动的声音。 3 **阑干:**星斗横斜的样子。 **横斗柄:**指北斗星柄横斜,意指凌晨。

解连环

周邦彦

导读

此篇是相思怀人词。上阕写情人远去,音信断绝,因而怨念暗生,见到情人当年亲手种植的芍药,就想要重新栽种园中花木,可见爱恨之深。下阕开篇想象思念之人的近况,再由想象转入回忆,从前书信还在,如今二人情断,只想将书信烧掉以舒心头之恨。可转语又燃起希望,期待情人能寄来消息。最末以对花、饮酒、垂泪收束,仍归于消沉绝望。全词以嗟、纵、想、料、记、望诸字贯串情感线索,可谓一腔痴爱,百折千回。

原文

怨怀无托,嗟情人断绝,信音辽邈。纵妙手、能解连环[1],似风散雨收,雾轻云薄。燕子楼空,暗尘锁、一床弦索。想移根换叶,尽是旧时,手种红药[2]。

汀洲渐生杜若[3],料舟依岸曲,人在天角。漫记得、当日音书,把闲语闲言,待总烧却。水驿春回,望寄我、江南梅萼[4]。

译文

幽怨情怀无处寄托,嗟叹情人的两相隔绝,音信渺茫。纵然有妙手,也不能解开这连环的情结,情意似风雨消散,如云雾轻薄。佳人居住的燕子楼已空,被灰暗的尘埃封锁,满床闲置着丝竹琴瑟。想要重新栽种园圃中的花木,这里长满了从前她亲手种植的红芍药。

江心的沙洲渐渐长出香草杜若,料想她沿着弯曲的河边划动小舟,漂荡在天涯海角。徒然记起,从前和她音书频繁,而今读来都是闲言闲语,总想付之一炬,以解怨恨。而今春暖,水驿通航,还希望她能从江南寄拚今生、对花对酒，为伊泪落。

来一枝梅花。我愿舍弃此生所有，花前饮酒，为她落泪。

注释

1 **解连环**：《战国策·齐策》载：秦昭王曾派使者给齐国君王后送去玉连环，说："齐国多聪明人，能够解开这个环吗？"群臣都不能解，君王后用椎将玉环击破，说："这样就解开了。"词中用此典以喻情结难解。词牌名也由此而得。 2 **红药**：红芍药。 3 **杜若**：香草名。 4 **望寄我、江南梅萼**：南朝陆凯自江南寄一枝梅花给长安友人范晔，并附诗云："折梅逢驿使，寄与陇头人。江南无所有，聊赠一枝春。"词中即化用此典，意指希望得到对方的讯息。

拜星月慢

周邦彦

导读

此篇相思怀人，词人僻居孤馆，追忆往日情事。上阕回忆与情人妓馆初会时的美好情景，连用琼枝玉树、暖日明霞、水眄兰情六个比喻来形容佳人的姿容绝艳，在昏暗夜色的背景下，更显明媚灿烂。下阕前四句巧用两个转折，造成情绪上的巨大起伏。从前只识画中佳人，未料真人也可美艳如画，此为一折；二人云雨欢会，缠绵爱恋，却忽被惊风吹散，此是二折。后文顺承前句回至现实，孤馆寄宿，败壁秋虫，又与前文形成强烈对比。最末以相思不断收束，情深不绝。

原文

夜色催更，清尘收露，小曲幽坊[1]月暗。竹槛灯窗，识秋

译文

夜色深沉，催着更时频移，露水洗尽了飘浮的尘埃，尘埃吸收了清亮的露水，曲折的小巷，幽静的教坊，月色朦胧黯淡。又见那竹栏

娘[2]庭院。笑相遇，似觉琼枝玉树[3]相倚，暖日明霞光烂。水盼兰情[4]，总平生稀见。

画图中、旧识春风面[5]，谁知道、自到瑶台畔。眷恋雨润云温，苦惊风吹散。念荒寒、寄宿无人馆，重门闭、败壁秋虫叹。怎奈向、一缕相思，隔溪山不断。

与灯光映照的小窗，认出这里是秋娘居住的庭院。那时笑盈盈地与她相遇，她姿容绝艳好似琼枝玉树，依偎我的身侧，像日光和暖，又如霞光灿烂。她有水灵灵的眼睛，温馨如兰的情意，总归是我一生中所罕见。

从前只在图画当中才能见到的美艳佳人，谁料想到她能到瑶台之畔与我幽会。眷恋那温润缠绵的云雨欢爱，痛苦的是离别似狂风突来，将我们吹散。想到我如今寄宿在这荒凉寒冷的无人驿馆，重门紧闭，面对破败墙壁，耳闻秋虫哀叹。无可奈何，那一缕相思，远隔着溪山也绵绵不断。

注释

1 **幽坊:**幽静的教坊。教坊原是管理宫廷音乐的官署，后也为妓院雅称。 2 **秋娘:**唐时有歌妓名杜秋娘，后以秋娘泛指歌妓。 3 **琼枝玉树:**形容人的姿容美好。 4 **水盼兰情:**水灵灵眼睛，温馨如兰的情感。盼，美目黑白分明。 5 **画图中、旧识春风面:**杜甫《咏怀古迹五首》有句咏王昭君："画图省识春风面"，指只能在图画中见识到佳人的艳美姿容。

关河令

周邦彦

导读

此篇是独居抒怀。从白昼至日暮，从日暮至夜深，主人公自始至终形单影只。秋阴、庭冷、寒声、雁影、孤灯、夜永，所有意象都是清冷而孤寂的，"无雁影"更暗示无人问讯，"酒已醒"则指借酒消愁，酒醒愁甚。篇幅虽短，但构思用心，词风清峭孤冷。

原文

秋阴时晴渐向暝[1]，变一庭凄冷。伫听寒声，云深无雁影。

更深人去寂静，但照壁、孤灯相映。酒已都醒，如何消夜永？

译文

秋日总是阴霾，偶然放晴却转至日暮，满庭变为一片凄冷。伫立着聆听那寒雁鸣声，云层深厚见不到雁过之影。

夜已深，人尽散去，庭院一片寂静，只有那照着墙壁的孤灯与我形影相映。醉酒之意已经全部清醒，我要如何消磨这漫漫的长夜到天明？

注释

1 **暝：**日暮，天黑。

绮寮怨

周邦彦

导读

此篇是离别之词。上阕写离别时的情状，夜饮宿醉，清晨出发尚未酒醒。忽见送别津亭，又见往日败壁旧题，为蛛网青苔所掩，越发触景生情，回忆起往年旧事。“去去”承上启下，回忆旧事，引出江陵杨琼，将愁思具象化，设想伊人现状，或许也会想起自己。最末以离歌收束，照应上阕并点题。

原文

上马人扶残醉，晓风吹未醒。映水曲、翠瓦朱檐，垂杨里、乍见津亭。当时曾题败壁，蛛丝罩、

译文

被人扶着上马，尚残留着醉意，清晨的冷风也未能吹醒。河流曲折，水中倒映着绿瓦红檐，垂杨掩映里，突然见到渡口的长亭。当时我曾在破败的墙壁上题字，如今

淡墨苔晕青。念去来、岁月如流，徘徊久、叹息愁思盈。

去去倦寻路程，江陵旧事，何曾再问杨琼[1]。旧曲凄清，敛愁黛、与谁听？尊前故人如在，想念我、最关情。何须渭城[2]，歌声未尽处，先泪零。

只留下蛛丝、青苔笼罩着的浅淡墨迹。感念这来来去去的岁月有如流水，徘徊许久，叹息声声，愁思盈盈。

离开吧离开，厌倦于寻找前路征程，从前寓居江陵已是旧事，再也不曾回去重访杨琼。她收敛愁眉，唱起旧曲，声韵凄清，如今又是谁人在听？酒杯前的故人如果还在，定会想念我，如此最是关切动情。何必唱起送别的《渭城曲》，歌声尚未唱完，泪水已早早滴落。

注释

1 **杨琼：**唐代江陵歌妓名，白居易有诗《寄李苏州兼示杨琼》，元稹有和诗《和乐天示杨琼》。后泛指歌妓。 2 **渭城：**送别曲。唐王维《送元二使安西》有“渭城朝雨浥轻尘”之句，后人称之为《渭城曲》。

尉迟杯

周邦彦

导读

此篇写离恨。上阕写离别后水路途中眼见之景与心中所思。下阕追忆客居京华游冶的欢乐时光，与当下形单影只、漂泊水路的孤凄两相对比，反差强烈。末句问何人念我，又直接剖白相思心迹，情感强烈。

原文

隋堤路[1]，渐日晚、密霭生深树。阴阴淡

译文

隋堤路上，渐渐日暮天晚，浓密的雾霭从影影绰绰的树林里升起。阴沉的夜幕，黯淡

月笼沙，还宿河桥深处。无情画舸，都不管、烟波隔前浦。等行人、醉拥重衾，载将离恨归去。

因思旧客京华，长偎傍、疏林小槛欢聚。冶叶倡条[2]俱相识，仍惯见、珠歌翠舞。如今向、渔村水驿，夜如岁、焚香独自语。有何人、念我无聊，梦魂凝想鸳侣。

的月色，笼罩着沙滩，船舶停宿在河桥底下的深处。无情的画船，全然不管浩渺的烟波阻隔了前方的水路。等到远行之人醉酒后拥着厚重的被子入睡，就将行人与离恨载上归途。

因而回想起旧年客居京华，疏落的树林里，常常依傍着亭台的矮小栏杆欢语相聚。京城里的歌舞艺人全部相识，依然是看惯了她们珠翠装饰的华丽歌舞。如今我乘船经过那些渔村和水驿，一夜如同一年那样漫长，焚着香孤独地自言自语。有谁挂念我孤寂无聊，我的魂梦凝神思念着鸳鸯眷侣。

注释

1 **隋堤路：**从汴京至淮河有一段水路，因隋炀帝开掘大运河，沿河筑堤，故称隋堤。 2 **冶叶倡条：**指歌舞伎人。

西河

金陵怀古

周邦彦

导读

此篇怀古。词分三阕，上阕写金陵的山川形胜。开篇化用东晋谢朓的《入朝曲》，以问句点出怀古主题，然后化用刘禹锡《石头城》诗意，描写金陵壮丽的风光。中阕写金陵古迹。下阕写兴亡之怀，半垒古营、城楼女墙、酒旗戏鼓、王谢邻里之句分别化用刘禹锡《石头城》与《乌衣巷》诗句，种种古迹，至今犹存，而风光不同，那梁上的燕子也在诉说历史的兴亡更替，充满了沧桑悲凉之感。此词虽多次檃栝前人诗意，但融入景中，兴象自然，了无痕迹。

原文

佳丽地[1]，南朝盛事谁记？山围故国绕清江，髻鬟[2]对起。怒涛寂寞打孤城，风樯[3]遥度天际。

断崖树，犹倒倚，莫愁[4]艇子谁系？空余旧迹郁苍苍，雾沉半垒。夜深月过女墙来[5]，伤心东望淮水。

酒旗戏鼓甚处市？想依稀、王谢邻里[6]，燕子不知何世，入寻常、巷陌人家，相对如说兴亡，斜阳里。

译文

金陵是佳丽聚集之地，南朝时的繁荣盛事谁还能记起？青山环绕着故都，围绕着清江两侧，像美人的发髻一样相对耸立。怒吼的波涛寂寞地拍打着孤城，高高的帆船驶过遥远的天际。

断崖上的枯树，还倒挂在那里，莫愁湖边的小艇，是谁拴系在这里？空留下许多遗迹，淹没在郁郁苍苍的草丛里，半垒古营在浓雾中沉睡。夜深了，月光越过女墙照进来，伤心地望着东流的秦淮河水。

热闹的酒楼戏馆，曾经在哪里开市？想象隐隐约约的那些小巷，曾是东晋望族王、谢的邻里，燕子不知什么时代，飞入了寻常的百姓人家，相对着呢喃细语，仿佛在诉说着历史的兴亡，在这夕阳残照里。

注释

1 **佳丽地：**南朝谢朓有诗《入朝曲》："江南佳丽地，金陵帝王州。" 2 **髻鬟**(jìhuán)：指两岸对峙的山峰。 3 **风樯：**张着帆的船。 4 **莫愁：**古乐府中所传女子，一说为石城（在今湖北钟祥）人，一说为洛阳人。相传金陵莫愁湖因之得名。 5 **女墙：**城楼上的矮墙。唐人刘禹锡《石头城》诗云："山围故国周遭在，潮打空城寂寞回。淮水东边旧时月，夜深还过女墙来。"词中前文"山围""怒涛"句，及此处"女墙"句，皆化用刘禹锡诗意。 6 **王谢邻里：**唐人刘禹锡《乌衣巷》："朱雀桥边野草花，乌衣巷口夕阳斜。旧时王谢堂前燕，飞入寻常百姓家。"词中四句即檃栝此诗。

瑞鹤仙

周邦彦

导读

此篇写送客后偶遇的情事。上阕写黄昏送客离去，在短亭中邂逅旧情人，在情人的相劝之下醉饮。下阕写酒醉失忆留宿，醒来见园中芍药被风摧折，凋零一地，然并无太多伤感，只因与情人相伴自是乐趣无穷。此篇意脉流宕，而情节曲曲折折，犹如演绎一个短幕剧，读来颇为有趣。

原文

悄郊原带郭，行路永，客去车尘漠漠。斜阳映山落，敛余红、犹恋孤城阑角。凌波步弱[1]，过短亭、何用素约[2]。有流莺[3]劝我，重解绣鞍，缓引春酌。

不记归时早暮，上马谁扶，醒眠朱阁。惊飙[4]动幕，扶残醉，绕红药[5]。叹西园，已是花深无地，东风何事又恶？任流光过却，犹喜洞天[6]自乐。

译文

静悄悄的郊外原野环绕着城郭，路程遥远，征客离去，马车后尘土弥漫。斜阳映照着远山沉落，残余的红霞渐渐收敛，却仍然恋恋不舍地将一抹残晖，挂在城角栏杆。佳人步态轻盈，来到短亭，哪里用得上旧约。她用黄莺一样婉转动听的声音劝我，重新解下华丽的马鞍，缓缓地小酌几杯春日离别之酒。

不记得回去时是早晨还是日暮，不记得我上马时是谁将我搀扶，睡醒之时已躺在朱阁之中，狂风舞动帘幕，带着残醉起身，绕过院中红色芍药。感叹这西园，已是落花满地，东风为什么又如此凶恶？任凭春光就此流逝吧，我只管在这仙境般的地方自得其乐。

注释

1 **凌波步弱:**形容女子步态轻盈飘逸。魏曹植《洛神赋》有句:"凌波微步,罗袜生尘。" 2 **素约:**旧约。 3 **流莺:**形容女子声音婉转动听似黄莺,此处指歌妓。 4 **惊飙:**狂风。 5 **红药:**红芍药。 6 **洞天:**道家指神仙所居之地,此处指别有天地。

浪淘沙慢

周邦彦

导读

此篇写离别相思。首叠追忆离别饯饮情景。秋日天阴,折柳送别。二叠抒别后思念。夜中天寒人孤,断云残月,一片凄冷。三叠回至当下,自伤春恨。时光移至暮春,佳人所留之物皆已陈旧,怨歌唱尽,春亦归去,说不尽的绵绵恨意。全篇结构缜密,内容丰富有层次,情感委婉回环。

原文

昼阴重,霜凋岸草,雾隐城堞[1]。南陌脂车待发,东门帐饮乍阕[2]。正拂面垂杨堪揽结,掩红泪、玉手亲折。念汉浦离鸿去何许,经时信音绝。

情切。望中地远天阔。向露冷风清无人处,耿耿[3]寒漏咽。嗟万事难忘,惟是轻别。翠尊

译文

白日里天气阴沉,寒霜满地,岸边野草凋零,雾霭在城楼上的矮墙边隐现。南边小道上,抹好油脂的车子等待着出发,东边城门口,送别帐饮突然终止。低垂的杨柳拂过面颊,正好伸手就能采摘,佳人擦去眼泪,用玉手折下枝条。挂念着汉水岸边飞离的鸿雁去了哪里,那么长的时间音信断绝。

离情凄切。眺望中大地辽远,天空广阔。在这露冷风清、空无一人的地方,听到寒夜里滴漏呜咽,内心无法平静。嗟叹事事难忘,只是当初不应轻易与你离别。翠玉杯中酒

未竭，凭断云、留取西楼残月。	未喝尽，但愿天空的那片薄云，能够留住西楼的残月。
罗带光消纹衾叠。连环解[4]、旧香顿歇。怨歌永、琼壶敲尽缺[5]。恨春去、不与人期，弄夜色、空余满地梨花雪。	丝罗衣带已失去往日光泽，花纹绣被叠放一旁。玉连环骤然断开，旧时的香气也顿时消歇。不停地唱着怨歌，敲壶击拍，玉壶边缘尽是缺口。怨恨春的离去，不与人事先约期，赏玩夜色，只见满地空余梨花似雪。

注释

1 **城堞：**城楼上的矮墙。 2 **阕：**停止，终了。 3 **耿耿：**内心不平静的样子。 4 **连环解：**《战国策 · 齐策》载，秦昭王派使者给齐国君王后送去玉连环，群臣不能解，君王后用椎将玉环击破，说："这样就解开了。"此处用典喻指情意深厚的爱人骤然分离。 5 **琼壶敲尽缺：**《晋书》载，王敦酒后咏曹操《龟虽寿》诗，以铁如意敲击唾壶为节，壶口尽缺。词中化用其意，指咏唱怨歌，敲击酒壶。

应天长

寒食

周邦彦

导读

此篇怀人。上阕开篇写春风日暖，"正是"之后写自己周遭之景，沉郁昏暗，闭门孤寂，落花狼藉，与室外的明媚春光形成强烈对比。下阕先回忆往年初会情人的场景，而今携酒再寻，草深路迷，旧宅如故而伊人不见，含无限物是人非之感。

原文

条风[1]布暖，霏雾弄晴，池台遍满春色。正是夜堂无月，沉沉暗寒食[2]。梁间燕，前社客，似笑我、闭门愁寂。乱花过，隔院芸香[3]，满地狼藉。

长记那回时，邂逅相逢，郊外驻油壁[4]。又见汉宫传烛，飞烟五侯宅。[5]青青草，迷路陌。强载酒、细寻前迹。市桥远，柳下人家，犹自相识。

译文

春风散布着温暖，飘拂的云雾拨弄着晴空，池苑楼台到处都是春意盎然。正当夜里，堂前无月，心中沉郁，是这昏暗的寒食节。屋梁间的燕子，是春社的旧客，似乎在嘲笑我，紧闭门户，愁苦寂寞。纷乱的落花飞过，隔壁院落芸香的香气飘来，满地花朵凋残，一片狼藉。

常常记起那回寒食节，我与你偶遇相逢，在郊外，停下了油壁轻车。又看见那宫中传出火烛，带着轻烟，飞入了权贵的宅院。青青的野草，遮蔽了小路，强忍醉意带着酒，细细地寻找从前的踪迹。远处的街市桥边，柳树下的那个人家，我仍然相识。

注释

1 **条风：**东风，春风。《史记·律书》："条风居东北，主出万物。条之言条治万物而出之，故曰条风。" 2 **寒食：**从清明前一、二日至清明，禁烟火，只吃冷食，故称寒食。 3 **芸香：**一种香草。 4 **油壁：**车壁用油涂饰的车子。 5 **汉宫传烛，飞烟五侯宅：**此处化用唐韩翃《寒食》诗句："日暮汉宫传蜡烛，轻烟散入五侯家。"古时寒食禁火，宫中取榆柳之火以赐近臣。

夜游宫

周邦彦

导读

此篇写思念情人。全词由斜阳西照写至黄昏灯火，再至深夜难眠，时光节节推移，愁情愈加浓郁，层层深入，然只写情不写事，引人入胜，最末一句才画龙点睛，一语说破，构思极巧。

原文

叶下斜阳照水，卷轻浪、沉沉千里。桥上酸风射眸子[1]。立多时，看黄昏灯火市。

古屋寒窗底，听几片、井桐飞坠。不恋单衾再三起。有谁知，为萧娘书一纸[2]？

译文

树叶下透出斜阳余晖映照在水面，细浪轻轻卷起，江水深沉奔流千里。桥上冷风刺痛人眼。伫立多时，看那黄昏时的万家灯火如市。

在古旧房屋的寒窗下，听到几片井边的梧桐叶飘飞下坠。不留恋在薄被中孤眠的滋味，再三起身。有谁知道我辗转难眠，只因为萧娘的一纸书信。

注释

1 **酸风射眸子：**指冷风刺眼。此处化用唐人李贺《金铜仙人辞汉歌》"东关酸风射眸子"诗句。 2 **萧娘：**女子的泛称。此句化用唐杨巨源《崔娘》诗："风流才子多春思，肠断萧娘一纸书。"

青玉案

贺铸

导读

贺铸(1052—1125)，字方回。娶宋宗室之女。出身武职世家，有任侠之气，又博学强记，是文武兼备之才，但终生仕途不达，颇为失意。其词风刚柔兼济，既有缠绵入骨之作，亦有慷慨悲凉之歌。

此篇写相思之情。词人退居苏州时，住在横塘之侧，一日偶见佳人飘然而去，以目追之，引发无限情思，故作成此词。开篇写艳遇之景，之后神思翻飞，猜测佳人所居所伴。下阕写愁思无限，寄之以文。最有名的是末尾三句，以三种不同景象比喻愁思，将愁思具象化，堪称神笔，词人也因此获得“贺梅子”的雅称。

原文

凌波[1]不过横塘路，但目送、芳尘去。锦瑟华年[2]谁与度？月桥花院，琐窗朱户，只有春知处。

飞云冉冉蘅皋[3]暮，彩笔[4]新题断肠句。试问闲愁都几许？一川烟草，满城风絮，梅子黄时雨。

译文

美人步态轻盈飘逸，不肯走过横塘。只好目送她美丽的背影离去。她美好的青春年华与谁度过？或许在那桥弯如月、种满繁花的庭院，在有着雕纹窗棂的朱红门户，只有春风才知道她的住处。

浮云缓缓飞动，暮色降临长满香草杜衡的水中小洲，我要用非凡文笔写下这断肠之句。如果要问我有多少无端愁绪，就像是那绵延河岸的萋萋青草，满城飘飞的风中柳絮，梅子黄时的无边细雨。

注释

1 **凌波**：形容女子步态轻盈飘逸。 2 **锦瑟华年**：指青春年华。唐李商隐《锦瑟》诗：“锦瑟无端五十弦，一弦一柱思华年。” 3 **蘅皋**：长满杜衡香草的水中小洲。 4 **彩笔**：非凡文笔。

感皇恩

贺铸

导读

此篇是离别相思词。上阕写春光正好之时与佳人相遇，两情相悦而不得相语，一人离别南去。下阕写离别之后的相思春恨。“回首旧游”一语承上倒点一笔，说明旧情，末尾以伤春写相思，委婉深致。

原文

兰芷满汀洲[1]，游丝横路[2]。罗袜尘生[3]步迎顾，整鬟颦黛，脉脉两情难语。细风吹柳絮、人南渡。

回首旧游，山无重数。花底深、朱户何处？半黄梅子，向晚一帘疏雨。断魂分付与、春将去。

译文

香兰白芷长满水中小洲，虫子吐出的长丝横在路上荡荡悠悠。佳人步履轻盈，迎面而来，对我深情注目，她整理秀发、轻皱黛眉，我们相互对视，含情脉脉，却难以倾诉。轻柔的风吹起漫天柳絮，登上行舟南去。

回想从前同游之处，如今相隔重山无数。繁花深处，哪里才是她居住的朱门华屋？梅子已有一半成熟泛黄，傍晚时分又疏疏落落下了一阵细雨。春天即将离去，将伤心断魂交付给它，一并带去。

注释

1 **兰芷：**兰草与白芷，皆是香草。 **汀洲：**水中的小洲。 2 **游丝横路：**虫子吐出的细丝，飘浮于空中。南朝庾信《春赋》：“一丛香草足碍人，数尺游丝即横路。” 3 **罗袜尘生：**形容美人走路的样子。魏曹植《洛神赋》：“凌波微步，罗袜生尘。”

薄幸

贺铸

导读

此篇是相思词。上阕追忆与情人的往日欢情，塑造了一个妩媚迷人、大胆追爱的女子形象，两情暗合，缠绵香艳。下阕写当下的分离相思，思而不见，音信难传，白日醉酒，百无聊赖，写出了男主人公的缱绻多情。

原文

淡妆多态，更的的、频回眄睐[1]。便认得琴心先许，欲绾[2]合欢双带。记画堂、风月逢迎，轻颦浅笑娇无奈。向睡鸭炉边，翔鸳屏里，羞把香罗暗解。

自过了烧灯[3]后，都不见踏青挑菜[4]。几回凭双燕，丁宁[5]深意，往来却恨重帘碍。约何时再，正春浓酒困，人闲昼永无聊赖。厌厌[6]睡起，犹有花梢日在。

译文

她妆容淡雅，清丽多姿，更有明亮的双眸，频频回首顾盼。我知道她以琴音向我暗许芳心，想要绕结双带共享欢爱。记得风清月朗两相宜的夜晚，在那华丽的堂舍，她轻轻地皱眉，浅浅地低笑，无比娇羞可爱。在睡鸭形状的香炉边，在绣着双飞鸳鸯的屏风里，她羞涩地将熏香的罗衣悄解。

自从过了元宵节之后，都不曾见她出门踏青、挑菜。好几次我托那双飞的燕儿，叮咛它们传递我的一腔深情，却恨那重重的帘幕阻碍了燕儿的往来。约个佳期何时再会，眼下正是春意浓郁，我日日醉饮，人也闲散，日子又长，百无聊赖。毫无精神地睡觉起来，春日的暖阳仍然照在枝头的繁花上。

注释

1 **的的：**明亮的样子。**眄睐：**顾盼。 2 **绾：**缠绕打结。 3 **烧灯：**指元宵节放灯。 4 **挑菜：**古以二月二日为挑菜节，妇女外出郊游摘菜。 5 **丁宁：**同“叮咛”。 6 **厌厌：**同“恹恹”，精神不振的样子。

浣溪沙

贺铸

导读

此篇写惜春行乐。上阕写春不厌人，人更当借着春光及时行乐。下阕写及时行乐的内容，与美人相伴，歌舞醉饮，莫管人情世故，只要醉中真情。

惜春词大多哀哀凄凄，此篇畅意恣情，极为潇洒风流，可见词人胸襟。

原文

不信芳春厌老人，老人几度送余春，惜春行乐莫辞频。

巧笑艳歌皆我意[1]，恼花颠酒拚君瞋[2]，物情惟有醉中真。

译文

不信那芬芳的春日厌弃老人，老人曾经多少次送走残春，珍惜春光，及时行乐，莫要频频推辞。

美人的巧笑与言情的诗歌，都合我心意，只恼恨繁花离去，放浪形骸只管狂饮，不顾旁人怒视。须知俗世人情多有虚假，唯有醉中方见真性情。

注释

1 **巧笑**：形容美人的笑容。《诗经·卫风·硕人》："巧笑倩兮，美目盼兮。" **艳歌**：描写爱情的诗歌。 2 **颠酒**：颠饮，狂饮。《开元天宝遗事》载：长安进士郑遇、刘参诸人，每至春时便选妖妓伴游名园，狂饮大醉，去巾帽叫笑，自谓之"颠饮"。 **瞋**(chēn)：怒目而视。

浣溪沙

贺铸

导读

此篇描写佳人月下折梅的生活小景。上阕写日暮月出，玉人折梅；下阕写拈梅归户，垂帘御寒。全篇写景写人，无一字情语，而情意溢于言表。词虽短小，但画面感极强，造语绮丽清新，境界超尘绝俗。

原文

楼角初消一缕霞，淡黄杨柳暗栖鸦，玉人和月

译文

阁楼角上消匿了最后一缕霞光，淡黄色的杨柳在暮色昏暗中栖息了乌鸦，如玉

摘梅花。

笑拈粉香归洞户[1]，更垂帘幕护窗纱，东风寒似夜来些[2]。

佳人趁着月色攀折梅花。

笑盈盈地手持粉白溢香的花枝返回内室，又垂下帘幕窗纱着意保护，只因这东风好似比昨夜更寒冷。

注释

1 **拈**(niān)：持取，拿着。 **洞户**：幽深的内室。 2 **寒似夜来些**：指寒冷比昨夜更甚。

石州慢

贺铸

导读

此篇写别后怀人。上阕先写初时分别之景物，而后写春日大漠风光，指出当时分别正是同一时节。下阕写二人分别之情状与别后相思之愁怀，结尾两句一笔写出二人之刻骨相思，与一般怀人词不同。

原文

薄雨收寒，斜照弄晴，春意空阔。长亭柳色才黄，倚马何人先折[1]。烟横水漫，映带几点归鸿，平沙消尽龙荒雪。犹记出关来，恰如今时节。

将发，画楼芳酒，红泪清歌，便成轻别。回首经年，杳杳音尘都绝。欲

译文

细雨渐停，寒气收敛，夕阳斜照带出晴空，春意空茫辽阔。长亭边柳枝刚刚抽出嫩叶，倚着马儿的人是谁先折了一枝作别。烟云横浮，水雾弥漫，映衬着远处几点北归的鸿影，漠北白雪融尽之后只见一片广漠白沙。还记得出关来到漠北时，正是当下这个季节。

将要出发，华丽的楼台摆上芬芳的美酒，佳人落泪唱起清歌，如此便轻易离别。

知方寸[2],共有几许新愁？芭蕉不展丁香结[3]。憔悴一天涯,两厌厌风月。

再回首时已是数年,相隔遥远,音信断绝。想要知道心中共有多少新愁？就像那芭蕉嫩叶舒展不开,像那丁香花蕾攒聚。二人远隔天涯,同样憔悴,各自为相思愁苦颓废。

注释

1 **折:**指折柳送别。 2 **方寸:**指心。 3 **芭蕉不展丁香结:**指愁绪像芭蕉嫩叶一般舒展不开,像丁香一样花蕾攒聚。唐李商隐《代赠》诗:“芭蕉不展丁香结,同向春风各自愁。”

蝶恋花

贺铸

导读

此篇伤春怀人。上阕首句点出伤春题旨,“偏碍游丝度”既写春日景致,又暗指相思难度。“天际”二字将思绪带至遥远的南京,词人的相思之处。下阕抒写相思之情,终日枯坐吟唱,长夜难眠,唯有淡月相伴,一派黯淡空寂之气。

原文

几许伤春春复暮,杨柳清阴,偏碍游丝度。天际小山桃叶步[1],白蘋花满湔裙[2]处。

竟日微吟长短句[3],帘影灯昏,心寄胡琴语。数点雨声风约住,朦胧淡月云来去。

译文

多少次伤春,又到了春暮,杨柳下清凉的树荫,偏偏阻碍了飘荡的虫丝穿过。远望天边,那小山下应是桃叶渡,白蘋花铺满水面,正是女子洗涤衣裙之处。

整日吟唱着长短词句,昏暗的灯光映着帘影,凭借胡琴之语寄托心意。淅淅沥沥的几点雨声被风止住,月色朦胧黯淡,浮云来来去去。

注释

1 **桃叶步:**即桃叶渡,在今南京。古代江边泊船之处又称步。2 **湔(jiān)裙:**古时风俗,每年正月初一至月末,女子至水边洗涤衣裙以驱除不祥。湔,洗。 3 **长短句:**即词。

天门谣

登采石蛾眉亭

贺铸

导读

此篇是登览怀古之作。上阕开篇两句写天门地势之险要,气势磅礴,后两句写与朋友登览,闲适清空,恰与前句一紧一松形成对比。下阕写夜观天门所见之景,明月初上,波光闪耀,笛曲悠悠,江风吹拂,更鼓频传,尽是空阔辽远之气,引发豪情无限。

原文

牛渚天门[1]险,限南北、七雄[2]豪占。清雾敛,与闲人登览。

待月上潮平波滟滟[3],塞管轻吹新阿滥[4]。风满槛,历历数、西州[5]更点。

译文

牛渚矶、天门山地势奇险,长江天堑将南北隔断,七朝英豪相继占据。清凉雾气收敛,与娴雅的友人一同登高游览。

待到月亮升起潮水上涨,平静的江面一片波光闪耀,塞外笛管轻轻吹起新曲《阿滥堆》。江风吹过栏槛,清晰地传来扬州城里声声打更的鼓点。

注释

1 **牛渚天门:**安徽马鞍山采石矶原名牛渚矶,其西南有两座山峰夹江耸立,有如对开之门,故称“牛渚天门”。 2 **七雄:**指三国东吴,东晋,南朝宋、齐、梁、陈，五代南唐，七朝都曾建都金陵。 3 **滟滟**：水波闪耀的样子。 4 **阿滥**：即《阿滥堆》，唐玄宗所作曲名。 5 **西州**：扬州。

天香

贺铸

导读

此篇是羁旅悲秋之作。上阕写夜宿客馆所见所闻。由旷野外景至孤寂室内，由羁旅之自我至怀人之思妇，两相对照，寥落凄怆。下阕由回忆少年狂放写至当下流浪孤苦。末尾三句希望明月相伴、浮云相助，梦中重温故旧，语尽而情不尽，意味无穷。

原文

烟络横林，山沉远照，迤逦[1]黄昏钟鼓。烛映帘栊，蛩[2]催机杼，共苦清秋风露。不眠思妇，齐应和、几声砧杵[3]。惊动天涯倦宦，骎骎[4]岁华行暮。

当年酒狂自负，谓东君[5]、以春相付。流浪征骖[6]北道，客樯南浦，幽恨无人晤语。赖明月曾知旧游处，好伴云来，还将梦去。

译文

烟雾笼罩横展的树林，远处的夕照沉入山后，黄昏的钟鼓声连绵不绝地传来。烛光映照着窗帘，蟋蟀催促着织布的机杼，似乎都抱怨这清秋的冷风寒露。更有挂念征人而无法入眠的思妇，用几声捣衣的砧杵声一同应和。这些声响惊动了流浪天涯的倦客，才知时光匆匆，又至一年岁暮。

当年狂饮自负，以为东君将三春美景向我交付。不想终年流浪，或策马奔波于北方的道路，或乘船漂泊在南方的江河，心中幽幽怀恨无人听我对面倾诉。只能依赖明月，它知道我们曾经的游历之处，可以随着云彩来到这里，带着我的美梦一同归去。

注释

1 **迤逦:**连绵不断的样子。2 **蛩:**蟋蟀。3 **砧杵:**捣衣石和捶衣的木棒，是古时的洗衣用具。 4 **骎骎:**马跑得很快的样子，这里形容时光飞逝。5 **东君:**春神。 6 **骖:**驾在车前两侧的马，此处泛指马。

望湘人

贺铸

导读

此篇怀人。上阕开篇写春日佳景，而冠以一“厌”字，可为神笔，形成鲜明对照。之后铺叙愁怨。“记”字领起回忆，下阕则承此过渡到抒情，直抒胸臆，佳人不见，寻觅无踪。最末三句直接嗔怪对方不寄信来，又以双燕相伴为幸，写尽了男主人公相思之时失望、期待、失望、自解的曲折心理过程。

原文

厌莺声到枕，花气动帘，醉魂愁梦相半。被惜余薰，带惊剩眼[1]，几许伤春春晚。泪竹[2]痕鲜，佩兰香老，湘天浓暖。记小江风月佳时，屡约非烟[3]游伴。

须信鸾弦[4]易断，奈云和[5]再鼓，曲终人远。认罗袜[6]无踪，旧处弄波清浅。青翰

译文

讨厌那黄莺的啼声传到枕边，鲜花香气浮动进入帘间，沉醉和愁梦各占我生活的一半。恋惜锦被上她残存的幽香，惊异消瘦太快，腰带扣眼越剩越多，多少次伤春却又至春晚。斑竹上的泪痕仍然新鲜，佩带的兰花香味渐渐消散，湘楚之地的天气湿润而温暖。还记得小江上风清月明景色优美时，多次相约佳人结伴同游。

应该相信琴弦易断，如今无奈再把琴弹，总是琴曲结束，佳人远去不返。想要寻找佳人却是了无踪迹，只有从前同游的地方江波清浅。画船停泊，在那长满白蘋的小洲之畔，登

棹舣[7]，白蘋洲畔，尽目临皋[8]飞观。不解寄、一字相思，幸有归来双燕。

临岸边的高地极目远望。她竟不懂得寄我只言片语以说相思，幸亏有那双燕归来与我做伴。

注释

1 **带惊剩眼：**指人消瘦得很快，腰带上的扣眼剩余很多。 2 **泪竹：**即斑竹。传说帝舜崩于苍梧，二妃娥皇、女英忧思不已，洒泪于竹，皆成斑痕，故称斑竹或泪竹。 3 **非烟：**唐传奇中武公业的爱妾名步非烟。此处指代情人。 4 **鸾弦：**琴弦。 5 **云和：**地名，以产琴瑟闻名，后以之代称琴瑟。 6 **罗袜：**指足迹。魏曹植《洛神赋》："凌波微步，罗袜生尘。" 7 **青翰棹舣：**画船靠岸。青翰，舟名，刻饰鸟形，涂以青色。舣，停船靠岸。 8 **皋：**水边高地。

绿头鸭

贺铸

导读

此篇写相思怀人。上阕写与情人的相识与欢爱，描写细腻大胆，用语浓艳。下阕写别后相思，末尾几句期待来年相会，颇为诚挚。

原文

玉人家，画楼珠箔[1]临津。托微风彩箫流怨，断肠马上曾闻。宴堂开、艳妆丛里，调琴思、认歌颦。麝蜡烟浓，玉莲[2]漏短，更衣[3]不待酒初

译文

美人的家，就在那渡口边挂着珠帘的画楼。依托微风，箫声传来，哀怨流转，断肠人在马上听见。记得那时堂上开宴，在艳妆的歌女丛中，她拨弄琴弦传达情思，吟唱清歌而轻轻皱眉，让我一眼与她相认。麝香蜡烛烟雾浓，玉莲滴漏夜已深，她不待酒醉就来侍寝。彩绣屏风轻掩，鸳鸯双枕相靠，屋内香气越来越浓。月光

醺。绣屏掩、枕鸳相就，香气渐暾暾[4]。回廊影、疏钟淡月，几许消魂。

翠钗分、银笺封泪，舞鞋从此生尘。任兰舟、载将离恨，转南浦、背西曛[5]。记取明年，蔷薇谢后，佳期应未误行云。凤城[6]远、楚梅香嫩，先寄一枝春。青门外，只凭芳草，寻访郎君。

照在回廊映出重重暗影，钟声疏落，月光清淡，多么欢乐销魂。

一朝分别有如翠玉钗断，她的封封书信泪迹斑斑，无心跳舞，从此舞鞋蒙上厚厚灰尘。任凭兰舟将离愁别恨载走，辗转于南边的水滨，又至那西方背靠落日。请你记得在明年蔷薇花凋谢后，不要误了我们相约共享欢娱的佳期。京城遥远，楚地的梅花清香鲜嫩，我先寄你一枝聊作春意。等到我归去那一天，在青门之外，你只凭着遍野的芳草，去访寻郎君。

注释

1 **珠箔：**缀珠的竹帘。 2 **玉莲：**做成莲花样式的滴漏计时器。 3 **更衣：**指侍寝。 4 **暾暾**(tūntūn)**：**原指日光明亮的样子，这里引申为香气浓烈。 5 **曛：**落日余光。 6 **凤城：**指京城。

石州慢

张元幹

导读

张元幹(1091—1161)，字仲宗，号芦川居士、芦川老隐、真隐山人，永福(今属福建)人，出身仕宦家庭。政和间入仕，跟随李纲投身抗金斗争。后李纲罢相，张元幹亦遭贬逐。汴京失守后，避难江南，四十一岁致仕回乡，后又漫游江浙等地。有《芦川词》二卷。

此篇是客居怀人词。上阕借寒溪、沙烟、冷梅等意象描写早春之景，引发身在天涯、远隔重山的羁旅、思归之愁。下阕想象家中妻子思念自己的情景，“孤负”一语写出心中歉疚，“云雨”“花月”等语写尽往日缠绵亲密。“心期”以下设想归家情景。最末又以“经年离别”收，照应上阕，愁怀无尽。

原文

寒水依痕[1]，春意渐回，沙际烟阔。溪梅晴照生香，冷蕊数枝争发。天涯旧恨，试看几许消魂？长亭门外山重叠。不尽眼中青，是愁来时节。

情切，画楼深闭，想见东风，暗消肌雪[2]。孤负枕前云雨，尊前花月。心期切处，更有多少凄凉，殷勤[3]留与归时说。到得再相逢，恰经年离别。

译文

江水微寒平静流淌，春日暖意渐渐回来，空阔的沙洲上烟雾迷蒙。溪边梅树在晴日暖照下暗生清香，几枝寒梅争相抽出清冷香蕊。浪迹天涯满怀怨恨，试想有多少悲怆让我销魂？长亭门外，远山重叠。望不尽那满眼的青山，正是忧愁袭来的时节。

情深意切，雕画闺楼门户紧闭，我可以想象春风吹拂中你渐渐消瘦的似雪肌肤。是我辜负了与你共枕同眠的温情欢乐与那花前月下饮酒的美好。我期待回归的心情急切，更有许多的凄凉心事，这些深厚情意留着回去与你细细诉说。等到我们再次相逢时，恐怕恰好已历经了一年的别离。

注释

1 **寒水依痕：**指早春之时水流平静。杜甫《冬深》诗：“早霞随类影，寒水各依痕。” 2 **肌雪：**如雪的肌肤。 3 **殷勤：**情意深厚。

兰陵王

张元幹

导读

此篇写羁旅相思。词有三叠，首叠先写春景明艳，后转至东风吹落花红，引出慵怠愁怀，然并未言明因何而愁。二叠回忆从前在汴京城与美人纵情享乐的美好时光，“又争信飘泊”一语急转直下。三叠首先点出题旨，羁旅寂寞，却不细铺，反倒从对方思念自己慢慢写来，最末才娓娓道出自己无尽怅恨的思归之心与不得归的无奈之情。“向醉里”又与首叠“怯杯勺”相对应，结构委婉绵密。

原文

卷珠箔[1]，朝雨轻阴乍阁[2]。阑干外、烟柳弄晴，芳草侵阶映红药。东风妒花恶，吹落梢头嫩萼。屏山掩、沉水[3]倦熏，中酒[4]心情怯杯勺。

寻思旧京洛[5]，正年少疏狂，歌笑迷著。障泥油壁催梳掠[6]，曾驰道同载，上林携手，灯夜初过早共约，又争信飘泊。

寂寞，念行乐。甚粉淡衣襟，音断弦索，琼枝璧月春如昨。怅别后华表，那回双鹤。[7]相思除是，向醉里、暂忘却。

译文

珠帘轻卷，早晨的绵绵阴雨初停。栏杆外，如烟新柳在晴日舞动，蔓延至台阶的芳草映着红色芍药。可恶的东风嫉妒花朵的艳丽，将树梢娇嫩的花叶吹落。画着远山的屏风紧掩，沉水香也懒得再熏，饮酒易醉，因而心中害怕见到酒杯酒勺。

回想曾经在汴京城里，正当少年狂放不羁的时候，迷恋歌舞欢场。常常驾着油饰的马车催促美人快快梳妆一同出游，曾经和美人同坐一车飞驰于大道，也在上林园中携手畅游，刚刚一同赏完元宵的灯会，又早早地约好下次出行的日期，又哪里知道如今会在天涯漂泊？

如此寂寞，怀念当初的同游欢乐。她衣襟上的香粉大概已经浅淡，琴弦也早就搁置不再响起乐声。只有那如玉的树枝、如璧的明月还一如昨日。心中怅恨，分别之后何时才能化作那华表柱上的双鹤早日回归。心中相思无限，只能酒醉才能暂时忘却。

注释

1 **珠箔**:缀珠的竹帘。 2 **乍阁**:初停。阁,同"搁"。 3 **沉水**:沉香。 4 **中(zhòng)酒**:醉酒。 5 **京洛**:京城。 6 **障泥**:挂在马腹两侧用来遮挡泥土的马具,这里指代马。 **油壁**:用油涂饰车壁的车子。 7 **华表**:又称华表柱,指城门、宫殿等大建筑物前有雕琢装饰的大石柱。《搜神后记》有丁令威学仙得道,化鹤归来,落在城门外华表柱上的典故。此处用典表达作者恨别盼归之情。

贺新郎

叶梦得

导读

叶梦得(1077—1148),字少蕴,号石林居士。绍圣四年(1097)进士,官户部尚书、龙图阁直学士等。诗词皆工,早期词风婉丽,后学苏轼,有清壮气。存《石林词》一卷。

此篇是别后怀人词。上阕从对方写来,铺暮春初夏之景,由美人重拾旧团扇引出对旧爱的相思之情,但用语轻浅,仅"惊旧恨,遽如许"一语,并不深铺。下阕从词人自身漂荡天涯的所见景致开始写起,缓缓引出别后相思之意。"送孤鸿"写自我视角,"谁为我"又转至对方视角。全篇视角数转,情绪缓缓推进,委婉深致。

原文

睡起流莺语,掩苍苔、房栊[1]向晚,乱红无数。吹尽残花无人见,惟有垂杨自舞。渐暖霭、初回轻暑,宝扇重寻明月

译文

午后睡醒起来,听到黄莺婉转的娇语,窗外天色渐渐昏暗,青苔爬满地面,纷乱的落花堆砌无数。残花被风吹尽无人怜惜,只有低垂的柳条随风飘舞。暮霭渐渐和暖,初夏的暑气刚刚回来,重新找出从前那好似明月一样的团扇,扇面已被灰尘覆盖,尚能看出上面画着的影，暗尘侵、上有乘鸾女[2]。惊旧恨，遽如许。

江南梦断横江渚，浪黏天、葡萄涨绿，半空烟雨。无限楼前沧波意，谁采蘋花寄取？但怅望、兰舟容与[3]，万里云帆何时到？送孤鸿、目断千山阻。谁为我，唱金缕[4]。

仙女乘鸾飞天图。从前的情缘爱恨突然袭来，如此仓促。

行到江南好梦已断，漂泊的小舟横在江边，远望江面，波浪紧贴在天边，初涨的江水，好似碧绿的葡萄美酒，弥漫半空的水雾如烟雨蒙蒙。楼前沧浪茫茫无垠，谁能采撷一朵蘋花寄来绵绵情意？怅然远望，兰舟徘徊不前，何时能扬帆万里将我送到她的身边？目送孤鸿飞去，视线却被千山重重阻断。是谁在为我，唱那“惜取少年时”的《金缕衣》。

注释

1 **房栊：**窗棂。 2 **乘鸾女：**指团扇上画着仙女乘鸾鸟飞天的图案。3 **容与：**徘徊犹疑的样子。 4 **金缕：**即乐府《金缕衣》，有“劝君莫惜金缕衣，劝君惜取少年时”句。

虞美人

雨后同幹誉、才卿置酒来禽[1]花下作

叶梦得

导读

此篇伤春惜别。上阕写暮春时节风雨打下落花的景象，但又写游丝与晴空，伤感中带着生机与明朗。下阕写与美人同游，虽劝解美人不必伤春，自己却也无奈于与友人的酒席散尽。全篇虽是伤春惜别，然并无哀凄之语，颇有清逸之气。

原文

落花已作风前舞，又送黄昏雨。晓来庭院半残红，惟有游丝[2]，千丈袅晴空。

殷勤花下同携手，更尽杯中酒。美人不用敛蛾眉，我亦多情，无奈酒阑[3]时。

译文

落花在风中飞舞，又一次送走黄昏时的风雨。早晨起来庭院里一半都是落花残红，只有飘荡的虫丝，似有千丈之长，在晴空中袅娜悠游。

你我情意深厚，在花下携手同游，又饮尽杯中之酒。美人呀你不用因为伤春而皱起蛾眉，在这酒席散尽之时，我也无可奈何，心中多有伤情。

注释

1 **来禽：**即沙果，果实味甜，能招禽鸟，故称。 2 **游丝：**飘浮于空中的虫丝。 3 **阑：**将尽。

点绛唇

汪藻

导读

汪藻（1079—1154），字彦章，崇宁二年（1103）进士，累官中书舍人，后被劾为蔡京之客，夺职居永州。博览群书，工诗文，存有《浮溪词》。

此篇写寒夜情思。上阕写景，清旷、辽远、素洁。下阕抒情，寒夜美景，无人对饮，可见寥落。末尾以"乱鸦"引发思归之心，点出题旨。而"乱鸦"所指，是归鸦啼鸣，还是官场小人噪语，引人猜测无穷。

原文

新月娟娟[1]，夜寒江静山衔斗[2]。起来

译文

细长的弯月娟秀美好，夜晚寒冷，江水寂静，远山好似衔着天边的星斗。夜半无眠起来

搔首，梅影横窗瘦。

好个霜天，闲却传杯手。君知否？乱鸦啼后，归兴浓如酒。

搔首，梅树的影子横映在窗前，挺秀清瘦。

好一个寒冷的落霜之天，正是与好友传杯饮酒的好时候，我却白白空闲了双手。你知道吗？乌鸦纷纷乱啼之后，我辞官归去之意已浓厚如酒。

注释

1 **娟娟：**美好的样子。 2 **山衔斗：**形容远山与星斗相连。

喜迁莺

晓行

刘一止

导读

刘一止(1078—1160)，字行简，号苕溪。宣和三年(1121)进士，累官中书舍人。工诗文，存有《苕溪词》一卷。

此篇是羁旅怀人词。上阕写冬日晓行景色，充斥着寒冷、艰辛与厌倦。下阕怀人，从对方与自我两方面分别写来，心理描写细致入微，深情动人。

原文

晓光催角，听宿鸟未惊，邻鸡先觉。迤逦[1]烟村，马嘶人起，残月尚穿林薄。泪痕带霜微凝，酒力冲寒犹弱。叹倦客，悄[2]不禁重染，风尘京洛。

译文

拂晓的曙光催响了报时的号角，听枝头栖宿的鸟儿还未惊醒，四邻的雄鸡先已啼鸣。雾霭连绵，笼罩村庄，马儿嘶鸣，人已早起，残月尚在小树林里穿行。泪痕带着寒霜冷凝，醉饮的酒力抵御寒冷犹嫌太弱。哀叹我已厌倦了客旅飘零，完全不愿意再沾染一点京洛的风尘。

追念人别后，心事万重，难觅孤鸿托。翠幌娇深，曲屏香暖，争念岁华飘泊。怨月恨花烦恼，不是不曾经著。者[3]情味、望一成[4]消减，新来还恶。

追忆离别之后，她一定心事重重，难以寻觅到一只孤飞鸿雁传递消息。翠绿的帘幕深处藏着她的娇影，屏风曲折，熏香暖融，怎料想我在一年当中最寒冷的时候漂泊天涯。怨恨月缺花枯的思绪，不是不曾在我心中涌现。这样的烦恼情味，本希望能渐渐消减，却不料新来的烦恼更加凶猛。

注释

1 **迤逦：**曲折连绵的样子。 2 **悄**(qiǎo)**：**宋时口语，同"浑""直"，完全的意思。 3 **者：**这。 4 **一成：**宋时口语，意渐渐。

高阳台

除夜

韩瓘

导读

韩瓘(liú)，南宋词人，生卒年不详，字子耕，号萧闲。有《萧闲词》一卷，今不存。

此篇写除夕之夜的复杂情怀。上阕写词人守岁，在除夕之夜感叹年华之速。又写年老之人不惯通宵饮酒，又畏久坐寒侵，只与梅花相伴，弃酒低吟，细节真实动人。下阕写邻家娇娃的青春恣情，装扮艳丽，首饰华美，肆意游冶，故引出朱颜难驻，当惜时"赢取如今"的感慨。词篇由己及人，由近及远，由清寂至喧闹，由畏寒枯坐至恣意登临，以蓬勃朝气取代衰暮哀吟，别具一格。

原文

频听银签[1]，重然绛蜡，年华衮衮[2]惊心。饯旧迎新，能消几刻光阴？老来可惯通宵饮？待不眠、还怕寒侵。掩清尊，多谢梅花，伴我微吟。

邻娃已试春妆了，更蜂腰簇翠[3]，燕股横金[4]。勾引东风，也知芳思难禁。朱颜那有年年好，逞艳游、赢取如今。恣登临，残雪楼台，迟日园林。

译文

频频听到滴漏的声音，重新燃起红色的蜡烛，时光流逝不绝让人惊心。饯别旧岁迎来新年，还能消磨多少光阴？人到老年哪里还习惯通宵醉饮？本想除夕守岁不眠，可是又怕寒冷侵身。遮掩酒杯，多谢梅花，陪我吟咏。

邻家的娇娃已换了春日装扮，更戴上蜂腰状的翠钿，燕子形的金钗。妆容美丽勾引得东风也知她相思芳心实难自禁。青春红颜哪能年年如此美好，趁着美艳年华肆意游冶，赢取眼前的好时光。纵情地去登临，那残雪未消的楼台，春意初显的园林。

注释

1 **银签**：古时以竹签计时报更，此处代指铜壶滴漏。 2 **衮衮**：形容时光流逝不绝。 3 **蜂腰簇翠**：蜂腰状的翠绿花钿。 4 **燕股横金**：燕形的金钗。

汉宫春

李邴

导读

李邴(1085—1146)，字汉老。崇宁五年(1106)进士，累官参知政事。与汪藻、楼钥齐名，号称“南渡三词人”。今存词仅数首。

此篇咏梅抒怀。上阕写梅，虽东君不爱，燕子无情，仍兀自潇洒俊逸。“却是”二字突转，唯有塞外鸿雁赏其丰神。下阕以梅开于清溪、茅舍写其高洁，可故人去后，无人咏梅，亦不知谁可咏梅。最末“空自忆”表明自己愿做江梅知音,“风流不在人知”一语双关,既指梅的孤芳自赏,不慕虚名,又暗表词人胸襟。词篇疏淡隽永、寄寓深情,有脱俗之姿。

原文

潇洒江梅,向竹梢疏处,横两三枝。东君[1]也不爱惜,雪压霜欺。无情燕子,怕春寒、轻失花期。却是有、年年塞雁,归来曾见开时。

清浅小溪如练,问玉堂[2]何似,茅舍疏篱?伤心故人去后,冷落新诗。微云淡月,对江天、分付他谁。空自忆、清香未减,风流不在人知。

译文

江边的梅花俊逸、潇洒,向着疏落的竹梢,横斜地伸出三两枝。春神也不将它爱惜,任凭霜雪欺压。无情的燕子,害怕春寒,迟迟不来,轻易地错失花期。倒是有那年年往返的塞外鸿雁,归来时曾经见过梅花盛开。

清浅的小溪像一条白练,试问富贵人家的高门宅第,哪里像这稀疏篱笆围绕的茅舍草屋?伤心故人离去后,咏梅新诗被冷落一旁。微薄浮云,浅淡月色,面对这江天美景,托付给谁来撰写诗篇。只有我独自思忆,梅花清香未减,风流俊逸,不在意别人是否知晓。

注释

1 **东君**:春神。 2 **玉堂**:富贵宅第。

临江仙

陈与义

导读

陈与义(1090—1139),字去非,号简斋。政和三年(1113)登上舍甲科,官至参知政事。以诗闻名,被列为江西诗派三宗之一。南渡后诗风有变,由清丽转为沉郁。有《简斋集》,存《无住词》一卷。

此篇写词人因避战乱漂泊于洞庭、湘江一带,过端午节时的悲怆感怀。上阕写词人因流落江湖而感时序匆匆,满眼的石榴花红全不似太平年间舞娘的红裙,心中无限怅怀无人领会,歌罢屈原之曲也只有清风满帘。下阕写自己身负万事,而年岁已衰,力不从心,遭戎葵嘲笑。末尾两句洒酒于江,祭奠屈原,愿随之去。词中一再咏楚歌,祭屈原,一是与端午相关,二是借屈子表山河破碎之哀感。国事与自我伤情两相交并,悲怆沉痛之至。

原文

高咏楚词酬午日[1],天涯节序匆匆。榴花不似舞裙红,无人知此意,歌罢满帘风。

万事一身伤老矣,戎葵[2]凝笑墙东。酒杯深浅去年同,试浇桥下水,今夕到湘中。

译文

高声咏唱屈原的楚辞以祝祷端午节日,浪迹天涯只觉得时节替换匆匆。石榴花开尚不及舞娘的衣裙鲜红,没有人知晓我此时的心意,楚歌唱罢只剩满帘的清风。

万事纷扰集于我一身,伤心的是我年岁已老,戎葵艳红含笑立在墙东。杯中清酒深浅与去年相同,试将杯酒浇入桥下流水,今晚将流至湘水之中。

注释

1 **午日:**指农历五月初五端午之日。 2 **戎葵:**即蜀葵,高可丈许,花开红色,故俗称"一丈红"。

临江仙

夜登小阁忆洛中旧游

陈与义

导读

此篇忆旧感怀。上阕回忆洛阳旧游,英豪会饮,流月无声,杏花疏影,良辰美景。下阕抒怀,写二十多年后的当下,国破家亡,劫后余生,充满了历史兴亡、人世沧桑的悲凉之感。词未作悲语,然寂落、怆然之感贯穿其中。

原文

忆昔午桥[1]桥上饮,坐中多是豪英。长沟[2]流月去无声,杏花疏影里,吹笛到天明。

二十余年[3]如一梦,此身虽在堪惊。闲登小阁看新晴,古今多少事,渔唱起三更。

译文

回忆昔日在洛阳午桥上设宴欢饮,在座的大多是豪杰英雄。明月倒映在洛河随水流去悄然无声,杏树疏落的花影里,吹笛直到天明。

京洛的二十多年有如一场梦幻,我这身躯虽然还在,但劫后余生实在让人心惊。闲来登上小小楼阁看雨后新晴,古往今来多少悲欢兴亡之事,尽在那夜半三更的渔父歌声。

注释

1 **午桥:**桥名,在今河南洛阳。唐代宰相裴度曾建别墅于此。 2 **长沟:**指洛河。 3 **二十余年:**陈与义的少年、青年时光在洛阳度过,在北宋的太平时期生活了二十多年,见证了当时的繁华盛景,之后金兵南下,被迫离京漂泊。

苏武慢

蔡伸

导读

蔡伸(1088—1156),字伸道,号友古居士。徽宗政和五年(1115)进士,官至左中大夫。少有文名,擅书法,工词,存有《友古居士词》一卷。

此篇怀人。上阕写秋日黄昏之景,一片辽远萧瑟。“佳人何处”引出怀人之思。下阕承上,回忆与佳人同游往事。恨如今两地相隔,只好寄情书信与琴音,遣愁于美酒与泪眼。全篇由景入情,情思细腻委婉,触人心弦。

原文

雁落平沙，烟笼寒水，古垒鸣笳声断。青山隐隐，败叶萧萧，天际暝鸦零乱。楼上黄昏，片帆千里归程，年华将晚。望碧云空暮，佳人何处，梦魂俱远。

忆旧游、邃馆朱扉，小园香径，尚想桃花人面。书盈锦轴[1]，恨满金徽[2]，难写寸心幽怨。两地离愁，一尊芳酒，凄凉危阑倚遍。尽迟留、凭仗西风，吹干泪眼。

译文

鸿雁栖落于沙原，烟霭笼罩着寒江，营垒里胡笳之声渐断。远处青山若现若隐，枯败的树叶萧萧落下，天边的暮色中几只乌鸦盘旋。立在黄昏的楼上，看一片孤帆从千里之外归来，我的年华渐晚。远望碧空浮云，暮色蒙蒙，从前的佳人在何处，我的梦魂也离她那么遥远。

回忆从前的乐游，深邃的庭院，朱红的门扇，小花园中芳香满径，至今仍能想起她如桃花的娇美面容。情书写满锦缎装裱的卷轴，怨恨充满琴音，也难以写尽心中幽怨。与她两地分隔的离愁，欲借美酒一杯来排解，凄凉无限，我已将栏杆倚遍。尽情地在这里逗留，凭借着萧瑟的秋风，吹干我的泪眼。

注释

1 **书盈锦轴：**晋窦滔之妻苏氏因思念丈夫，织锦写回文诗以寄。此指情书。 2 **金徽：**金饰的琴徽。此处指代琴。

柳梢青

蔡伸

导读

此篇伤春。上阕写暮春景象，杜鹃啼叫预示着春光将尽，东风吹拂，海棠、梨花纷纷坠落。下阕承接上阕之意，丁香花亦哭泣残落，“算未比”一句由身外景物转至自身伤感。明明是因伤春而多愁，末尾却偏偏要说“不干风月”，将愁怀推向深处，更引人思绪纷纷。

原文

数声鶗鴂[1]，可怜又是、春归时节。满院东风，海棠铺绣，梨花飘雪。

丁香露泣残枝，算未比、愁肠寸结。自是休文[2]，多情多感，不干风月[3]。

译文

几声杜鹃悲啼，怜惜着又是春光归去的时节。东风吹过，满院海棠花落，铺了一地的锦绣，梨花飘飞，好似漫天白雪。

丁香花残，花枝上还缀着哭泣的露水，算起来也比不上，我心中的愁肠寸寸郁结。本来就像沈约那样多愁善感，我的哀愁与清风明月无关。

注释

1 **鶗鴂**(tíjué)：杜鹃鸟。 2 **休文**：南朝梁文学家沈约，字休文。 3 **不干风月**：欧阳修《玉楼春》："人生自是有情痴，此恨不关风与月。"

鹧鸪天

周紫芝

导读

周紫芝(1082—1155)，字少隐，号竹坡居士。家贫苦学，绍兴中登进士第，官至枢密院编修官，词风婉曲自然。存有《竹坡词》三卷。

此篇怀人。上阕写秋夜梧桐雨，点出离别之意。下阕先回忆与恋人同唱情歌的美好时光，末两句回至当下，风雨交加，暗自垂泪。词篇语言晓畅清丽，情感对比强烈。

原文

一点残釭[1]欲尽时，乍凉秋气满屏帏。梧桐

译文

油灯将要燃尽，只残留最后一点火焰时，秋日凉气突然充满了画屏帏帐。三更

叶上三更雨，叶叶声声是别离。

时分梧桐叶上响起滴滴雨声，每一叶上的每一声都在诉说别离。

调宝瑟，拨金猊[2]，那时同唱鹧鸪词[3]。如今风雨西楼夜，不听清歌也垂泪。

调弄宝瑟琴弦，拨开熏香炉灰，那时我与她一同歌咏鹧鸪词。如今在这风雨交加的西楼夜晚，听不到她的清歌，只这一片孤凄也足以让我黯然落泪。

注释

1 **釭**(gāng)：油灯。 2 **金猊**(ní)：镀金的狻(suān)猊，即狮子形状的香炉。 3 **鹧鸪词**：指爱情词。

踏莎行

周紫芝

导读

此篇写离情。上阕写暮春离别情景，下阕写别后相思之情。词篇情景相融，直抒胸臆，一往情深。

原文

情似游丝[1]，人如飞絮，泪珠阁[2]定空相觑。一溪烟柳万丝垂，无因系得兰舟住。

雁过斜阳，草迷烟渚，如今已是愁无数。明朝且做莫思量，如何过得今宵去！

译文

离情好似缠绕飘荡的虫丝，离人有如当空翻飞的柳絮，泪珠凝在眼眶，离别之人空自相望。小溪边的如烟杨柳垂下千万枝条，却无法系住将要出发的兰舟。

鸿雁掠过斜阳，烟霭笼罩的沙洲芳草迷离，如今已是离愁郁积无数。暂且不要思量明天早上做何打算，只是今晚又如何熬得过去啊！

注释

1 **游丝**:飘浮于空中的虫丝。 2 **阁**:同"搁",停住。

帝台春

李甲

导读

李甲,生卒年不详,字景元。哲宗元符中曾为武康县令,善画工诗词,存《李景元词》一卷。

此篇是怀人词。上阕写景,词人天涯为客,逢春知愁,忆起从前的伴侣,引发对恋人的彻骨思念。下阕写相思情状,愁绪既去又来,无法摆脱,明明知道恋人远在天边,但仍要终日倚栏远望,自然是直至黄昏也看不到恋人的身影。舍不了,忘不掉,于是最后寄希望于鱼雁,希望得到一丁点的消息。情愁曲折绵密,写尽了痴情男子的百转回肠。

原文

芳草碧色,萋萋[1]遍南陌。暖絮乱红,也似知人,春愁无力。忆得盈盈拾翠侣[2],共携赏、凤城[3]寒食。到今来,海角逢春,天涯为客。

愁旋释,还似织。泪暗拭,又偷滴。谩[4]伫立、遍倚危阑,尽黄昏,也只是、暮云凝碧。拚[5]则而今已拚了,忘则怎生便

译文

碧绿的芳草,茂盛葱郁,长满了南边的小道。暖风中柳絮、落红纷纷乱飞,好像也理解人的心意,暮春愁绪满怀,倦怠无力。回忆起当时娇美的伴侣,我们携手同游,共赏京城郊外的寒食春景。到了如今,我却在海角独自逢春,在天涯孤身做客。

愁网刚刚才释去,又好像重新织就。泪珠暗暗擦去,又偷偷垂滴。不要去遍倚那高高的栏杆,尽管到了黄昏,也只是看到日暮的浮云和凝滞的碧空。为她我愿舍弃自身,而今已决心舍弃了,想要忘却她又怎

忘得。又还问鳞鸿，试重寻消息。

么能忘得掉。又去询问递信的游鱼和鸿雁，试着重新去找寻她的消息。

注释

1 **萋萋**：春草茂盛的样子。 2 **拾翠侣**：指同游伴侣。拾翠，拾取翠鸟的羽毛以作装饰，后来多指妇女游春。 3 **凤城**：京城。 4 **谩**：莫，不要。 5 **拚**：舍弃。

忆王孙

李重元

导读

李重元，生卒年不详，存《忆王孙》词四首，分咏春、夏、秋、冬四季。

此篇是闺情小令，写春日闺中女子思念未归游子的相思之情。词篇短小，而写景层次分明，画面完整流畅，“萋萋芳草”是远景，“柳外楼高”是中心，“杜宇声声”是细节，“雨打梨花”是结局，其中以思妇的“忆王孙”“空断魂”“不忍闻”“深闭门”一系列动作贯穿其间，融合无间，景即入情了。全篇采用他者视角，无一闺妇之正面刻画，然而闺妇寥落寂寞之神态宛在目前。

原文

萋萋芳草忆王孙[1]，柳外楼高空断魂，杜宇[2]声声不忍闻。欲黄昏，雨打梨花深闭门。

译文

茂盛葱郁的青草让她忆起了久久不归的公子王孙，杨柳之外楼台高耸，她终日登临远望，空自断魂，杜鹃啼鸣声声凄切，不忍听闻。天已将近黄昏，雨点打落了梨花，她紧紧地关闭着闺门。

注释

1 **王孙**:本指王爵子孙,后泛指贵族青年男子。《全唐诗》有赵光远《题妓莱儿壁》诗:"鱼钥兽环斜掩门,萋萋芳草忆王孙。"此篇词牌与首句皆由赵光远诗中来。 2 **杜宇**:杜鹃鸟。相传古蜀帝杜宇号望帝,死后化作杜鹃,啼声悲切。

三台

清明应制[1]

万俟咏

导读

万俟(Mòqí)咏,生卒年不详,字雅言,自号大梁词隐。徽宗政和年间为大晟府制撰,善作应制词。

此篇《清明应制》是应皇帝之命所作的节序词。词有三叠,首叠总写京城繁华气象。二叠写士人佳丽野外踏青的热闹景观。三叠写皇家赐火予近臣,朝臣蒙恩休务。虽是应制之作,有粉饰太平之意,但词篇并无内容虚浮之弊,铺叙精致,所有描写皆紧扣清明时序,语言得体,颇能反映当时京城寒食的节日气氛。

原文

见梨花初带夜月,海棠半含朝雨。内苑春、不禁过青门,御沟涨、潜通南浦。东风静,细柳垂金缕,望凤阙[2]、非烟非雾。好时代、朝野多欢,遍九陌[3]、太平箫鼓。

译文

看梨花初开缀上夜月,海棠半含清晨的雨露。皇宫内苑里春意盎然,撤销了门禁的青门可随意出入,御沟内绿水新涨,暗暗地通向南浦。东风微微,细长的柳条下垂好似金缕。远望皇宫楼台,非烟非雾的吉祥紫气升腾。正当这大好的时代,朝野上下欢腾鼓舞。京城的所有大道,都箫鼓齐鸣,奏响太平。

乍莺儿百啭断续，燕子飞来飞去。近绿水、台榭映秋千，斗草[4]聚、双双游女。饧[5]香更、酒冷踏青路。会暗识、夭桃朱户。向晚骤、宝马雕鞍，醉襟惹、乱花飞絮。

突然间黄莺啼声婉转，断断续续，燕子在空中飞来飞去。临近一池绿水，亭台水榭映衬着秋千。斗草的人儿三五相聚，游春的美女双双并行。踏青的路上，飘香的麦芽糖和寒食的冷酒随处可见。或许会暗暗地结识，那居住在朱红门户的美丽少女。傍晚的天色骤然昏暗，骑着雕鞍宝马归去，醉酒濡湿的衣襟，沾惹了凌乱的飞花飘絮。

正轻寒轻暖漏永[6]，半阴半晴云暮。禁火天[7]、已是试新妆，岁华到、三分佳处。清明看、汉蜡传宫炬[8]，散翠烟、飞入槐府。敛兵卫[9]、阊阖[10]门开，住传宣、又还休务。

正当这轻寒轻暖宜人的长夜，天空中半阴半晴地飘着暮云。寒食禁火的时节，丽人们已经开始试着新妆，一年的光景到了最好的时候。清明时看那宫中传出蜡烛火炬，散着翠色的轻烟，飞入门前植槐的富贵宅府。皇宫卫兵收队，皇宫阊阖正门打开，不再传召宣旨，又放假停止了一切公务。

注释

1 **应制**：指应皇帝之命所作。 2 **凤阙**：指皇宫。 3 **九陌**：汉代都城长安有八街九陌，后泛指都城的大道。 4 **斗草**：古时的一种游戏，采花草相聚以比优劣。 5 **饧**(xíng)：即麦芽糖。 6 **漏永**：计时的滴漏不停，此指夜深。 7 **禁火天**：清明前一两日是寒食节，全城禁烟火三天。 8 **传宫炬**：古时寒食禁火，宫中取榆柳之火以赐近臣。 9 **敛兵卫**：皇宫的卫兵收队，打开宫门。 10 **阊阖**(chānghé)：皇宫正门。

二郎神

徐伸

导读

徐伸，生卒年不详，字幹臣，号青山翁。徽宗政和初年为太常典乐。有词集《青山乐府》，不传。今仅存词一首。

此篇是怀人词，据说是徐伸为其"色艺冠绝"的侍妾所作。其侍妾因不为正室所容而被逐，频频来信，徐伸故作此词以表相思，词中所叙多为其妾来书之语。后二人几经曲折终得团聚。词篇上阕从词人自身的角度着笔写相思之情，以"闷来弹鹊"起笔，可见心情。又由试春衫勾起思念，恋人缝制的衣衫还在，熏香的香炉还在，可是恋人不在，故而身形消瘦、白发暗生，可见情深。下阕以"重省"二字带入回忆与想象，想象恋人因为思念自己而精神憔悴，其描摹恋人孤寂之中百无聊赖的情状，颇为传神。

原文

闷来弹鹊[1]，又搅碎、一帘花影。漫试著春衫，还思纤手，熏彻金猊[2]烬冷。动是愁端如何向？但怪得、新来多病。嗟旧日沈腰[3]，如今潘鬓[4]，怎堪临镜？

重省。别时泪湿，罗衣犹凝。料为我厌厌[5]，日高慵起，长托春酲未醒。雁足[6]不来，马蹄难

译文

心中烦闷，弹出石子驱赶喜鹊，却搅碎了一帘幽静的花影。随意地试着春衫，想着是佳人的纤纤玉手缝制，当日熏衣的狮形香炉灰烬已冷。动辄生愁不知该如何是好，只怨近来总是多病。嗟叹旧日如沈约一样身形消瘦，如今像潘岳一样两鬓斑白，让我怎能承受对镜照影？

重新回忆当初。离别的时候她泪珠垂滴，沾湿的罗衣大概现在还凝有泪痕。料想她为我恹恹不振，太阳高照才慵懒起身，常常借口春日醉酒未醒。送信的鸿雁

驻，门掩一庭芳景。空伫立，尽日阑干倚遍，昼长人静。

总是不来，情郎骑的骏马难以停驻，只有掩上门户锁住满庭的芳菲春景。空自伫立，整日地遍倚栏杆，白昼漫长人声幽静。

注释

1 **弹鹊：**打喜鹊。 2 **金猊**(ní)**：**镀金的狻(suān)猊，即狮子形状的香炉。 3 **沈腰：**《南史·沈约传》载，沈约写信给朋友徐勉，形容自己消瘦云"百日数旬，革带常应移孔"，故而后人以"沈腰"指代消瘦之状。 4 **潘鬓：**喻指白发暗生。西晋潘岳《秋兴赋》云："斑鬓髟以承弁兮，素发飒以垂领。" 5 **厌厌：**同"恹恹"，形容精神不振的样子。 6 **雁足：**指书信或送信之人。《汉书·苏武传》："天子射上林中，得雁，足有系帛书，言武等在某泽中。"

江神子慢

田为

导读

田为，生卒年不详，字不伐，善琵琶，通音律。徽宗政和、宣和年间为大晟府典乐、大晟乐令。存词六首。

此篇写闺中女子相思怀人。上阕细致刻画秋日里女主人公清丽美好的容貌形态，继而追念行人，引出哀愁。下阕承上，写春日里女主人公消瘦憔悴，且点出"都为轻别"。之后继续写春去之景，以伤春之情衬相思之情。词由秋写至春，表明女主人公的相思别恨由来已久，绵绵不绝。

原文

玉台[1]挂秋月，铅素浅[2]、梅花傅香雪。冰姿洁，金莲[3]衬、小小凌波罗袜[4]。雨初歇，楼外孤

译文

圆圆的玉镜台好似一轮秋夜的满月，浅淡地略施铅粉，额上轻点梅花，肌肤香嫩，白皙似雪。风姿绰约，冰清玉洁，金莲似的玉足纤细小巧，罗袜衬贴，步态轻盈若

鸿声渐远，远山外、行人音信绝。此恨对语犹难，那堪更寄书说。

教人红消翠减，觉衣宽金缕，都为轻别。太情切，消魂处、画角黄昏时节。声呜咽。落尽庭花春去也，银蟾迥[5]、无情圆又缺。恨伊不似余香，惹鸳鸯结。

仙。雨刚刚停歇，楼外孤鸿的声音渐渐飞远，远山之外，行人的音信断绝。此种怨恨当面也难言说，哪里更能寄书信倾诉。

相思让人形容憔悴，就像是红花绿叶枯萎凋残，只觉得金缕绣衣越来越宽松，都是因为轻率的离别。情感太过凄切，最销魂之处，是在那黄昏吹响画角的时分，声音好似哭泣呜咽。庭院中繁花落尽，春天过去了，遥远的明月那样无情，才刚圆满却又残缺。只恨他不像鸳鸯结那样长情，尚且萦绕着余香。

注释

1 **玉台:**玉镜台的简称，即玉饰的镜台。 2 **铅素浅:**形容女子略施铅粉的淡妆。 3 **金莲:**形容女子的纤纤玉足。 4 **凌波罗袜:**形容女子步态轻盈若仙。魏曹植《洛神赋》有句:“凌波微步，罗袜生尘。” 5 **银蟾:**指明月。**迥:**远。

蓦山溪

梅

曹组

导读

曹组，生卒年不详，字元宠。徽宗宣和三年(1121)赐同进士出身。官至阁门宣赞舍人。存有近人赵万里辑《箕颍词》一卷。

此篇是咏梅词。上阕写梅花不着雕饰，姿容素雅清丽，独倚于寒冬黄昏之中，品格高洁脱俗。下阕写词人自己对梅花的知音之情，月下梅影，烟雨黄梅，因为爱赏而生情愁，以拟人手法写来，十分真挚。词篇不落一“梅”

之实字，皆从空处着笔，而尽得梅之风流，意味悠长。

原文

洗妆真态，不作铅华御[1]。竹外一枝斜[2]，想佳人、天寒日暮。黄昏院落，无处著清香，风细细，雪垂垂，何况江头路。

月边疏影，梦到消魂处。结子欲黄时，又须作、廉纤细雨。孤芳一世，供断有情愁，消瘦损，东阳[3]也，试问花知否？

译文

梅花绽放就像女子洗净妆容呈现出真实的姿态，不用脂粉来妆饰清丽的面容。竹林之外，一枝梅花横斜，让人想起那娇羞的美人孤立在寒冬的日暮深处。黄昏里的院落，无处寄托她的清香，更何况风细细吹拂，雪缓缓垂落，在那村外的江边小路。

明月下梅枝树影疏落，那正是让人梦中销魂之处。等到梅子将要黄熟之时，又该是一片绵绵细雨。她一生孤傲芳洁，让我这赏梅人产生无限的情与愁，为她像从前的东阳令沈约那样销魂瘦损，试问梅呀你可知否？

注释

1 **不作铅华御：**铅华，指古时女子用来化妆搽脸的脂粉。唐玄宗《题梅妃画真》诗："忆昔娇妃在紫宸，铅华不御得天真。" 2 **竹外一枝斜：**化用苏轼《和秦太虚梅花》诗句："江头千树春欲暗，竹外一枝斜更好。" 3 **东阳：**南朝梁沈约曾为东阳令，他因愁郁而消瘦。词人此处引之自况。

贺新郎

李玉

导读

李玉，生卒年不详，大约生活在两宋之交。仅存词一首。

本篇写闺中女子的相思之情。上阕写春尽花残，佳人独守闺房，整日无聊却无心梳妆，只饮酒消愁。下阕直抒相思之情，游子一去不返，询问无音讯，又恐从此爱情断绝，而日夜苦盼，情人终是未归。“嘶骑不来”“立尽梧桐”写尽女主人公凄惶无奈的相思之苦。

原文

篆缕[1]消金鼎，醉沉沉、庭阴转午，画堂人静。芳草王孙[2]知何处？惟有杨花糁径[3]。渐玉枕、腾腾春醒，帘外残红春已透，镇[4]无聊、殢酒[5]厌厌病。云鬓乱，未忺[6]整。

江南旧事休重省，遍天涯、寻消问息，断鸿难倩。月满西楼凭阑久，依旧归期未定。又只恐、瓶沉金井[7]。嘶骑不来银烛暗，枉教人、立尽梧桐影[8]。谁伴我，对鸾镜。

译文

金鼎香炉的烟雾像篆书一样缕缕升腾，醉意沉沉，庭院中日影已转至午后，雕栏画栋的堂前人声寂静。芳草青青，远行的王孙公子不知去了何处，只有那坠落的杨花米粒似的撒满道路。春光渐逝，我从玉枕之上懒懒睡醒起身。帘幕之外，落花已残，春色熟透，我整日无聊，沉溺于美酒，精神恹恹不振。如云的发鬓散乱，无心梳理。

从前的江南旧事不要重新记起，走遍天涯询问他的消息，离去的鸿雁难以请托。月光洒满西楼，凭栏眺望已久，他的归期依旧未定。又只怕两情破裂像银瓶沉落金井。银烛灯光暗淡，未见他的骏马嘶鸣着归来，枉教我立在梧桐树下直至天明消失了树影。谁来陪伴我，同对鸾镜？

注释

1 **篆缕：**指香烟缕缕升腾好似篆书的样子。 2 **芳草王孙：**王孙，本指王爵子孙，后泛指贵族青年男子，此处又引申为远行之人。《楚辞·招隐士》云：“王孙游兮不归，春草生兮萋萋。” 3 **杨花糁(sǎn)径：**指杨花像米粒一样铺满路面。糁，米粒儿。 4 **镇：**长时间的。 5 **殢(tì)酒：**沉溺于酒。殢，困于，沉溺于。 6 **忺(xiān)：**高兴。 7 **瓶沉金井：**指情感破裂。唐白居易有《井底引银瓶》诗：“井底引银瓶，银瓶欲上丝绳绝。……瓶沉簪折知奈何，似妾今朝与君别。” 8 **梧桐影：**语本唐人吕岩《梧桐影》词：“落日斜，西风冷。今夜故人来不来，教人立尽梧桐影。”

烛影摇红

题安陆浮云楼

廖世美

导读

廖世美，生平不详，现存词二首。

此篇是怀古抒情词。上阕首句直写浮云楼之高耸，气势凌云。而后转至紫薇郎杜牧当年的题咏，后文借檃栝杜牧诗作来抒发自己的悲今抚昔之感。下阕感叹时光如流水易逝，登楼远眺，只更添怅惘，最末几句写景，静谧、荒芜而空旷，余味不绝。

原文

霭霭[1]春空，画楼森耸凌云渚。紫薇[2]登览最关情，绝妙夸能赋。惆怅相思迟暮，记当日、朱阑共语。塞鸿难问，岸柳何穷，别愁纷絮。

催促年光，旧来流水知何处。断肠何必更残阳，极目伤平楚。晚霁[3]波声带雨，悄无人、舟横野渡[4]。数峰

译文

春日云霭浓密浮空，画楼森然高耸直上云端。曾登览此楼的紫薇郎杜牧最是动情，创作了绝妙佳作夸示才能。直到年老迟暮，尚且惆怅相思，还记得当日与你倚靠朱红栏杆一同笑语。而今飞回塞外的大雁难以托问音讯，河岸边的青青杨柳一望无际，我心中的别愁离恨纷飞有如漫天柳絮。

时光催促着年华老去，旧时的流水不知流向了何处。断肠之人何必要残阳来更添凄凉？极目远望，空旷平坦的原野更让人伤怀。晚来雨住天晴，波涛声带着雨点远去。悄然无人，小舟横斜在荒野的渡口。几座山峰矗

江上，芳草天涯，参差烟树。

立在江面，芳草蔓延至无尽天涯，远处参差错落着几株烟雾笼罩的高树。

注释

1 **霭霭**：指云雾密集的样子。 2 **紫薇**：即紫薇郎，唐代官名中书舍人的别称。晚唐杜牧曾官至中书舍人，故人称“杜紫薇”。又杜牧曾登楼赋诗，有《题安州浮云寺楼寄湖州张郎中》：“去夏疏雨余，同倚朱阑语。当时楼下水，今日到何处？恨如春草多，事与孤鸿去。楚岸柳何穷，别愁纷若絮。”词中上阕多化用此诗。 3 **霁**：雨雪之后的天晴。 4 **舟横野渡**：化用唐韦应物《滁州西涧》诗句：“春潮带雨晚来急，野渡无人舟自横。”

薄幸

吕滨老

导读

吕滨老，生卒年不详，一作吕渭老，字圣求。宣和、靖康间有诗名。存《圣求词》一卷。

此篇是闺中相思词。上阕写女主人公晚春无聊，听鸦啼莺鸣而勾起相思愁怀，回忆起从前芳心初许、两情深厚时的甜蜜时光。下阕承接上阕，女主人公沉浸在对过往美好的追忆当中。“如今”一句拉回当下，暮雨孤寂，无人关怀，唯有抚筝垂泪，身体瘦损，却仍是痴心不改。

原文

青楼[1]春晚，昼寂寂、梳匀又懒。乍听得、鸦啼莺哢[2]，惹起新愁无限。记年时、偷掷春心，花前隔雾遥相见。便角枕[3]题诗，宝

译文

晚春的华贵高楼上，白昼里寂寂无聊，佳人懒得梳发匀妆。突然听得乌鸦啼叫黄莺娇鸣，又招惹起无限新愁。记得当年暗许芳心，与他在花丛里隔着薄雾遥遥相见。情意深厚，他便在角枕上

原文	译文
钗贳酒[4]，共醉青苔深院。	题写诗章，我也典当宝钗赊换美酒酣饮，一同醉倒在长满青苔的深深庭院。
怎忘得、回廊下，携手处、花明月满。如今但暮雨，蜂愁蝶恨，小窗闲对芭蕉展。却谁拘管[5]？尽无言、闲品秦筝，泪满参差雁。腰肢渐小，心与杨花共远。	怎么忘得掉，回廊下，曾是二人携手之处，鲜花明媚，月儿圆满。如今只有暮春细雨，蜜蜂蝴蝶好似也愁恼怨恨，坐在小窗下我寂寞闲看那芭蕉叶渐渐舒展。却又有谁将我关怀管束？整日无言，闲淡地弹奏秦筝品味它的幽怨，泪水洒落，沾湿了有如雁行错落的琴柱。相思之甚让我腰肢日渐消瘦，心也随着那飘荡的杨花飞向他在的远方。

注释

1 **青楼：**此处指豪华的高楼。曹植《美女篇》："借问女何居？乃在城南端。青楼临大路，高门结重关。" 2 **哢(lòng)：**鸟鸣。 3 **角枕：**角形的靠枕。 4 **贳(shì)酒：**赊酒。 5 **却谁拘管：**指无人关心照料。

南浦

鲁逸仲

导读

鲁逸仲，即孔夷，字方平，生卒年不详，元祐间隐士，与"苏门六君子"之一的李廌交好。自号滍皋渔父，作词托名为鲁逸仲。今存词三首。

此篇是羁旅怀人词。上阕写词人雪夜投宿，听着画角悲声，骑马至孤村投宿，其时已是灯火阑珊，描绘出一派寒冷、萧瑟的图景，而乱叶敲窗，惊雁啼鸣，更透露出词人夜深难眠，羁旅艰难。下阕写夜空中尚有淡月，亦是让词人销魂之景，因而梦中见到故乡的梅花，可见思乡情切。"愁损绿罗裙"之后数语是想象家中妻子因为思念自己而憔悴泪垂，愁绪满怀，此种相思从对方写来，更觉情深。此篇上阕写自我，风格悲壮，下阕写对方，情丝缠绵，而全篇将两种风格融于一体而浑然无迹，较为独特。

原文

风悲画角，听单于、三弄落谯门[1]。投宿骎骎[2]征骑，飞雪满孤村。酒市渐阑灯火，正敲窗、乱叶舞纷纷。送数声惊雁，乍离烟水，嘹唳[3]度寒云。

好在半胧淡月，到如今、无处不消魂。故国梅花归梦，愁损绿罗裙。为问暗香闲艳，也相思、万点付啼痕[4]。算翠屏应是，两眉余恨倚黄昏。

译文

风中传来画角的悲怨之声，《单于》之乐声声曲折回荡在高楼谯门。我骑着奔驰的骏马而来，投宿在那大雪纷飞的孤村。酒市上灯火越来越少，乱舞纷纷的枯叶正在敲打着小窗。空中传来数声鸿雁的啼鸣，当是突然飞离了烟雾缭绕的水面，嘹亮而凄厉地啼叫着穿越寒冷的乌云。

好在空中还挂着半弯的淡月，到如今，没有哪一处景物不让我黯然销魂。梦里又见到了故国的梅花，身着绿罗裙的佳人已为我憔悴瘦损。试问那暗香袭人、艳丽闲开的红梅，是否也因为相思而万点凋零，好似她啼哭的泪痕。想来那翠绿屏风旁，倚靠着蹙拢双眉、怨恨满怀的佳人。

注释

1 **谯门：**城门上用以远望的高楼。 2 **骎骎：**形容马跑得很快的样子。 3 **嘹唳：**形容在高空中嘹亮凄厉的鸟鸣声。 4 **啼痕：**泪痕。

满江红

岳飞

导读

岳飞(1103—1142),字鹏举,出身贫寒农家,少年从军,成为南宋抗金名将。屡建奇功,官至枢密副使,后因力主抗金,反对议和,为秦桧陷害,以“莫须有”的罪名冤死狱中。有《岳武穆集》,词存三首。

此词是千古传诵的爱国名篇。上阕抒发词人渴望上阵杀敌的豪情壮志,下阕抒发词人渴望报仇雪恨、重整江山的急切忠愤。整首词悲壮激昂之情有如长江大河,喷薄而出,一泻千里;忠肝义胆、蔑视强敌之气概凌云直上,可吞斗牛。千载之下,读来仍让人血脉偾张,勃然奋起。

原文

怒发冲冠[1],凭阑处、潇潇[2]雨歇。抬望眼、仰天长啸,壮怀激烈。三十功名尘与土,八千里路云和月。莫等闲、白了少年头,空悲切。

靖康耻[3],犹未雪;臣子憾,何时灭。驾长车踏破、贺兰山[4]缺。壮志饥餐胡虏肉,笑谈渴饮匈奴血。待从头、收拾旧山河,朝天阙[5]。

译文

愤怒让头发根根竖起直冲冠帽,倚靠栏杆,狂风骤雨刚刚停歇。抬头放眼远望,仰面朝天长声怒啸,心中充满壮志,慷慨激烈。三十年来功名于我皆是尘与土,各地转战踏遍八千里路,与我做伴的是浮云与明月。切莫轻易地虚度年华,等到白了少年头,徒劳地伤悲。

靖康年间汴京陷落、二帝被掳的奇耻大辱,尚未报仇洗雪;作为臣子,心中的憾恨,何时才能熄灭。我愿驾着兵车踏破贺兰山的敌方营垒,留下一片残缺。我满怀壮志,饿了恨不得要吃俘虏的肉,渴了恨不得要饮敌人的血。请待我重新收复旧日的山河,再去拜见故都的天子宫阙。

注释

1 **怒发冲冠:**语本《史记·廉颇蔺相如传》:“相如因持璧却立倚柱,怒发上冲冠。” 2 **潇潇:**形容风狂雨骤的样子。《诗经·郑风·风雨》:“风雨潇潇,鸡鸣胶胶。” 3 **靖康耻:**指北宋钦宗靖康二年(1127)金兵攻入京城,徽、钦二宗被掳北行,后丧身金国的奇耻大辱。 4 **贺兰山:**在今宁夏西北部与内蒙古交界处,这里代指边塞关防。 5 **天阙:**皇宫。

烛影摇红

上元有怀

张抡

导读

张抡,生卒年不详,字材甫,自号莲社居士。绍兴间曾为知阁门事、干办皇城司等。存《莲社词》一卷。

此篇词人抒写南渡之后度过第一个元宵节时的沉痛感怀。上阕写去岁伴随皇帝共度元宵时宫中的繁盛富丽景况。下阕写汴京失陷、二宗被掳之后,作为孤臣所感受到的元宵节之凄凉孤苦。两相对照,差别巨大,似有隔世之感。

原文

双阙[1]中天,凤楼十二[2]春寒浅。去年元夜奉宸游[3],曾侍瑶池宴。玉殿珠帘尽卷,拥群仙、蓬壶阆苑[4]。五云[5]深处,万烛光中,揭天丝管[6]。

译文

宫门两侧的楼台插天而立,皇宫楼阁重重叠叠,笼罩着淡淡的春寒。去年的元宵之夜我陪着御驾巡游赏灯,曾在瑶池侍宴。玉殿之上珠帘全部高卷,仿佛群仙簇拥,在蓬莱、阆苑那样的仙境。五色云彩聚集的宫殿深处,万盏烛火灯光中,丝管之声响彻天际。

驰隙流年，恍如一瞬星霜换。今宵谁念泣孤臣，回首长安[7]远。可是尘缘未断，漫惆怅、华胥[8]梦短。满怀幽恨，数点寒灯，几声归雁。

流年有如白驹过隙，恍然在一瞬之间星辰转换，寒霜又降。今夜有谁感念痛哭流涕的孤臣，回首再望京都遥远。只是眷恋故都繁华的尘缘尚未斩断，惆怅漫漫，幻游华胥的梦境太短。满怀的孤幽怨恨，相伴的是数点寒灯与几声鸿雁归去的凄鸣。

注释

1 **双阙：**指皇宫两边高大的楼台。 2 **凤楼十二：**指皇宫里众多的楼阁。 3 **奉宸游：**指陪侍皇帝巡游赏灯。 4 **蓬壶：**即蓬莱，传说中的海上仙山。 **阆苑：**传说中神仙所居之地。 5 **五云：**青白赤黑黄五色云彩，指皇帝所居住的地方。 6 **揭天丝管：**指丝管之声响彻天际。 7 **长安：**这里代指宋都汴京。 8 **华胥：**《列子·黄帝》载："（黄帝）昼寝而梦，游于华胥氏之国。"后以华胥指代理想之国，亦指梦境。词中指代梦境。

水龙吟

程垓

导读

程垓，生卒年不详，字正伯，是苏轼中表兄弟程之才（字正辅）之孙，生活在南宋中期，曾流寓江浙一带。存有《书舟词》，词风凄婉绵丽。

此篇是惜春叹老之词。上阕着意伤春，以风雨摧花起笔，叹自己愁怨多而辜负春光，更觉柳、桃、杏、梅"对人容易"，潦草对付赏春人，而这一切都只是因为人心憔悴。下阕着意叹老，点明憔悴的缘由。最末强撑精神，勉励自己要珍惜时光，看似旷达，而"拚醉"一语仍饱含悲意。

原文

夜来风雨匆匆，故

译文

夜里风雨匆匆而过，故园中的花朵肯

园定是花无几。愁多怨极，等闲孤负，一年芳意。柳困桃慵，杏青梅小，对人容易。算好春长在，好花长见，原只是、人憔悴。

定所剩无几。愁烦怨恨多到极致，轻易地就辜负了一年之中最好的春意。柳枝困倦，桃花慵懒，杏果尚青，梅子亦小，面对赏春之人它们都草草了事。算来美好的春天年年都来，艳丽的鲜花年年可见，伤春原来只是人心已然憔悴。

回首池南旧事，恨星星[1]、不堪重记。如今但有，看花老眼，伤时清泪。不怕逢花瘦，只愁怕、老来风味。待繁红乱处，留云借月[2]，也须拚醉。

回首忆及从前的城南旧事，恼恨双鬓已生出星星白发，不堪重新忆起旧年欢乐。如今只有一对观花的老眼，伤怀时垂下清泪。已不怕遇见花朵消瘦，只忧愁害怕自己老来身心衰颓。等到繁花凋零、散落一地之时，挽留行云，借取月光，也要不顾一切喝个大醉。

注释

1 **星星**：形容鬓发花白。西晋左思《白发赋》云："星星白发，生于鬓垂。"

2 **留云借月**：挽留行云，借取月光。意指珍惜时光。

六州歌头

张孝祥

导读

张孝祥(1132—1170)，字安国，号于湖居士。绍兴二十四年(1154)进士第一，官中书舍人直学士院、建康留守、知荆南府兼荆湖北路安抚使等，力主抗金，反对议和。诗词学苏轼，有豪壮之气，有《于湖居士集》，存《于湖词》八十余首。

此篇乃词人任建康留守时在抗金领袖张浚的宴席上感愤时事而作，表现了强烈的爱国情怀。上阕描写对峙淮河两侧的宋金双方态势，下阕抒发词人欲战不得、报国无门的悲愤，同时也毫不留情地讽刺了朝廷与议和派献媚求好、苟且偷生的懦弱无能。全篇节奏短促、韵律铿锵，读来令人激愤满怀，备受鼓舞。

原文

长淮[1]望断，关塞莽然平。征尘暗，霜风劲，悄边声。黯消凝，追想当年事[2]，殆天数，非人力。洙泗[3]上，弦歌地，亦膻腥。隔水毡乡[4]，落日牛羊下，区脱[5]纵横。看名王[6]宵猎，骑火一川明，笳鼓悲鸣，遣人惊。

念腰间箭，匣中剑，空埃蠹，竟何成！时易失，心徒壮，岁将零，渺神京。干羽[7]方怀远，静烽燧，且休兵。冠盖使，纷驰骛[8]，若为情。闻道中原遗老，常南望、翠葆霓旌[9]。使行人到此，忠愤气填膺，有泪如倾。

译文

伫立在长长的淮河边上远远眺望，江山关塞一片苍莽平远。北伐征人卷起的尘土已然暗淡，寒冷的北风凛冽，边境之上一片悄然无声。黯然销魂凝望，追想当年“靖康之难”的往事，大概是天数如此，并非人力可以扭转。洙、泗二水之上，本是弦歌交奏的礼乐之邦，如今一派血气膻腥。隔着淮水，原来的国土已变成异族的毛毡帐篷之乡，落日余晖里牛羊成群而下，敌军哨所碉堡纵横设立。只见金兵的将领夜晚出猎，骑兵举起火把照亮了整个平川，军中胡笳鼓角之乐声声悲鸣，让人胆寒心惊。

想我腰间弓箭，匣中宝剑，空自灰染虫蛀，满心壮志竟一事无成！时机容易失去，内心空怀豪情，年岁将至衰暮，光复故都汴京的愿望渺茫。朝廷正在推行礼乐怀柔靖远之策，烽火安静不举，敌我暂且休兵停战。戴冠乘车的使者，纷纷奔走往来，实在让人愧难为情。听说遗留在中原的父老，常常向南边盼望，希望皇帝的车驾仪仗能够返回中原。这破碎的山河让行人走到这里，一腔忠愤，填满胸膛，眼中热泪，洒满衣襟。

注释

1 **长淮**:即淮河。 2 **当年事**:指钦宗二年(1127)金兵南侵,徽、钦二宗被掳之事。 3 **洙泗**:洙水和泗水,都流经孔子的故乡曲阜。 4 **毡乡**:金人以毛毡所制的帐篷为屋,此指金兵占领中原。 5 **区(ōu)脱**:匈奴语,指边境候望的土室。此指金兵的哨所碉堡。 6 **名王**:指金兵将领。 7 **干羽**:干盾和羽毛,都是供乐舞时使用。羽为文舞,干为武舞。 8 **驰骛**:奔走。 9 **翠葆霓旌**:指皇帝的车驾仪仗。

念奴娇

过洞庭

张孝祥

导读

此篇是中秋感怀。上阕描写了中秋明月之下澄澈清静的洞庭绝美之景,下阕抒发自己多年以来一如既往坦荡洁净的胸怀。全篇塑造了一个洁白无垢、纤尘不染的澄明境界,激发词人的追忆与感怀,过往独处孤高,肝胆纯洁,当下老而固穷,畅意沧浪,邀万物而同饮,展现出一个纯洁、高傲、旷放的高贵灵魂。

原文

洞庭青草[1],近中秋、更无一点风色。玉界琼田[2]三万顷,著我扁舟一叶。素月分辉,银河共影,表里俱澄澈。怡然心会,妙处难与君说。

译文

洞庭湖和青草湖,在临近中秋之时,湖面上没有一丝微风。三万顷广阔的湖田在月光下有如美玉一样澄澈晶莹,承载着我小小的一叶扁舟。素白的明月洒下光辉,银河与湖面光影相照,水面与天空都是一片清亮明净。安闲自得地在心中细细体会,这美景其中的妙处难以向你说明。

应念岭海[3]经年，孤光自照，肝胆皆冰雪。短发萧骚[4]襟袖冷，稳泛沧浪空阔。尽挹[5]西江，细斟北斗，万象为宾客。扣舷独啸，不知今夕何夕。

应当怀念起在岭南的那些年，清冷的月光照耀着我，肝胆都如冰雪一样透亮晶莹。如今满头稀疏的短发，襟袖清冷，在这空阔的沧浪里稳稳地泛着小舟。将西江之水当作美酒舀尽，细细地斟进酒杯一样的北斗星，将天地万物都当作陪我饮酒的宾客。敲击着船舷独自歌啸，且不管今夜是什么日子。

注释

1 **青草：**指青草湖，与洞庭湖相连。 2 **玉界琼田：**指月光下像美玉一样的湖面、良田。玉界，一作"玉鉴"。 3 **岭海：**指五岭以南、南海以北，即两广之地。词人曾知静江府，在今广西桂林。 4 **萧骚：**稀疏。 5 **挹(yì)：**舀。

六州歌头

韩元吉

导读

韩元吉(1118—1187)，字无咎，号南涧。南渡后流寓信州(今江西上饶)，官至吏部尚书。与当时名流张元幹、张孝祥、范成大、陆游等人皆有唱和，存有《南涧甲乙稿》《南涧诗余》。

此篇借咏桃花怀人。上阕先以桃花起兴，"隐映新妆面"一语由花及人，回忆当初与美人相恋的欢乐时光，末尾又以"恨依依"一语点染当下。可下阕并非循着上阕末尾的线索，而是又开始回忆过往，至"消瘦损"转至当下，视角几经变换，细腻委婉。《六州歌头》调多短句，常用激越之词，而词人以之述艳情，写来颇具呢喃碎语之感，别有旖旎风情。

原文

东风著意，先上小桃枝。

译文

春风带着暖意，先吹上了细嫩的

红粉腻，娇如醉，倚朱扉。记年时，隐映[1]新妆面，临水岸，春将半，云日暖，斜桥转，夹城西。草软莎平，跋马[2]垂杨渡，玉勒争嘶。认蛾眉，凝笑脸，薄拂燕脂，绣户曾窥，恨依依。

共携手处，香如雾，红随步，怨春迟。消瘦损，凭谁问？只花知，泪空垂。旧日堂前燕，和烟雨，又双飞。人自老，春长好，梦佳期。前度刘郎[3]，几许风流地，花也应悲。但茫茫暮霭，目断武陵溪[4]，往事难追。

桃枝。桃花粉红细腻，娇羞如醉，倚靠着朱红的院门开放。记得去年那时，美人带着新妆的娇面与桃花交相辉映，她靠近水岸伫立，春天将过去一半，春日和暖，从桥边斜斜下转，直至夹城的西边。草地柔软平坦，我勒马停在柳枝低垂的渡口，马儿争相嘶鸣。我认得她的蛾眉，凝神的笑脸，脸颊薄薄地轻拂胭脂，曾在绣户上偷偷窥视的佳人已不知身在何处，心中怨恨绵绵不绝。

曾经一同携手的地方，桃花浓香如雾，凋落的红花伴随着脚步，抱怨春天又至迟暮。因为相思而憔悴瘦损，依托谁来关怀细问？只有落花知道，泪珠空垂。从前堂上的燕子，伴着如烟细雨，又双双翩飞。人自然会慢慢变老，年年更新的春光永远美好，在梦中约好再会佳期。从前来游赏的刘郎如今又到，风流旧迹又能寻到多少？桃花见此也心生伤悲。只见黄昏雾霭茫茫一片，望断天边，曾经美好的武陵溪仍难再见，往事难以追回。

注释

1 **隐映：**交相辉映。 2 **跋马：**勒马。 3 **前度刘郎：**唐刘禹锡有《再游玄都观》诗云："种桃道士归何处，前度刘郎今又来。" 4 **武陵溪：**晋陶渊明《桃花源记》谓武陵人出桃花源，再寻旧地而不可得。此处用典表明旧梦难寻。

好事近

韩元吉

导读

宋室南渡之后，韩元吉出使金国，得以重返北宋旧都，见到旧时景物，感慨万千，写下此词。另有版本题曰“汴京赐宴闻教坊乐有感”。上阕借唐朝“安史之乱”凝碧池梨园之典抒写自己听到教坊之乐后心中不断涌起的悲切之感。下阕借杏花亦怀哀愁来喻人之情绪，又从御沟水声听出人声呜咽，真可谓万物同悲，天地共哭，篇幅虽小，然字字泣血。

原文

凝碧旧池头[1]，一听管弦凄切。多少梨园[2]声在，总不堪华发。

杏花无处避春愁，也傍野烟发。惟有御沟[3]声断，似知人呜咽。

译文

在从前的凝碧池边，一听管弦奏乐之声便觉万分凄凉。有多少梨园的乐曲还在，哀怨的曲子让我这白发老人总是不忍听见。

杏花无处躲避春去之愁，也傍着荒野独自开放。唯有皇宫河道里的水流之声断断续续，好似知道人心而暗自呜咽。

注释

1 **凝碧：**唐代长安宫禁中有凝碧池，据《明皇杂录》载，天宝末年，安禄山叛军攻占长安，集会凝碧池，令梨园弟子演奏乐曲，众人皆流涕哭泣，乐工雷海青掷乐器于地，向明皇所往之西方痛哭。王维闻此消息，悄悄写下诗歌云：“万户伤心生野烟，百官何日更朝天？秋槐叶落空宫里，凝碧池头奏管弦。” 2 **梨园：**唐玄宗时教练伶人歌舞的地方。 3 **御沟：**流经皇宫的河道。

瑞鹤仙

袁去华

导读

袁去华，生卒年不详，字宣卿。绍兴十五年(1145)进士，曾任善化、石首知县，学识渊博，与张孝祥、杨万里交游甚密，存有《袁宣卿词》。

此篇写羁旅怀人。上阕写旅途中所见秋日郊原的景象，以美人蛾眉喻远山之或明或暗，翻出新意，同时一语双关。下阕先述驿馆孤寂，后直写怀恋情人，“收香藏镜”巧用二典，自然真切，颇能动人。

原文

郊原初过雨，见败叶零乱，风定犹舞。斜阳挂深树，映浓愁浅黛，遥山媚妩。来时旧路，尚岩花、娇黄半吐。到而今、惟有溪边流水，见人如故。

无语，邮亭[1]深静，下马还寻，旧曾题处。无聊倦旅，伤离恨，最愁苦。纵收香藏镜[2]，他年重到，人面桃花在否？念沉沉、小阁幽窗，有时梦去。

译文

郊外原野上雨过初晴，只见枯败的落叶散乱，风停之后仍兀自飞舞。夕阳斜斜地挂在浓密的树丛，映衬着远山或明或暗，像是美人妩媚的蛾眉，浓者似紧蹙的情愁，浅者似轻描的眉黛。来的时候走过的旧路，尚且还有岩石上娇黄的鲜花半开半合。到如今只有溪边的流水，见到行人一如过往。

默默无语，驿馆幽深寂静，我下马来找寻，曾经题诗的旧处。旅途本已无聊困倦，为离别之恨伤怀，最是让人愁苦。纵使我收藏了她的奇香与铜镜，他年重回故地，美人娇面、艳丽桃花是否还在？深沉地想念小小阁楼上幽静轩窗下的她，也只能有时在梦里去寻找她的身影。

注释

1 **邮亭:**驿馆。 2 **收香藏镜:**此为两个有关爱情的典故。收香,据《晋书·贾充传》记载,西晋权臣贾充之女贾午窃其父所藏之名贵奇香赠韩寿,后二人结为夫妇。藏镜,据唐孟棨《本事诗》记载,南朝陈国灭亡后,乐昌公主与驸马徐德言各持半面铜镜得以再续前缘。

剑器近

袁去华

导读

此篇是闺中怀人词。词有三叠,前两叠句式、声韵皆同,称为双拽头。首叠写眼中所见春日之景,中叠写耳中所闻春日之声,又将"东风吹住""共人愁绪"之拟人巧思融入其中,颇有意趣。三叠直写闺中女子情态,因为寂寞过午方起,"偷弹"几句谓以烟波寄泪与故人,又是巧思,更见愁思汤汤。"彩笺"数句谓即便书信无数,却不言归期,更是惹人愁怀满腹。末句以日暮之景收束,余味不绝。

原文

夜来雨,赖倩得、东风吹住[1]。海棠正妖娆处,且留取。

悄庭户,试细听、莺啼燕语。分明共人愁绪,怕春去。

佳树,翠阴初转午。重帘未卷,乍睡起,寂寞看风絮。偷弹清泪寄烟

译文

夜里下雨,多亏请到东风吹得雨停。正是海棠花开得妖娆的时节,还请风雨怜惜,保留春意。

静悄悄的庭院门户,试着细细听那黄莺、燕子的娇啼言语。分明就是和我有着一样的愁绪,害怕春天早早离去。

春树茂盛美好,翠绿的树荫已转过正午。重重的帘幕还未卷起,才刚刚睡醒起来,寂寞地看着春风吹散了柳絮。偷偷地

波，见江头故人，为言憔悴如许。彩笺无数，去却寒暄，到了浑无定据[2]。断肠落日千山暮。

挥落清泪寄托给茫茫的江水，如果能见到住在长江那头的故人，请告诉他我已为他憔悴至此。他寄来的书信无数，可是除掉寒暄之语，最终完全没有一个准确的音讯。断肠之人看着日落千山直至暮色深沉。

注释

1 **赖：**多亏。**倩：**请。 2 **浑无定据：**完全没有准确的消息。

安公子

袁去华

导读

此篇写怀恋情人。上阕先写早春风光，由燕子归来引入相思，问燕子是否曾见过心中思念之人。末尾两句是想象情人也因为思念自己而孤寂心伤。下阕直写自己的相思情态，以“弹泪”“人倦”“傍枕”等语刻画人物，笔致工细，暗示人物之寂寞无聊，亦可得见相思的绵绵情意。最末以景语收束，留有余味。

原文

弱柳千丝缕，嫩黄匀遍鸦啼处。寒入罗衣春尚浅，过一番风雨。问燕子来时，绿水桥边路，曾画楼、见个人人[1]否？料静掩云窗，尘满哀弦危柱[2]。

译文

柔弱的柳枝垂下千万条丝缕，嫩黄的柳叶里到处都是啼鸣的鸦雀。早春时节寒气侵入罗衣，刚刚又经历了一番风雨。问那燕子飞来之时，路过碧绿河水，桥边小路，可曾见到画楼里住着的那个亲爱的人儿？料想她此刻正静静地掩上窗户，满心哀愁，任凭灰尘落满琴弦琴柱。

庾信[3]愁如许，为谁都著眉端聚。独立东风弹泪眼，寄烟波东去。念永昼春闲，人倦如何度？闲傍枕、百啭黄鹂语。唤觉来厌厌，残照依然花坞[4]。

我的忧愁好似庾信的那样多，到底是为谁眉头紧蹙。独自立在东风里轻轻挥去眼泪，拜托浩浩烟波帮我寄送出去。感念白昼渐长，春日安闲，人多困倦，怎么挨得过去？闲来倚靠着枕头，听着那黄鹂婉转的啼语入睡。被唤醒后更是恹恹无神，残阳仍然照着花坞。

注释

1 **人人：**宋时口语中对亲爱之人的昵称。 2 **哀弦危柱：**琴弦琴柱，泛指乐器。 3 **庾信：**南北朝著名文学家，曾作《愁赋》云："谁知一寸心，乃有万斛愁。" 4 **花坞：**种花的低地。

瑞鹤仙

陆淞

导读

陆淞(1109—1182)，字子逸，号雪溪。陆宰的长子，陆游的长兄，以祖恩补通仕郎，累官至左朝请大夫。存有词作二首。

此篇是闺中女子的怀人词，据传是词人为歌姬盼盼而作。一次词人赴宴，不见盼盼随侍，因问主人，主人便召盼盼侍宴，盼盼自睡中赶来，脸上尚有枕痕，故词首句云"脸霞红印枕"，一时盛传。上阕写闺中女子面容娇美而精神倦怠，寂寞相思，衣带尽宽。下阕回忆从前欢情，又幻想之后再会情景，痴情一片，描绘出一个纯真追爱的深情女子形象。

原文

脸霞红印枕，睡觉来、冠儿还是不整。屏

译文

她红霞一样的脸庞印着枕痕，睡觉醒来，衣冠还未整理。闲置的屏风上墨迹早已闲麝煤[1]冷，但眉峰压翠，泪珠弹粉。堂深昼永，燕交飞、风帘露井。恨无人说与，相思近日，带围宽尽。

重省，残灯朱幌，淡月纱窗，那时风景。阳台[2]路迥，云雨梦，便无准。待归来，先指花梢教看，欲把心期[3]细问。问因循[4]过了青春，怎生意稳？

冰冷，只有双眉紧蹙好似翠峰压叠，泪珠轻弹带着脂粉滑落。庭院幽深白昼漫长，燕子双飞，掠过被风吹动的帷帘和幽静的露井。只恨没人可以诉说相思，近日来消瘦得腰间的衣带全部变宽。

重新回忆从前的时光，残灯照着朱红的帐幔，淡月映着薄薄的纱窗，正如那时缠绵的情景。曾经幽会的阳台已经路途遥远，欢爱的云雨美梦，也没有定准。等到他再归来，先指着花梢教他赏看，想要把心中好梦得圆的期盼细细询问。问他为何如此疏懒拖延，耽误了美好的青春年华，怎么竟如此心安意稳？

注释

1 **麝煤：**墨的雅称，指屏风上的墨迹。 2 **阳台：**宋玉《高唐赋·序》记楚王梦中与巫山神女欢会，神女临别时云："妾在巫山之阳，高丘之阻。旦为朝云，暮为行雨，朝朝暮暮，阳台之下。"词中化用其事。 3 **心期：**心中再会的期盼。 4 **因循：**疏懒，拖延。

卜算子

咏梅

陆游

导读

陆游(1125—1210)，字务观，号放翁。绍兴二十三年(1153)省试第一，后被秦桧除名。孝宗继位赐进士出身，曾官镇江、隆兴、夔州等地通判。仕途坎坷，却终其一生都在为北伐收复中原奔走呼号，是"南宋中兴四大诗人”之一，亦工于作词，存有《放翁词》百三十余首，风格或豪放清旷，或婉媚雅致，并多有爱国词篇。

此篇咏梅，实是借咏梅寄寓词人身处逆境、坚贞不改的高尚人格理想。上阕写梅花所处的艰险环境，驿馆外，断桥边，无主自开，又兼黄昏风雨；下阕赞梅花不同流俗、矢志不渝的清高傲骨，实是以梅自喻，剖白词人自己的道德追求。词篇虽然短小，然字字珠玑，可为格言。

原文

驿外断桥边，寂寞开无主。已是黄昏独自愁，更著风和雨。

无意苦争春，一任群芳妒。零落成泥碾作尘，只有香如故。

译文

驿馆之外的断桥旁边，无主梅花开得寂寞又孤独。已经是黄昏日暮，她好像独自在那里满怀愁苦，更加上这无情的风和雨。

她本来无意于苦苦地争占春光，任凭春日的各种花卉怨恨嫉妒。即便最后凋落在地被碾作尘土，她的清香依然如故。

水龙吟

陈亮

导读

陈亮(1143—1194)，字同甫，人称龙川先生。多次上书言抗金之事，坚决反对议和，故触怒主和权贵，屡受迫害，直至绍熙四年(1193)才中进士第一，授签书建康府判官厅公事，时年五十一，未及赴任而病逝。陈亮与辛弃疾为至交好友，经常一起讨论国事，相互唱和，词风亦颇相似。有《龙川文集》，存《龙川词》七十余首。

此篇伤春。上阕写春景，下阕写春恨。春日芳菲，无人欣赏，都付莺燕。往年少女斗草，少年策马，何其热闹，如今不过风流云散，情人离别，分香洒泪，何其凄凉！其中之春恨又或有所寄寓，回忆中的盛况亦可解释为对故国的追念。故国不再，子规啼血，更令人伤神憔悴。

原文

闹花深处楼台，画帘半卷东风软。春归翠陌，平莎茸嫩，垂杨金浅。迟日催花，淡云阁雨[1]，轻寒轻暖。恨芳菲世界，游人未赏，都付与莺和燕。

寂寞凭高念远，向南楼、一声归雁。金钗斗草[2]，青丝勒马，风流云散。罗绶分香[3]，翠绡封泪[4]，几多幽怨？正消魂又是，疏烟淡月，子规声断。

译文

热闹的繁花深处掩映着楼阁亭台，绣画的锦帘半卷，春风吹入，拂面轻柔。春光归去，在那青翠的郊外小路，平坦的原野上长满柔嫩的莎草，下垂的嫩黄杨柳好似金线浅浅。春日催促着百花开放，浮云浅淡，细雨初停，天气刚觉有些微寒，却又稍稍转暖。可恨这样繁花似锦的芳菲世界，游人还没来欣赏，都交付给了黄莺和春燕。

寂寞之人登上高楼凭栏望远，转向南楼，只听闻一声归来鸿雁的长鸣。从前带着金钗的少女们聚在一起斗草，手握青色缰绳的少年勒住骏马停驻，如今这一切都好似风云一般消失流散。分别时以香罗带赠予情人，以翠绿纱巾包裹眼泪，怀有多少幽怨？正在黯然销魂之时，又见那稀薄的烟霭笼罩着浅淡的月，断续的子规啼鸣，更让人憔悴肠断。

注释

1 **阁雨：**雨停。阁，通“搁”，停止。 2 **斗草：**古时的一种游戏，采花草相聚以比优劣。 3 **罗绶分香：**指分别时以香罗带相赠。 4 **翠绡封泪：**用翠色的纱巾包裹眼泪。

忆秦娥

范成大

导读

范成大(1126—1193),字致能,号石湖居士。绍兴二十四年(1154)进士,累官参知政事,孝宗时曾出使金国,不辱君命而归。是“南宋中兴四大诗人”之一,诗多关心民生疾苦,词风清疏娴雅。有《石湖集》,存《石湖词》一卷。

此篇写闺怨。小词上阕写春夜室外之景,下阕视角转至室内,金虬滴漏催更呜咽,而室内之人仍燃灯不眠,即使片时入眠亦是梦回江南。写思妇情怀,通篇白描,不着一词,尽得风流。

原文

楼阴缺,阑干影卧东厢月。东厢月,一天风露,杏花如雪。

隔烟催漏金虬[1]咽,罗帏黯淡灯花结。灯花结,片时春梦,江南天阔。

译文

阁楼的阴影渐缺,一轮明月照在东面厢房,栏杆的影子斜斜地卧在地面。东厢明月当空普照,漫天洒下一片寒凉,杏花绽放如雪。

隔着熏香的烟雾,装饰着金虬的滴漏发出声声呜咽,纱罗的帷幕里昏暗不明,长燃的烛火结起灯花。灯花凝结,她进入了短暂的美梦,在梦里江南的天空晴朗广阔。

注释

1 **金虬:**计时漏壶上的铜制龙形装饰。

眼儿媚

范成大

导读

此篇为词人赴静江知府任时途经萍乡的即景纪行小词。上阕写正午途中春困,日暖花香,催人酣睡。下阕着意描写被春风吹皱的柳塘池水,以水喻人之春困,融情于景,形象可感。

原文

萍乡道中乍晴,卧舆中困甚,小憩柳塘。

酣酣日脚紫烟浮[1],妍暖破轻裘。困人天色,醉人花气,午梦扶头[2]。

春慵恰似春塘水,一片縠纹[3]愁。溶溶曳曳[4],东风无力,欲避还休。

译文

在萍乡的路上天气突然晴暖,我躺在卧舆中感到很困,于是在池塘边的柳树下休息了一会儿。

充沛和暖的日光透过飘浮的紫色云隙照射下来,晴朗温暖的天气让我解开了薄薄的裘衣。令人困倦的天色,让人沉醉的花香,午睡酣梦时仿佛喝了扶头酒醉态迷离。

春日的慵懒好似池塘里的春水,漾起縠纱似的波纹一片,好似愁思泛起。池水轻轻荡漾,东风温柔吹拂,春波好似要皱起又静静地平息。

注释

1 **酣酣:**形容日光充沛和暖。**日脚:**指透过云层间隙射出的日光。2 **扶头:**扶头酒,易醉之酒。这里指醉态。 3 **縠(hú)纹:**指水的波纹。縠,有皱纹的纱。 4 **溶溶曳曳(yèyè):**形容水波荡漾晃动的样子。

霜天晓角

范成大

导读

此篇是咏梅抒怀之作。上阕咏梅，描写天晴风停，春寒渐减，白梅清疏，脉脉含情。下阕由梅开之胜景引至人之愁绝，且无人诉说，只能凭栏望月，更觉孤冷之至。

原文

晚晴风歇，一夜春威折[1]。脉脉[2]花疏天淡，云来去、数枝雪。

胜绝，愁亦绝，此情谁共说。惟有两行低雁，知人倚、画楼月。

译文

晚来天晴风亦停歇，一夜春寒的威力顿时衰减。梅花清疏好似脉脉含情，在浅淡的天空之下，浮云自在来去，数枝梅花洁白似雪。

胜景超绝，勾起愁怀亦绝。心中情思与谁诉说。只有两行低飞的鸿雁，知道那人倚着画楼，仰望明月。

注释

1 **春威折**：指春寒的威力衰减。 2 **脉脉**(mòmò)：凝视含情的样子。

贺新郎

别茂嘉十二弟

辛弃疾

导读

辛弃疾(1140—1207)，字幼安，号稼轩居士。金兵南侵时，二十一岁的辛弃疾组织义军抗金。南归后任江阴签判、建康府通判等。为官期间一直为抗金献策上书，有《美芹十论》《九议》等，却始终不得重用，故将一腔忠愤灌注词中。其词多咏抗金与收复中原之志，抒发爱国豪情，风格慷慨刚健，且好用事用典，镕裁经史而不着痕迹，为宋词别立一宗。存有词作《稼轩词》与十二卷本《稼轩长短句》两种。

此篇写送别。开篇用三种鸟的哀鸣来极言春归之悲戚。"算未抵"一句话锋陡转，鸟鸣之哀绝不及人间离别之苦！之后连举昭君出塞、长门阿娇、庄姜送归妾、李陵别苏武、荆轲别易水五个历史典故来说明人间离别之悲苦，且下阕数典亦有双关壮志难酬之意。"啼鸟还知"两句照应开头，谓若鸟知道人间的此种苦痛，应该只会常常啼鸣泣血，结构严密。最末两句总束全文，感叹兄弟走后，将无人做伴。词写离别，而镕经裁典，苍郁悲壮，暗寓深意，实是离别词中有大境界者。

原文

绿树听鹈鴂，更那堪、鹧鸪声住，杜鹃声切。啼到春归无寻处，苦恨芳菲都歇。算未抵、人间离别。马上琵琶[1]关塞黑，更长门[2]、翠辇辞金阙。看燕燕，送归妾。[3]

将军百战身名裂，向河梁、回头万里，故人长绝。[4]易水萧萧西风冷，满座衣冠似雪。[5]正壮士、

译文

听那绿树深处鹈鴂的悲啼，更令人难以承受的是，鹧鸪的哀鸣刚刚停止，杜鹃凄切的泣血之声又响起。一直啼到春光归去再无寻觅之处，深深恼恨百花都已衰败。算起来所有这些都抵不过人间的离别之苦。王昭君在马上弹着琵琶，远嫁至那黑云沉沉的塞外。陈皇后阿娇一朝失宠幽居长门宫，乘着翠羽装饰的车驾辞别皇宫中的汉武帝。读《诗经》的《燕燕》，看那庄姜泣涕如雨送妾归家。

李陵将军身经百战，一朝兵尽归降则身败名裂，登上河梁送别苏武，回头望向万里故国，从此与故友永绝。荆轲在萧瑟寒冷的西风中辞燕入秦，满座送别之人皆衣冠似雪。他唱着"风萧萧兮易水寒，壮士一去兮不复还"的慷慨

悲歌未彻。啼鸟还知如许恨,料不啼、清泪长啼血。谁共我,醉明月?

悲歌,豪迈之气无穷无尽。啼鸣的鸟若是知道这些人间的离愁别恨,料想应该不会再鸣叫着滴下清泪,只会啼出鲜血。如今与茂嘉分别,以后还有谁能和我一起醉赏明月?

注释

1 **马上琵琶:**用西汉王昭君出塞之典故。西晋石崇《王明君辞·序》云:"昔公主嫁乌孙,令琵琶马上作乐,以慰其道路之思。" 2 **长门:**用汉武帝陈皇后失宠幽闭长门之典。 3 **燕燕:**《诗经·邶风·燕燕》有"之子于归,远送于野。瞻望弗及,泣涕如雨"之句,汉毛苌传曰"《燕燕》,卫庄姜送归妾也",指卫庄公死后,夫人庄姜送庄公之妾回归娘家。 4 **将军:**用西汉名将李陵别苏武之典。《汉书》载李陵领五千兵抗匈奴十万大军,兵尽而降,身败名裂。其好友苏武出使匈奴,被扣十九年而持节不降,最终得归。两人分别时,李陵有"异域之人,壹别长绝"之语,后人又有"携手上河梁""长当从此别"等诗语咏其事。 5 **易水萧萧:**用送别荆轲之典。《史记》载战国末年荆轲为燕太子丹赴秦刺杀秦王嬴政,出发时送别之人皆着白色衣冠,送其至易水,高渐离击筑,荆轲和歌曰:"风萧萧兮易水寒,壮士一去兮不复还。"

念奴娇

书东流村壁

辛弃疾

导读

此篇写羁旅怀人。上阕开篇二句交代残春季节,次写旅途之中驿馆清寒难眠。因此回忆从前与恋人离别之景,末又回至当下人去楼空之凄清。下阕写传闻中听说往日恋人之事,亦委婉说明女子的身份,以"纤纤月"来描写女子的玉足,精巧脱俗。往日情人近有新欢,故而"旧恨""新恨"无限堆积。末尾数句想象来日再见之景，“镜里花难折”已是怅惘，“华发”更添无限愁怀。辛弃疾多雄豪之词，此篇深致委婉，当是倾注浓情之作。

原文

野棠[1]花落，又匆匆、过了清明时节。刬地[2]东风欺客梦，一枕云屏[3]寒怯。曲岸持觞[4]，垂杨系马，此地曾轻别。楼空人去，旧游飞燕能说。

闻道绮陌东头，行人曾见[5]，帘底纤纤月。旧恨春江流不尽，新恨云山千叠。料得明朝，尊前重见，镜里花难折。也应惊问，近来多少华发？

译文

棠梨花儿凋落，光阴又匆匆，过了清明时节。东风无端地侵扰羁客之梦，孤枕难眠，寒气穿透云屏，让人心怯。在弯曲的河岸边举杯饯饮，马儿拴在垂杨下，曾经就在此地轻易分别。而今楼阁已空，人已离去，只有来往的飞燕还能诉说旧游之事。

听说繁华的街道东头，行人曾窥见那帘幕底下玉足纤纤有如弯月。旧恨就如春江之水一样奔流不尽，新恨又像云海山峦一样层层叠叠。料想以后，在酒宴前重逢再见，她会像镜中之花一样难以攀折。也应该会惊讶地问我：近来又生了多少白发？

注释

1 **野棠**：即棠梨，又名甘棠。 2 **刬地**(chǎndì)：无端地，平白无故地。 3 **云屏**：绣着云彩的屏风。一指云母石装饰的屏风。 4 **曲岸持觞**：即曲水流觞之意。 5 **行人曾见**：苏轼《江城子》有“门外行人，立马看弓弯”之句，以“弓弯”描写女子玉足之美。辛弃疾此处化用其意。

汉宫春

立春

辛弃疾

导读

此篇惜春感怀，是南渡后的词人借惜春对朝廷无力收复北方失地的无奈哀叹。上阕写立春景象，“梦到西园”已暗示出词人渴望北归之心。“浑未办”二句表现词人的百无聊赖、无意迎春。下阕将东风拟人，谓其“薰梅染柳”，吹老红颜，实是感叹壮志未酬而年华有限。“解连环”一句用典，此典在宋词中一般用来表示爱人心中的情结难解，词人却翻转为无人能献破解金兵之策，令人耳目一新。最末谓边塞鸿雁尚且可以北归，而词人却不行，愁郁更深。全篇将惋惜流年、报国无门两种情绪缠绕交织，浑然一体。

原文

春已归来，看美人头上，袅袅春幡[1]。无端风雨，未肯收尽余寒。年时燕子，料今宵、梦到西园。浑未办、黄柑荐酒，更传青韭堆盘。

却笑东风从此，便薰梅染柳，更没些闲。闲时又来镜里，转变朱颜。清愁不断，问何人、会解连环[2]。生怕见、花开花落，朝来塞雁先还。

译文

春天已重归大地，看那美人头上，摇曳着燕形的彩幡。突如其来的风雨，不肯收尽残冬余寒。去年的燕子还未北归，料想今夜会梦回西园。全然未曾备办黄柑酿成的美酒，更不用说向亲朋馈赠满盘的青韭。

可笑那东风从此以后，就要熏染梅花、装点杨柳，更没有一点空闲。等到闲暇时又跑到镜子里，转变年华，让红颜衰老。凄清的忧愁绵延不断，试问何人能解连锁的玉环。只怕看见一年年的花开花落，清晨边塞的鸿雁先我返回中原。

注释

1 **春幡:**立春之日,女子头上所戴的剪成燕形的彩绢。 2 **解连环:**此处用齐国君王后用椎击破玉连环的典故,喻破解金兵之策。

贺新郎

赋琵琶

辛弃疾

导读

此篇咏物抒怀,词人借咏弹琵琶而“谈国事”。上阕用三个与琵琶相关的典故来表达历史之兴亡:杨贵妃之舞乐误国,白居易之迁谪沦落有类琵琶女,王昭君之屈辱和亲北去。下阕通过刻画一个思念征夫的妇女夜弹琵琶来抒发词人对北国的思念。全篇用语双关极多,是咏物词中的极品。“霓裳曲罢”喻北宋灭亡,“浔阳江头客”喻南迁之遗民,昭君出塞喻徽、钦二帝被俘北去,“音尘绝”喻南北消息断绝,“推手”“却手”喻南宋朝廷对金政策犹疑不定,“云飞烟灭”喻北伐无望,“繁华歇”则是对南宋朝廷的沉重警告。

原文

凤尾龙香拨[1],自开元、霓裳[2]曲罢,几番风月。最苦浔阳江头客[3],画舸亭亭待发。记出塞[4]、黄云堆雪。马上离愁三万里,望昭阳[5]、宫殿孤鸿没,弦解语,恨难说。

辽阳[6]驿使音尘

译文

用龙香柏木弹拨着凤尾琵琶,自从开元的《霓裳羽衣曲》之后,又经历了多少风月变幻?最苦闷的是浔阳江头的骚客,画船亭亭而立等待出发,忽听琵琶之乐隐隐传来。记得王昭君出塞之时,满目沙尘如雪堆积。在马上弹奏那别离三万里的愁怨,回望汉宫中的昭阳殿,孤鸿之影渐渐远去直至不见。琴弦或能善解人意,憾恨却难以言说。

北地的信使消息断绝,坐在连环花纹的

绝，琐窗寒、轻拢慢撚[7]，泪珠盈睫。推手含情还却手，一抹梁州[8]哀彻。千古事、云飞烟灭。贺老定场无消息[9]，想沉香亭[10]北繁华歇，弹到此，为呜咽。

寒窗下，轻弹慢拨着琴弦，泪珠沾湿了睫毛。推手好似含情，又换作却手，一抹琴弦弹奏《梁州曲》，哀凄彻骨。千古世事，有如云烟消散。当年压轴的琵琶国手贺老再无消息，想那长安城里沉香亭北的繁华早已衰歇，弹到此处，为之伤怀呜咽。

注释

1 **凤尾龙香拨：**相传杨贵妃的琵琶槽好似凤尾之形，其琴拨为龙香柏木所制。 2 **霓裳：**即《霓裳羽衣曲》，相传为唐玄宗所作，在唐朝十分流行。 3 **浔阳江头客：**指唐白居易，其《琵琶行》有“浔阳江头夜送客”之句。 4 **出塞：**指汉代昭君出塞，相传昭君于出塞途中弹奏琵琶。 5 **昭阳：**汉代长安未央宫有昭阳殿，此处指代汉时宫殿。 6 **辽阳：**泛指北方。 7 **轻拢慢撚：**拢、撚与后文的“推手”“却手”都是琵琶弹奏指法。 8 **梁州：**《梁州曲》。 9 **贺老：**指唐代开元、天宝年间最善弹琵琶的贺怀智。 **定场：**压场，压轴。 10 **沉香亭：**唐代长安城中有沉香亭。

水龙吟

登建康赏心亭[1]

辛弃疾

导读

此篇登临抒怀。辛弃疾作此篇时约三十岁，正在建康任通判。词上阕写景，末尾三句抒发词人赏景生愁而无人意会的怅惘。下阕承接上阕末尾几句剖白心迹，连用三个典故表明自己希望为国效力的雄心与不得重视的悲感，最末欲请佳人拭泪，余味不尽，且为雄豪之词增添几分哀婉色彩。

原文

楚天千里清秋，水随天去秋无际。遥岑[2]远目，献愁供恨，玉簪螺髻[3]。落日楼头，断鸿声里，江南游子。把吴钩[4]看了，阑干拍遍，无人会、登临意。

休说鲈鱼堪脍，尽西风、季鹰归未？[5]求田问舍，怕应羞见，刘郎才气。[6]可惜流年，忧愁风雨，树犹如此[7]。倩何人唤取，红巾翠袖，搵英雄泪？

译文

楚地千里长天空阔，淮河之水向天边流去，清秋景色无边无际。极目眺望远山，青碧的群山好似美人的碧玉发簪、螺形发髻，这样的景色只能为我带来满怀愁怨。落日映照在楼头，鸿雁断续的声声哀鸣里，是江南游子在此漂泊。我看尽了吴地弯刀，拍遍了满楼栏杆，也无人领会，我的登楼凭眺之意。

不要说晋人张季鹰因为想念故乡的鲈鱼脍而弃官不理国事，西风吹尽了，张季鹰可曾回来？也不要说像许汜那样求田问舍，只怕应该羞愧地面对刘备讥刺的言语。可惜年华逝去如流水，在忧愁中度过风风雨雨，正如桓温多年后见到亲植之柳树已长大，悲叹人事衰歇。可是请谁唤来戴红巾着绿衣的美人，替我擦去英雄的失意之泪？

注释

1 **赏心亭：**故址在建康（今江苏南京）秦淮河边，相传是北宋丁谓所建。 2 **遥岑：**远山。 3 **玉簪螺髻：**古代文人常以美人的碧玉发簪和螺形发髻比喻群山。 4 **吴钩：**古代吴地盛产钩形弯刀，后以吴钩指代刀。 5 **鲈鱼堪脍：**晋人张翰，字季鹰，在秋风吹起时想念家乡的菰菜、莼羹与鲈鱼脍而生辞官之意。此处用其典谓不可贪图个人享乐而不顾国家大事。 6 **求田问舍：**据《三国志·陈登传》载，许汜求见陈登，陈登轻视之，让其睡下床，而自己睡大床。许汜将此事告诉刘备，刘备讥刺许汜："你空有国士之名而不知救世，只关心求田问舍，购置私产，难怪陈登看不起你。如果是我，就自己睡在百尺高楼，而让你睡地上，何止是上下床之间！" **刘郎：**刘备。此处用典指不应为个人得失而枉顾国家大事。 7 **树犹如此：**南朝宋刘义庆《世说新语》载，东晋桓温北伐，途经金城，见当年手植之柳树已十围之粗，慨然叹曰："木犹如此，人何以堪！"词中用此典故叹息年华老去而功业未成。

摸鱼儿

辛弃疾

导读

此篇是惜春抒怀词，作于宋孝宗淳熙六年(1179)。辛弃疾时年四十岁，由荆湖北路转运副使被调往荆湖南路为转运使，此时距他满怀抱负地南归已过去十七年，而仍远离权力中心，抗金之策不被采纳，复国之愿永无达成之望。词篇上阕写春光归去之景象，下阕用三个受宠美人的典故，委婉表达词人多年来主战之策不被采纳、招人嫉恨、处于朝廷边缘而愤懑愁苦的心志。

原文

淳熙己亥，自湖北漕移湖南，同官王正之置酒小山亭，为赋。

更能消[1]、几番风雨，匆匆春又归去。惜春长怕花开早，何况落红无数。春且住！见说道、天涯芳草无归路。怨春不语，算只有殷勤，画檐蛛网，尽日惹飞絮。

长门事[2]，准拟佳期又误，蛾眉曾有人妒。千

译文

淳熙己亥年，我从荆湖北路移官至荆湖南路，同僚王正之在小山亭备下酒席为我饯别，我为他写下这首词。

还能经受几次风雨，时光匆匆，春天又将归去。惜春之人常常害怕花儿开得太早，更何况如今已是落花满地。春光啊，你暂且停住！听说芳草满铺天涯，阻隔了归途。怨恨春光不言不语，算起来，只有彩画屋檐上的蛛网多情，终日沾惹纷飞的柳絮。

陈阿娇幽居于长门，期待着汉武帝拟定重逢佳期，却一再耽误，只因她姿容美

金纵买相如赋，脉脉此情谁诉？君莫舞！君不见、玉环飞燕[3]皆尘土。闲愁最苦，休去倚危阑，斜阳正在，烟柳断肠处。

丽遭人嫉妒。纵有千金买来司马相如的陈情佳赋，心中的脉脉深情又能向谁倾诉？劝君莫要得意狂舞！可曾见得那杨玉环、赵飞燕受宠忘形都化作了尘土。无聊的愁情最苦，不要去倚靠危栏凭目远眺，日暮的斜阳正落在如烟的柳林，更添断肠痛楚。

注释

1 **消**：经受。 2 **长门事**：陈皇后阿娇失宠于汉武帝，故以重金请司马相如作《长门赋》陈情，最终重获宠爱。 3 **玉环飞燕**：指杨玉环与赵飞燕，二人皆貌美而善妒，未得善终，前者被赐死，后者被贬为庶民后自杀。

永遇乐

京口北固亭怀古

辛弃疾

导读

此篇是非常有名的咏古抒怀词。上阕对孙权和刘裕的辉煌功业和英雄豪气表现出无尽的缅怀与歌颂，但是仍然伴随着“雨打风吹去”的无奈。下阕则用刘裕之子刘义隆的典故表明自己虽然主战，但反对冒进误国；用外族拓跋焘祠庙鼎盛与廉颇已老的典故，暗示金兵强大，而自己年暮，无法施展抱负。全篇风格雄壮而情绪沉痛，词人的一腔悲愤，在千年之后仍能动人心魄。

原文

千古江山，英雄无觅，孙仲谋[1]处。舞榭歌台，风流总

译文

江山千古依旧，却无处寻觅孙仲谋这样的英雄豪杰。昔日歌舞楼

被，雨打风吹去。斜阳草树，寻常巷陌，人道寄奴[2]曾住。想当年、金戈铁马，气吞万里如虎。

元嘉[3]草草，封狼居胥[4]，赢得仓皇北顾。四十三年[5]，望中犹记，烽火扬州路。可堪回首，佛狸祠[6]下，一片神鸦社鼓[7]。凭谁问、廉颇[8]老矣，尚能饭否？

台的繁华，与英雄的风流功绩，总是被历史的风雨吹散、冲淡。斜阳映照着荒草高树，寻常的街道巷陌，人们传说这曾是宋武帝刘裕曾经的住处。想当年他指挥着金戈铁马，气吞万里，势如猛虎。

刘裕的儿子刘义隆却在元嘉年匆匆北伐，想要像西汉霍去病一般封狼居胥，最终却落得仓皇败北、狼狈逃亡。南归已有四十三年，遥望中原，我仍然记得当年扬州路上烽火连天。往事哪堪回首，拓跋焘的祠庙里香火鼎盛，一片神鸦鼓噪，社鼓喧闹。依靠谁来问候我：将军年老，饭量可好？

注释

1 **孙仲谋：**三国时吴国之主孙权，字仲谋，曾在京口建吴都。 2 **寄奴：**南朝宋武帝刘裕的小字，曾在京口起事，建立政权。 3 **元嘉：**刘裕之子刘义隆的年号。刘义隆好大喜功，仓促北伐而惨败。 4 **封狼居胥：**西汉霍去病远征匈奴，歼敌七万，登狼居胥山，筑坛祭天。后世武将以封狼居胥为最高荣誉。狼居胥山，在今蒙古国境内。 5 **四十三年：**辛弃疾南归之时是绍兴三十二年(1162)，写作该词时刚好过去四十三年。 6 **佛狸祠：**北魏太武帝跋焘小字佛狸，他曾在长江北岸瓜步山建行宫，即后来的佛狸祠。 7 **神鸦：**指在祠庙里吃祭品的乌鸦。 **社鼓：**指祭祀时的鼓声。 8 **廉颇：**战国时的赵国名将。其年暮之时，赵王曾派人慰问，看其饭量如何，实是探问其是否还可征战。

木兰花慢

滁州送范倅

辛弃疾

导读

此篇是送别词。辛弃疾南归之后一直被外放于后方州县，壮志难酬，故而借送别好友之机抒发心中难言之痛。上阕交代送别情景，并为好友归家团聚送上美好祝福。下阕设想好友此去必可登朝堂、受重用，或可主持边防军务之要事，而自己仍然沉醉在边缘之地，两相对照，尤显凄凉。

原文

老来情味减，对别酒，怯流年。况屈指中秋，十分好月，不照人圆。无情水，都不管，共西风、只管送归船。秋晚莼鲈江上，夜深儿女灯前。

征衫，便好去朝天，玉殿正思贤。想夜半承明[1]，留教视草[2]，却遣筹边[3]。长安故人问我，道愁肠殢酒[4]只依然。目断秋霄落雁，醉来时响空弦。

译文

年华衰老，情味日减，面对离别之酒，怯惧似水流年。更何况屈指一数便至中秋，那一轮美满的明月，却不曾照耀人间团圆。无情的流水，全然不管离人的眷恋，与西风一起，只顾推送着离别归去的船。愿你在这晚秋的江上，能品尝家乡的莼菜羹与鲈鱼脍，回家后能夜中与儿女团圆相聚在灯前。

征程中的衣衫未换，正好去朝见天子，朝堂上的天子正思念贤才。料想夜半的承明庐，会让你留下草拟制诏，派遣你去筹划边防。长安的故交好友若是问起我，就告诉他们我依然是满腹愁肠沉溺于美酒。目光远眺之处是秋日的云霄里落雁消逝，我在沉醉中时时听到有人奏响了空弦。

注释

1 **夜半承明:**汉有承明庐,是值守侍官夜宿之处。此句化自李商隐《贾生》:“宣室求贤访逐臣,贾生才调更无伦。可怜夜半虚前席,不问苍生问鬼神。” 2 **视草:**为皇帝草拟制诏。 3 **筹边:**筹划边防军务。 4 **殢(tì)酒:**沉溺于醉酒。

祝英台近

晚春

辛弃疾

导读

此篇是离别相思词。上阕写暮春离别情状,下阕写闺妇在情人离开后的刻骨相思。辛弃疾是有名的豪放派词人,少作婉约词,清陈廷焯谓“稼轩最不工绮语”,然此篇写别情思恋,缠绵悱恻,别有风致。

原文

宝钗分[1],桃叶渡[2],烟柳暗南浦。怕上层楼,十日九风雨。断肠片片飞红,都无人管,更谁劝、啼莺声住?

鬓边觑[3],应把花卜归期,才簪又重数[4]。罗帐灯昏,哽咽梦中语。是他春带愁来,春归何处?却不解、带将愁去。

译文

将珍贵的发钗分开各持一半,在桃叶渡分别,杨柳如烟笼罩着昏暗的南岸水边。害怕登上层层的高楼,十日之中有九日风雨交加。令人断肠的是那片片飞舞的落花,全然无人来管,更有谁人来劝说,让黄莺将啼声停住?

偷瞧鬓边的花朵,应摘下来重新卜测离人的归期,于是才又簪上又摘下来重数花瓣。罗帐里灯光昏暗,思妇在梦里哽咽呓语。是那春天的到来给我带来忧愁,春光如今归到了何处?却不知把我的忧愁一同带去。

注释

1 **宝钗分:**将珍贵的发钗分开各持一半,以作离别留念。这是唐宋时期恋人分别时的习俗。2 **桃叶渡:**在南京秦淮河与青溪的合流之处。3 **觑:**斜着眼窥视。 4 **才簪又重数:**数花瓣以卜测情人的归期,而后将花朵簪在头上,怕数错,故而刚簪上又重数。

青玉案

元夕

辛弃疾

导读

此篇描写情人在元宵节的约会。上阕描写元宵灯会的繁华热闹之景。下阕描写街上美女如云,而词人只苦寻一人,最终那人却在灯火冷清之处,余下一抹淡淡惆怅。末尾四句用语秀丽工绝,至今仍为脍炙人口的名句。此篇大概作于词人被迫致仕退居江西上饶之时,故亦有学者认为此词别有寄寓,塑造的那个不同流俗、甘守寂寞的美人形象,其实是词人的自我写照。

原文

东风夜放花千树[1],更吹落、星如雨[2]。宝马雕车香满路,凤箫[3]声动,玉壶[4]光转,一夜鱼龙舞[5]。

蛾儿雪柳黄金缕[6],笑语盈盈暗香去。众里寻他千百度,蓦然回首,那人却在,灯火阑珊处。

译文

东风好似在夜晚吹开了繁花满树,更似吹落了满天星斗晶莹如雨。名贵的骏马、华丽的马车经过,馥郁的香气弥漫一路,乐声悠扬,月光流转,整夜里如鱼、龙形状的各色花灯争相舞动。

女孩子们头上戴着蛾儿、雪柳、黄金缕,笑语盈盈地带着一阵暗香离去。在熙熙攘攘的人群里找寻她千回百度,忽然间回首,那人却在那灯火稀疏的冷清之处。

注释

1 **花千树:**许多挂满花灯的树。 2 **星如雨:**烟花燃放落下的如雨星点。 3 **凤箫:**泛指各种乐器。 4 **玉壶:**指月亮。 5 **鱼龙舞:**鱼、龙形状的花灯舞动。 6 **蛾儿雪柳黄金缕:**蛾儿、雪柳、黄金缕,都是指女子头上所戴的美丽装饰物。

鹧鸪天

鹅湖归病起作

辛弃疾

导读

此篇写景抒怀,作于词人遭人排挤而谪居江西铅山的鹅湖之时。上阕写目见之夏景,清冷而寂静。下阕抒怀,委婉表明自己无故受到迫害的愤懑与惊怪,但仍能从大自然中找到豁达自适的方法。只是最末二句的衰朽无奈之叹,仍透露出词人的隐隐不甘。

原文

枕簟溪堂冷欲秋[1],断云依水晚来收。红莲相倚浑如醉,白鸟无言定自愁。

书咄咄[2],且休休[3],一丘一壑也风流。不知筋力衰多少,但觉新来懒上楼。

译文

卧在溪边亭中的竹席之上,冷意袭来好似将至凉秋,片片浮云依傍着溪水,直至暮色将其敛收。朵朵红莲相互倚靠,简直像是喝醉了酒,白鸟默默无言,定是自有忧愁。

与其像殷浩书写“咄咄怪事”一样表达愤懑,且不如像司空图建起休休亭自在隐居,一丘一壑之中尽是逸趣风流。不知体力衰减了多少,只觉得近来懒怠登楼。

注释

1 **簟:**竹席。 **溪堂:**建在水边的亭台。 2 **咄咄:**叹词,表惊诧。用殷浩之典,《世说新语》载殷浩遭贬后每日向空中书写“咄咄怪事”以抒愤懑。 3 **休休:**唐人司空图隐居于虞乡王官谷,建“休休亭”,自号“耐辱居士”。

菩萨蛮

书江西造口[1]壁

辛弃疾

导读

此篇怀古抒怀,用极巧妙的比兴之法借写景来抒发自己深沉的忧思。用语简练,而情怀深邃。用“无数山”喻主和派,阻隔自己北伐之志,更用“鹧鸪”来讽刺南宋小朝廷的安于享乐,不思进取。

原文

郁孤台[2]下清江水,中间多少行人泪。西北是长安[3],可怜无数山。

青山遮不住,毕竟东流去。江晚正愁余,山深闻鹧鸪[4]。

译文

郁孤台下的清江水,中间流淌着多少行人的眼泪。向西北遥望是汴京都城,可怜中间隔了无数重山。

连青山也遮挡不住,毕竟是江水滔滔一路东去。江上暮色正浓,让人愁郁,群山深邃,只听见鹧鸪的啼鸣。

注释

1 **造口:**又称“皂口”,在今江西万安西南。 2 **郁孤台:**在今江西赣州西南,唐宋时即为名胜。 3 **长安:**本是汉唐都城,此处代指北宋都城汴京。 4 **闻鹧鸪:**汉杨孚《异物志》载鹧鸪怀南而不思北,其飞鸣曰“但南不北”。词人用此典来讽刺南宋朝廷不想恢复北方。

点绛唇

丁未冬过吴松作

姜夔

导读

姜夔(约1155—约1221),字尧章,号白石道人。早年孤贫,二十岁后游历大江南北,属意江湖。淳熙十三年(1186)在长沙结识萧德藻,故游潇湘,次年与萧德藻同归湖州,卜居苕溪。终生不第,卒于杭州。工诗书,通音律,善鉴赏,尤以词闻名。

此篇写景怀古。词人一生推重晚唐隐居诗人陆龟蒙,淳熙十四年(1187)途经陆龟蒙隐居之地作此词。上阕写景,落寞凄凉而又超逸脱俗。下阕直言愿追随陆龟蒙隐居斯地。"今何许"又情绪陡转,留下一片迷茫萧瑟。

原文

燕雁[1]无心,太湖西畔随云去。数峰清苦,商略[2]黄昏雨。

第四桥[3]边,拟共天随[4]住。今何许?凭阑怀古,残柳参差舞。

译文

北来鸿雁毫无心机,在太湖西畔随着浮云飞去。几座山峰清冷而凄苦地耸立,好似在商量着黄昏时节的风雨。

唐代陆龟蒙曾隐居在这第四桥边,我打算追随他也住在这里。而今又如何?倚靠栏杆怀念古迹,残柳在空中参差飞舞。

注释

1 **燕雁:**北地来的鸿雁。燕,燕地,北方。 2 **商略:**商量。 3 **第四桥:**又称甘泉桥,晚唐诗人陆龟蒙曾隐居于此。 4 **天随:**陆龟蒙自号天随子。

鹧鸪天

元夕有所梦

姜夔

导读

此篇是记梦相思词。词人曾往来于江淮，爱恋合肥一名琵琶歌女，多年后仍不能忘情，为之写下多篇恋词。此篇上阕首以合肥之肥水东流起兴，喻滔滔不绝之相思，次写词人在元宵之夜梦中得见恋人，可惜还不如图画清晰。下阕抒怀，与恋人别离已久，鬓间已长出白发，“别久不成悲”一句合情合理却悲怆动人。末尾两句扣题，述两地相思，亦从对方写来，更显旖旎。

原文

肥水东流无尽期，当初不合[1]种相思。梦中未比丹青[2]见，暗里忽惊山鸟啼。

春未绿，鬓先丝，人间别久不成悲。谁教岁岁红莲[3]夜，两处沉吟各自知。

译文

肥水滔滔东流，永远没有终止的日期，当初就不该因你种下相思。在梦境里见到你，还不如图画上清晰，暗地里忽然惊起山鸟悲啼。

春日草木未绿，鬓角已先成白丝，人间的离别太久，反倒让人淡漠了伤悲。是谁年年元宵佳节，点燃红莲花灯照亮黑夜，让你我两地深深思念，情意各自心知。

注释

1 **不合：**不该。 2 **丹青：**图画。 3 **红莲：**莲形花灯。

踏莎行

姜夔

导读

此篇是记梦相思词，作于淳熙十四年(1187)。上阕首先描写梦中所见恋人的轻盈、娇软之态，而后直述刻骨相思。下阕感物思人，从对方写来，想象恋人如同离魂的倩女一样以魂魄追随自己远行，后又孤苦伶仃地独自归返。此词上阕写梦，下阕写魂，两相交会，创造了无尽的想象空间，极富神秘的浪漫色彩。

原文

自沔东来。丁未元日，至金陵江上，感梦而作。

燕燕[1]轻盈，莺莺娇软，分明又向华胥[2]见。夜长争得薄情知？春初早被相思染。

别后书辞，别时针线，离魂暗逐郎行远。淮南皓月冷千山，冥冥归去无人管。

译文

我从沔东来，丁未年大年初一日，到达金陵江上，因感怀梦中之人而作了这首词。

像飞燕一样轻盈的身姿，像黄莺一样娇软的声音，我分明又在梦境中与你相见。长夜漫漫，心中相思无限，薄情之人又怎么能知？春日之初我便早早地被相思之病侵染。

离别之后你寄来一封封书信，离别之时你用针线缝制的衣服，你定像离魂的倩女暗暗地追随情郎渐行渐远。淮南的皓月清冷地照耀着千山，梦醒后你的离魂暗暗归去，无人照管。

注释

1 **燕燕：**与“莺莺”都指词人所恋的女子。 2 **华胥：**传说中的古国名，此处代指梦境。

庆宫春

姜夔

导读

此篇是纪行怀人词。词人曾于绍熙二年(1191)除夕,从范成大处归吴兴,经过垂虹桥。五年之后,与友人再道出吴松,雨夜经垂虹,可惜范成大已下世,而当时范成大所赠之侍女小红亦不在,故作词抒怀。上阕描写雨夜行舟的景象,下阕描写词人的豪兴与对美人的思念。全篇意境空阔灵动,写情亦超旷轻逸。

原文

绍熙辛亥除夕,予别石湖归吴兴,雪后夜过垂虹,尝赋诗云:"笠泽茫茫雁影微,玉峰重叠护云衣。长桥寂寞春寒夜,只有诗人一舸归。"后五年冬,复与俞商卿、张平甫、铦朴翁自封禺同载,诣梁溪。道经吴松,山寒天迥,云浪四合,中夕相呼步垂虹。星斗下垂,错杂渔火,朔吹凛凛,卮酒不能支。朴翁以衾自缠,犹相与行吟,因赋此阕,盖过旬,涂稿乃定。朴翁咎余无益,然意所耽,不能自已也。平甫、商卿、朴翁皆工于

译文

绍熙辛亥年除夕,我离开范成大的石湖别墅回吴兴,雪晴后夜晚经过垂虹桥,曾经写了一首诗:"笠泽茫茫雁影微,玉峰重叠护云衣。长桥寂寞春寒夜,只有诗人一舸归。"五年以后的冬天,我又和俞灏商卿、张鉴平甫、铦朴翁葛天民从封禺一同乘船去梁溪,经过吴松,山色清寒,天空遥远,云层像波浪一样四方围合,半夜我们相约到垂虹桥漫步。星空低垂,错杂着渔火,北风冷冷地吹,杯酒无法抵挡这样的寒气。朴翁用衾被包裹着自己,仍然跟着我们漫步吟诗。所以我写了这首词,过了十天,才涂改草稿定下来。朴翁怪罪我作此词并无益处,然而我的心思沉迷于此,不能自己控制。

诗,所出奇诡,余亦强追逐之。此行既归,各得五十余解。

平甫、商卿、朴翁都擅长作诗,他们作的诗风格奇诡,我也勉强追逐他们的步伐。这次出行回来后,我们各人得诗五十多篇。

双桨莼波[1],一蓑松雨,暮愁渐满空阔。呼我盟鸥,翩翩欲下,背人还过木末[2]。那回归去,荡云雪、孤舟夜发。伤心重见,依约眉山[3],黛[4]痕低压。

双桨划开浮着莼菜的水波,蓑衣上落满松林的密雨,暮色中,愁绪渐渐弥漫充满空阔的天地。呼唤鸥鸟让它做我的盟友,它翩翩似要飞下,却又背着人掠过树梢。那一回返归吴兴,荡开云雾寒雪,孤舟一片在夜里出发。故地重游惹人伤心,隐隐约约看见浅淡如眉的远山,山色青黛,低垂着压在天边。

采香径[5]里春寒,老子婆娑[6],自歌谁答?垂虹[7]西望,飘然引去,此兴平生难遏。酒醒波远,正凝想、明珰素袜[8]。如今安在?惟有阑干,伴人一霎。

采香径里溪水带着早春冰寒,老夫我盘旋起舞,独自放歌,有谁回应?在垂虹桥的西边可以远远望见,孤舟引我飘然而去,这是平生难以遏制的豪兴。待我酒醒,小舟随波已远,正凝神回想,那耳戴明月珰、足裹素罗袜的美人,如今在哪里?只有桥上的栏杆,曾与人短时间相伴一霎。

注释

1 **莼波:**浮着莼菜的水波。 2 **木末:**树梢。 3 **眉山:**有如美人蛾眉的远山。 4 **黛:**眉的颜色,此指远山的颜色。 5 **采香径:**据《苏州府志》载:采香径在香山之旁,是一条小溪。吴王曾种香于香山,使美人泛舟于溪上采香,故得名。 6 **婆娑:**盘旋起舞。 7 **垂虹:**指垂虹桥,在今江苏苏州吴江区。 8 **明珰素袜:**女子的耳坠与罗袜。

齐天乐

姜夔

导读

此篇是咏物词,借写蟋蟀之悲鸣,倾诉人间之悲苦。上阕以庾信的《愁赋》开篇,奠定全篇情绪基调,之后不断进行空间的变换,如铜铺、石井、闺房、候馆、离宫、篱落等等。同时层层触发人事,如思妇无眠,深夜织锦捣衣;世间儿女不识愁苦,笑呼蟋蟀;士大夫将蟋蟀谱入琴曲,演奏悲苦;等等。类比、对照多种艺术手法的叠加运用,使得全篇呈现出一种凄迷深远的艺术境界。

原文

丙辰岁,与张功父会饮张达可之堂,闻屋壁间蟋蟀有声,功父约予同赋,以授歌者。功父先成,辞甚美。予徘徊末利花间,仰见秋月,顿起幽思,寻亦得此。蟋蟀,中都呼为促织,善斗。好事者或以三二十万钱致一枚,镂象齿为楼观以贮之。

庾郎[1]先自吟愁赋,凄凄更闻私语。露湿铜铺[2],苔侵石

译文

丙辰年(1196),我和张镃功父在张达可的厅堂上欢会饮酒。听到屋子的墙壁间有蟋蟀的声音,功父约我一同写词,交给歌者。功父的词先写成,文辞十分华美。我徘徊在茉莉花丛中,抬头望见秋月,顿时生起幽幽情思,不多久写成了这首词。蟋蟀,京城称之为促织,很喜欢争斗。有爱好斗蟋蟀的人会用二三十万钱买一只蟋蟀,用象牙雕刻成楼观来养着它。

庾信早先自己吟哦《愁赋》,之后听到凄凄切切的蟋蟀之声,好似小儿女的低语。露水打湿了门上的铜铺,苔藓侵袭到石井台上,这些都是曾经听到你们歌唱的地方。悲凄的鸣叫声好像在倾诉愁苦,正被长夜无眠的思妇听

井，都是曾听伊处。哀音似诉，正思妇无眠，起寻机杼。曲曲屏山，夜凉独自甚情绪？

西窗又吹暗雨，为谁频断续，相和砧杵[3]？候馆[4]迎秋，离宫[5]吊月，别有伤心无数。豳诗[6]漫与，笑篱落呼灯，世间儿女。写入琴丝[7]，一声声更苦。

见，起身寻找织布的机杼，想织成锦书寄给远方的人。曲折的屏风上画着群山，夜晚寒凉，独自一人心中有多少情绪？

西窗外又暗暗吹起一阵风雨，蟋蟀的歌声为了谁总是断断续续，是否为应和那夜晚的捣衣之声？它在驿馆里迎来秋天，在行宫里凭吊孤月，自有无数的伤心之事。《豳风·七月》的诗中曾率意地描写过它，可笑的是世间的小男孩小女孩，蹲在篱笆旁大喊着“拿灯来，这里有蟋蟀”。若将它谱入琴曲演奏，一声声当会更加悲苦。

注释

1 **庾郎：**指南北朝的大文学家庾信，有《愁赋》。 2 **铜铺：**铜制的门环底座。 3 **砧杵：**捣衣的用具，此处指深夜捣衣之声。 4 **候馆：**驿馆，旅馆。 5 **离宫：**帝王出宫时居住的行宫。 6 **豳诗：**指《诗经·豳风·七月》，有句云：“七月在野，八月在宇，九月在户，十月蟋蟀入我床下。” 7 **琴丝：**把蟋蟀悲鸣写成琴曲。作者自注云：“宣政间，有士大夫制《蟋蟀吟》。”

琵琶仙

姜夔

导读

此篇是春游感遇的相思词。从词序来看似要写“春游之盛”，而全篇实是在写词人思念恋人的个人情事。上阕写画船靠近，船上歌女似是旧时相知的恋人，遂引发思念狂潮。词篇由今抚昔，视角在当下与过往之间不断变换，用字精美，情致旖旎，意境空灵，余味不尽。

原文

《吴都赋》云:"户藏烟浦,家具画船。"唯吴兴为然。春游之盛,西湖未能过也。己酉岁,予与萧时父载酒南郭,感遇成歌。

双桨来时,有人似、旧曲桃根桃叶[1]。歌扇轻约[2]飞花,蛾眉正奇绝。春渐远、汀洲自绿,更添了、几声啼鴂。十里扬州,三生杜牧[3],前事休说。

又还是、宫烛分烟[4],奈愁里、匆匆换时节。都把一襟芳思,与空阶榆荚。千万缕、藏鸦细柳,为玉尊、起舞回雪。想见西出阳关[5],故人初别。

译文

西晋左思的《吴都赋》说:"家家户户都藏在烟云水边,家家户户都置备着画舫游船。"只有吴兴确实是这样的。春日游玩之兴盛,连西湖也比不上。己酉年(1189),我和萧时父用船载着酒去南郭,感怀所遇到的盛景,写成了这首词。

双桨摇动,画船越来越近时,船上的女子好似我昔日的恋人。她舞动着歌扇轻轻地接住飘飞的落花,弯弯的蛾眉奇艳秀绝。春光渐渐远去,水上的小洲自然转为一片深绿,更添了几声鶗鴂的悲鸣。好似在那十里繁华的扬州,我像杜牧一样纵情寻欢,往事如烟,休要再提。

又还是到了寒食,宫里点燃了蜡烛分送给群臣,无可奈何总是在愁苦之中匆匆地就变换了时节。只好把满腔的惜春情思,都赋予空阶上的榆荚。千万缕藏着乌鸦的细柳,为端着玉杯痛饮之人,在风前飞舞,漫天的柳絮如雪回旋。这情景,让我想起当年出关,与佳人离别之时的酸楚。

注释

1 **桃根桃叶:**桃叶乃晋王献之的爱妾,桃根是桃叶之妹。此指昔日恋人。 2 **约:**宋时口语,意为接、拦。 3 **三生杜牧:**唐杜牧在扬州为官时,曾流连青楼,有《赠别》诗云:"春风十里扬州路,卷上珠帘总不如。"后有《遣怀》诗云:"十年一觉扬州梦,赢得青楼薄幸名。"宋黄庭坚《广陵早春》诗云:"春风十里珠帘卷,仿佛三生杜牧之。"故后人多以"三生杜牧"比喻风流才子。 4 **宫烛分烟:**古时寒食禁火,宫中取榆柳之火以赐近臣,称为分烟。
5 **西出阳关:**唐王维《送元二使安西》:“劝君更尽一杯酒,西出阳关无故人。”

八归

湘中送胡德华

姜夔

导读

此篇是送别词。上阕交代送别时节与情景,初秋雨歇,黄昏时分,朋友独自西行,通过对残花、疏桐、暗雨、流萤、蟋蟀等的描写,营造一片凄冷萧瑟之景。“琵琶谁拨”一句用唐白居易《琵琶行》的典故,点明送客场景。下阕由二人的相聚未久说至送别,朋友行舟独去,凄冷万分。而“想文君望久”一句翻转一层,想象朋友家中的妻子盼归心切,再进而想象朋友归家团聚之后,夫妻二人的饮酒对月之乐,一一化解了前文离别之苦,反倒显得明朗空灵。全篇笔力清健,画面流畅,哀而不伤。

原文

芳莲坠粉,疏桐吹绿,庭院暗雨乍歇。无端抱影销魂处,还见筱墙[1]萤暗,藓阶蛩切[2]。送客重寻西去路,问水面、琵琶谁拨?最可惜、一片江山,总付与啼鴂。

长恨相逢未款[3],而今何事,又对西风

译文

芬芳的莲花坠落了粉红的花瓣,疏落的梧桐被吹落了绿叶,庭院昏暗,大雨突然停歇。无奈抱着孤影黯然销魂的时候,还看见细竹篱笆上萤火虫的微光闪灭,苔藓石阶上蟋蟀叫声凄切。送别归客,重新去找寻西去之路,问舟行的水面,可有谁为你弹拨一曲琵琶?最可惜这一片瑰丽的江山,总是交付给了哀鸣的鶗鴂。

总是悔恨与你相聚未尽款曲,如今因为何事,又要面对西风将你送别?沙洲寒冷烟雾离别？渚寒烟淡，棹移人远，缥缈行舟如叶。想文君[4]望久，倚竹[5]愁生步罗袜。归来后、翠尊双饮，下了珠帘，玲珑闲看月。

渐淡，船桨慢慢划动，故人去远，飘零渺茫的行舟有如一片落叶。料想你家中的妻子定像卓文君思念司马相如一样，倚靠着翠竹，久久地盼望，离愁萦绕着她的步履罗袜。待你归去后，必定和她手持翠玉酒杯双双对饮，放下珠帘，闲适地坐着看那晶莹的明月。

注释

1 **筱墙：**竹编的篱笆墙。筱，小竹。 2 **蛩切：**蟋蟀叫声凄切。蛩，蟋蟀。 3 **未款：**未尽款曲，未得亲切。 4 **文君：**司马相如的夫人卓文君。这里指代胡德华的夫人。 5 **倚竹：**化用杜甫《佳人》诗句："天寒翠袖薄，日暮倚修竹。"

念奴娇

姜夔

导读

此篇咏荷。上阕写乘舟观荷大发诗兴。下阕写日暮将归，担心天寒荷凋，久久不忍归去。历来咏荷词颇多，而姜夔这一首独有特色。其笔下之荷姿容绝艳而孤冷超逸，不落纤弱柔媚之俗套。其爱花之笔清朗劲健，因爱而不忍离去，然留人之高柳、老鱼，连绵之花田，皆无一点黏滞之气，只觉清空劲爽。

原文

余客武陵[1]，湖北宪治在焉。古城野水，乔木参天。余与二三友，日荡舟其间。薄荷花而饮，意象幽闲，不类人境。秋水且涸，荷

译文

我客居在武陵时，那里是荆湖北路的宪治所在地。城池古旧，流水天然，高大的树木参天而立。我和两三个好友，每日乘着小船浮荡

叶出地寻丈，因列坐其下，上不见日，清风徐来，绿云自动；间于疏处，窥见游人画船，亦一乐也。朅来吴兴[2]，数得相羊[3]荷花中，又夜泛西湖，光景奇绝，故以此句写之。

闹红一舸，记来时、尝与鸳鸯为侣。三十六陂[4]人未到，水佩风裳[5]无数。翠叶吹凉，玉容消酒，更洒菰蒲[6]雨。嫣然摇动，冷香飞上诗句。

日暮，青盖亭亭，情人不见，争忍凌波去？只恐舞衣寒易落，愁入西风南浦。高柳垂阴，老鱼吹浪，留我花间住。田田[7]多少，几回沙际归路。

在其中。我们靠近荷花饮酒，那里意象幽静闲远，不像是凡人所居之境。秋天水流干涸，荷叶露出地面约八尺到一丈之高，于是我们依次坐在荷叶之下，抬头不见太阳。清风徐徐吹来，荷叶像绿色的云朵一样自在摇动；偶尔在荷叶稀疏之处，偷偷地看游人画船驶过，也是一大乐事。我现在回到吴兴，多次徜徉在荷花之中，又在夜晚泛舟西湖，风光景致奇异绝伦，因此用这首词记下来。

小舟搅闹了一池红莲，记得来时曾与水中的鸳鸯结为伴侣。三十六处荷塘绵延相连，不曾有人到过，无数艳美的荷花，以水为佩，以风为裳。翠绿的荷叶间吹过凉风，花容粉艳仿佛未退尽酒意，更在茭白、蒲草丛中洒下一阵细雨。荷花妩媚摇曳好似美人多姿笑颜，幽冷的清香飞上我咏荷的诗句。

暮色降临，荷叶如盖亭亭而立，还不曾见到情人，怎忍乘舟凌波而去？只怕你如舞衣似的花瓣因为天寒而易凋落，我的愁怀追随着西风吹到了南边的水岸。高高的柳树垂下阴凉，肥硕的鱼儿吹起波浪，它们都留我在荷花之间长住。荷叶田田相连不知有多少，多少次我徘徊于沙洲不忍归去。

注释

1 **武陵：**在今湖南常德。 2 **朅(qiè)来：**归来。 **吴兴：**在今浙江湖州。 3 **相羊：**同“徜徉”，漫游，徘徊。 4 **三十六陂：**并非实地，指多处池塘相连。

5 **水佩风裳:**指荷花。 6 **菰蒲:**水生植物,茭白与蒲草。 7 **田田:**形容荷叶相连的样子。汉乐府诗《江南》:"江南可采莲,莲叶何田田。"

扬州慢

姜夔

导读

此篇凭吊战后的扬州荒城,以寄词人故国哀思。绍兴三十一年(1161),金国完颜亮大举进犯南宋,曾占领扬州等地,留下满目疮痍。淳熙三年(1176),词人路经扬州,写下了这首千古名篇。词上阕多用实写,主要描绘战后扬州的荒凉景况,曾经的繁华之地,如今长满野草,废弃的池苑,参天的古树,凄凉的号角,寒冷的空城,无一不在诉说着这个城市经受的巨大伤痛。下阕多用虚写,借晚唐诗人杜牧曾经描写扬州的名句来反衬当下扬州的荒凉。最末仍归至眼前之景,以繁盛的芍药红花无人欣赏来进一步表现扬州城的人烟稀少与物是人非的悲凉之感。

原文

淳熙丙申至日,予过维扬。夜雪初霁,荠麦弥望。入其城则四顾萧条,寒水自碧,暮色渐起,戍角悲吟。予怀怆然,感慨今昔,因自度[1]此曲。千岩老人以为有黍离之悲也[2]。

淮左名都[3],竹西佳处[4],解鞍少驻初程。过春风十里[5],尽荠麦青

译文

淳熙丙申年(1176)冬至这一天,我经过扬州。入夜雪住初晴,放眼望去满眼皆是野生的麦子。进入扬州城,则环视四面都是一派萧条,河水自顾碧绿冰寒,夜色渐渐浓重,戍城的号角之声悲切凄凉。我心中悲伤哀痛,感慨今时与往昔之巨变,因而自己创作了这个曲子。千岩老人萧德藻认为我这首词有《诗经》中《黍离》篇那样的悲伤意蕴。

淮南东路的名城扬州,有竹西桥这样的风景秀美之处,初至扬州之时,在这里解鞍

青。自胡马窥江去后，废池乔木，犹厌言兵。渐黄昏，清角吹寒，都在空城。

杜郎[6]俊赏，算而今、重到须惊。纵豆蔻词工[7]，青楼梦好[8]，难赋深情。二十四桥[9]仍在，波心荡、冷月无声。念桥边红药，年年知为谁生？

下马，稍作停留。路过当年春风十里的繁华街道，如今长满野麦满目青青。自从金兵侵犯长江过后，废弃的池苑，参天的乔木，仍然厌恶提起战火刀兵。渐渐黄昏，凄清的画角声吹响，送来阵阵寒意，传遍了整座空城。

杜牧用杰出的诗篇将扬州赞赏，料想如今，他再来扬州一定会震惊。纵使他有“豆蔻梢头二月初”那样的工巧词句，有“十年一觉扬州梦，赢得青楼薄幸名”那样的绝妙才华，也难以写出此番沉痛、悲怆的深情。二十四桥仍然还在，桥下水波荡漾，映照出孤冷的月光，寂寞无声。感念桥边的红芍药，年年繁花盛开，不知是为谁生？

注释

1 **自度**：自己创作。 2 **千岩老人**：南宋诗人萧德藻，字东夫，号千岩老人。 **黍离之悲**：指伤感故国之情。《诗经 · 王风》有《黍离》篇，抒写凭吊故国之叹。 3 **淮左名都**：指扬州。宋代的扬州是淮南东路的名城。 4 **竹西佳处**：扬州有竹西亭，是风景名胜。 5 **春风十里**：唐杜牧《赠别》诗有“春风十里扬州路”句。 6 **杜郎**：指晚唐诗人杜牧，曾寓居扬州，写下许多关于扬州的著名诗篇。 7 **豆蔻词工**：指杜牧在扬州所作《赠别》诗：“娉娉袅袅十三余，豆蔻梢头二月初。” 8 **青楼梦好**：指杜牧在扬州所作《遣怀》诗：“十年一觉扬州梦，赢得青楼薄幸名。” 9 **二十四桥**：唐代扬州原有二十四座名桥。杜牧曾作《寄扬州韩绰判官》诗云：“二十四桥明月夜，玉人何处教吹箫。”

长亭怨慢

姜夔

导读

此篇是离别词。据传词人曾寓居合肥,与一歌女相恋,之后数十年难以忘情。此篇或是词人离开合肥时与此歌女的临别之词。上阕描写暮春离别之景,以长亭绿树与离别之人作对比,若树也有情,一定不会青青如此。下阕描写别后情绪,“韦郎”四句用唐代韦皋之典,刻画情人临别时的殷切叮嘱。最末以并州之剪亦不能断这离愁,将愁怀具象化,烘托别离之人的一往情深。整篇有景有情,有人物有语言,画面感极强,款款深情,耐人深品。

原文

予颇喜自制曲。初率意为长短句,然后协以律,故前后阕多不同。桓大司马云:“昔年种柳,依依汉南,今看摇落,凄怆江潭。树犹如此,人何以堪!”[1]此语予深爱之。

渐吹尽、枝头香絮,是处[2]人家,绿深门户。远浦萦回,暮帆零乱向何许?阅人多矣,谁得似、长亭树。树若有情时,不会得、青青如此!

日暮,望高城不见,只

译文

我很喜欢自己谱曲调。最初率性地写成长短句,然后用音律使之和谐,因此前后阕多有不同。东晋桓温曾说:“往年在汉水之南种下柳树,枝条随风摇摆。而今却看它在江潭边,枝叶凄凉地飘落。树木尚且如此,又何况是人呢!”这一句我很喜欢。

枝头清香的柳絮渐渐被吹尽了,家家户户,柳荫的深绿掩藏了门户。远处的河道弯弯曲曲,日暮下归帆零乱,不知要奔向何方?见过的人间离别太多了,有谁能像长亭边的绿树那样。树如果也有情的话,定然不会长年如此青翠碧绿!

黄昏日暮,远望高大的城墙已无法

见乱山无数。韦郎[3]去也，怎忘得、玉环分付。第一是、早早归来，怕红萼、无人为主。算空有并刀[4]，难剪离愁千缕。

看见，只看到眼前乱叠的群山无数。难忘临别的叮嘱："郎君你从此离去，怎么能忘记你托付的玉环信物？""第一是要早早归来，恐怕我如红花般无人做主。"就算空有锋利的并州剪刀，也难剪断这离愁千丝万缕。

注释

1 **桓大司马：**指东晋桓温，曾为大司马都督。南朝宋刘义庆《世说新语》载，桓温北伐，途经金城，见当年手植之柳树已十围之粗，慨然叹曰："木犹如此，人何以堪！"此六句引自庾信《枯树赋》，并非桓温原话。 2 **是处：**到处。 3 **韦郎：**指唐代韦皋。据唐范摅《云溪友议》载：韦皋与婢女玉箫有情，相约五或七年后来迎娶，并留玉环为信。后韦皋未至，玉箫绝食而死。 4 **并刀：**并州所产的锋利剪刀。

淡黄柳

姜夔

导读

此篇是客居抒怀词。上阕描写春景，空城号角，垂杨巷陌，马上单衣，一派凄冷景象。而柳条抽绿，却是江南旧景，思乡之情寄寓其中。下阕以"正岑寂"承上启下，转入抒怀，暮春时节，携酒登桥，唯恐春去秋来。结语以燕子询问春之去向，以池塘碧水代为回答，透出对大自然变化的无奈。

原文

客居合肥南城赤阑桥之西，巷陌凄凉，与江左异，唯柳色夹道，依依可怜。因度此阕，以纾客怀。

译文

我客居在合肥南城的赤阑桥西边时，街巷道路很凄凉，跟江左很不一样，只有道路两侧的碧柳，随风飘摇的样子十分可爱。因此自己作了这首曲子，来纾解客居的幽怀。

空城晓角，吹入垂杨陌。马上单衣寒恻恻。看尽鹅黄嫩绿，都是江南旧相识。	空阔的城池里，清晨响起号角，一直传到垂柳依依的巷陌。我骑在马上，只穿一件单衣，感觉寒气逼人。满眼鹅黄嫩绿的柳芽，都是之前在江南常见的旧相识。
正岑寂[1]，明朝又寒食。强携酒、小桥宅，怕梨花落尽成秋色[2]。燕燕飞来，问春何在。惟有池塘自碧。	正是一片寂静，明天早上又至寒食。勉强带着酒，来到小桥旁恋人的住处，害怕梨花落尽之后变成一片秋色。燕子飞回来，询问春光在哪里。只有那一片池塘自然深碧。

注释

1 **岑寂：**寂静。 2 **怕梨花落尽成秋色：**唐李贺有诗句："曲水漂香去不归，梨花落尽成秋苑。"

暗香

姜夔

导读

此篇与下一篇《疏影》都是咏梅词，妙处在于将咏梅与忆人两相融合。上阕回忆旧时梅边吹笛，与美人一同月下折梅，营造一派清雅意境。后以"而今渐老"将视角拉回当下，如今已无当年绚烂才华，是答石湖居士索词的谦语，亦含迟暮哀感，然转笔借赞竹外梅花幽香入席，凸显主人石湖居士赏梅之雅好。下阕写当下江南雪寂，用寄梅之典，抒音信难通之痛，于是举酒饮愁，对梅相忆。最末回忆起当年携手西湖、同赏寒梅之景，叹而今梅花片片凋落，何日再见，既是说何日再见红梅，更是叹何日再见玉人。整篇词句句不离梅，然句句皆忆人，妙意独出，故为绝唱。

原文

辛亥之冬，余载雪诣石湖[1]。止既月，授简索句，且征新声，作此两曲，石湖把玩不已，使二妓肄习[2]之，音节谐婉，乃名之曰《暗香》《疏影》。

旧时月色，算几番照我，梅边吹笛？唤起玉人，不管清寒与攀摘。何逊[3]而今渐老，都忘却、春风词笔。但怪得、竹外疏花，香冷入瑶席。

江国，正寂寂，叹寄与路遥[4]，夜雪初积。翠尊易泣，红萼[5]无言耿相忆。长记曾携手处，千树压、西湖寒碧。又片片、吹尽也，几时见得？

译文

辛亥年(1191)冬天，我冒雪去拜会石湖居士范成大。在他那里住了一个月，他给我纸笺要我写词，又要求我写新的曲调，我因此作了两种曲子，石湖居士拿着赏玩不已，让两个歌伎练习演唱，音节和谐委婉，于是我命名为《暗香》和《疏影》。

昔日皎洁的月色，算起来有多少次映照着我，在梅花旁边吹响玉笛？唤起了美人，不顾清冷严寒，与我一同攀折梅花。即便如何逊那般爱咏梅，如今已年华渐老，全都忘记了有如春风般绚烂的辞采。但是令我惊讶的是竹林之外疏落的几树梅花，清香随着冷风吹入了华丽的宴席。

江南，雪夜正一片静寂，感叹着想要寄一枝梅花与你，可路途遥远，夜间白雪刚刚堆积。端起碧玉的酒杯更容易感伤哭泣，红梅虽然默默无言，但是令人挂怀于心长相忆。总记得曾经与你携手同游的地方，千树红梅压雪，西湖寒波泛着一片澄碧。此时梅花又一片片地吹落了，几时可以再见花开？

注释

1 **石湖：**范成大号石湖居士。 2 **肄习：**练习。 3 **何逊：**南朝梁诗人何逊，酷爱梅花，曾写过《咏早梅》诗。词人这里以何逊自拟，谓自己年事渐增，才华渐退。 4 **叹寄与路遥：**南朝陆凯曾自江南寄梅花一枝给挚友范晔，并附诗云：“折梅逢驿使，寄与陇头人。江南无所有，聊赠一枝春。” 5 **红萼：**红梅。

疏影

姜夔

导读

此篇与《暗香》是咏梅姊妹篇。上阕开头三句形容苔梅风姿，后用拟人手法，将梅比作一位客中相逢的佳人，孤独，思乡。下阕用“梅花妆”与“金屋藏娇”的典故表达爱花、惜花深情，而最终仍是落花流水，香消影存，怅惘无限。

原文

苔枝缀玉[1]，有翠禽[2]小小，枝上同宿。客里相逢，篱角黄昏，无言自倚修竹。昭君不惯胡沙远，但暗忆、江南江北。想佩环、月夜归来，化作此花幽独。

犹记深宫旧事[3]，那人正睡里，飞近蛾绿[4]。莫似春风，不管盈盈，早与安排金屋[5]。还教一片随波去，又却怨、玉龙哀曲[6]。等恁时、重觅幽香，已入小窗横幅。

译文

苔梅枝上白花点点好像缀满了晶莹的玉石，两只小小的翠鸟，同宿在梅花枝上。在客旅之中与她相逢，夕阳照映篱笆，她默默无言，独自倚靠着修长的翠竹。好似昭君不习惯胡地的黄沙辽远，只暗暗回忆起江南江北的风光。料想她也会像昭君一样带着环佩，趁着月夜魂归故乡，因而化作了幽静孤独的梅花。

还记得旧时宫中的传说，寿阳公主正沉眠于梦里，梅花飘落在眉间额上。莫要似春风滥吹，不顾花朵的娇盈，应当像汉武帝给陈阿娇安排金屋一样，及早地珍惜爱护。可最终还是教花瓣处处凋零，随波流去，却又更怨恨那玉龙笛吹奏出《梅花落》的哀曲。等到那时候，重新寻觅她的幽香，她已映入小窗，只留下横斜的疏影。

注释

1 **苔枝缀玉：**苔梅上白花点点好像缀满晶莹的玉石。苔枝，指苔梅，长着苔藓的梅枝。 2 **翠禽：**指翠鸟。 3 **深宫旧事：**南朝宋武帝刘裕之女寿阳公主卧于含章殿檐下，梅花花瓣落其额上，留下印记。宫女纷纷效仿，在额间点梅，兴起"梅花妆"。词中所指即为此事。 4 **蛾绿：**蛾眉。 5 **早与安排金屋：**用汉武帝刘彻"金屋藏娇"的典故，指要对梅花多加珍惜保护。 6 **玉龙哀曲：**指笛曲《梅花落》。

翠楼吟

姜夔

导读

此篇咏楼观，是词人参加武昌安远楼落成典礼时作。词人通过咏新楼之落成，抒发忧国之悲怆。上阕先将视角投向西北塞外，以"汉酺初赐"写汉朝时国力之强盛，百姓之欢饮，来暗讽南宋朝廷面对金兵欺凌的无所作为。之后几句写金兵的奏乐，更是极尽其得意狂欢。这些内容看似与咏楼主题无关，实与新楼"安远"之名相契。之后几句正面写新楼外观及观楼美人之雅趣。下阕用唐人崔颢《黄鹤楼》诗之典，认为楼中当有乘鹤仙人，表现词人超凡脱俗的志趣，"凝望"一句作陡转，视角拉回现实，叹芳草萋萋，天涯流浪，只能借饮酒赏花消磨忧愁与志气，这又何尝不是宋室南渡之后大多数文人的共同处境呢？最末一句以傍晚秋景收束，更添萧索。

原文

淳熙丙午冬，武昌安远楼成，与刘去非诸友落之，度曲见志。余去武昌十年，故人有泊舟鹦鹉洲者，闻小姬歌此词，问之，颇能

译文

淳熙丙午年(1186)冬天，武昌的安远楼建成，我和刘去非几个朋友去参加落成典礼，自作了词曲表达心志。我离开武昌十年后，有一位故人在鹦鹉洲停船休息，听到年轻的歌姬唱这首词，问她，她能全

道其事；还吴，为余言之，兴怀昔游，且伤今之离索也。

部说出我作词之事；故人回到吴兴，告诉我这件事，我兴起旧游之怀，又伤感如今的离别独居。

月冷龙沙[1]，尘清虎落[2]，今年汉酺初赐[3]。新翻胡部曲[4]，听毡幕元戎[5]歌吹。层楼高峙，看槛曲萦红，檐牙飞翠。人姝丽，粉香吹下，夜寒风细。

塞外月光寒冷，护城竹篱外一片清寂，今年朝廷开始赏赐百姓饮酒欢聚。弹奏起新作的塞外乐曲，听军中元帅的毛毡帐篷里传出歌唱吹奏。安远楼高高耸立，看那弯弯曲曲的朱红栏杆萦绕盘旋，檐角尖锐，碧瓦流光。佳人美好靓丽，脂粉幽香，随风吹散，夜晚寒凉风细细。

此地宜有词仙，拥素云黄鹤，与君游戏。玉梯凝望久，但芳草萋萋[6]千里。天涯情味，仗酒祓[7]清愁，花消英气。西山外，晚来还卷，一帘秋霁。

这里应当有潇洒的词中仙人，伴着素白的浮云，驾着黄鹤，与你题词游戏。登上高楼凝神眺望了许久，只看见芳草萋萋，绵延千里。浪迹天涯的情味，不过是仗着酒劲消除清愁，流连花丛消磨志气。西山之外，傍晚时分卷起竹帘，窗外一片秋日雨后的晴丽。

注释

1 **龙沙：**泛指塞外。 2 **虎落：**遮护城堡或营寨的竹篱。 3 **汉酺初赐：**秦汉时禁止百姓聚饮，逢吉庆之日，朝廷会下令让天下大饮欢庆，称为“大酺”或“赐酺”。 4 **胡部曲：**唐代西凉地区的乐曲，此处泛指西北少数民族乐曲。 5 **元戎：**军队统帅，元帅。 6 **芳草萋萋：**崔颢《黄鹤楼》诗云“芳草萋萋鹦鹉洲”。 7 **祓：**消除。

杏花天影

姜夔

导读

此篇是羁旅怀人词。上阕首句即地写景，因桃叶渡而想起旧日的恋人，因而停舟少驻。下阕回忆当年金陵城中莺歌燕舞的热闹生活，而如今孤身漂泊，只有潮水知道这离别之苦。最末几句，晚春日暮，归期无望，更不知夜宿何处，写尽凄凉、苍茫之感。

原文

丙午之冬，发沔口[1]。丁未正月二日，道金陵，北望淮楚，风日清淑，小舟挂席，容与波上。

绿丝低拂鸳鸯浦，想桃叶[2]、当时唤渡。又将愁眼与春风，待去，倚兰桡[3]、更少驻。

金陵路，莺吟燕舞。算潮水、知人最苦。满汀芳草不成归，日暮，更移舟、向甚处？

译文

丙午年(1186)冬天，我从沔口出发。丁未年(1187)正月初二日，路过金陵，向北远望淮河流域的楚地，风光清新秀美，小船挂着风帆，随着水波悠然浮荡。

鸳鸯浦侧绿柳如丝低垂轻拂，想起美姬桃叶，她当年在这里呼唤小舟摆渡。柳叶如含愁的双眼伴着春风轻轻摆动，等到离去，倚靠着兰桨，又泊舟稍稍地停驻。

金陵城中的道路，到处充满了莺歌燕舞。算起来只有潮水才知道离别之人的苦楚。水边沙洲长满了芳草，归去的计划尚未成行，黄昏日暮，重新划动小舟，又将去往何处？

注释

1 **沔口：**汉水入长江处，即今湖北武汉汉口。 2 **桃叶：**据《古今乐录》载，晋王献之爱妾名桃叶，妹曰桃根，王献之曾临渡口作歌送桃叶，云“桃叶复桃叶，渡江不用楫”之句，后人因名其渡曰“桃叶渡”，在今南京秦淮河畔。
3 **兰桡：**兰桨。

一萼红

姜夔

导读

此篇是纪游词。上阕写赏游雅兴，红梅含苞，冰雪未消，山林野老，扶杖漫游。下阕写兴尽悲来之愁怀，斯地景致虽好，然词人有如云水流荡不定，此是一愁。“朱户黏鸡，金盘簇燕”，描绘出热闹的年节气息，然“空叹”二字转笔至时光渐换，此是二愁。“记曾共”又将视角投向曾经雅集的美好之地，而往日越美好，反倒衬得现实越凄凉，此是三愁。最末两句，预想归去之时恐怕已是春末，稍作安慰，聊解忧愁。

原文

丙午人日[1]，余客长沙别驾之观政堂。堂下曲沼，沼西负古垣，有卢橘幽篁，一径深曲。穿径而南，官梅数十株，如椒如菽，或红破白露，枝影扶疏。著屐苍苔细石间，野兴横生，亟命驾登定王台[2]。乱湘流，入麓山，湘云低昂，湘波容与，兴尽悲来，醉吟成调。

译文

丙午年(1186)正月初七日，我客居在长沙别驾萧德藻的观政堂。堂下有一个曲折的池塘，池塘的西边靠着古墙，生长着枇杷和竹子，一条小径弯弯曲曲地深入幽深的竹林。穿过小径向南，种着几十株官梅，花蕾有的像花椒，有的像豆子。有的初显红色，有的微露白色，梅枝花影繁茂四布。我穿着木屐走在苍苔和细石之间，郊游的兴致顿时生起，急忙命仆人准备登览定王台。然后横穿湘江，登上岳麓山，看那湘地的云层时高时低，湘江的水波悠闲流淌，兴致将尽，悲从中来，我在醉中吟成此曲。

古城阴，有官梅[3]几许，红萼[4]未宜簪。池面冰胶，墙腰雪老，云意还又沉沉。翠藤共、闲穿径竹，渐笑语、惊起卧沙禽。野老林泉，故王台榭，呼唤登临。

古城墙下天色阴沉，伴着一片官府的梅林，红梅含苞未放，还不适合簪在头上。池面上的水冰凝如胶，墙腰上的积雪未化，浮云低垂，阴阴沉沉。我们拄着翠藤的手杖一同悠闲地穿过竹林的小径，渐渐响起的笑语声，惊起卧在沙滩上的禽鸟。我们这些穿行在山林泉石之间的乡野老人，有意去寻找从前定王修建的台榭，呼朋唤友地登临。

南去北来何事，荡湘云楚水，目极伤心。朱户黏鸡[5]，金盘簇燕[6]，空叹时序侵寻[7]。记曾共、西楼雅集，想垂柳、还袅万丝金。待得归鞍到时，只怕春深。

我南来北往地漂泊到底是为了什么？好像潇湘的云、楚地的水一样四处流荡，极目远眺，望着行云流水，我伤心怅惘。朱红的门户上贴着人日的画鸡，华贵的金盘里盛着燕形的应节食物，徒然地叹息时光渐渐变化。还记得曾经同在西楼之上雅集，料想那里的垂柳，还是和从前一样袅娜地垂下万条金丝。等到我策马归来之时，只怕已是春意浓郁。

注释

1 **人日：**正月初七日。 2 **定王台：**在今长沙城东，为西汉长沙定王所筑。 3 **官梅：**官家所种之梅。 4 **红萼：**指红梅花苞。 5 **朱户黏鸡：**古时人日风俗，在门上贴画鸡来避邪祟。 6 **金盘簇燕：**立春之日供春盘，用华丽金盘盛满造型精美的食物。《武林旧事》载："翠缕红丝，金鸡玉燕，备极精巧。" 7 **侵寻：**渐进。

霓裳中序第一

姜夔

导读

此篇是客居抒怀词。上阕写即目景色，夏末秋初，莲花尽落，梁燕如客。“人何在”几句点出思念恋人之情。下阕承上而来，夜静虫鸣，愁怀满腹，回想当年四处游荡，“坠红”几句既谓往日情缘再无消息，又暗指自己漫随流水，漂泊不定。最末云再无从前醉饮豪兴，今昔对比，怅惘无限。

原文

丙午岁，留长沙，登祝融，因得其祠神之曲曰《黄帝盐》《苏合香》。又于乐工故书中得商调《霓裳曲》十八阕，皆虚谱无辞。按沈氏乐律，《霓裳》道调，此乃商调。乐天诗云“散序六阕”，此特两阕，未知孰是。然音节闲雅，不类今曲。余不暇尽作，作《中序》一阕传于世。余方羁游，感此古音，不自知其辞之怨抑也。

亭皋[1]正望极，乱落江莲归未得。多病却无气力，况纨扇渐疏，罗衣

译文

丙午年(1186)，我客居长沙，登览祝融峰，于是得知当地的祠神之曲有《黄帝盐》《苏合香》。我又在乐工的旧书中寻得商调的《霓裳曲》十八阕，都是没有歌词的虚谱。依据沈括《梦溪笔谈》中的乐律之论，《霓裳》是唐人的道调之曲，而这是商调。白居易有诗说“散序六阕”，而这个只有两阕。不知道哪个是正确的。然而这个曲子音节闲适雅正，不像当今的曲调。我没有空闲全部作出来，只作《中序》一阕留传于世。我正当羁旅不定之时，感怀这唐时古音，自己并未发觉所作文辞有幽怨抑郁之意。

站在江边的平地极目远望，只见江中莲花乱纷纷地凋落，一去不返。身体多病而力气衰弱，更何况秋天已至，细绢团扇渐

初索[2]。流光过隙，叹杏梁[3]双燕如客。人何在？一帘淡月，仿佛照颜色。

渐不用，轻薄丝衣刚刚闲置。时光如同过隙的白驹，可叹屋梁上成双的燕子春去秋来，有如过客。心中思念的人在哪里？透过帘幕的浅淡月色，仿佛照着她清丽的面容。

幽寂，乱蛩[4]吟壁，动庾信[5]清愁似织。沉思年少浪迹，笛里关山[6]，柳下坊陌。坠红无信息，漫暗水涓涓溜碧。飘零久，而今何意，醉卧酒垆侧[7]。

一片清幽静寂，蟋蟀在墙壁间乱鸣，引发了庾信那样如织的凄清愁绪。深思年少时的放浪行迹，在笛声里远走关山，在绿柳成荫的巷陌中与她相聚，坠落的红花杳无消息，只见碧水默默地送它们缓缓流去。飘零江湖太久了，如今还有什么意兴像当年那样豪饮醉卧在酒垆旁侧。

注释

1 **亭皋**：水边平地。 2 **初索**：指夏衣刚刚闲置起来。 3 **杏梁**：屋梁之美称。 4 **蛩**：蟋蟀。 5 **庾信**：南朝梁著名的文学家，出使西魏时被扣留在北方，被迫出仕西魏、北周，多怀乡之思，曾作《愁赋》。 6 **笛里关山**：唐杜甫《洗兵马》诗有“三年笛里关山月”句。 7 **醉卧酒垆侧**：豪饮醉卧于卖酒的土台旁侧。《世说新语》载阮籍邻家卖酒女有美色，阮籍与王戎常常去邻家喝酒，喝醉了便卧于邻女之侧。

小重山

章良能

导读

章良能（？—1214），字达之，淳熙五年（1178）进士，累官同知枢密院事、参知政事。存词一首。

此篇是春日抒怀词。上阕写暮春美景，芍药抽苞，雨停风软，鸟鸣细碎，春日迟迟，一派闲散幽静之境。下阕抒怀，强调莫要沉迷往事，应把握当下，享受春光，而最末一句春景虽同，心境不同，则透出淡淡的忧愁。

原文

柳暗花明春事深，小阑红芍药、已抽簪[1]。雨余风软碎鸣禽[2]，迟迟日、犹带一分阴。

往事莫沉吟，身闲时序好、且登临。旧游无处不堪寻，无寻处、惟有少年心。

译文

柳荫浓密鲜花明艳，春意盎然，小小栏杆旁的红色芍药，已抽出发簪似的花苞。雨后留下柔软的风和婉转细碎的鸟鸣，日色缓缓不动，还带着一分初晴的春阴。

对待往事莫要思量迟疑，趁着身心闲适、时节正好，且去登山临水。旧时曾经游玩的地方如今处处可以找寻，不能找寻的，只有少年时无忧的心境。

注释

1 **抽簪：**抽出好似发簪的花苞。 2 **碎鸣禽：**形容禽鸟鸣叫之声婉转细碎。初唐杜荀鹤《春宫怨》诗："风暖鸟声碎，日高花影重。"

唐多令

刘过

导读

刘过(1154—1206)，字改之，号龙洲道人。屡试不第，数次上书陈奏恢复方略，不被采纳，流落江湖，布衣终生。受辛弃疾赏识，多有唱和，词风受辛弃疾影响，多激越之语。存有《龙洲词》八十余首。

此篇写旧地重游。上阕交代二十年后重游安远楼，船未停稳就匆匆而下，可见心中急切。下阕写与朋友相聚之事，曾经来过的黄鹤矶已经破败，江山依旧，宴席依旧，然而心中情怀却大不相同，颇有物是人非之感。

原文

安远楼小集，侑觞歌板之姬黄其姓者，乞词于龙洲道人，为赋此。同柳阜之、刘去非、石民瞻、周嘉仲、陈孟参、孟容，时八月五日也。

芦叶满汀洲，寒沙带浅流。二十年、重过南楼[1]。柳下系船犹未稳，能几日、又中秋。

黄鹤断矶头[2]，故人曾到否？旧江山、浑是新愁。欲买桂花同载酒，终不似、少年游。

译文

我们在安远楼小聚，为酒宴助兴持板唱曲的歌姬姓黄，她请我为她作词，我为她作了这首《唐多令》。参与聚会的人有柳阜之、刘去非、石民瞻、周嘉仲、陈孟参、孟容，当日正是八月五日。

芦苇长叶密布水中小洲，寒冷的沙滩上萦绕着浅浅的水流。二十年之后重游南楼。柳树之下刚系好的小船尚未停稳，还能有几日，又将是中秋。

武昌城西陡峭的黄鹤矶头，老朋友是否曾经来到此地？江山依旧，我心中却全是新添的忧愁。想买来桂花、带着美酒和老友同饮，终究不像是少年时的纵情豪游。

注释

1 **南楼：**指武昌黄鹤山上的安远楼，一名南楼，淳熙十三年(1186)建成，姜夔有词《翠吟楼》及序记其事，见前。 2 **黄鹤断矶头：**武昌城西的黄鹤矶。断矶，突出水边的陡峭石滩。

木兰花

严仁

导读

严仁，生卒年不详，字次山，号樵溪。与严羽、严参并号“邵武三严”。存词三十余首。

此篇是闺怨词。上阕写暮春景色，前三句尚是一派明媚春光，末一句“落红吹已断”顿露春愁。下阕写闺中女子相思情甚，消瘦衣宽，最末两句是对思念之人所说：“镜子不会骗人，不信，你回来自己看！”活现出一位思念郎君、满怀埋怨与期待的闺中女子。虽是怨词，写得却是轻松明快，并无过多哀凄之语。

原文

春风只在园西畔，荠菜花繁胡蝶乱。冰池[1]晴绿照还空，香径落红吹已断。

意长翻恨游丝短，尽日相思罗带缓[2]。宝奁[3]如月不欺人，明日归来君试看。

译文

春风只逗留在园中的西畔，荠菜开着繁花引得蝴蝶翻飞忙乱。光洁如冰的池面在晴日下碧绿晶莹，清澈见底，花园的小径上落花已被春风吹尽。

情意绵长反而恨游丝太短，整日相思深重，体态消瘦而罗衣渐渐显得宽大。宝镜如月不会骗人，明日郎君归来可以自己看看。

注释

1 **冰池**：形容池水表面光洁如冰。 2 **罗带缓**：因憔悴消瘦而衣服宽大。《古诗十九首》：“相去日已远，衣带日已缓。” 3 **宝奁**：梳妆镜匣，此指妆镜。

风入松

俞国宝

导读

俞国宝，生卒年不详，淳熙间太学生。存词五首。

此篇是春游词。上阕写春日常常买花买醉，骑马游春，箫鼓秋千，一派热闹景象。下阕承上，写西湖边游春佳丽众多，云鬓插花，与上阕“长费买花钱”相呼应。末句谓明日再来，又与“日日醉湖边”相呼应，情韵无限。

南宋朝廷偏安一隅，词风多凄恻之音，此篇写春游能如此明朗喧闹，欢乐富丽，实属少见。

原文

一春长费买花钱，日日醉湖边。玉骢[1]惯识西湖路，骄嘶过、沽酒楼前。红杏香中箫鼓，绿杨影里秋千。

暖风十里丽人天，花压鬓云偏。画船载取春归去，余情付、湖水湖烟。明日重扶残醉，来寻陌上花钿[2]。

译文

一春中常常因为买花太多而费钱，日日醉饮湖边。白马已经熟知了去往西湖的路，高声嘶鸣着走过卖酒的楼前。红杏的花香中，箫鼓奏乐之声喧闹，绿杨的树影里，秋千荡得欢乐。

春风和暖，十里长堤是丽人游玩的福地洞天，鲜艳的花朵把丽人们的鬓发压偏。乘着画船装着春色回去，余下的情意，都交付给西湖的碧水轻烟。明日再带着未消的残醉，来湖边路上寻找遗落的花钿。

注释

1 **玉骢：**白马。 2 **花钿：**女子所戴的花形首饰。

满庭芳

促织儿

张镃

导读

张镃(1153—？)，字功甫，号约斋，出身名门，为南渡名将张俊曾孙、刘光世外孙，又是南宋词坛大家张炎的曾祖，官奉议郎直秘阁。存词《南湖诗余》一卷。

此篇咏蟋蟀。上阕写深秋之夜的蟋蟀之声，凄切幽怨，而“求侣”“劝织”的猜测，则赋秋虫以人性，加以情味。下阕写儿时追捕蟋蟀的趣事，“呼灯”“灌穴”“追寻”“戏斗”等动作的描写，生动有趣，活现一无忧少年。而最末以“今休说”将情绪急转，如今只能以其孤吟相伴凉夜，由儿时至如今，不禁悲从中来。

原文

月洗高梧，露漙[1]幽草，宝钗楼[2]外秋深。土花[3]沿翠，萤火坠墙阴。静听寒声断续，微韵转、凄咽悲沉。争求侣，殷勤劝织，促破晓机心[4]。

儿时曾记得，呼灯灌穴，敛步随音。任满身花影，独自追寻。携向华堂戏斗，亭台小、笼巧妆金[5]。今休说，从渠床下[6]，凉夜伴孤吟。

译文

月光倾泻在高高的梧桐，露水凝聚在幽深的草丛，华丽的楼阁外秋意深沉。苔藓沿着台阶布下一片翠碧，萤火坠落在墙角的背阴。静静地听着寒夜蟋蟀之声断断续续，细微的声韵渐渐地转换，变成凄凉的呜咽，沉郁的悲鸣。它们是在争相追求伴侣，也是在殷勤地催促织妇，促成纺织到天明的心情。

还记得儿时，呼唤着点灯，以水浇灌蟋蟀的巢穴，轻敛脚步追随它的声音。任凭身上洒满了花影，还是独自去追寻。将捕到的蟋蟀带到华丽的堂前耍斗。像亭台一样的蟋蟀笼子小巧精美，且用金饰。如今休要再提这些幼年趣事，任凭它隐藏在我的床下，在这寒凉之夜伴着孤独的我低声吟唱。

注释

1 **漙**(tuán)**:**形容露水多。 2 **宝钗楼:**原是咸阳遗迹，词中借指华美的楼台。 3 **土花:**指苔藓。 4 **促破晓机心:**这里指促织鸣叫催促，以使织妇有纺织到天明的心情。 5 **笼巧妆金:**形容装蟋蟀的笼子好似亭台形状，精巧而饰以金。唐王仁裕《开元天宝遗事》载:“每至秋时，宫中妃妾辈皆以小金笼捉蟋蟀，闭于笼中，置之枕函畔，夜听其声。庶民之家皆效之也。” 6 **从渠床下:**任凭蟋蟀隐藏在床下。渠，他，这里指蟋蟀。《诗经·豳风·七月》有“十月蟋蟀入我床下”句。

宴山亭

张镃

导读

此篇是思妇词。上阕以梦中初醒切入,然后转而描写早春拂晓时分的庭院风景,烘托清冷寂寞的气氛。末以“无绪”开启相思。下阕先回忆旧游情景,而后写帘卷、孤枕,又设想情人在外应该也在思念自己,情深悱恻。“怎得伊来”直抒盼归之心切,而末尾以“不教归去”为结语,更加热烈直白,相思深情倾泻而出。

原文

幽梦初回,重阴未开,晓色催成疏雨。竹槛气寒,蕙畹[1]声摇,新绿暗通南浦。未有人行,才半启、回廊朱户。无绪,空望极霓旌,锦书难据。

苔径追忆曾游,念谁伴秋千,彩绳芳柱。犀帘黛卷[2],凤枕云孤,应也几番凝伫。怎得伊来,花雾绕、小堂深处。留住,直到老、不教归去。

译文

刚从幽深的梦中醒来,重重的阴云尚未散开,拂晓的曙光催落一阵稀疏的雨。竹栏之外寒气弥漫,蕙草田地摇曳有声,一条新涨的碧水暗暗通向南浦。路上还未有行人,只半开回廊上朱红的窗户。毫无心绪,徒然地望着目极之处的云霓,相思的书信欲寄出却无依凭。

走在长满苔藓的小径上追忆曾经与你一同游玩的经历,挂念如今是谁在伴着那座秋千,与那秋千上的彩绳和芳柱。犀角装饰的墨绿色门帘高高卷起,绣着凤凰的枕上云梦孤凄,想他应该也有几次凝神远望。怎么才能待到他归来,穿过雾气萦绕的花丛,走进小堂的深处。留住,直到老也不再放他归去。

注释

1 **蕙畹**:种蕙草的大片田地。畹,古时田地十二亩为一畹。 2 **犀帘黛卷**:用犀角装饰的墨绿色门帘卷起。

绮罗香

咏春雨

史达祖

导读

史达祖,生卒年不详,字邦卿,号梅溪。南宋宁宗时为韩侂胄所倚重的堂吏,韩侂胄北伐遇害后,史达祖被牵连受黥刑。存有《梅溪词》百十余首,其词长于咏物,颇为称赏于时。

此篇吟咏春雨。上阕先写近处雨景,欺花困柳,后将视角移远,千里春日暮色。之后描写粉蝶、归燕、约会之情人对春雨的不同情态,来表现春雨的多面性,饶有情趣。下阕以雨中江景开头,写江潮与远山,以落花流水之愁怀与记忆中情人雨夜对谈相对比,虽不免冷清却仍然显得余音袅袅,情致宛然。

原文

做冷欺花,将烟困柳,千里偷催春暮。尽日冥迷[1],愁里欲飞还住。惊粉重、蝶宿西园,喜泥润、燕归南浦。最妨他、佳约风流,钿车[2]不到杜陵路。

沉沉江上望极,还被春潮晚急,难寻官渡[3]。

译文

春雨携着冷风,欺凌娇弱的花朵,雾气如烟弥漫,困住碧绿的柳树,千里风光都在偷偷催促着春日的暮色。整日幽暗迷茫,好似愁绪,想要飘飞散去却又停住。蝴蝶惊讶粉翅湿重而停宿西园,燕子喜欢泥土湿润而回归南浦。最无奈的是,妨碍了他与丽人美好的约会,因为路途泥泞华车到不了杜陵路。

极目远望,江上一片阴云沉沉,又因傍晚时的春潮涨起了急流,难以寻到行船隐约遥峰，和泪谢娘[4]眉妩。临断岸、新绿[5]生时，是落红、带愁流处。记当日、门掩梨花[6]，剪灯深夜语[7]。

的官渡。隐约之间遥远的山峰，好像美人妩媚的眉目。俯瞰岸边断崖，春水新涨之时，正是落花带着愁绪流荡之处。还记得当日雨打梨花，深深地掩闭门户，我与情人剪着灯花，在深夜绵绵对语。

注释

1 **冥迷：**幽暗迷茫。 2 **钿车：**女子乘坐的装饰华美的车子。 3 **官渡：**官府设置船只运送行人的渡口。 4 **谢娘：**唐代李德裕有歌妓名谢秋娘，又以之泛指美女。 5 **新绿：**指春水。 6 **门掩梨花：**秦观《鹧鸪天》词有："雨打梨花深闭门"句。 7 **剪灯深夜语：**唐李商隐《夜雨寄北》诗有句云："何当共剪西窗烛，却话巴山夜雨时。"

双双燕

咏燕

史达祖

导读

此篇是咏燕的名作。全篇未着一"燕"字，却穷神尽态地写尽了春燕的形象。上阕以拟人的手法描写春社时分双燕回归、寻找旧居的情景，穿飞于帘幕、屋梁之间，细细察看，低语商量，可爱有趣。"飘然"二句描写燕儿嬉戏于花丛之间。下阕承上，写燕儿贴地衔泥，夜归红楼，十分欢快喜乐。而"栖香正稳"几句，以燕儿的安居来反衬闺妇的相思，更添旖旎风情，缠绵悱恻。

原文

过春社[1]了，度帘幕中间，去年尘冷。差

译文

过了春社，燕子穿梭在帘幕之间，屋梁上落满了去年的灰尘。双燕尾翼参差不齐地飞

池[2]欲住，试入旧巢相并。还相雕梁藻井[3]，又软语、商量不定。飘然快拂花梢，翠尾分开红影。

芳径，芹泥[4]雨润，爱贴地争飞，竞夸轻俊。红楼归晚，看足柳昏花暝。应自栖香正稳，便忘了、天涯芳信。愁损翠黛双蛾，日日画阑独凭。

翔，似要停住，试着找回从前的旧巢交颈并栖。又细细地察看雕花的屋梁和彩绘的天花板，又呢喃软语，商量不定。轻捷快速地拂过花梢，如剪的燕尾轻盈地分开鲜红的花影。

芬芳的花径，草地上泥土被春雨湿润。燕儿们喜爱贴着地面追逐飞翔，相互竞夸轻巧俊逸。傍晚时回归朱红的门楼，已是看够了碧柳的昏暗与重重的花荫。应该是自在栖息睡得正稳，便忘了寄送天涯游子的相思书信。只愁得闺中女子翠黛双眉失了神采，日日独自倚着画栏凭眺。

注释

1 **春社：**春分前后祭祀土地神以祈福，称为春社。 2 **差池：**燕子飞翔时尾羽不齐的样子。《诗经·邶风·燕燕》："燕燕于飞，差池其羽。" 3 **相：**察看。 **藻井：**以彩绘装饰的天花板。 4 **芹泥：**草地上的泥土。

东风第一枝

春雪

史达祖

导读

此篇咏春雪。上阕以细致笔墨描写了初春雪中自然万物的各种姿态，春雪落于兰花草叶，阻碍了春暖，又凝于屋瓦，可惜难积易融。而雪花铺盖万物，让一切看起来都那么轻巧松软。末句写寒气逼人，帘幕不卷，恐怕会误了归燕，也饶有情味。下阕先以柳叶、红杏都被雪花覆盖的美景起笔，"白眼”“素面”之意象新巧有趣。后化用雪中典故、闺中情景、民间风俗，颇有层次，又赋予了满满的人伦温度。全篇精巧地塑造了一个奇妙温馨的雪中世界，堪为咏雪佳作。

原文

巧沁兰心，偷黏草甲[1]，东风欲障新暖。漫凝碧瓦难留，信知暮寒轻浅。行天入镜[2]，做弄出、轻松纤软。料故园、不卷重帘，误了乍来双燕。

青未了、柳回白眼，红欲断、杏开素面。旧游忆著山阴[3]，后盟遂妨上苑[4]。熏炉重熨，便放慢、春衫针线。怕凤靴、挑菜[5]归来，万一灞桥[6]相见。

译文

春雪飘落，精巧地沁入兰花丛中，偷偷地粘在野草叶上，想要阻拦东风刚带来的春暖。随意凝结在碧色屋瓦之上的积雪终究难以久留，于是真的知道冬日残余的寒冷终究太浅。鸾鸟窥视结冰的湖面好似入镜，骑马过桥好似行走在天空，雪花把万物打扮出轻松纤软的模样。料想故乡的旧园，不会卷起重重的帘幕，阻碍了突然飞回的双燕。

杨柳才转为青色，好似眼睛的柳叶已都变成白眼，红杏才刚开放，便被白雪遮断了红艳而变成了素面。还记得山阴王子猷雪夜访戴的旧游之事，又有司马相如雪后难行而被妨碍赴宴兔园。熏炉重新点燃，便放慢了缝制春衫的针线。只怕穿着凤靴的佳人挑菜归来，万一在灞桥遇到下雪。

注释

1 **草甲：**小草刚刚萌发时的表皮，如同甲衣一般，故称。 2 **行天入镜：**化用唐韩愈《春雪》诗：“入镜鸾窥沼，行天马度桥。”意指鸾鸟窥视结冰的湖面好似入镜，骑马过桥好似行走在天空。 3 **忆著山阴：**用王子猷雪夜访戴的典故。南朝宋刘义庆《世说新语》载王子猷在山阴时，夜晚下起大雪，忽然兴起泛舟去拜访剡溪的好友戴逵，及至戴家门前而返，称“乘兴而行，兴尽而返，何必见戴”。 4 **遂妨上苑：**用司马相如雪天赴梁王兔园宴会而迟到的典故。事见南朝宋谢惠连《雪赋》。 5 **挑菜：**古时风俗，二月初二日妇女外出采摘野菜，谓之挑菜节。 6 **灞桥：**在长安城外，此处借指南宋都城临安（今杭州）城外。

喜迁莺

史达祖

导读

此篇写元宵夜。上阕先写元宵夜里月光与灯光各放异彩、交相辉映之美。继而叹老，作而今瘦损当年狂的今昔对比。下阕仍承上阕，写年暮之当下，无人相伴饮酒，仍想像年少时一般纵情游历、邀约佳人。全词虽有叹老之愁怀，然造语澄澈、清越，并无一点颓靡之气。

原文

月波疑滴，望玉壶[1]天近，了无尘隔。翠眼圈花，冰丝织练，黄道宝光[2]相直。自怜诗酒瘦，难应接、许多春色。最无赖[3]，是随香趁烛，曾伴狂客。

踪迹，漫记忆，老了杜郎[4]，忍听东风笛。柳院灯疏，梅厅雪在，谁与细倾春碧[5]？旧情拘未定，犹自学、当年游历。怕万一，误玉人夜寒帘隙。

译文

明月的光波如水欲滴，望着明月好像离天空很近，没有一丝尘埃阻隔。彩灯灿烂像翠柳之眼，又像百花攒聚，都是用蚕丝织成的白绢制成，月光与灯光两相辉映。自我哀怜诗才酒量都已瘦损，难以面对这样无限绚丽的春色。最无奈的是，忆起曾经追随香气、趁着花灯，伴人游赏狂欢。

从前的踪迹，隐约还有记忆，时光催老了杜郎，怎么忍心听东风送来的竹笛声。杨柳庭院中灯光稀疏，梅花厅前残雪还在，谁能为我慢慢地斟一杯美酒春碧？旧时的豪情尚且没有拘束，仍想学着当年的狂放游历。只恐怕万一，耽误了佳人寒夜里帘隙间的约期。

注释

1 **玉壶:**指月亮。 2 **黄道宝光:**黄道指月光,宝光指灯光。 3 **无赖:**无奈。 4 **杜郎:**指唐朝杜牧,其《题元处士高亭》诗云:"何人教我吹长笛,与倚春风弄月明。" 5 **春碧:**指美酒。

三姝媚

史达祖

导读

此篇是悼亡词。上阕开篇词人到春光明媚中去寻找自己的旧情人,可惜人去楼空,只剩锦瑟横床,于是想象情人在自己离去后相思瘦损的情形。下阕以回忆往日快乐时光入笔,而后又遍寻情人曾经的住处,最终却探得情人已经如花凋零,不在人世。最末用崔徽殉情的典故来喻情人的早逝,以寄托心中的哀思。此词有两处巧思:一是善用哀乐对比手法,上下两阕起首皆是美好的场景,之后却转出失望与悲痛,两相之下,营造出巨大的情感落差;二是善用循循善诱之法,词人以其笔触一步一步地引导读者去寻找他旧日的情人,直至最末才道出斯人已逝的真相,令人顿时扼腕唏嘘。

原文

烟光摇缥瓦[1],望晴檐多风,柳花如洒。锦瑟横床,想泪痕尘影,凤弦常下。倦出犀帷[2],频梦见、王孙骄马。讳道相思,偷理绡裙,自惊腰衩[3]。

惆怅南楼遥夜,记

译文

淡青的琉璃瓦上雾气飘摇,天气晴朗,看屋檐下春风阵阵,吹得柳絮漫天飘洒。锦瑟横放在琴床上,料想上面有她的泪痕和身影,她当时应该常常拨弄着凤弦。懒怠走出犀角压着的帷帐,常常梦见思念的情郎骑着骏马归来。忌讳说相思,偷偷地整理生丝的绢裙,暗自惊讶腰身瘦损,衣裙宽松。

愈加惆怅,还记得在许久之前南楼的深

翠箔[4]张灯，枕肩歌罢。又入铜驼[5]，遍旧家门巷，首询声价[6]。可惜东风，将恨与、闲花俱谢。记取崔徽[7]模样，归来暗写。

夜，青翠的苇帘后燃着灯光，她枕在我肩上唱罢歌曲。如今我又走入铜驼街道，找遍当年的旧时小巷，首先询问她的近况。可惜东风无情，将她的怨恨与闲花一同凋谢。我还记得她当时的模样，归来后暗暗地将她描画。

注释

1 **缥瓦**：淡青色的琉璃瓦。 2 **犀帷**：旧时用犀牛角状的器物来镇住帷帐。 3 **衩**：衣服旁边的开口之处。 4 **翠箔**：绿色的帘子。箔，用芦苇、秫秸等做成的帘子。 5 **铜驼**：洛阳街道名。此借指杭州街巷。 6 **声价**：原指名誉身价，这里指旧时相好的近况。 7 **崔徽**：据唐元稹《崔徽歌·序》记载，崔徽是蒲州妓，与裴敬中相好，后裴敬中归，崔不能相从，因而相思成疾，请画师为她画像寄给裴，并附信说："我一旦不如画上的模样，就是为你而死之时。"后来果然癫狂而亡。词中用此典故以崔徽喻相思之人。

秋霁

史达祖

导读

此篇是客居抒怀词。词人在开禧三年(1207)被流放至江汉，该篇当作于流放期间。上阕描绘秋日景象，从"故园"一句始，表达思念家乡的愁怀。下阕承上阕末尾之意，细写自己在秋日的深夜，临风而悲，以虫鸣青灯相伴，愁绪绵绵，难以断绝。本篇名为写秋，实是以秋为媒，抒心中幽怨。

原文

江水苍苍，望倦柳愁荷，共感秋色。废阁先凉，

译文

江水苍茫，远望柳条疲倦荷花哀愁，都感受到了萧瑟的秋意。荒废的亭阁最先寒凉，

古帘空暮，雁程最嫌风力。故园信息，爱渠入眼南山碧。念上国[1]，谁是、脍鲈江汉未归客。

古旧的帘子空带着暮色，大雁南归的行程最厌嫌强劲的风力。故乡旧园的信息，最喜爱她南山一片翠碧。眷恋都城，谁是思念家乡鲈鱼美味却流落江汉不能归去的寓客？

还又岁晚，瘦骨临风，夜闻秋声，吹动岑寂。露蛩悲、青灯冷屋，翻书愁上鬓毛白。年少俊游浑断得[2]，但可怜处，无奈苒苒魂惊，采香南浦，剪梅烟驿。

又到一年岁末，撑着瘦骨迎着风，听到夜晚的秋风，吹动了深夜的静寂。夜露中蟋蟀叫得悲凄，青灯映照着冷屋，翻着书本，愁绪染白了鬓边的毛发。年少时的遨游俊赏全然都可以忘掉，但可怜的地方，是时光无奈渐渐逝去令人心惊，是在南浦采摘香草赠别，是在烟雾缭绕的驿馆剪下梅花远寄。

注释

1 **上国：**指南宋都城临安（今杭州）。 2 **浑断得：**完全都可忘掉。

夜合花

史达祖

导读

此篇写恋情。上阕以“锁魂”与“翻梦”暗写情愁涌动，相思无限。而末句“徐妆”之典已暗含结局不美之意。下阕先写欢情愉悦，歌边烛底的惹恨萦香，已写尽缠绵之私爱，而“未织鸳鸯”，见出两情相悦而未成眷侣，“闲言语”“自思量”委婉说出二人已入僵局，往日情爱成恨，与一般的恋情词绝不相同，颇为耐人寻味。

原文

柳锁莺魂，花翻蝶

译文

千万条柳丝拘锁住黄莺的神魂，花瓣翻

梦，自知愁染潘郎[1]。轻衫未揽，犹将泪点偷藏。念前事，怯流光，早春窥、酥雨池塘。向消凝[2]里，梅开半面，情满徐妆[3]。

风丝一寸柔肠，曾在歌边惹恨，烛底萦香。芳机瑞锦，如何未织鸳鸯。人扶醉，月依墙，是当初、谁敢疏狂！把闲言语，花房夜久，各自思量。

飞惹动蝴蝶的美梦，自知因为潘郎染上了愁绪。夏日的薄衫还未穿上，仍将衣服上的泪点偷偷掩藏。怀念从前的旧事，又害怕流水一样的时光，早春已在窥探下着小雨的池塘。在销魂凝神的愁怀里，梅花半开，好似多情的徐妃化了半面妆。

轻风丝丝吹动了寸寸柔肠，曾在歌场边惹起愁怨，在花烛底萦绕芳香。华美的织机织出祥瑞的锦缎，为何没有织上鸳鸯。人伴着沉醉，月依着高墙，在当初，是谁敢放荡疏狂！只把些闲言碎语，在深夜的闺房，各自去细细思量。

注释

1 **潘郎：**指西晋潘岳，姿容绝美而才华卓越。 2 **消凝：**销魂凝神。 3 **徐妆：**指徐妃之半面妆。《南史·后妃传》载，梁元帝徐妃无宠而含恨，以元帝有一只眼看不见，每次作“半面妆”以待，元帝见之则大怒而去。

玉胡蝶

史达祖

导读

此篇悲秋抒怀。上阕描写萧瑟秋景，以秋景惹愁怀，以愁怀寓相思，曾经幽会之地，如今颓坏，对比鲜明。下阕承上续写怨恨愁思，“故园晚”写尽思乡怀人之深情，末尾音信断绝，不知佳人由何人相伴，更是令人痛断肝肠。全篇情语、景语两相交融，境界开阔而情感沉痛，实是妙笔。

原文

晚雨未摧宫树，可怜闲叶，犹抱凉蝉。短景[1]归秋，吟思又接愁边。漏初长、梦魂难禁，人渐老、风月俱寒。想幽欢，土花庭甃[2]，虫网阑干。

无端啼蛄[3]搅夜，恨随团扇[4]，苦近秋莲。一笛当楼，谢娘悬泪立风前。故园晚、强留诗酒，新雁远、不致寒暄。隔苍烟，楚香罗袖，谁伴婵娟。

译文

傍晚的风雨没有摧折宫中的树，可怜稀疏的树叶，仍然抱着凉秋的寒蝉。入秋之后白昼渐短，吟哦的诗思又接通了秋愁之端。更漏开始变长，让梦魂难以承受，人渐渐变老，风月良宵都透着清寒。回想往日幽期欢会的地方，如今只剩苔藓爬满庭院的井壁，蜘蛛丝网纵横凌乱。

无奈蝼蛄的鸣叫搅乱了静寂的夜，满怀怨恨好似被弃置的团扇，心里苦涩又似秋日的莲心。对着楼台横吹玉笛，谢娘垂着眼泪伫立在风前。故乡的旧园当已日晚，勉强赋诗饮酒以遣愁，刚刚飞来的大雁已去远，不能带去我的殷勤问候。隔着苍茫的云烟，佩带香草披着罗衣的美人，谁人与你相伴？

注释

1 **短景：**入秋后白昼变短。 2 **土花：**苔藓。 **甃**(zhòu)**：**砖砌的井壁。 3 **蛄：**蝼蛄，昼伏夜出。 4 **恨随团扇：**西汉班婕妤失宠，自请侍奉王太后于长信宫，作《怨歌行》以自伤，云："新裂齐纨素，鲜洁如霜雪。裁为合欢扇，团团似明月。"词中用此典故。

八归

史达祖

导读

此篇为羁旅怀人之作。上阕描写行旅途中所见傍晚的秋色，下阕抒发南北流浪、不见故人的凄凉心境。然虽漂泊江湖，却有歌女相伴，可慰人心，因此情绪上并不十分低沉。全篇语言清越，境界疏阔，读来有自然通脱之感。

原文

秋江带雨，寒沙萦水，人瞰画阁愁独。烟蓑散响惊诗思，还被乱鸥飞去，秀句难续。冷眼尽归图画上，认隔岸、微茫云屋。想半属、渔市樵村，欲暮竞燃竹[1]。

须信风流未老，凭持尊酒，慰此凄凉心目。一鞭南陌，几篙官渡，赖有歌眉舒绿[2]。只匆匆残照，早觉闲愁挂乔木。应难奈，故人天际，望彻淮山，相思无雁足[3]。

译文

秋日的江水带着细雨，寒冷的沙洲萦绕着水流，那人登上华美的楼阁俯瞰，独自忧愁。烟雨蒙蒙，渔父披着蓑衣，撒网之声惊起了诗思，却又被乱飞的鸥鸟带去，优美的文句难以再续。冷眼看着眼前的景色都可以归入图画之上，辨认出隔岸隐约好似在云间的房屋。想来有一半是渔市与樵村，天色将暮，都竞相燃起了煮饭的枯竹。

应当相信自己的风流情怀尚未变老，凭借着手中端着的酒杯，来安慰此时凄凉的心目。一声策马的鞭响带我奔向南方的道路，几枝撑船的竹篙将我送离官渡，幸亏能依靠歌女引人开怀，让我舒展眉目。只有那匆匆而去的残阳夕照，早已察觉我将闲愁挂在了高高的乔木。应是难以忍受故人远在天际，望断了淮山，心中的相思无法凭借雁足寄出。

注释

1 **燃竹**：燃烧竹子生火做饭。唐代柳宗元《渔翁》诗："渔翁夜傍西岩宿，晓汲清湘燃楚竹。" 2 **舒绿**：舒展眉头。古时女子以青黛画眉，故以绿称眉。 3 **雁足**：指送信之人。《汉书 · 苏武传》："天子射上林中，得雁，足有系帛书，言武等在某泽中。"

生查子

元夕戏陈敬叟

刘克庄

导读

刘克庄(1187—1269),字潜夫,号后村居士。理宗淳祐六年(1246)赐进士出身,累官工部尚书、龙图阁学士。有《后村先生大全集》,存词一百三十余首。词风豪放雄健。

此篇写元宵节。上阕两句分别从视觉和听觉上描写元宵灯市的热闹,后两句谓人至中年情味有别,顿生萧瑟之感。下阕结构与上阕完全相同,起首两句描写灯节描眉拜月之俗,颇为温馨,而最末“入愁”又将情绪拉低。上下两阕结尾的两句皆有警策意味,引人深思。

原文

繁灯夺霁华[1],戏鼓侵明发[2]。物色旧时同,情味中年别。

浅画镜中眉,深拜楼中月。人散市声收,渐入愁时节。

译文

繁华的花灯夺去了月亮的光华,热闹的戏鼓直响至黎明阳光散射。风物景色还是与旧时相同,只是情感体味到了中年有所区别。

浅浅地描画镜中的蛾眉,深深地礼拜楼心的明月。人潮散去,街市上声音敛收,我的心情却渐渐地进入到愁怀的时节。

注释

1 **霁华:**指月光。 2 **明发:**早晨阳光散开。

贺新郎

端午

刘克庄

导读

此篇咏端午。上阕描写时令特点与风俗，天气尚未十分炎热，少女们披挂节日饰物，江边龙舟竞渡，老年人懒怠，少年人活跃，热闹非凡。下阕抒发对屈原的缅怀情绪，"忆生平"，有以屈原为人生楷模的含义，然而最末几句，"把似而今醒到了"，"醉死差无苦"，意指如今还不如屈原之时，表达了对南宋朝廷的彻底绝望，整首词顿时因之而深沉萧飒。

原文

深院榴花吐，画帘开、練衣[1]纨扇，午风清暑。儿女纷纷夸结束，新样钗符艾虎[2]。早已有、游人观渡。老大逢场慵作戏，任陌头、年少争旗鼓，溪雨急，浪花舞。

灵均[3]标致高如许，忆生平、既纫兰佩，更怀椒醑[4]。谁信骚魂千载后，波底垂涎角黍[5]。又说是、蛟馋龙怒。把似而今醒到了，料当年、醉死差无苦，聊一笑，吊千古。

译文

幽深庭院中石榴花静静开放，敞开彩绘的帘幕，身穿麻衣手持绢扇，中午的清风驱散了暑热。小儿女们纷纷夸赞各自的装束，戴着样式新巧的钗符和艾虎。早已有游人至江边观看龙舟竞渡。年纪大的懒怠逢场作戏，任由街头的少年争着摇旗擂鼓，溪流飞溅有如急雨，浪花欢腾飞舞。

屈原有如此高的风度，回忆其平生，既缀结秋兰而佩戴于身，更携带着芳香的美酒祭祀神灵。有谁相信他的诗魂在千年之后，在那波涛底下会喜吃粽子。又有一种传说是，把粽子送给蛟龙，以免它们嘴馋发怒。假如屈原独自清醒至今，想来还不如当年醉死，会比现在少些痛苦，姑且开个玩笑，凭吊千古。

注释

1 **綀(shū)衣**:粗麻衣服。 2 **钗符艾虎**:都是端午的装饰物。钗符是以彩纸剪成小符戴在头上。艾虎是以艾为虎形以戴之,亦可作门饰。 3 **灵均**:屈原字灵均。 4 **椒醑(xǔ)**:以椒浸制的美酒,用以祭神。 5 **角黍**:指粽子。

贺新郎

九日

刘克庄

导读

此篇咏重阳登高。上阕以黑沉天色破题,奠定境界阔大、情绪深沉的基调。后文写景与抒怀交织并行,嗟老伤怀,但豪情满纸。而“神州泪”“不向牛山滴”两句,已在叹老之中,暗含了山河破碎的愁怀,最末两句“鸿北去,日西匿”再次强化了北地未复的沉痛。词人借吟咏重阳登高来抒发自己放眼天下、壮志难酬之愤懑,同时将家国之恨引入词中,将沉重的心情与昏暗苍茫的秋景融为一体,词篇整体呈现出深沉的时代感与历史感。

原文

湛湛[1]长空黑,更那堪、斜风细雨,乱愁如织。老眼平生空四海,赖有高楼百尺。看浩荡、千崖秋色。白发书生神州泪,尽凄凉、不向牛山[2]滴。追往事,去无迹。

少年自负凌云笔,

译文

辽阔的天空一片厚重黑沉,哪里更能忍受斜风细雨,心中纷乱的愁绪如织。我的昏花老眼平生就喜欢登高远眺四海,幸而现在可以依凭这百尺的高楼。看江水波涛浩荡,千山万壑点染秋色。书生已长满白发,为神州山河洒下热泪,尽管凄凉,但绝不像古人害怕生命短暂在牛山悲伤流涕。追怀往事,全都远去了无痕迹。

少年时自负有超脱世俗的才气,到如今

到而今、春华落尽，满怀萧瑟。常恨世人新意少，爱说南朝狂客。把破帽[3]、年年拈出。若对黄花孤负酒，怕黄花、也笑人岑寂。鸿北去，日西匿。

才华散尽，只余下满怀的萧瑟。常常憾恨世人新意太少，总爱说南朝的疏狂之客，把孟嘉落帽的旧典故年年提起。若对着黄菊辜负美酒，只怕菊花也要嘲笑人太孤寂。鸿雁北去，斜阳向西方隐匿。

注释

1 **湛湛：**厚重的样子。 2 **牛山：**在今山东淄博临淄。据《晏子春秋》载，齐景公游于牛山，向北面对国都而泪流满面，说："如何舍得如此美好的国都而死去呢？" 3 **破帽：**指孟嘉落帽的典故。《晋书·孟嘉传》载，九月九日，桓温在龙山请宴，群臣皆着戎服而来，孟嘉的帽子被风吹落而不自知。桓温命人作文嘲笑孟嘉，孟嘉戴正帽子，即刻撰文以答。后人在重阳登高时常常提起这个典故。

木兰花

戏林推

刘克庄

导读

此篇是规劝友人之作。林推是作者的同乡，为节度推官，词人作此词劝其心怀家国，莫要流连花柳。上阕写朋友天天在京城里纵酒赌博，以客舍为家，反以家为旅馆，形为不检，亲疏颠倒。下阕以妻子的真挚深情与歌女的难以捉摸相对举，以西北的国家功业与水西桥畔滴泪缠绵相对举，措辞委婉又严厉，虽题为"戏推官"，似是玩笑，但下语刚正，规箴之意明显。

原文

年年跃马长安[1]市，

译文

每年都骑着马在都城里奔忙，客舍好

客舍似家家似寄。青钱换酒日无何，红烛呼卢[2]宵不寐。

易挑锦妇机中字[3]，难得玉人心下事。男儿西北有神州，莫滴水西桥[4]畔泪。

像变成了家，而家反倒变成了寄宿的旅馆。日日挥霍铜钱买醉，无所事事，夜晚点着红烛赌博，通宵不睡。

妻子织就的锦字回文诗容易理解，歌女的心中情意却难以捉摸。男儿应当放眼西北，心怀神州故国，莫要为花街柳巷的女子轻易洒泪。

注释

1 **长安：**借指南宋都城临安（今杭州）。 2 **呼卢：**指赌博。 3 **锦妇机中字：**前秦时窦滔之妻苏氏因思念丈夫，织锦写回文诗以寄。锦妇，指妻子。 4 **水西桥：**泛指妓女聚居之地。

江城子

卢祖皋

导读

卢祖皋，生卒年不详，字申之，又字次夔，号蒲江。庆元五年(1199)进士，累官权直学士院。卢祖皋为楼钥外甥，与“永嘉四灵”相友酬唱。今诗集不存，有《蒲江词稿》一卷，存词九十余首。

此篇伤春抒怀。上阕描写暮春景致，“暗数十年湖上路”引出愁怀的根源。下阕直抒胸臆，年华渐老，人生飘零，只能借酒消愁，而“载酒买花年少事”谓年老之后连取乐的心情也没有，与刘过的“欲买桂花同载酒，终不似，少年游”有异曲同工之妙。

原文

画楼帘幕卷新晴，掩银屏，晓寒轻。坠粉

译文

华美的楼阁帘幕高卷，帘外一片新晴，掩闭了镶银的屏风，早晨寒气轻微。坠落的飘香，日日唤愁生。暗数十年湖上路，能几度、著娉婷[1]。

年华空自感飘零，拥春酲[2]，对谁醒？天阔云闲，无处觅箫声。载酒买花年少事，浑不似、旧心情。

粉色花瓣飘着芳香，呼唤着愁怀日日增生。暗暗细数十年漂泊江湖的历程，能有几次与佳人相伴同游？

年华渐老，徒然地自己感伤身世飘零，带着春日醉酒的微困，对着谁能清醒？天空辽阔浮云悠闲，箫声阵阵无处寻觅。车载美酒，买花寄情，这都是少年时候的风流事，如今我完全没有旧时的心情。

注释

1 **著娉婷：**指与歌女相伴同游。 2 **春酲：**春日醉酒未醒的样子。

宴清都

卢祖皋

导读

此篇写春日离情。上阕描写春日渐近的热闹美好景象，而词人心中牵挂的是别离的恋人还在思念自己。下阕描写别后光景，音信不通，无法再见，而此时的景色也与上阕的春光明媚大不相同，变成了细雨笼月，更有“衰草连天”“飞梅弄晚”，词人笔下的景致随着心情的变化而不同，这大概就是杜甫的“感时花溅泪，恨别鸟惊心”吧。

原文

春讯飞琼管[1]，风日薄，度墙啼鸟声乱。江城次第[2]，笙歌翠合，绮罗香暖。溶溶涧渌

译文

琼管灰飞带来春天的讯息，早春里风轻日淡，飞越城墙的啼鸣之声纷纷乱乱。江城转眼之间到处都是笙歌喧闹，翠碧满眼，丽人们穿上绮衣罗衫，四处花香日暖。涧水清澈，

冰泮[3],醉梦里、年华暗换。料黛眉重锁隋堤,芳心还动梁苑。

新来雁阔云音,鸾分鉴影[4],无计重见。啼春细雨,笼愁淡月,恁时庭院。离肠未语先断,算犹有、凭高望眼,更那堪、衰草连天,飞梅弄晚。

缓缓流动,残冰消融,酒醉的梦乡里,年华悄悄转换。料想青黛的蛾眉重重深锁,在那分别的隋堤,芳心频频惊动,在那春日的梁园。

近来鸿雁远飞,你的音信渺茫,鸾镜里两人的身影分隔两地,没有办法再重新相见。细雨淅沥,好像为春天哭泣,月色浅淡,仿佛被愁云笼罩,我就在那样的庭院。别离的愁肠,未曾言语先已痛到寸断,就算还能够登高望远,又如何忍受衰草绵延直到天边,梅花飞落在凄清的傍晚。

注释

1 **琼管:**竹或玉制的律管。古代用葭灰充实律管,当节候到时,律管中的葭灰会飞出,以此来占卜节候到来的时间。因律管早期多玉制,故称琼管。 2 **次第:**紧接着,转眼之间。 3 **涧渌冰泮:**涧水清澈,冰块消融。渌,水清。泮,消散。 4 **鸾分鉴影:**镜子里两人的身影分隔两地。鸾,指鸾镜。

南乡子

题南剑州妓馆

潘牥

导读

潘牥(1205—1246),字庭坚,号紫岩。端平二年(1235)进士。曾官太学正、潭州通判。辑本《紫岩词》存词五首。

此篇怀人。词人旧地重游,不见昔日相好的歌妓,因而题壁写下这首词以表怀念之情。上阕写凭栏远望,山水依旧伊人不再。下阕想象旧时相好是乘鸾的飞仙,在月宫仙界,佩环安然。最末玉人难见,只好玩梅以寄怀。

词篇短小而语意翻折，虽是题妓却意境高雅，用语冷艳，含蕴深远。

原文

生怕倚阑干，阁下溪声阁外山。惟有旧时山共水，依然，暮雨朝云[1]去不还。

应是蹑飞鸾[2]，月下时时整佩环。月又渐低霜又下，更阑，折得梅花独自看。

译文

害怕倚靠栏杆，听到楼阁之下的溪水之声，看到楼阁外的远山。只有旧时与你一同欣赏过的山水，景色依然，而你就好像朝为云、暮成雨的巫山神女一去不还。

你当是那乘鸾飞去的神仙，在月宫之下时时地整理佩环。月又渐渐低沉，霜又渐渐降下，夜深更漏已残，我折下一枝梅花，独自细细地赏看。

注释

1 **暮雨朝云**：用楚王梦会巫山神女的典故。这里指与词人一夕欢会的歌妓。据宋玉《高唐赋·序》载，楚王游高唐梦神女与之欢会，神女临走时说"旦为朝云，暮为行雨"。 2 **蹑飞鸾**：指乘鸾飞仙。

瑞鹤仙

陆叡

导读

陆叡，生卒年不详，字景思，号云西。绍定五年(1232)进士，曾官起居舍人、集英殿修撰等。存词二首。

此篇是闺怨词。上阕写游子征程中所见的景色，"湿云黏雁影"用语巧妙传神，下雨之前的云为湿云，好似粘住了困倦征程的鸿雁，营造出沉郁低迷的气氛。"千金"几句，回忆离别时的情景，时光宝贵，可是日夜终将无情而又准时地到来。"花惊"数句以闺妇视角描写别后相思刻骨，而征人未有音信又含怨怼。下阕又转换为征人视角，男儿志存高远，虽也爱恋红尘，但更要跨鹤高飞。“情丝”句又转回闺妇，相思之情剪不断理还乱，爱恨交织，又不免胡思乱想，害怕征人在外与他人相恋，心理刻画细腻而真实。最末对镜诉相思，愈加瘦损，痛苦由心及身，将这孤独的闺怨推向极致。

原文

湿云黏雁影，望征路，愁迷离绪难整。千金买光景，但疏钟催晓，乱鸦啼暝。花悰[1]暗省，许多情、相逢梦境。便行云、都不归来，也合寄将音信。

孤迥[2]，盟鸾[3]心在，跨鹤程高，后期无准。情丝待剪，翻惹得，旧时恨。怕天教何处，参差[4]双燕，还染残朱剩粉。对菱花[5]、与说相思，看谁瘦损？

译文

潮湿的乌云黏缠着鸿雁疲惫的身影，望着前行的道路，心情愁郁迷茫，别离的情绪难以整理。纵使有千金买来光阴，但仍有疏落的钟声催来晨晓，纷飞的乌鸦呼唤夜色。感花的心情暗暗醒悟，多少的深情，都托付在与你相逢的梦境。即便你如行云都不归来，也应该寄给我一封书信。

个性孤独而志趣高远，像鸾凤一样与你盟约相守的心还在，无奈要乘着仙鹤高飞远离，后会的约期没有定准。杂乱的情丝想要剪断，反惹起了旧时的怨恨。只怕老天教他去了某处，与他人双宿双飞，只留下我还在涂染残剩的胭脂香粉。对着菱花镜诉说相思，看镜中是谁消瘦减损？

注释

1 **花悰**(cóng)**:**感花的心情。 2 **孤迥:**个性孤高而志趣超俗。 3 **盟鸾:**指盟约相守。 4 **参差:**指燕子飞翔时尾羽不齐的样子。 5 **菱花:**指菱花镜。

渡江云

西湖清明

吴文英

导读

吴文英(约1212—约1272),字君特,号梦窗,晚号觉翁。未登科第,布衣终身。曾出为幕僚,游寓于苏、杭等地。擅长音律,能自作曲,其词风密丽深婉,堪为南宋词大家。后人辑有《梦窗词甲乙丙丁稿》,存词三百四十首。据学者考证,吴文英在苏、杭各有一妾,后一遣去,一亡殁,其词中多有感怀、悼念二妾的篇章。

此篇写恋情。上阕描写暮春之时,风光正好,在西湖之畔,对恋人的惊鸿一瞥。为描写相遇之美好,词篇用草地落花、湖心小舟、柳荫宝马,建构了一个浪漫、幽迷、奇妙的境界,而对佳人"隔花""背面""楚腰"的侧面描写,亦足能撩动人心。下阕先述词人追求佳人的情节,徘徊逡巡,访而不遇,终而留宿,数次幽期等,情感愈来愈炽。而"明朝事"一句顿转,恋人离去,只留凄冷。最末一句景色与上阕对比,完全相反,昏暗清冷,衬托出词人失去恋人的伤痛失落之情。词篇从最初的布景,至相遇,至追爱,至相爱,至最终失爱,以清晰的脉络叙述了一个完整的爱情悲剧。

原文

羞红颦浅恨,晚风未落,片绣[1]点重茵。旧堤分燕尾,桂棹轻鸥,宝勒倚残云。千丝怨碧,渐路入、仙坞迷津。肠漫回,隔花时见,

译文

红花好似含羞皱眉,微微含恨,晚风吹来,花未凋落,花瓣片片飘零,如彩绣点缀着地毯一般的草地。苏堤与白堤有如分开的燕尾交叉延伸,桂木小舟仿佛轻巧的鸥鸟漂动,宝马倚着傍晚的残云。哀怨的杨柳垂下千丝翠碧,渐渐走入,好似在仙境迷失了来

背面楚腰[2]身。

逡巡[3]，题门[4]惆怅，堕履[5]牵萦。数幽期难准，还始觉、留情缘眼，宽带因春。明朝事与孤烟冷，做满湖、风雨愁人。山黛暝[6]，尘波澹绿无痕。

路。令人柔肠回转，隔着花丛看你，只见窈窕的背影，纤细的腰身。

犹豫徘徊，访而不遇，心怀惆怅，驻足停宿，魂牵梦萦。多次幽期难有定准，这才发现情缘的开端只在那秋波一眼，解衣宽带全因春情萌动。至明朝突然事变，只剩下孤烟凄冷，变成了经受满湖风雨的愁郁之人。山色昏暝，烟波淡绿，了然无痕。

注释

1 **片绣:**花瓣。 2 **楚腰:**细腰。《韩非子·二柄》:“楚灵王好细腰，而国中多饿人。” 3 **逡巡:**犹豫不前的样子。 4 **题门:**用《世说新语》中吕安拜访嵇康而不遇，题字于门的典故。这里指造访未遇。 5 **堕履:**用《史记·留侯世家》中老父堕履令张良取履的典故。这里指驻足停宿。 6 **暝:**昏暗。

夜合花

吴文英

导读

此篇写故地怀人。上阕回忆曾经与恋人在故地的欢会好景，缠绵的情致融入“柳暝”“莺清”等景物描写当中。下阕转入当下，写重来故地，斯人不在，只剩凄凉的孤独，失落之意与“溪雨”“花狂”“残鸦”等景物相衬，情景交融。

原文

自鹤江入京，泊葑门，有感。

柳暝河桥，莺清台

译文

我从鹤江乘船去京城临安，泊舟在葑门，心有感怀而作词。

柳荫将河桥笼罩得幽暗，黄莺在台苑的啼

苑，短策[1]频惹春香。当时夜泊，温柔便入深乡。词韵窄，酒杯长，剪蜡花、壶箭催忙[2]。共追游处，凌波[3]翠陌，连棹横塘。	叫格外清亮，扶着短短的手杖频频沾惹春花的芳香。当时我在此入夜停泊，与你相偎共入温柔的梦乡。我文才有限，能作的词韵很窄，酒量却好，能端着酒杯开怀畅饮，我们共剪蜡烛长燃结下的灯花，壶箭计时催促得匆忙。追忆曾经共同游赏之处，你步态轻盈地走在青草路上，乘着小舟追逐嬉戏在池塘。
十年一梦凄凉，似西湖燕去，吴馆巢荒。重来万感，依前唤酒银罂[4]。溪雨急，岸花狂，趁残鸦、飞过苍茫。故人楼上，凭谁指与，芳草斜阳？	十年有如一梦只剩无限凄凉，好似西湖的燕子飞去，只剩下吴馆荒废的燕巢。我重游故地时心有万般感触，依照从前唤人将美酒斟上。暴雨迅急落入溪水，岸边的落花轻狂，伴着几只残鸦飞过暮色苍茫。故人曾居住的楼上，还有谁能与我一同指点评赏芳草外的斜阳？

注释

1 **短策：**短手杖。 2 **蜡花：**蜡烛燃烧后残留的灯芯。 **壶箭：**古代计时的仪器。 3 **凌波：**形容女子步态轻盈。三国魏曹植《洛神赋》有句："凌波微步，罗袜生尘。" 4 **银罂**(yīng)**：**古时大腹小口的盛酒器具。

霜叶飞

重九

吴文英

导读

此篇咏重阳而寄相思。上阕首句"断烟离绪"点明题旨是抒发离别愁绪，寓情于景，以断烟、斜阳、霜树、秋水、黄花、风雨等萧瑟意象渲染自己的凄凉情绪。而后"醉踏南屏"，回忆以往同游的欢乐时光。下阕"聊对旧节"

转入当下的心灰意冷与百无聊赖，末尾“但约明年”，意蕴深长。

原文

断烟离绪，关心事，斜阳红隐霜树。半壶秋水荐[1]黄花，香噀[2]西风雨。纵玉勒、轻飞迅羽[3]，凄凉谁吊荒台[4]古。记醉踏南屏，彩扇咽寒蝉，倦梦不知蛮素[5]。

聊对旧节传杯，尘笺蠹管[6]，断阕经岁慵赋。小蟾[7]斜影转东篱，夜冷残蛩语。早白发、缘愁万缕，惊飙从卷乌纱去[8]，漫细将、茱萸看，但约明年，翠微高处。

译文

残断的云烟勾起别离的愁绪，让人心事重重，看斜阳的残红渐渐隐没于经霜的高树。用半壶秋水，供奉一把黄菊，芳香喷吐还带着西风冷雨。放纵马儿奔驰，好似迅疾的飞鸟，心绪凄凉有谁会去凭吊荒台古迹？还记得醉饮之后登上南屏山，彩扇清歌伴着寒蝉的悲咽，困倦醉梦竟忘却佳人陪在身旁。

姑且如往年重阳时节一般传杯畅饮，无奈信纸蒙上灰尘，笔管生了蠹虫，一首残断的词篇经过了一年也懒得接续。小小月牙映着东篱的斜影暗暗转移，夜晚寒冷令残存的蟋蟀发出悲啼。早早便生出白发，只因为有愁丝万缕，全不在意突起的狂风将乌纱帽卷去。随意地将茱萸细细赏看，但愿定下明年的期约，仍相聚在这苍翠的山顶。

注释

1 **荐：**进献。 2 **噀**(xùn)**：**含在口中而喷出。 3 **玉勒：**指马。 **迅羽：**指飞鸟。 4 **荒台：**彭城（在今江苏徐州）的戏马台，项羽曾在此阅兵，南齐宋武帝曾在重阳日登此台。 5 **蛮素：**白居易有二妾，一名小蛮，一名樊素，词中借指佳人。 6 **尘笺蠹管：**信纸蒙尘，笔管生虫。 7 **小蟾：**小月牙。 8 **惊飙从卷乌纱去：**指孟嘉落帽的典故。《晋书·孟嘉传》载，九月九日，桓温在龙山请宴，孟嘉的帽子被风吹落而不觉。此处用典指不在意落帽。

宴清都

连理海棠

吴文英

导读

此篇咏连理海棠。上阕先述海棠生长环境之华贵，以“情密”述花繁，以“芳根”“花梢”述相交，不离连理之意。“锦屏人妒”一句将咏物与人情结合，之后则句句写海棠，又句句言人情。下阕承接嫦娥的孤单来反衬杨妃与明皇的连理成双，营造出一种浪漫、神秘又热烈、缠绵的艺术境界。“凭谁”一句又将甜蜜爱情推向悲剧的结局，最末仍重申对爱情的热切期待与忠贞不渝，情感真挚动人。全篇花人合写，风格绮艳密丽，在咏物词中尤为独特。

原文

绣幄鸳鸯柱[1]，红情密，腻云低护秦树[2]。芳根兼倚，花梢钿合[3]，锦屏人妒。东风睡足交枝，正梦枕、瑶钗燕股[4]。障滟蜡、满照欢丛，嫠蟾[5]冷落羞度。

人间万感幽单，华清惯浴，春盎风露。连鬟并暖，同心共结，向承恩处。凭

译文

雕花双柱撑起彩绣的帐篷，红色花朵开得簇密，绿叶低垂好似浓云守护连理的海棠。树根在地下相互缠绕倚靠，花枝有如精美的首饰盒上下扣合，惹得锦屏之后的人心生嫉妒。和暖的东风里，海棠花酣睡在缠绕相交的枝头，像美人在枕上甜梦，玉制的燕尾发钗散落一旁。用手挡风，秉烛赏花，蜡液丰盈的烛火明亮地照着花丛，月宫的嫦娥更觉清冷落寞羞于露面。

人间有千万种幽寂孤单，有多少人能像杨妃一样惯常享受华清池的汤浴，和帝王赐予的雨露风光。他们结发相依，共结同心，享受着甜蜜恩爱之时。可为什么两相分离，又是谁写

谁为歌长恨？暗殿锁、秋灯夜语。叙旧期、不负春盟，红朝翠暮。

下《长恨歌》吟咏悲情？幽暗的宫殿紧锁，秋夜向青灯诉说相思之语。还记着旧时的约期，愿不负爱情的盟誓，能朝朝暮暮如这依红偎翠的连理海棠，永远不再分离。

注释

1 **绣幄鸳鸯柱**:用雕花双柱支撑彩绣的帐篷来护花。2 **秦树**:指秦中（今陕西）的一种双株海棠。 3 **钿合**:首饰盒，有上下两扇可以开合。这里用以形容花枝好像钿盒一样上下扣合。 4 **燕股**:发钗，两股似燕尾。 5 **嫠(lí)蟾**:指嫦娥。嫠，寡妇。嫦娥在月宫无夫，故称。

齐天乐

吴文英

导读

此篇是别后怀人词。上阕开篇点题，以王献之与爱妾分别的典故点明离情。“古柳重攀”开始写旧地重游、斯人不再的忧伤憔悴。下阕回忆以往相处的美好光景，深情描述了恋人娇好的容貌与体贴的深情。“梦不湿行云”以梦中尚不能相会，映射出现实中两相分离的绝望。末尾以秋夜疏雨、秋虫啼鸣作结，伤感无尽。

原文

烟波桃叶西陵路[1]，十年断魂潮尾。古柳重攀，轻鸥聚别，陈迹危亭独倚。凉飔[2]乍起，渺烟碛[3]飞帆，暮山横翠。但有江花，共临秋

译文

与你分别在烟波浩渺的桃叶渡、西陵路，自此十年间离魂缥缈起伏，追随潮尾。古老的柳树重又攀折，轻飞的鸥鸟相聚又分别，高耸的楼亭独自凭倚，寻找曾经的踪迹。凉风突然吹起，渺茫中是那烟水笼罩的沙洲与飞动的船帆，傍晚的远山横着一道翠碧。只有江畔的野

镜照憔悴。

华堂烛暗送客，眼波回盼处，芳艳流水。素骨凝冰，柔葱蘸雪，犹忆分瓜[4]深意。清尊未洗，梦不湿行云，漫沾残泪。可惜秋宵，乱蛩疏雨里。

花，与我一同临近如镜秋水，映照出憔悴面容。

华丽的厅堂烛火暗淡，在这里送走行客，眼波回顾时，好似澄澈的流水。素洁的身骨好似冰雪凝结，柔嫩雪白的手指好似嫩葱蘸雪。还记得分切水果招待我的柔情蜜意。她曾饮用的酒杯未曾清洗，空入梦境，再难与你云雨相会，只沾染滴不尽的残泪。可惜在这秋日的深夜，只有蟋蟀的乱啼掺杂在稀疏的雨声里。

注释

1 **桃叶西陵路**：桃叶指桃叶渡，在今南京秦淮河畔，因晋王献之在此送爱妾桃叶渡江而得名。西陵路，在钱塘江西。两者在词中都借指与情人离别的地方。 2 **凉飔**(sī)：凉风。 3 **烟碛**：烟雾笼罩的沙洲。 4 **分瓜**：意谓切水果招待。

花犯

郭希道送水仙索赋

吴文英

导读

此篇咏水仙。开篇四句描写水仙的花叶形态。“昨夜”数句描写寒夜中初见水仙的情景以及对水仙的担忧与珍惜之情。下阕将水仙比作湘水女神，带着幽香远道而来。“熏炉畔、旋移傍枕”刻画词人对水仙的痴迷之态，十分传神。最末感谢朋友的赠花之情。

原文

小娉婷[1]，清铅素

译文

像是娇巧可爱的美人，清雅素白的花瓣带

靥[2]，蜂黄暗偷晕，翠翘攲鬓[3]。昨夜冷中庭，月下相认，睡浓更苦凄风紧。惊回心未稳，送晓色、一壶葱蒨[4]，才知花梦准。

湘娥化作此幽芳，凌波路，古岸云沙遗恨。临砌影，寒香乱、冻梅藏韵。熏炉畔、旋移傍枕，还又见、玉人垂绀[5]鬓。料唤赏、清华池馆，台杯[6]须满引。

着浅浅的酒窝，蜂黄的花蕊暗暗浮上含羞的红晕，碧绿的叶子好像翠玉的首饰斜插在两鬓。昨夜中庭清冷，在淡淡的月色下与你相见，风霜凄冷，将我从沉睡中惊醒。被惊起的心久久未能平静，送走晨晓的暗色，看到一壶青翠的水仙花朵绽放，才知梦中花开的信息果然很准。

大概是湘水神女化成了这样幽然的芬芳，她步履轻盈一路走来，带着古老岸边浮云白沙间的遗恨。临近台阶出现你的身影，寒冷中香气弥漫，连那耐寒的梅花也要藏起神韵。把你放在熏炉的旁边，接着又移过来挨着绣枕，仿佛又看到了一位美人垂下鬓边秀发。料想朋友也想唤我同赏，在风景清丽秀美的池馆里与你相伴，将台杯斟满诉说对你的喜爱。

注释

1 **娉婷：**美人，佳人。 2 **靥(yè)：**酒窝。 3 **翠翘攲鬓：**翠玉首饰斜插在两鬓。这里是比喻水仙叶翠绿。 4 **葱蒨：**青绿色，此指水仙。 5 **绀(gàn)：**微微带红的黑色。 6 **台杯：**大小重叠成套的酒杯。

浣溪沙

吴文英

导读

此篇写梦境，抒发含蓄的相思愁怀。“门隔花深”营造出一个迷幻幽深的秘境。夕阳下玉手掀竹帘含蓄点出词人借记梦而写情的主旨。下阕全部写景，而“堕泪”“含羞”之句又双关带出人。全篇营造出一个似真似幻、忧郁凄迷的艺术境界，是相思词中的独特之作。

原文

门隔花深梦旧游，夕阳无语燕归愁，玉纤[1]香动小帘钩。

落絮无声春堕泪，行云有影月含羞，东风临夜冷于秋。

译文

隔着院门是深深的花丛，旧日欢游的情景总是出现在梦中，夕阳默默无语，燕子归来带着忧愁，纤纤玉手掀动小小竹帘，香气幽幽。

飘落的柳絮无息无声，春天降下小雨仿佛落泪，行云游走投下暗影，月亮在云层后好似含羞，东风降临，此夜冷于深秋。

注释

1 **玉纤：**指纤纤玉手。

浣溪沙

吴文英

导读

此篇以悲秋寄相思。上阕写秋夜清景，由月影如钩联想垂钓而带出所思之人。下阕“晓别”委婉点明分离，“春休”又暗指欢情已尽，末句以萧瑟秋景渲染出凄凉心境。

原文

波面铜花[1]冷不收，玉人垂钓理纤钩[2]，月明池阁夜来秋。

江燕话归成晓别，水花红减似春休，西风梧井叶先愁。

译文

水波表面的铜绿浮萍，到了冷秋仍然没有枯萎，月影如钩，仿佛有位佳人在水边垂钓，明月映照着池阁，夜里吹来秋风。

江面上的燕子呢喃说着归去，在晨晓分别，水中的花朵消减了艳红，好似春日已走到尽头，西风吹过井边的梧桐，落叶最先知道秋愁。

注释

1 **铜花:**一种铜绿色的浮萍,经秋不凋。 2 **纤钩:**指月影。黄庭坚《浣溪沙》有"惊鱼错认月沉钩"句。

点绛唇

试灯夜初晴

吴文英

导读

此篇写正月试灯之夜的风光与情怀。上阕写细雨过后,天地明净。下阕写在繁华街道上回忆起与恋人的前情旧事,绮艳秾丽。今日之孤单与旧时之欢爱两相对比,透出寥落的愁怀。

原文

卷尽愁云,素娥[1]临夜新梳洗。暗尘不起,酥润凌波地。

辇路[2]重来,仿佛灯前事。情如水,小楼熏被,春梦笙歌里。

译文

暗沉的浮云尽行卷收,月亮在夜空中格外明亮,仿佛刚刚梳洗一新。昏暗的灰尘一点未起,酥润的雨水打湿了丽人们行经的土地。

重新游赏这繁华的街道,仿佛之前赏灯的往事就在眼前。她的柔情似水,小楼上铺着熏香的锦被,美妙的春梦沉醉在喧闹的笙歌里。

注释

1 **素娥:**指月亮。 2 **辇路:**帝王车驾行经之路,引申为繁华大道。

祝英台近

春日客龟溪游废园

吴文英

导读

此篇是游春词。开篇写词人在春日游赏废园所见,"斗草""莲步"两句颇有情味意趣。"自怜"打开忧愁的匣子,感叹年华渐老,在外飘零。下阕仍写景,春日百无聊赖而天气多雨,徒然增添词人的愁怀。最末几句,"花影""莺声"留客似是有所指,而词人的"霎时凝伫"也留下无限情思。

原文

采幽香,巡古苑,竹冷翠微路[1]。斗草[2]溪根,沙印小莲步。自怜两鬓清霜,一年寒食,又身在、云山深处。

昼闲度,因甚天也悭[3]春,轻阴便成雨?绿暗长亭,归梦趁风絮。有情花影阑干,莺声门径,解留我、霎时凝伫。

译文

采摘香气清幽的野花,徘徊在荒凉的古园,竹林清冷,走在青翠的小路。斗草嬉戏在小溪旁,沙滩上留下佳人小巧的脚印。自我哀怜两鬓已染白霜,今年的寒食,又只身寓居在这云山的深处。

白昼常常等闲虚度,为什么老天也如此吝啬春光,轻淡的阴云便化成了细雨?绿荫下长亭昏暗,归去的魂梦追逐着风中的飘絮。含情的花影纵横摇曳,黄莺的娇啼穿过门径,仿佛明白我的不舍,留我片刻的凝神停伫。

注释

1 **翠微路:**青翠的小路。 2 **斗草:**古时的一种游戏,采花草相聚以比优劣。 3 **悭**(qiān):吝啬,刻薄。

祝英台近

除夜立春

吴文英

导读

此篇写除夕立春之夜的热闹与愁怀。开篇以插戴春幡来描写迎春的喜气洋洋。下阕“旧尊俎”开始回忆除夕有佳人相伴的美好往事。“归梦”寄托美好的希冀，然而终究是“还迷”。最末三句以凄冷的早春之景收笔，归于孤寂。全篇以上阕之乐景衬下阕之哀情，写热闹中的寂寞，更能撼动人心。

原文

剪红情，裁绿意，花信[1]上钗股。残日东风，不放岁华去。有人添烛西窗，不眠侵晓，笑声转、新年莺语。

旧尊俎，玉纤曾擘[2]黄柑，柔香系幽素。归梦湖边，还迷镜中路[3]。可怜千点吴霜，寒消不尽，又相对、落梅如雨。

译文

带着对春天的期盼之情，裁剪红花、绿叶，随着春天的花信制成春幡，装饰在钗股上，戴在发间。夕阳下的东风寒冷，不愿放岁末的年华归去。有人在西窗下添烛，不眠守岁，直至天明，笑声婉转，如新年黄莺的啼鸣。

旧时的除夕宴席，你用纤纤玉手掰开黄柑，轻柔的香气弥漫，至今萦绕在我的心头。我在梦里回到湖边，却迷失在湖面的水路。可惜吴地的白霜千点，寒冷未完全消融，更何况又面对着凋落如雨的梅花。

注释

1 **花信**：百花以一定的时令开放，称为花信或花讯。 2 **擘**(bāi)：同“掰”。 3 **镜中路**：湖面上的水路。镜，指湖面如镜。

澡兰香

淮安重午

吴文英

导读

此篇咏端午。上阕开篇以佳人的应节装束与午睡神态切题，“银瓶”“彩箑”两句描写端午宴会与歌舞的繁盛，而转笔以“往事少年依约”总束前五句，点出这些都是回忆中的少年往事，营造出一种时空纵深感。“为当时”仍承上文回忆旧事，“黍梦”两句又将视角拉回当下，年华渐老，物是人非，人生如梦。下阕从招屈子魂的典故下笔，仍切端午之题。“薰风”“午镜”“澡兰”“菖蒲”等也都是应时景物，却又以“念秦楼、也拟人归”一句总束，说明这些都是想象中佳人在家中盼归的景象，将思念之情从对方写来，与上阕形成呼应，结构十分精巧。最末以新月随人收笔，一种相思，两地相望，清峭而动人。

原文

盘丝系腕[1]，巧篆[2]垂簪，玉隐绀纱睡觉。银瓶[3]露井，彩箑[4]云窗，往事少年依约。为当时、曾写榴裙，伤心红绡褪萼。黍梦光阴，渐老汀洲烟蒻[5]。

莫唱江南古调，怨抑难招，楚江沉魄[6]。薰风燕乳，暗雨梅黄，

译文

五彩的丝线缠绕手腕，精巧的钗符垂于发簪，青色的纱帐里隐约是刚刚睡醒的玉人身影。在庭院的露井边摆上宴席，在云窗下手持彩扇歌舞，少年时的往事依约记得。当时曾在她的石榴裙上题诗，如今每每见到红花凋落便徒增伤心。人生的光阴有如黄粱一梦，沙洲上的细嫩蒲草也会渐渐变老。

莫要再唱起江南的古调，那音调哀怨抑郁，难以招回楚地江水里屈子的魂魄。和暖的春风里乳燕破壳而生，昏暗的细雨里梅子

午镜[7]澡兰帘幕。念秦楼[8]、也拟人归，应剪菖蒲自酌。但怅望、一缕新蟾，随人天角。

已黄，悬挂避邪午镜，在帘幕中用兰汤沐浴。感念居住在秦楼的佳人，也在盘算着我将归去，应当剪插菖蒲自斟自饮。只能怅然眺望一缕新出的月牙，思绪随着游子飘到天涯。

注释

1 **盘丝系腕：**古时端午用五色丝线缠绕在手腕上，认为可以驱邪避祟。2 **巧篆：**精巧的钗符，用于避邪。3 **银瓶：**酒器，这里指代宴席。4 **箑**(shà)：扇子。5 **蒻**(ruò)：蒲草。6 **沉魄：**指屈原。7 **午镜：**端午之日所制之镜，据说可以辟邪。8 **秦楼：**指佳人所居之地。

风入松

吴文英

导读

此篇为清明时节怀念亡姬而作。开篇点明时间，“瘗花铭”一语双关，既指花谢，亦暗示佳人香消玉殒。“楼前”几句回忆二人分别情景。末二句醉饮入梦，却又被莺啼唤起，感春伤怀之情无可奈何。下阕写恋人离去后词人的生活，日日打扫亭台，欣赏旧景。只是见到黄蜂扑飞秋千吊绳，便联想到玉手留香；见到石阶生满苔藓，便联想到绣鞋曾来。睹景思人，语极淡而情极哀，婉约词派的大手笔当是如此。

原文

听风听雨过清明，愁草瘗[1]花铭。楼前绿暗分携路，一丝柳、一寸柔情。料峭春寒中酒[2]，交加晓梦啼莺。

译文

听着风雨，度过了清明，满腹愁肠，草拟了葬花铭。楼前的绿荫小路是从前的分别之处，每一丝柳条都好似一寸柔情。料峭春寒中饮醉了酒，莺啼纷乱搅扰了清晨美梦。

原文	译文
西园日日扫林亭，依旧赏新晴。黄蜂频扑秋千索，有当时、纤手香凝。惆怅双鸳[3]不到，幽阶一夜苔生。	西园里日日清扫林中亭台，依旧赏玩阴雨过后的新晴。黄蜂频频扑向秋千的吊绳，那里应该有当时纤纤玉手留下的凝脂浓香。穿着鸳鸯绣鞋的丽人不曾再来，幽暗的石阶上一夜间苔藓暗生，令人惆怅。

注释

1 **瘗(yì)**：埋葬。 2 **中酒**：醉酒。 3 **双鸳**：鸳鸯鞋，指女鞋。

莺啼序

春晚感怀

吴文英

导读

此篇为晚春感怀亡姬而作。词有四叠二百四十字，是历来词作中最长的作品。词首叠写景，酒醉天寒，重掩绣户，开篇即塑造了一个伤心失意人的形象。后文描写晚春之景，引逗出"羁情"。二叠回忆自己寓居西湖十年的美好时光，那时年少风流，引得佳人春心萌动，暗递情信，于是成就缱绻良缘。然好景短暂，"春宽梦窄"转入两情分别。三叠写分别之后的天人永隔，"瘗玉埋香"暗示爱妾亡逝，"长波妒盼"又转入对亡妾的回忆，从娇美容颜，到同宿春江、渡口分别、败壁题词，种种细节最为动人。四叠谓词人年华已老，爱人不在，睹物思人，琴寄哀思。最末谓以此怨曲招魂，又一次强化了词人的痴情与执着。全篇脉络井然，语词精妙，情感凄迷，是悼亡词中的哀感艳绝之作。

原文	译文
残寒正欺病酒，掩沉香绣户。燕来	暮春残留的寒意正侵袭醉酒的我，掩上沾染沉香的雕花窗户。燕子归来时已晚，飞入了西

晚、飞入西城，似说春事迟暮。画船载、清明过却，晴烟冉冉吴宫[1]树。念羁情、游荡随风，化为轻絮。

十载西湖，傍柳系马，趁娇尘软雾。溯红渐[2]、招入仙溪，锦儿[3]偷寄幽素。倚银屏、春宽梦窄，断红湿、歌纨金缕[4]。暝堤空，轻把斜阳，总还鸥鹭。

幽兰旋老，杜若还生，水乡尚寄旅。别后访、六桥[5]无信，事往花委，瘗玉埋香，几番风雨。长波妒盼，遥山羞黛，渔灯分影春江宿。记当时、短楫桃根渡[6]，青楼仿佛。临分败壁题诗，泪墨惨淡尘土。

危亭望极，草色天涯，叹鬓侵半苎[7]。暗点检、离痕欢唾，尚染鲛绡，亸凤[8]迷归，破鸾慵舞。殷勤待写，书

城，好似在诉说着春日风光的衰败。画船满载着游客，清明就这样过去，晴天的云烟慢慢地从吴地宫苑的树丛中升起。感念羁旅游荡之情，随风而去化成了轻飞的柳絮。

寓居西湖十年，常常在湖边柳树上系住骏马，去追逐芳尘香雾。追溯落红浮荡的流水，渐渐进入仙境般的小溪，你的侍儿偷偷送来情信，将你暗藏的芳心向我倾诉。在银屏背后，与你的欢聚春长梦短，沾染红粉的泪水滴落，打湿了绢制的歌扇和镶金丝的舞裙。湖堤一片昏暗空寂，轻易地将斜阳美景，全部都还给鸥鹭。

幽兰转瞬即老，杜若渐渐新生，暂且寄居在这异地的水乡。与你分别后再来寻访曾经一同游过的六桥，可是全然没有音信，旧事已去，鲜花已萎，几番无情的风雨，埋葬了美玉和花香。湖中的水波妒忌你顾盼生姿的美目，远处的青山比不上你浅浅的眉黛，渔灯点点倒映在水面，我与你在春江上双栖同宿。还记得当时短楫撑舟至分别的桃根渡，你曾居住的青楼仿佛还一如往常。临到分别我在败壁上题诗，和着泪水的墨迹已沾染上惨淡的尘土。

登上高高的亭楼极目远眺，青青的草色延伸到天边，感叹自己的双鬓已生出一半的白发。默默地整理你离去后的旧物，离别之时的泪痕与欢聚时的香唾，尚且沾染在丝绸手帕，凤钗下垂，已迷失了归途，镜子破碎，

中长恨，蓝霞辽海沉过雁。漫相思、弹入哀筝柱。伤心千里江南，怨曲重招，断魂在否？	上面的鸾鸟再也不能起舞。心中殷殷的深情等待书写，变成书册中永恒的离恨，蓝天的云霞、辽阔的大海隐没了可以传信的鸿雁。满怀的相思，只能寄托于哀筝的弦柱。伤心之地在千里广阔的江南，写下这哀怨的歌曲重新将你召唤，你的灵魂是否还在？

注释

1 **吴宫：**指南宋都城临安（今杭州）的宫苑。 2 **红渐：**漂浮着落花的流水。 3 **锦儿：**据《侍儿小名录》记载，钱塘倡家杨爱爱的侍女名叫锦儿。这里指通过侍女传递情信。 4 **歌纨金缕：**指歌扇和舞衣。 5 **六桥：**西湖苏堤上的六座桥，北宋苏轼所建，分别是映波、锁澜、望山、压堤、东浦、跨虹。 6 **桃根渡：**即桃叶渡，指分别之处。据《古今乐录》载，晋王献之爱妾名桃叶，其妹曰桃根，王献之曾临渡口送桃叶，后人因名其地曰“桃叶渡”，在今南京秦淮河畔。7 **苎：**苎麻，因其色白而用以比喻白发。8 **亸(duǒ)凤：**凤钗下垂。

惜黄花慢

吴文英

导读

此篇为送别友人而作。上阕描写秋夜送客情景与愁郁不舍的离别之情。“试霜”“枫落”渲染萧瑟秋景，“离亭”“恨水”描写离别气氛，末以沈郎消瘦自喻，营造凄迷氛围。下阕写窗下夜饮饯别，化用弄玉吹箫与宋玉悲秋的典故，暗指伴席歌女的技艺精湛和去客难留的悲怆无奈。“歌云载恨”，以云喻歌，想象新奇。最末荡开一层，想象朋友家中的思妇正在盼望游子之信，又开出一片思量的天地。

原文

次吴江，小泊，夜饮僧窗惜别。邦人赵簿携小妓侑尊。连歌数阕，皆清真词。酒尽已四鼓。赋此词饯尹梅津。

送客吴皋[1]，正试霜夜冷，枫落长桥。望天不尽，背城渐杳，离亭黯黯，恨水迢迢。翠香零落红衣[2]老，暮愁锁、残柳眉梢。念瘦腰、沈郎旧日，曾系兰桡。[3]

仙人凤咽琼箫，怅断魂送远，《九辩》[4]难招。醉鬟留盼，小窗剪烛，歌云载恨，飞上银霄。素秋不解随船去，败红趁、一叶寒涛。梦翠翘[5]，怨鸿料过南谯。

译文

暂时在吴江泊舟停留，夜晚在僧寺的窗下饮酒饯别。当地人赵簿带着年轻歌妓来助酒兴。一连唱了几曲，都是周邦彦的词。酒喝完时已是四更天。我写下此词送别尹梅津。

在吴江之畔送别客人，正是秋霜初凝的寒冷夜晚，枫叶飘落在长桥边。遥望天边没有尽头，背城而去的地方越来越渺茫，离开长亭之后路途幽暗，满含别恨的江水悠远绵长。翠碧清香的荷叶零落，艳红的荷花衰老，暮色之中的残柳，如同佳人眉梢愁郁紧锁。感念昔日因愁而腰瘦的沈郎，曾经也在这里系上兰舟。

琼玉的凤箫好似仙人的吹奏，怅然魂断，将要送别朋友远去，即便是宋玉的《九辩》也难以形容这种悲怆。含醉的歌女流连顾盼，已是小窗边剪烛的深夜，离别宴上歌声婉转，如同浮云，满载着离恨飞上月色如银的九霄。凄清的秋天不懂得随船离去，只将落叶追随寒涛中的一叶小舟。梦中戴着翠绿首饰的佳人，猜想着传递怨情的鸿雁已飞过南谯。

注释

1 **吴皋**：吴江之畔。皋，水边的高地。 2 **红衣**：荷花。 3 **沈郎**：指沈约。《南史·沈约传》载，沈约写信给朋友徐勉，谓自己因愁郁而腰围缩减。 4 **《九辩》**：宋玉所作的悲秋名篇，极尽凄怆伤感。 5 **翠翘**：女子首饰，这里指代思念中的恋人。

高阳台

落梅

吴文英

导读

此篇咏落梅。开篇先述野外的水边梅花兀自凋败，“埋香”“锁骨”以法身美人喻落梅，表现其美艳、高洁。其后以《梅花落》笛曲引出别愁，似有打并入身世飘零之意。下阕多个典故连用，意象绵密，内涵丰富，表达落梅之清愁。最末“叶底清圆”谓梅花已落，结出梅子，点出落梅结局。全篇情感幽怨，意境清虚，历来评价颇高。

原文

宫粉雕痕，仙云堕影，无人野水荒湾。古石埋香，金沙锁骨连环[1]。南楼不恨吹横笛，恨晓风、千里关山。半飘零，庭上黄昏，月冷阑干。

寿阳空理愁鸾，问谁调玉髓，暗补香瘢？[2]细雨归鸿，孤山[3]无限春寒。离魂难倩招清些[4]，梦缟衣、解佩溪边。最愁人，啼鸟晴明，叶底清圆。

译文

浅粉的梅花凋落，像是云中仙子坠落的倩影，飘零在荒野无人的水湾。古旧的墓石下埋葬着她芬芳的骸骨，像是金沙滩上那法身美人的锁骨连环。不怨恨南楼之上吹响的横笛，只恨晨晓的风掠过千里的关山。一半飘零在黄昏的庭园，清冷的月光照耀着栏杆。

寿阳公主徒劳地对着鸾镜中的落梅印迹发愁，试问谁能调制玉髓，暗中修补香艳的瘢痕？细雨之中鸿雁回归，孤山之上春寒无限。梅花离魂一去再难招还，只在梦中见她缟衣素服，在溪边解下佩环。最令人忧愁的是，天气晴朗鸟儿啼唤，树叶底下已结出梅子青碧浑圆。

注释

1 **锁骨连环:**用法身美人的典故。《续玄怪录》载:有美妇多与少年相亲,几年后逝去,被葬于路边。后有胡僧礼敬其墓,言其为锁骨菩萨,顺世俗之欲。众人挖开墓穴查看,其骨果然"钩结皆如锁状"。此处用典喻梅之高洁。 2 **寿阳:**指南朝宋武帝刘裕之女寿阳公主。寿阳公主一次卧于含章殿檐下,梅瓣落其额上,拂之不去。 **玉髓:**东晋王嘉《拾遗记》载,三国吴孙和误伤其宠姬脸颊,医者言可用白獭之髓混合杂玉、琥珀之屑敷于伤口,治疗瘢痕。 **香瘢:**指寿阳公主额上的梅花印迹。 3 **孤山:**在杭州西湖,北宋林逋曾隐居于此,林逋有"梅妻鹤子"之清誉。 4 **离魂难倩招清些:**指离魂难以招回。

高阳台

丰乐楼分韵得"如"字

吴文英

导读

此篇是分韵作词,写春日西湖风光。开篇五句写西湖风景如画,"晚酒醒余"由风光转至自身,感叹年华衰老。下阕视角由楼外转至室内,描写雨天拥枕独处的孤独。"怕舣游船"二句写漂泊江湖,形容憔悴。接下来仍写景色,然情绪更为低迷,落花入水,游鱼也生愁怨,柳絮乱飞,好似春泪洒满平原。词篇面对大好风光,亦渐生哀感,以致触目皆是伤心。宴席分韵词中多承平喜乐之作,此篇则触人心怀。

原文

修竹凝妆,垂杨驻马,凭阑浅画成图。山色谁题?楼前有雁斜书。东风紧送斜阳下,

译文

修长的翠竹好似精心作了装扮,在枝条低垂的柳树下拴马停驻,倚着栏杆看这美如淡墨图画的风光。谁来题写这湖光山色?阁楼前有成列的大雁斜飞成书。斜阳落下,东风阵阵,

弄旧寒、晚酒醒余。自消凝，能几花前，顿老相如[1]？

伤春不在高楼上，在灯前攲枕，雨外熏炉。怕舣[2]游船，临流可奈清臞[3]？飞红若到西湖底，搅翠澜、总是愁鱼。莫重来、吹尽香绵，泪满平芜。

送来残余的春寒，让我从昨晚的残醉中清醒。独自黯然销魂，一生还有几度能够游赏花前？只叹年华顿老好似愁病交加的司马相如。

伤春之情并非源于高楼上的游目驰骋，而是夜晚在灯前斜靠孤枕，窗外春雨潇潇，屋内点着熏炉。害怕停下行船，对着流水自照，哪可承受水中憔悴的面容？飞落的红花若沉到西湖水底，搅乱翠碧，荡起波澜，总是愁坏了湖鱼。此处莫要再来，枝头柳絮被风吹尽，点点坠落，好似泪水洒满了原野。

注释

1 **相如**：指西汉司马相如。 2 **舣**：使船靠岸。 3 **清臞**(qú)：清瘦。

三姝媚

过都城旧居有感

吴文英

导读

此篇怀念亡姬。上阕先述羁旅游寓之苦，衣服残破、脏污也无人缝补浣洗。“紫曲”以下数句，写恋人离去之后，庭院荒芜衰败。而双燕对语，则更衬出失偶人的孤独。下阕先恨二人情缘太短，之后回忆恋人还在时的欢乐情景。“舞歇歌沉”二句又是一转，道出恋人逝去的残酷现实。最末两句记景，独对斜阳泪流满面，哀思无尽。

原文

湖山经醉惯，渍[1]春

译文

在湖光山色里沉醉我早已习惯，沾染春

衫、啼痕酒痕无限。又客长安，叹断襟零袂，涴尘[2]谁浣。紫曲[3]门荒，沿败井、风摇青蔓。对语东邻，犹是曾巢，谢堂双燕。

春梦人间须断，但怪得、当年梦缘能[4]短。绣屋秦筝，傍海棠偏爱，夜深开宴。舞歇歌沉，花未减、红颜先变。伫久河桥欲去，斜阳泪满。

衫的，是那无数啼哭的泪痕和狂饮的酒痕。又客居在都城临安，感叹残断的衣襟、飘零的衣袂被尘泥沾污，有谁能替我浣洗？从前繁华的街道门楼前一片荒芜，风沿着残败的枯井，轻轻地摇动青绿的藤蔓。东邻传来呢喃对语，仍然是曾筑巢于谢家堂前的双燕。

人间的美妙春梦终须清醒，只是奇怪当年的情缘这样短。她曾在绣房里弹奏秦筝，偏爱在海棠花旁，夜深时大开欢宴。舞已停歇，歌已沉静，海棠花开不减从前的娇艳，而青春的红颜却先凋残。久久伫立在河桥边想要离去，一瞥斜阳却让我泪流满面。

注释

1 **渍**(zì)**：**沾染。 2 **涴**(wò)**尘：**被尘泥沾污。涴，弄脏。 3 **紫曲：**恋人曾寓居的繁华街巷。 4 **能：**通“恁”，这么。

八声甘州

灵岩陪庾幕诸公游[1]

吴文英

导读

此篇咏古。开篇谓灵岩之奇乃天降流星而成，想象大胆奇特。“幻”字领起之三句，以密集的典故与意象叙写灵岩的过往与名胜，充满了神秘感，又全都与历史相扣，尤其是拈出吴王夫差曾建宫于此的史实，为下文铺垫。“箭径”“腻水”“双鸳响”等语，仍然句句紧扣历史典故，同时也暗含吴王夫差败亡的根源。下阕直写吴王沉醉于酒色与范蠡归隐于江湖，一醉一醒，两相对照。“问苍波”一语呼应开头之问，回归于当下秋景，最末呼酒上琴台，意气振拔。全篇词采华茂，峥嵘与婉转并存，是吴文英词中的雄豪之作。

原文

渺空烟四远，是何年、青天坠长星。幻苍崖云树，名娃[2]金屋，残霸[3]宫城。箭径[4]酸风射眼，腻水染花腥。时靸双鸳响[5]，廊叶秋声。

宫里吴王沉醉，倩五湖倦客[6]，独钓醒醒。问苍波无语，华发奈山青。水涵空、阑干高处，送乱鸦、斜日落渔汀。连呼酒，上琴台去，秋与云平。

译文

远眺四方的长空，只见渺茫的云烟，不知是何年，从青天坠下彗星？幻化成苍翠的山崖与云中的高树，幻化成名娃西施居住的金屋，幻化成残霸吴王夫差的宫城。箭径上凄冷秋风吹得人的双眼发酸，溪水里漂浮着从前佳人洗妆的香腻脂粉，沾染得溪边的花朵还带着香味。耳边传来美人靸着鸳鸯鞋扣在廊上的声响，其实是树叶落在回廊上的秋声。

宫殿里吴王整日酒色沉醉，想到泛舟五湖的范蠡，独自垂钓，让人清醒。试问苍茫的水波，它却默默无语，奈何白发已生，山犹青青。江水浩瀚浸润着无际的天空，伫立高处凭倚栏杆，目送乱飞的乌鸦远去，斜阳落在渔村。连声呼唤上酒，登上琴台去，秋色与云齐平。

注释

1 **灵岩：**又名石鼓山，在今苏州西。 **庾幕：**仓幕，此指提举常平司的幕府。 2 **名娃：**指西施。 3 **残霸：**指吴王夫差。一度称霸春秋，但被越王勾践打败，身死国灭，霸业有始无终，故称残霸。 4 **箭径：**指采香径。据范成大《吴郡志》记载：吴王曾种香于香山，使美人泛舟溪上采香，从灵岩山上望之，溪水直如箭矢，因此俗名“箭径”。 5 **靸**(sǎ)**：**拖着鞋。 **双鸳：**鸳鸯履，女子之鞋。 6 **五湖倦客：**指范蠡。据《吴越春秋》所载，范蠡在辅佐越王勾践灭吴之后，功成身退，“乃乘扁舟，出三江入五湖，人莫知其所适”。

踏莎行

吴文英

导读

此篇为感念亡姬而作。上阕细致地描写了端午节时恋人的服饰形貌。下阕以“午梦”点明上阕所见只在梦中。最末两句写记梦之人独听雨声，哀伤不尽。全篇意境空灵幽邃，给人迷离飘忽之哀感。

原文

润玉[1]笼绡，檀樱倚扇，绣圈[2]犹带脂香浅。榴心空叠舞裙红，艾枝应压愁鬟乱。

午梦千山，窗阴一箭，香瘢[3]新褪红丝腕。隔江人在雨声中，晚风菰叶[4]生秋怨。

译文

温润如玉的肌肤上笼着薄纱，芬芳的樱桃小嘴轻吻着歌扇，雕花的项圈上还带着脂香浅浅。穿着的红舞裙仿佛是从花心层层堆叠的花瓣，头上的鬟髻应当烦恼被艾枝压乱。

午睡梦入千山，窗前的光阴却只一瞬，眼前仿佛还能见到手腕上刚刚褪去的红丝线的勒痕。隔着江面，有人伫立在淅淅沥沥的雨声中，晚风中水里的菰叶生出秋日的悲怨。

注释

1 **润玉：**指温润如玉的肌肤。 2 **绣圈：**女子所佩的雕花项圈。 3 **香瘢：**指端午手腕上缠绕红丝线后所留下的红色勒痕。端午习俗，在手腕上缠五彩丝线可辟邪祟。 4 **菰叶：**水生植物茭白之叶。

瑞鹤仙

吴文英

导读

此篇是寒食节悼念亡姬之作。上阕先写寒食景色，以景语引逗怀人之思，"兰情蕙盼"以下皆是情语，回忆恋人的多情，"又争知"几句写尽相思之深。下阕则从对方写来，想象对方思念自己的种种痴情举动。尘蒙歌扇，分钿以别，挑灯写信，又和泪收卷，画尽一个闺妇回环往复、欲罢不能的相思深情。末句寄情于梦中相见，语痴情重。

原文

晴丝牵绪乱，对沧江斜日，花飞人远。垂杨暗吴苑，正旗亭[1]烟冷，河桥风暖。兰情蕙盼[2]，惹相思、春根酒畔。又争知、吟骨萦消，渐把旧衫重剪。

凄断，流红千浪，缺月孤楼，总难留燕。歌尘凝扇，待凭信，拚分钿[3]。试挑灯欲写，还依不忍，笺幅偷和泪卷。寄残云剩雨蓬莱，也应梦见。

译文

晴天的游丝牵动着我的心绪纷乱，对着苍茫的江水和斜落的夕阳，残花飞去人亦走远。低垂的杨柳遮蔽了吴王的宫苑，正当寒食，旗亭上烟雾清冷，河桥上春风和暖。她的深情芬芳如兰，她的美目多情如蕙，挑动我的相思，在那晚春的酒楼之畔。又怎知道，苦吟诗篇让我形销骨立，渐渐地把旧时的衣衫改小重裁。

凄凉魂断，落红浮于流水卷起千层波浪，残缺的月亮挂在孤楼，总是难以留住的是远去的飞燕。灰尘落满了歌扇，想要作为已逝爱情的凭信，不顾一切将那首饰盒分开一半。尝试着挑亮灯光深夜写信，却仍然还是心有不忍，将信纸偷偷地和泪一起收卷。将残断的浮云和滴剩的雨寄送给蓬莱仙境，想着应该在梦里与他相见。

注释

1 **旗亭:**悬着旗子的酒楼。2 **兰情蕙盼:**深情如兰,美目如蕙。3 **分钿:**将首饰盒分为两半,情人各执一半,以为爱情信物。

鹧鸪天

化度寺作

吴文英

导读

此篇写思归之情。上阕写眼前之景,夏末秋初的黄昏,天气微凉,明月初上,引发词人的归情。下阕"乡梦窄,水天宽"写相思入梦,而路途遥远,随之过渡到家中的"小窗愁黛",从思妇的角度写来。词篇语言清淡、气韵清爽而情意绵长。

原文

池上红衣[1]伴倚阑,栖鸦常带夕阳还。殷云[2]度雨疏桐落,明月生凉宝扇闲。

乡梦窄,水天宽,小窗愁黛淡秋山。吴鸿好为传归信,杨柳阊门[3]屋数间。

译文

池塘上红艳的莲花倚着栏杆相依相伴,栖息在此的乌鸦常常在夕阳下返还。浓厚的乌云送来秋雨,梧桐树叶落稀疏,明月透着凉意,闲置了宝扇。

归乡的梦短暂,渺茫的水天辽远,小窗前含愁的黛眉好似秋日浅淡的远山。吴地的鸿雁请好生地为我传递游子思归的信息,送到那杨柳掩映的苏州阊门里,那里有房屋数间。

注释

1 **红衣:**指莲花。 2 **殷云:**浓云。 3 **阊门:**苏州城门名。

夜游宫

吴文英

导读

此篇思念恋人。开篇点明恋人一去无音信，"云淡星疏""啼乌""河桥"皆是回忆中的离别之景。下阕"雨外蛩声"是当下独处之景，以"霜丝"叹老，加重相思情味，然而这一切恋人并不知道，只能独自对灯向老，写尽无限凄凉。

原文

人去西楼雁杳，叙别梦、扬州一觉[1]。云淡星疏楚山晓。听啼乌，立河桥，话未了。

雨外蛩声早，细织就、霜丝[2]多少？说与萧娘未知道。向长安[3]，对秋灯，几人老？

译文

人从西楼离去，仿佛是鸿雁飞去杳然无踪，在梦中诉说离情，好似杜牧的扬州风流，一晃十年。浮云轻淡星光稀疏，楚山已是晨晓。听啼鸣的乌鸦，立在河桥之上，仿佛分别的话语缠绵不尽。

雨声之外蟋蟀啼鸣声早早响起，细密地织成了多少白发？说给萧娘听，她也未必知道。望向长安，对着秋灯，又有几人不老？

注释

1 **扬州一觉**：唐杜牧《遣怀》诗有句："十年一觉扬州梦，赢得青楼薄幸名。" 2 **霜丝**：白发。 3 **长安**：指代南宋都城临安（今杭州）。

贺新郎

陪履斋先生[1]沧浪看梅

吴文英

导读

此篇名为咏梅，实是借梅歌咏抗金名将韩世忠并抒发心头深沉的家国之恨。上阕开篇豪气振拔，之后追怀韩将军的黄天荡一战，以八千士兵围困敌军十万，可惜东风不助，最后惜败，而一代英雄，也因此闲居寂地，豪情渐冷，悲伤无限。下阕写当下众人游春之景，"催发冻蕊"，暗喻对时局解冻、万象生新的期待，而"后不如今今非昔"又自我打破这种期待，料想未来当还不如今时，心绪顿时低沉，留下怅恨无尽。此篇即事以寄慨，寄寓深沉，堪为奇作。

原文

乔木[2]生云气，访中兴、英雄[3]陈迹，暗追前事。战舰东风[4]悭借便，梦断神州故里。旋小筑、吴宫闲地，华表[5]月明归夜鹤，叹当时、花竹今如此，枝上露，溅清泪。

遨头[6]小簇行春队，步苍苔、寻幽别墅，问梅开未？重唱梅边新度曲，催发寒梢冻

译文

高大的梅树上涌动着云气，寻访大宋中兴英雄韩世忠的故居旧迹，暗暗地追寻当年的故事。悭吝的东风不愿借给宋军战舰破敌的方便，让那恢复中原故国的梦想残断。韩将军返回故乡旧宅，就在旧时吴国宫殿的闲置之地。仙鹤在月明之夜回归华表，感叹当时繁茂的花竹如今荒寂，梅枝上的点点露水，有如滴溅的清泪。

一行人簇拥着吴太守形成了一个游春小队，踏上苍苔，寻找幽静的别墅，探问梅花是否绽放香蕊？在梅树旁边重新唱起新谱的歌曲，催促寒冷的梅梢快快绽放花朵。我

蕊。此心与、东君[7]同意，后不如今今非昔，两无言、相对沧浪水，怀此恨，寄残醉。

与东君是完全相同的心意，料想今后不如现在，而现在不如昔时，我们两人相对无言，面对着滔滔的沧浪之水，怀着这种悲恨，寄托于借酒浇愁的残醉。

注释

1 **履斋先生：**吴潜，字毅夫，号履斋。 2 **乔木：**指梅树。 3 **英雄：**指韩世忠，南宋初年的抗金名将，屡立奇功，后受秦桧等人排挤，赋闲乡居。 4 **战舰东风：**指高宗建炎四年(1130)的黄天荡之战。此战韩世忠以八千士兵围困十万金兵月余，最终金兵以火攻突围北逃。 5 **华表：**《搜神后记》载丁令威学仙得道，化鹤归来，落在城门外的华表柱上，有少年举弓欲射，鹤盘旋而歌，叹物是人非。此处用典感叹花竹如旧，江山已非。 6 **遨头：**宋时四川人对太守的俗称。 7 **东君：**春神，词中也兼有美称履斋先生之意。

唐多令

吴文英

导读

此篇写羁旅怀人。起笔言愁，语言俚俗，有民歌风味。下阕言愁的缘由，是情愁也是乡愁。词篇语言明快简洁，想象新奇，颇有意味。

原文

何处合成愁？离人心上秋[1]，纵芭蕉、不雨也飕飕。都道晚凉天气好，有明月、怕登楼。

年事梦中休，花空烟水流，燕辞归、客尚淹留。

译文

在何处凝合成愁，是那离别之人心上的寒秋，就像是绿叶芭蕉，纵然没有雨水敲打，也寒风飕飕。都说晚来凉爽天气好，可是明月皎洁，却惹动相思让我害怕登楼。

往事无迹在梦中也无踪，花落空寂有如烟飘水流，燕子辞别归去，客居之人尚且垂柳不萦裙带住，漫长是、系行舟。

在此淹留。垂柳不曾缠绕你的裙带让你停留，长长的枝条却系住我的行舟。

注释

1 **心上秋**：秋心合为愁字，语带双关，是古代诗词艺术中常见的“离合体”。

湘春夜月

黄孝迈

导读

黄孝迈，字德文，号雪洲，一作雪舟。今存词一首。

此篇是羁旅怀人之作。上阕写词人清明时节旅居于楚地，心中一片伤春离别之愁，而无人理解安慰。下阕写黄昏时湘江的春夜之景，融情于景，直白畅言，问何时能归去见到心中的恋人。最末以天下无断愁之剪，再次强化感情。

原文

近清明，翠禽枝上消魂。可惜一片清歌，都付与黄昏。欲共柳花低诉，怕柳花轻薄，不解伤春。念楚乡旅宿，柔情别绪，谁与温存？

空尊夜泣，青山不语，残月当门。翠玉楼前，惟是有、一波湘水，

译文

临近清明时节，翠鸟在枝头的啼叫令人销魂。只可惜它的一片清歌，都交付给了黄昏。想要对着柳花轻声诉说心中情意，又怕柳花轻薄，不懂得我为何伤春。感念我夜宿在南国楚乡，心怀相思的柔情与离别的心绪，谁能给我一点温存？

空空的酒杯在夜晚哭泣，青山静默无语，一弯残月正对院门。翠玉一样的碧瓦楼前，唯有清波浩渺的湘水，摇荡着映在水中

摇荡湘云。天长梦短，问甚时、重见桃根[1]？者次第[2]，算人间没个并刀[3]，剪断心上愁痕。

的湘云。无聊的白日漫长，而夜中归家的梦太短，试问什么时候能再次见到心中的爱人桃根？这情景，算来人间没有哪个并州所产的锋利剪刀，可以剪断我心上的相思愁痕。

注释

1 **桃根：**据《古今乐录》载，晋王献之有爱妾名桃叶，其妹名桃根。词中指相思恋人。 2 **者次第：**这次第，这情形。者，通“这”。 3 **并刀：**并州所产的锋利剪刀。

大有

九日

潘希白

导读

潘希白，字怀古，号渔庄。南宋理宗宝祐元年(1253)进士，曾任干办临安府节制司公事。存词一首。

此篇是重阳思乡之作。开篇以重阳登台、采菊之事点题，却以昨夜听雨掺入悲秋滋味，引出一片愁怀，更用宋玉、卫玠之典突出寥落情绪。下阕开头亦点重阳节候，“砧杵”“罗袖”是秋景实写，亦暗含家中思妇的盼归之意。后述残秋之景，更添悲凉，最末以思念家乡风味而不能归作结，强化思归情切。

原文

戏马台[1]前，采花篱下，问岁华、还是重九。恰归来、南山翠色

译文

在项羽曾阅兵的戏马台前，在陶渊明曾采菊的篱笆之下，试问到了什么时节，又是一年重九。恰好归来，南山的青翠山色依旧。

原文	译文
依旧。帘栊昨夜听风雨,都不似、登临时候。一片宋玉情怀[2],十分卫郎[3]清瘦。	昨夜隔着竹帘听秋风秋雨,全然不像如今天清气朗、登高游览的时候。心中怀着一片宋玉似的悲秋愁怀,身体全然如卫玠一般病弱清瘦。
红萸佩[4],空对酒。砧杵动微寒,暗欺罗袖。秋已无多,早是败荷衰柳。强整帽檐攲侧,曾经向、天涯搔首。几回忆、故国莼鲈,霜前雁后。	佩戴红色的茱萸,空对着美酒。捣衣的砧杵声惊动了深秋的微寒,暗暗地侵袭了轻薄的罗袖。秋色已残留无多,早就只剩下一片败荷与衰柳。勉强整理歪斜的帽檐,曾经向着无际的天涯徘徊搔首。几次回忆起,故乡的莼菜和鲈鱼,只见降霜之前大雁归去,人却还在其后。

注释

1 **戏马台:**故址在彭城(今江苏徐州),项羽曾在此阅兵,南齐宋武帝曾在重阳日登此台。 2 **宋玉情怀:**指悲秋愁怀。宋玉《九辩》有“悲哉秋之为气也”之句。 3 **卫郎:**指卫玠,字叔宝,西晋名士,美仪容而体羸弱,因病早逝,事见《世说新语》。 4 **红萸佩:**佩戴茱萸。

青玉案

黄公绍

导读

黄公绍,字直翁。南宋度宗咸淳元年(1265)进士,存《在轩集》一卷。

此篇是羁旅抒怀词。开篇先从家中思妇写来,只身孤单,不忍见成双成对的飞燕。“今日”句转至羁游的词人自身,寂寞寥落。下阕从相思之人缝制的春衫已破入笔,自然有情。末尾几句,连用三个“无人”层层深入,倾诉心中的相思与寂寞。全篇语意浅白而情意深厚,记事平常却撼动人心,非一般俚俗语可比。

原文

年年社日[1]停针线，怎忍见、双飞燕？今日江城春已半，一身犹在，乱山深处，寂寞溪桥畔。

春衫著破谁针线？点点行行泪痕满。落日解鞍芳草岸，花无人戴，酒无人劝，醉也无人管。

译文

每年春社的这一天都停下针线，怎么忍心见到双飞的春燕？今日的江城春光已过去一半，在外的游子仍然孑然一身，行走在乱山的深处，和那寂寞的溪桥之畔。

春日的衣衫已破，这是谁的针线？衣衫上一点点一行行都被离别的泪痕沾满。落日下解下马鞍停驻在芳草之岸，有鲜花也无人可戴，有美酒也无人相劝，醉了也无人照管。

注释

1 **社日**：指春社，春分前后祭祀土地神以祈福的节日。

摸鱼儿

朱嗣发

导读

朱嗣发(1234—1304)，字士荣，号雪崖。南宋灭亡后守志不出，今存词一首。

此篇是以失恋女子口吻所作的怨情词。开篇以女子迎风发乱的憔悴形象回忆往事，总领下文。“紫丝罗带”两句述恋情初期的山盟海誓，“浑不记”述两相分别时织回文情书以表相思的执着与痛苦，“安花著蒂”几句情缘最终破灭，有如玉簪粉碎，无可挽回。下阕细述恋情破灭之后的心路历程，先以阴沉之景色衬托心情的沉郁，“阴晴天意”一句是怨妇强作自我安慰，又借西汉陈皇后失宠幽居之典来深化主题。述至最末，仍是心有不甘，因“一时左计”，后悔不已，如果不是因为当初贪图富贵，而是只做个清贫之妇，恐怕也不会像如今一般肝肠寸断。全篇从内容来看，是一个女子在细述自己经历的爱情悲剧，但末尾的反思所透露出的是女性在婚姻选择上的难题，而这一难题及其可能带来的后果，在当今社会仍有值得思考的地方。

原文

对西风、鬓摇烟碧，参差前事流水。紫丝罗带鸳鸯结，的的[1]镜盟钗誓。浑不记、漫手织回文[2]，几度欲心碎。安花著蒂，奈雨覆云翻，情宽分窄，石上玉簪脆。

朱楼外，愁压空云欲坠，月痕犹照无寐。阴晴也只随天意，枉了玉消香碎。君且醉，君不见、长门青草春风泪。一时左计，悔不早荆钗，暮天修竹，头白倚寒翠。[3]

译文

迎着西风，满头鬓发摇动好似云烟翠碧，纷乱往事有如流水。紫色丝罗带上系着鸳鸯结，当时二人的确立下了山盟海誓。全然不记得，当时信手织就回文情诗，几次肠断心碎。花朵安心开在花蒂上，怎奈何突然间翻云覆雨，情深意宽，可是缘分却窄，你我情缘好像玉簪碎落石上，声音清脆。

朱红的门楼外，心中的浓愁就像是空中的阴云沉沉欲坠，月光照人让我夜不能寐。阴晴变化也只能随着天意，只是枉然一场情缘最终却香消玉碎。你姑且借酒沉醉，你没看见，陈皇后避居长门宫内，对着青草与春风流泪。一时失算，后悔当初没有早早戴上荆钗做个俭朴妇人，还能够在黄昏的竹林里，倚靠着寒冷的翠竹直至白头。

注释

1 **的的:**的确的，实实在在的。2 **回文:**前秦窦滔之妻苏氏因思念丈夫，手织回文诗以寄。 3 **左计:**失算。 **暮天修竹，头白倚寒翠:**唐杜甫《佳人》诗有句云:“天寒翠袖薄，日暮倚修竹。”词中化用此句。

兰陵王

丙子送春

刘辰翁

导读

刘辰翁(1232—1297),字会孟,号须溪。南宋理宗景定三年(1262)进士,因忤贾似道,被列入丙等。曾任濂溪书院山长,宋亡不仕。词篇多怀念故国,风格沉郁。刘辰翁是南宋末年著名的爱国词人,存有《须溪词》三百五十余首。

此篇借送春抒亡国之痛。词有三叠,开篇言送春无路,喻南宋已到穷途末路。“风沙暗南浦”指元兵南下,大举侵宋。“海门飞絮”感叹从浙江、福建一路逃亡到广东的宋室君臣,命运飘摇。“乱鸦过”几句指元兵乱境,留下满目疮痍。次叠,“箭雁沉边”痛惜小皇帝宋恭帝被俘北去,以致国无君主。“泪盘”数句以铜人东迁洛阳之典喻亡国之哀。三叠抒怀,故国不再,只留别恨愁怀。全篇以送春哀悼亡国,沉痛哀怨,寄托深远。

原文

送春去,春去人间无路。秋千外、芳草连天,谁遣风沙暗南浦。依依甚意绪?漫忆海门飞絮[1]。乱鸦过,斗转城荒,不见来时试灯处。

春去,谁最苦?但箭雁[2]沉边,梁燕[3]无

译文

想要送别春光归去,可是春光在人间竟无归去的路。秋千之外,是萋萋的芳草连绵至天边,是谁遣来风沙,让南方的江浦一片昏暗。依依惜别,说不清是什么痛苦情绪,只徒然忆起海岸边飘飞的柳絮。纷乱的乌鸦飞过,斗转星移,城池荒废,早已不见曾经元宵试灯的繁华热闹。

春光离去,谁最痛苦?北飞之雁中箭沉落边关,梁间的燕子再无故主,杜鹃的悲啼声

主，杜鹃声里长门[4]暮。想玉树凋土，泪盘如露[5]。咸阳送客屡回顾，斜日未能度。

春去，尚来否？正江令[6]恨别，庾信愁赋，苏堤尽日风和雨。叹神游故国，花记前度。人生流落，顾孺子，共夜语。

里，荒废的宫殿迎来日暮。想那珍贵的玉树凋落于泥土，金铜仙人的承露盘中盛满了宛如泪水的清露。铜人离开咸阳时频频回顾，斜阳映照之下，如何能挨得过去！

春光一去，还能再回来否？正像江淹写下《别赋》一样怨恨，又像庾信写下《愁赋》一样郁结，苏堤之上整日都是凄风冷雨。感叹只能神魂游历于故国，将往年花开的美景记住。人生流落到如此境遇，只能与儿孙在深夜对语。

注释

1 **海门飞絮**：海边的飞絮，暗指南宋幼帝宋端宗等皇室成员被迫逃亡海上之事。 2 **箭雁**：被利箭射中的雁，暗指被元兵俘虏北去的宋恭帝等皇室成员。 3 **梁燕**：指失去国君的南宋臣民。 4 **长门**：西汉宫门，这里指南宋临安的皇宫。 5 **泪盘如露**：汉武帝时，在长安建章宫前筑铜人，手托承露盘，称为捧露仙人。魏明帝时，命人将铜人从长安迁至洛阳，拆卸搬运之时，铜人潸然泪下。 6 **江令**：南朝江淹曾被贬为建安吴兴令，世称“江令”。作有《别赋》。

宝鼎现

刘辰翁

导读

此篇抒发怀念故国之思。词有三叠，首叠描写春日夜游的繁华景况，丽人红装出游，军将巡街守卫，歌舞楼台，名伎献唱，一派热闹盛景。二叠首句云“宣和事”，指明首叠所述是在追忆北宋年间的元宵夜市。“抱铜仙”

等句急转，喻指北宋灭亡。以临安的“沙河”之地将时间线索转至南宋，依旧是一片繁华景象。“菱花”一句暗用徐德言与乐昌公主之典故以引起末叠之转换，徐预见国家将亡，将菱花镜碎为两半，与公主各持一边，终使破镜重圆。当年徐德言能预见国家的危难，可是南宋享乐的人们却浑然不觉。三叠以宋亡后的儿童只能耳闻大宋的繁荣，故国遗民垂泪缅怀往事，直接抒发沉痛的故国之思。词篇按北宋至南宋至当下的时间线索写来，以昔叹今，以乐衬哀，意象密集，典故繁复，内涵深远。

原文

红妆春骑，踏月影、竿旗穿市[1]。望不尽、楼台歌舞，习习[2]香尘莲步底。箫声断、约彩鸾归去，未怕金吾[3]呵醉。甚辇路、喧阗且止，听得念奴[4]歌起。

父老犹记宣和事，抱铜仙[5]、清泪如水。还转盼、沙河多丽。滉漾明光连邸第，帘影冻、散红光成绮。月浸葡萄十里，看往来、神仙才子，肯把菱花扑碎。

肠断竹马儿童，空见说、三千乐指[6]。等多时春不归来，到春时欲睡。又说向、灯前拥

译文

穿着红装的丽人骑马游春，踏着浅浅的月影，巡城军将举旗横穿街市。看不完那繁华楼台上的歌舞，微含脂香的尘土在丽人们的脚底轻扬。箫声呜咽欲断，似要相约彩鸾一同归去，今夜不怕巡城的执金吾呵斥而醉饮。为什么繁华的辇路上喧闹声突然停止，只听见歌伎们的歌声响起。

父老们仍然还记得宣和年间的旧事，北宋沦亡，铜仙人抱着承露盘，流下清泪如水。又转身回头看到，临安的沙河一片繁华美丽。澄澈的水面荡漾着灯光，连绵着的是华美府第。帘影一会儿凝冻，一会儿又散开化成万束红光如绮。月光洒在好似葡萄美酒般澄碧的十里湖水，看那些往来的才子与佳丽，谁能把美满的菱花镜扑碎。

令人肠断的是那些骑着竹马嬉戏的小儿女，只空自听说大宋宫廷有三百乐工的教坊乐队。等待了多时，春光也不再归来，等到春光来时，人已昏昏欲睡。又在灯前捧着发髻

髻，暗滴鲛珠[7]坠。便当日、亲见霓裳[8]，天上人间梦里。	诉说哀凄，暗暗落下如珠的泪滴。即便当日亲眼见到《霓裳》乐舞的盛况，如今也是天上人间相别离，犹如在梦里。

注释

1 **竿旗穿市**：指军将举旗夜巡。 2 **刁刁**：尘土飞动的样子。 3 **金吾**：官名，即执金吾，负责京城的安全巡查。 4 **念奴**：唐朝名妓，此泛指歌伎。 5 **铜仙**：汉武帝时，在长安建章宫前筑铜人，手托承露盘，称为捧露仙人。 6 **三千乐指**：三百人的宋朝教坊乐队。 7 **鲛珠**：指眼泪。《述异志》载南海有鲛人，泪落成珠。8 **霓裳**：舞乐曲名，相传乃唐玄宗所作，杨贵妃善舞此曲。

永遇乐

刘辰翁

导读

此篇是怀念故国之作。乙亥年是宋恭帝德祐元年(1275)，三年之后是宋帝昺祥兴元年(1278)，这时临安已沦陷，逃亡海上的小朝廷也风雨飘摇，朝不保夕。词人因读李清照词而感怀伤痛，故作此词以抒怀。上阕从写景开始，“春事谁主”暗寓江山易主，“禁苑”等句细致描写从前宋室山河的风光，“谁知道”急转直下，惊呼天地巨变。下阕写如今景物虽与旧时差别不大，但是作为亡国的臣民心中难平怨恨。其中用到李清照南渡之时珍贵书籍散佚殆尽与杜甫战乱中思念家人的旧事，表达心中的忧苦。而最末结以喧闹的社鼓，闹中之苦，更惹人烦乱。

原文	译文
余自乙亥上元，诵李易安[1]《永遇乐》，为之涕下，今三年矣。	我自从乙亥年(1275)元宵节诵读易安居士李清照的《永遇乐》，为之落泪，至今已三年过去了。每次读到这首词，总是不能忍受悲伤，于是

每闻此词，辄不自堪，遂依其声，又托之易安自喻。虽辞情不及，而悲苦过之。

璧月初晴，黛云远淡，春事谁主？禁苑[2]娇寒，湖堤倦暖，前度遽如许。香尘暗陌，华灯明昼，长是懒携手去。谁知道、断烟禁夜[3]，满城似愁风雨。

宣和旧日，临安南渡，芳景犹自如故。缃帙[4]流离，风鬟三五，能赋词最苦。江南无路，鄜州[5]今夜，此苦又谁知否？空相对、残釭[6]无寐，满村社鼓[7]。

依照这首词的声律，又假借易安居士的口吻作了一首词。虽然我的文辞情感不及易安居士，但悲苦却要胜于她。

圆月好似玉璧挂在刚刚转晴的天空，黛青的浮云轻淡远去，谁能来主宰春光？旧时的宫苑带着早春的微寒，西湖长堤日色和暖让人倦怠，从前的景色突然发生剧变。脂香弥漫的灰尘遮蔽了道路，华丽的灯光照得夜色好似明亮的白昼，街道如此繁华常常让人懒怠携手赏游。有谁知道，到了如今，元宵之夜竟然断了烟火、禁止出行，满城愁云惨淡，风雨凄苦。

回想宣和年间的旧时繁华，直至宋朝南渡临安定都，美丽的景色仍然如故。淡黄封皮的书籍零乱散佚，正月十五的发髻被风吹得零乱，只能赋写诗歌诉说心中最深的痛苦。流落在江南无路可去，今夜家人所在的故园，怀着同样的痛苦，又有谁知道？空自对着残灯难以入睡，直至满村中响起喧闹的春社之鼓。

注释

1 **李易安：**李清照，号易安居士。2 **禁苑：**指南宋都城临安旧宫。3 **禁夜：**禁止晚上出游。 4 **缃帙**(xiāngzhì)**：**浅黄色的书皮，这里指书籍。 5 **鄜**(Fū)**州：**在今陕西富县。这里暗用杜甫《月夜》“今夜鄜州月，闺中只独看”之意。唐朝安史之乱爆发时，杜甫被困长安，而妻子远在鄜州。词中借此喻彼此离散的家人所在。 6 **残釭**(gāng)**：**烧残的油灯。 7 **社鼓：**春社祭神的鼓声。

摸鱼儿

酒边留同年徐云屋

刘辰翁

导读

徐云屋是词人的同年，即同榜中进士者。词篇为饯别徐云屋而作。上阕写二人少年相识，共为国事奔劳，然而往事难以回首，南宋已亡，当时的少年郎如今衰老憔悴，营造出沉痛伤感的气氛。下阕是留客之词，剪韭待客，举杯放歌，表现出二人深挚纯真的友情。词全篇风格遒劲深沉，颇有厚重之感。

原文

怎知他、春归何处？相逢且尽尊酒。少年袅袅天涯恨，长结西湖烟柳。休回首，但细雨断桥，憔悴人归后。东风似旧，问前度桃花，刘郎[1]能记，花复认郎否？

君且住，草草留君剪韭[2]，前宵正恁时候。深杯欲共歌声滑[3]，翻湿春衫半袖。空眉皱，看白发尊前，已似人人

译文

怎么知道他，春光归向何处？朋友相逢，且饮尽杯中美酒。当年相识还是少年儿郎，流浪天涯的愁绪缠绕心头，常常相伴的是西湖的烟柳。莫要回首，只见细雨中的断桥，游子归来后憔悴衰朽。东风还是依旧，试问前度开放的桃花，就算刘郎能记得，可是桃花还记得刘郎否？

请君暂时停留，让我草草地剪下春韭，用家常饭菜招待朋友，前夜也正是这个时候。斟满深深的酒杯，想要一同唱起歌曲，歌声婉转流畅，却打翻杯子泼湿了春日衣衫的半边衣袖。空自皱紧眉头，看酒杯前的白发，似乎人人都有。临分别时相互执手，感叹像如今这样

有。临分把手，叹一笑论文，清狂顾曲，此会几时又？	谈笑论文，清高疏狂地鉴赏歌曲，此种聚会下次几时还能再有？

注释

1 **刘郎：**指唐人刘禹锡。刘禹锡贬后复归京城，有《玄都观桃花》诗云“玄都观里桃千树，尽是刘郎去后栽”以讽弄权者，旋即又被贬，十四年后再归京，又作《再游玄都观》云：“种桃道士归何处，前度刘郎今又来。”词中以此典叹年华衰老。 2 **剪韭：**杜甫《赠卫八处士》诗云：“夜雨剪春韭，新炊间黄粱。”指准备家常饭菜招待朋友。 3 **歌声滑：**指歌声婉转流畅。

高阳台

送陈君衡被召

周密

导读

周密(1232—约1298)，字公谨，号草窗。原籍山东济南，宋室南渡时，随家人南下逃亡，流寓吴兴(今浙江湖州)。宋末曾为义乌令，入元不仕。作词讲究格律，多寄寓之意。词集有《草窗词》《蘋洲渔笛谱》等，存词一百五十首。

此篇是赠别词。开篇描写饯别之景，朋友应召赴大都(今北京)朝见天子，车马仪仗整齐，服饰威武潇洒。“秦关”之后数句是想象朋友上京途中要经过宋朝故地，定要登临凭吊，到达大都之后，又定要纵游酣饮。语意虽尽是称扬，却又暗含伤感。“投老残年”之后想象朋友离开后自己的思念之情，而“难寄相思”一语或含深意。词人周密为南宋遗民，入元不仕，与朋友人生取向不同，因而此句或暗指二人今后的人生有云泥之别，心意再难相通。此篇写送别，言朋友，句句称扬，言自己，句句惜别，然而其中颇有复杂深意，大可寻味。

原文

照野旌旗，朝天[1]车马，平沙万里天低。宝带金章，尊前茸帽风欹[2]。秦关汴水经行地，想登临、都付新诗。纵英游，叠鼓清笳，骏马名姬。

酒酣应对燕山雪，正冰河月冻，晓陇云飞。投老残年，江南谁念方回[3]？东风渐绿西湖岸，雁已还、人未南归。最关情，折尽梅花[4]，难寄相思。

译文

太阳照着旷野的旌旗，和那朝见天子的车马，平沙万里，延伸向低垂的天际。你系着宝带佩着金章，在酒宴前茸帽像胡人一样被风吹得歪斜。秦关和汴水是你要路过的地方，想必你一定会登临游览，并赋诗吟咏胜迹。纵情豪游，鼓声密集，胡笳清越，驰骋骏马，相伴名姬。

酒宴上的酣饮应是对着燕山的雪，正逢冰河凝冻的冬月，拂晓的陇头浮云飘飞。在这垂老的风烛残年，还会有谁顾念江南的故友方回？东风吹拂渐渐地染绿西湖岸边，鸿雁已经飞还，人却还未南归。最为关心的是今后两地相别，尽管折尽了梅花，也难以寄送我的相思给你。

注释

1 **朝天：**朝见天子。 2 **茸帽风欹：**指陈君衡戴着胡人风味的皮帽，被风吹得有些歪斜。《北史·独孤信传》载，独孤信出猎，骑马入城，帽微微倾斜，于是吏人纷纷效仿"侧帽"的胡风。 3 **方回：**北宋词人贺铸，字方回。词人以方回自比。 4 **折尽梅花：**用陆凯赠梅之典。南朝陆凯自江南寄梅花一枝给挚友范晔，并附诗云："折梅逢驿使，寄与陇头人。江南无所有，聊赠一枝春。"

瑶华

周密

导读

此篇咏琼花。开篇先写琼花的形貌风采，以及未见之时心中的猜想。“淮山春晚”实暗寓宋室之灭亡，而“老了玉关豪杰”则是为守国之士的衰老而感到悲哀。下阕描写纵马飞传琼花进京之事，用唐朝给杨妃进贡荔枝的典故，颇有借古讽今之意。“杜郎老矣”由杜牧带出扬州，以一地之衰败引出对国势衰亡的悲叹。词篇借咏进贡琼花之事抒发亡国之悲，比较少见。

原文

后土之花，天下无二本。方其初开，帅臣以金瓶飞骑，进之天上，间亦分致贵邸。余客辇下，有以一枝(下缺)

朱钿宝玦[1]，天上飞琼[2]，比人间春别。江南江北，曾未见、漫拟梨云梅雪。淮山春晚，问谁识、芳心高洁？消几番、花落花开，老了玉关[3]豪杰。

金壶剪送琼枝，看一骑红尘[4]，香度瑶阙。

译文

琼花是大地之神的花，普天之下没有第二种。正当其初开时，主帅用金瓶盛之，用飞骑驰送，进献到天子宫殿，偶尔也分出一些送到贵宅府邸。我客居天子脚下，也有一枝(下缺)

像是朱红的首饰，像是珍贵的玉玦，又像是下凡的天仙许飞琼，她的美丽与人间春色大有分别。江南江北，未曾见过，便随意想象她会像是梨花一枝春带雨，又或是像梅梢蘸雪枝横斜。正当淮山的晚春时节，试问有谁能理解她的芳心高洁？只消几次花开花落，玉门关戍守的英雄豪杰也渐渐衰老。

剪好琼枝插入金壶传送，看一骑快马扬起红尘，带着花香送至玉殿。她的年华正好，韶华正好，应自喜、初识长安蜂蝶。杜郎老矣，想旧事、花须能说。记少年、一梦扬州，二十四桥明月。

应会欣欣自喜，初到都城便会与蜜蜂、蝴蝶相识。才子杜牧已经老了，想到从前扬州的繁华旧事，琼花应该还能言说。追忆少年时候的纵游好似一场梦境转瞬逝去，只留下那照耀着扬州二十四桥的明月。

注释

1 **玦**：一种半环形有缺口的玉佩。 2 **飞琼**：仙子许飞琼，传说是西王母的侍女。这里以飞琼喻花。 3 **玉关**：玉门关，是古代的边防重镇。 4 **一骑红尘**：唐杜牧《过华清宫》诗云："一骑红尘妃子笑，无人知是荔枝来。"词中化用此句谓快马飞驰将琼花送入宫中，供贵人观赏。

玉京秋

周密

导读

此篇为悲秋抒怀之作。上阕由傍晚秋景入题，一派萧瑟悲凉之景。"叹轻别"微含宋亡之旨。下阕"客思还怯"指江山易主之后的惊魂未定。"怨歌长"是悲秋亦悲国。全篇句句悲秋，然句句悼国，深婉沉痛。

原文

长安独客，又见西风，素月丹枫，凄然其为秋也，因调夹钟羽一解。

烟水阔，高林弄残照，晚蜩[1]凄切。碧砧[2]度韵，银床[3]飘叶。衣湿

译文

独自客居在京师，又见西风吹过，素白的淡月与丹红的枫叶，凄然地昭示着又到秋天了，因此我用夹钟羽调作了这首词。

烟水朦胧寥廓，高高的树林透下一抹残照，傍晚的秋蝉声声凄切。青色的捣衣石传来清脆的击打声，灰白的井栏边飘满

桐阴露冷，采凉花、时赋秋雪。叹轻别，一襟幽事，砌蛩[4]能说。

客思吟商还怯，怨歌长、琼壶暗缺[5]。翠扇[6]恩疏，红衣[7]香褪，翻成消歇。玉骨西风，恨最恨、闲却新凉时节。楚箫咽，谁倚西楼淡月。

落叶。罗衣在桐荫下沾了露水一片冰冷，采摘芦花，时时让人想要吟咏它的素白似霜雪。感叹离别太容易，满怀的幽怨情事，只有阶下的蟋蟀能够言说。

客居中吟唱秋声商调心中凄切，怨歌悠长，暗中敲打节奏竟将壶口击缺。荷叶如扇日渐稀疏，荷花红艳清香消散，美好的景色转眼消歇。在秋风中伫立，心中怨恨无比，白白虚度了这清凉的时节。箫声呜咽，是谁在西楼倚着栏杆望着淡月。

注释

1 **晚蜩**(tiáo)**:**晚蝉。 2 **碧砧:**青色的捣衣石。 3 **银床:**井栏，用白石筑成。 4 **砌蛩:**阶下的蟋蟀。 5 **琼壶暗缺:**据《晋书》载，王敦酒后唱曹操《龟虽寿》诗，以铁如意敲击唾壶为节，壶口尽缺。词中化用其意，指咏唱怨歌，敲击酒壶。 6 **翠扇:**荷叶。 7 **红衣:**荷花。

曲游春

周密

导读

此篇写春日游湖盛况。开篇由春光引出春思，“燕约莺期”三句，既指春光里莺燕交啼，又指情人相约，十分巧妙。“沸十里”句生动描写了西湖春日的繁华热闹。“看画船”三句指所有游船皆驶入里湖寻春，反倒空闲了外湖美景，一则表现出词人偏好僻静的情趣，二则据词序来看亦是纪实之笔。下阕承接上文仍写西湖游人。然而从“轻暝笼寒”一句始，便打并入词人的家国之思，如此良辰美景，只怕会突然有变。最末写西湖夜景正美，不忍离去，实是暗示词人对繁华故国的万分不舍。

原文

禁烟湖上薄游，施中山赋词甚佳，余因次其韵。盖平时游舫，至午后则尽入里湖，抵暮始出断桥，小驻而归，非习于游者不知也。故中山亟击节余"闲却半湖春色"之句，谓能道人之所未云。

禁苑东风外，扬暖丝晴絮，春思如织。燕约莺期，恼芳情偏在，翠深红隙。漠漠香尘隔，沸十里、乱丝丛笛。看画船，尽入西泠[1]，闲却半湖春色。

柳陌，新烟凝碧。映帘底宫眉[2]，堤上游勒[3]。轻暝笼寒，怕梨云梦冷，杏香愁幂。歌管酬寒食，奈蝶怨、良宵岑寂。正满湖、碎月摇花，怎生去得？

译文

禁烟的寒食节，我们在西湖上漫游，施中山写了一首绝妙的词，我因而次其韵也作了一首。平日里的游船，到午后就全部进入到里湖了，直到入夜才驶出断桥，稍作停留然后归去，不是惯常游湖的人不知道。因此中山非常称赏我"闲却半湖春色"那一句，说写出了别人所说不出的意境。

宫禁外的西湖上，晴日的暖风轻轻地扬起游丝和柳絮，春日的思绪如织。燕莺相互约定幽会之期，恼恨芳情美意，偏偏藏在翠荫深处、红花间隙。迷蒙的香尘遮蔽天地，方圆十里声音鼎沸，音乐丝竹乱纷纷地奏起。远看画船全都荡入了西泠桥里，白白闲弃了半边西湖的春色。

种满垂柳的道路，柳条拂动如烟，碧绿如玉。映衬着车帘后佳人的蛾眉，和湖堤上骑马的游客。浅淡的暮色笼罩着微寒，害怕梨花如云的梦境突然凄冷，红杏的芳香被浓愁覆盖。歌乐管弦与寒食做伴，怎奈蝴蝶怨恨这美好的夜晚如此静寂。恰好整个西湖摇曳着点点的月光与落花，让人怎么忍心离去？

注释

1 **西泠：**桥名，在西湖白堤。 2 **宫眉：**宫中各式的眉色。这里借指女子。3 **游勒:**骑马的游客。

花犯

水仙花

周密

导读

此篇咏水仙。上阕分别用湘娥、洛神、铜仙人等比喻水仙花的风姿神韵。下阕着力描写水仙的幽怨多情,正可与词人相依相伴。末尾一句谓水仙独立灯影,写尽其清寂孤高。全篇极少正面描写,多用比喻映衬之法,意境幽渺,形象清妙。

原文

楚江湄,湘娥[1]乍见,无言洒清泪,淡然春意。空独倚东风,芳思谁寄?凌波路冷秋无际,香云随步起。漫记得、汉宫仙掌[2],亭亭明月底。

冰丝写怨更多情,骚人[3]恨,枉赋芳兰幽芷[4]。春思远,谁叹赏、国香风味?相将共、岁寒伴侣。小窗静、沉烟熏翠被。幽梦觉,涓涓清露,一枝灯影里。

译文

她仿佛是楚地江边的湘妃女神突然出现,默默无言洒下清泪,淡然地带着一抹春意。空自独倚着东风,满怀的心思向谁寄托?她又好似踏着绿波的洛神,一路走来,凄冷的秋色没有边际,芳香的气息随着她的脚步升起。隐约记得,她又像汉代长安建章宫前的铜仙人,亭亭玉立地站在明月底下捧着玉盘仙露。

她仿佛拨弄着琴弦抒发着更多的柔情愁怨,好似屈子所写的怨恨,枉然赋予了芬芳的兰草和幽香的白芷。她的春思悠远,谁能够叹赏她那国色天香的风味?我想将她作为岁末严寒时相互依靠的伴侣。小窗下寂静,沉水香燃起,熏着翠色的绣被。幽深的梦境觉醒,只见她带着晶莹的清露,一枝独秀立在灯影里。

注释

1 **湘娥:**湘水女神,词中以之喻水仙花。 2 **汉宫仙掌:**汉武帝时,在长安建章宫前筑铜人,手托承露盘,称为捧露仙人,汉宫仙掌即指此。3 **骚人:**屈原。 4 **芷:**白芷,一种水生植物,与兰同为香草,夏天开白色小花。

瑞鹤仙

乡城见月

蒋捷

导读

蒋捷(约1245—1305后),字胜欲,自号竹山。咸淳十年(1274)进士,宋亡之后隐居不出,人称“竹山先生”“樱桃进士”,气节为时人所重。有《竹山词》九十余首,多写故国之悲。

此篇咏月色。开篇三句写入夜渐静的环境,而后才云“放冰蟾”,引出月光。“蛛丝帘隙”一语谓月光照在细小的蛛丝和帘幕的间隙,细节的描写十分特别,一是可见月光之皎洁,一是可见月光之无私,即便是最幽暗之地,亦能映照。“念乡关”一句,由月光引发乡愁,转换自然。下阕写月光照射下的院落美好而让人沉醉。“梦难觅”又抒发虚无之感,似有今非昔比之叹,作为宋末之词,不难让人联想到作者对故国之思的深沉寄寓。最末两句以嫦娥不识北地乐曲,更明确地表示天地改换的沉痛难言之恨。词篇借月光极其委婉地抒发亡国遗民的心中幽恨,构思精巧,含蕴极深。

原文

绀[1]烟迷雁迹,渐碎鼓零钟,街喧初息。风檠[2]背寒壁,放冰蟾[3],飞到蛛丝帘隙。

译文

红青色的烟云迷失了鸿雁的踪迹,渐渐地只听闻细碎的鼓声与零落的钟声,繁华的街道上喧闹声刚刚停息。风中的灯架背靠着寒冷的照壁,天上放出冰寒的月光,飞落到光琼瑰暗泣，念乡关、霜华似织。漫将身、化鹤归来，忘却旧游端的。

洁的蛛丝，透过帘幕的间隙。暗中哭泣，滴下珠玉似的泪水，思念家乡，霜花一般的白发密如织网。只想如丁令威一样化成仙鹤归来，将往事全部忘记。

欢极，蓬壶蕖浸[4]，花院梨溶，醉连春夕。柯云罢弈[5]，樱桃在[6]，梦难觅。劝清光、乍可幽窗相照，休照红楼夜笛。怕人间、换谱伊凉[7]，素娥[8]未识。

月色怡人，大地好似荷花开放的蓬莱仙境，院落里梨花鲜妍，令人连连沉醉在这春日的夜晚。一场漫长的棋盘对弈，樱桃尚在，梦中之事难以追寻。奉劝月亮的清光，请照到那寂静的云窗，不要再照到热闹吹着夜笛的红楼。害怕人间变换了北地乐谱，月宫的嫦娥不能听到熟悉的曲调。

注释

1 **绀(gàn)：**红青色。 2 **风檠：**风中的灯架。 3 **冰蟾：**冰冷的月光。传说月宫中有蟾蜍。 4 **蓬壶蕖浸：**蓬莱仙境的荷花开放。蓬壶，蓬莱。蕖，荷花。 5 **柯云罢弈：**任昉《述异志》载晋人王质进山砍柴，见童子下棋，便停下观弈，等到棋局终了，手中的斧柄都腐烂了。回到村中，才知已过百年。 6 **樱桃在：**据《酉阳杂俎》载，一人梦见邻家女赠二樱桃，食之而觉，樱桃之核坠于枕侧。 7 **伊凉：**《伊州》《凉州》都为唐朝乐曲，皆北地乐。 8 **素娥：**嫦娥。

贺新郎

蒋捷

导读

本篇借思念佳人，抒发亡国之幽恨。起句“梦冷”暗示国家破亡，曾经的繁荣已逝。“娇莺飞归去”指南宋遗民，“纱窗旧绿”指旧山河仍在，“正过雨”暗示当下的处境，“此恨难平”直抒心中怨恨，“弹棋局”是回忆宋金、宋元曾经先后对峙的场景。下阕“鸳楼”先回忆往昔繁华，而旧踪何时再现，难以卜测，未来渺茫。其后言从前的装束已过时，旧曲已无人能解，一派失落沉痛。全篇以失落美人为喻，排遣孤寂、复杂的亡国遗恨，委婉吞吐，令人痛惜。

原文

梦冷黄金屋[1]，叹秦筝、斜鸿[2]阵里，素弦尘扑。化作娇莺飞归去，犹认纱窗旧绿。正过雨、荆桃如菽[3]。此恨难平君知否？似琼台、涌起弹棋局。消瘦影，嫌明烛。

鸳楼碎泻东西玉[4]，问芳踪、何时再展？翠钗难卜。待把宫眉横云样，描上生绡画幅。怕不是、新来妆束。彩扇红牙[5]今都在，恨无人、解听开元曲。空掩袖，倚寒竹。

译文

梦中的黄金屋已然凄冷，可叹秦筝的琴柱好似雁阵斜飞，素白的琴弦已落满灰尘。她化作娇啼的黄莺飞着归去，仍然认得曾经的翠绿旧纱窗。正下着细雨，刚结果的樱桃青绿好似大豆。心中的相思愁怨难以平复，君可知情？好似华美的楼台摆上对弈的棋局。孤灯映照出消瘦的人影，因而嫌弃烛火通明。

鸳鸯楼上痛饮美酒，试问你的芳踪，何时能再出现？翠玉钗身在何处实在难以占卜。想要将蛾眉画成横飞的纤云之样，在生绡上描画她的玉容。只怕画的不是她近来的新式装束。她的彩扇和红牙板如今都还在，只恨没有人，能够将她唱的开元曲听懂。徒然地掩着翠袖，倚靠着寒竹。

注释

1 **梦冷黄金屋：**用“金屋藏娇”的典故。汉武帝曾为陈皇后打造黄金屋，但最终陈皇后失宠被幽闭在长门宫。2 **斜鸿：**指成列的琴柱。3 **荆桃如菽：**指刚长出来的樱桃青果有如大豆。 4 **东西玉：**原指玉酒杯，此代指美酒。5 **红牙：**牙板，歌舞中用来击打节奏的乐器。

女冠子

元夕

蒋捷

导读

此篇借写元宵抒发亡国之恨。开篇写以往元宵之夜的美好景象，“而今”二字突转，虽然还胡乱挂着花灯，但是繁华热闹不再，人也毫无玩耍的兴趣。下阕开头直抒胸臆，问曾经的繁华要如何才能恢复。终究是无可奈何，故而只能将旧时的风景写成闲话，凄凉无限。最后“笑绿鬟”几句有晚唐杜牧《泊秦淮》“商女不知亡国恨，隔江犹唱后庭花”之意。

原文

蕙花香也，雪晴池馆如画。春风飞到，宝钗楼上，一片笙箫，琉璃[1]光射。而今灯漫挂，不是暗尘明月[2]，那时元夜。况年来、心懒意怯，羞与蛾儿[3]争耍。

江城人悄初更[4]打，问繁华谁解，再向天公借？剔残红灺[5]，但梦里隐隐，钿车罗帕。吴笺银粉研[6]，待把旧家风景，写成闲话。笑绿

译文

蕙兰的花香浓郁呀，雪后天晴，池苑楼馆美如图画。春风飞到华丽的宝钗楼上，四处响起笙箫，琉璃灯光彩四射。如今花灯也到处高挂，只是不再有月色下人潮涌动、暗尘飞扬的热闹，不再是当时繁华的元宵之夜。况且近年以来，心灰意懒，羞于与戴着蛾儿的丽人们嬉戏玩耍。

江城里人声悄寂，初更刚刚响过，试问从前的繁华在哪，有谁知道要怎样再去向老天相借？剔去烧残的红烛，只是梦里隐约地，似乎又看到以前华贵的马车与挥动的罗帕。吴地的信笺上银粉光亮，等待我把旧时元宵夜的热闹风味，写成一纸闲情漫话。可

鬟邻女，倚窗犹唱，夕阳西下[7]。

笑那邻家梳着青绿鬟发的姑娘，倚着窗栏还在唱着夕阳西下的曲调。

注释

1 **琉璃：**指琉璃灯。 2 **暗尘明月：**形容元宵节灯市的繁华热闹。化用唐苏味道《正月十五夜》之句："暗尘随马去，明月逐人来。"暗尘，指骑马的少年子弟追逐香车佳人，路上扬起灰尘。 3 **蛾儿：**女子所戴之饰物，用彩纸剪成。这里指代佩戴蛾儿的女子。 4 **初更：**古时夜晚分为五更，初更指晚上七至九点。 5 **红灺(xiè)：**未烧完的红烛。 6 **砑(yà)：**光亮的样子。 7 **夕阳西下：**指宋代繁华时的元宵词。北宋范周咏元宵的词篇《宝鼎现》开篇有句："夕阳西下，暮霭红隘，香风罗绮。"

高阳台

西湖春感

张炎

导读

张炎(1248—1314后)，字叔夏，号玉田，晚号乐笑翁。是南宋大将张俊后裔。元初曾北游大都，后失意南归，漂泊于苏杭一带。其词工巧典雅，且有词学著作《词源》。其《山中白云词》存词三百余首。

此篇借咏西湖春景抒亡国之恨。上阕先写西湖晚春景象，"能几番游"情绪转入悲凉，暗寓时局动荡，朝不保夕。"更凄然"，情绪更推进一层，今昔对比，愁怨更甚。下阕开头化用刘禹锡"旧时王谢堂前燕，飞入寻常百姓家"的诗意，指天地易主，从前的繁华之地如今都衰败生苔，燕子也无法找到旧居。最末抒无可奈何之意，只好干脆深闭门户，不管国事，浅醉闲眠。然而情感上仍是心不由己，暗用杜甫"感时花溅泪，恨别鸟惊心"之意，害怕看到落花与啼鹃，委婉往复，沉痛之至。

原文

接叶巢莺[1]，平波卷絮，断桥斜日归船。能几番游？看花又是明年。东风且伴蔷薇住，到蔷薇、春已堪怜。更凄然，万绿西泠[2]，一抹荒烟。

当年燕子知何处？但苔深韦曲[3]，草暗斜川[4]。见说新愁，如今也到鸥边。无心再续笙歌梦，掩重门、浅醉闲眠。莫开帘，怕见飞花，怕听啼鹃。

译文

交接的密叶遮盖着筑巢的黄莺，平静的湖波中漂荡着落絮，西湖断桥边是斜阳下归来的游船。还能再经历几番游赏？想要看花又要等到明年。东风你且陪伴着蔷薇花停驻，待到蔷薇花开时，春光已是残败可怜。更加凄凉的是，万点青翠的西泠桥上，如今也只剩下一片荒草寒烟。

当年的燕子不知旧居在何处？只见那繁华富贵之地长满了深深的苔藓，深绿的野草遍布隐士避居的斜川。听说新生的愁绪，如今也感染了飞翔的鸥鸟。如今再也无心接续笙歌美梦，且掩闭上重重的门户，带着微微的浅醉悠闲地酣眠。莫要掀开帷帘，怕看见凋零的飞花，怕听见悲啼的杜鹃。

注释

1 **接叶巢莺：**交接的密叶遮盖着筑巢的黄莺。杜甫《陪郑广文游何将军山林》诗有“接叶暗巢莺”句。 2 **西泠：**指西泠桥，在西湖。 3 **韦曲：**地名，在今陕西西安长安区，唐代贵族韦氏世代居于此，故称韦曲。这里指代南宋繁华富贵之地。 4 **斜川：**地名，在江西庐山之侧星子、都昌二县间，东晋陶渊明归隐后常游历于此。这里指南宋遗民避居之地。

渡江云

张炎

导读

此篇是即目抒怀之作。上阕写早春日暮之景，风急雨密，禁柳新绿，虽是春光，但笔调疏冷，“犹记得”更点明失落心绪，暗含亡国之恨。下阕直写荒凉景象，由景及人，是述相思亦是述飘零。

原文

久客山阴[1]，王菊存问予近作，书以寄之。

山空天入海，倚楼望极，风急暮潮初。一帘鸠外雨[2]，几处闲田，隔水动春锄。新烟禁柳，想如今、绿到西湖。犹记得、当年深隐，门掩两三株。

愁余，荒洲古溆[3]，断梗疏萍，更漂流何处？空自觉、围羞带减，影怯灯孤。长疑即见桃花面[4]，甚近来、翻致无书。书纵远，如何梦也都无。

译文

我长期客居在山阴，王菊存问我最近是否有新作，我写下这首词寄给他。

远山随着空阔的长天没入大海，凭倚着高楼极目远眺，风势劲急，晚潮刚刚涌起。帘幕之外斑鸠的啼鸣唤来一场细雨。几处闲置的田地，隔着水岸正要动锄春耕。禁苑中的柳树抽出新枝好似轻烟，想来如今这碧绿蔓延到了西湖。仍然记得，当年深深闭门隐居，门口被两三株柳树的浓荫遮掩。

让我愁烦，眼前是荒芜的沙洲，古老的水岸，水中残断的枝梗、稀疏的浮萍，更要漂向何方？徒然地感到腰围渐小、衣带减短，形单影只对着一盏孤灯。常常疑心马上就会再见到她有如桃花的容颜，为什么她近来连书信都已断绝。纵使书信太远，为何在梦里也看不见。

注释

1 **山阴**:在今浙江绍兴。 2 **鸠(jiū)外雨**:斑鸠鸣叫声中下了一场雨。古时有鸠鸣唤雨之说。 3 **溆(xù)**:水边。 4 **桃花面**:指佳人。

八声甘州

张炎

导读

此篇赠别。上阕回忆词人与朋友共赴北地,历经严寒,一路憔悴,最终梦碎失落而归之事,也写出亡国遗民当时的困顿处境。下阕表达对友人短暂来访、复又匆匆离去的不舍与惆怅之情。词全篇记景记情,语词疏朗,而情绪寥落,气氛悲凉,委婉曲折,暗含着南宋遗民的绵绵哀恨。

原文

辛卯岁,沈尧道同余北归,各处杭、越。逾岁,尧道来问寂寞,语笑数日,又复别去。赋此曲,并寄赵学舟。

记玉关[1]、踏雪事清游,寒气脆貂裘。傍枯林古道,长河饮马,此意悠悠。短梦依然江表[2],老泪洒西州[3]。一字无题处,落叶都愁。

载取白云归去,问谁留楚佩,弄影中洲?

译文

辛卯年(1291),沈尧道和我一同游北归来,各自居住在杭州和越州。一年多后,尧道来我这里,与我排遣寂寞,我们欢言笑语几天之后,他又要离去。我写下这首词送给他,并寄送给赵学舟。

还记得在北地边关,我们踏雪同游,寒气冻脆了貂裘。依傍在枯林的古道边上,在长河里饮马停留,心意有如河水悠悠。美梦短暂,依然回到江南,老泪纵横洒在了故都。想借落叶题字,却愁得一个字也无法下笔。

你将伴着白云归去,试问谁将留下楚地的玉佩,徘徊在江中沙洲顾盼着水中倒影?折一枝芦花相赠,可是芦花零落,只剩折芦花赠远，零落一身秋。向寻常、野桥流水，待招来、不是旧沙鸥。空怀感，有斜阳处，却怕登楼。

一身寒秋。向着寻常野外的小桥流水漫步，等待着被招来的不是旧时的沙鸥。空自怀着愁绪，在斜阳夕照的地方，却最怕登楼。

注释

1 **玉关：**玉门关，这里泛指北方。 2 **江表：**江南。 3 **西州：**古城名，在今南京西。此指故国旧都临安。

解连环

孤雁

张炎

导读

此篇咏孤雁。上阕写离群孤雁独自栖眠，“料因循误了”由雁及人，写到词人与朋友分离，两地思念，其中化用苏武被扣匈奴的典故，明显融入家国之痛。下阕写孤雁的伴侣亦在幽处挂念，此处借用陈皇后深锁长门宫的典故，暗寓词人与朋友相互牵挂，但事实上两地处境都很艰难。最末幻想孤雁入群，两下相见，即便与栖于雕梁的双燕相比，也不会羞惭。词篇以雁写人，既是写雁又是写人，意出新奇，堪为咏雁佳篇。

原文

楚江空晚，恨离群万里，恍然惊散。自顾影、却下寒塘[1]，正沙净草枯，水平天远。写不成书，只寄得、相思一点。料因循

译文

在楚江空阔的傍晚，可恨它独自脱离了雁群相隔万里，神思茫然，惊恐离散。独自顾盼身影，却又飞下寒塘，此时寒沙明净，荒草枯萎，江面平坦，天际辽远。孤雁单飞，无法书写成字，只能寄送相思一点。

误了，残毡拥雪[2]，故人心眼。

谁怜旅愁荏苒[3]，漫长门[4]夜悄，锦筝弹怨。想伴侣、犹宿芦花，也曾念春前，去程应转。暮雨相呼，怕蓦地、玉关重见。未羞他、双燕归来，画帘半卷。

料想是因为孤雁延误了传送书信，让啮雪吞毡的北地故人伤心失望。

有谁怜惜它的羁旅愁绪伴随着时光绵延，长门宫的夜晚悄然，弹奏起锦筝抒发愁怨，想那曾经的伴侣，仍然宿在芦花丛里，也曾想到在春天到来之前，它的去程应该回转。在傍晚的雨中呼唤伴侣，恐怕突然在玉门关与之相见。那相逢的喜悦，比起双燕归来，共同栖息在那画帘半卷的屋檐，也不会觉得羞惭。

注释

1 **下寒塘：**用唐崔涂《孤雁》诗句："暮雨相呼失，寒塘欲下迟。" 2 **残毡拥雪：**据《汉书 · 苏武传》载，苏武被匈奴人强留，断绝饮食，靠吞食毡毛和雪而幸免于死。 3 **荏苒：**时光流逝。 4 **长门：**汉武帝时，陈皇后失宠被幽闭长门宫。

疏影

咏荷叶

张炎

导读

此篇咏荷叶。上阕先描写荷叶的形状与生长环境，次言恐怕秋风吹来，摧折荷叶。下阕承接上文之意，用赵飞燕留仙裙的典故，表达对荷叶的惜恋之情，"还叹"一句自伤衰老，让小词的主题复杂化，最末写月下荷湖的美景。词篇隐约寄托词人的归隐之意，以高洁花品见坚贞人品。全篇语言典雅精巧，意境空灵飘逸。

原文

碧圆自洁，向浅洲远浦，亭亭清绝。犹有遗簪[1]，不展秋心，能卷几多炎热？鸳鸯密语同倾盖[2]，且莫与、浣纱人说。恐怨歌、忽断花风，碎却翠云千叠。

回首当年汉舞，怕飞去漫皱，留仙裙折[3]。恋恋青衫，犹染枯香，还叹鬓丝飘雪。盘心清露如铅水，又一夜、西风吹折。喜净看、匹练飞光，倒泻半湖明月。

译文

翠碧浑圆的荷叶天生高洁，向着清浅的沙洲，遥远的水边，亭亭玉立，清姿秀绝。还有一些新生的荷叶芽尖，好似美人遗落的发簪，还未展开心田，又能卷起多少炎热？鸳鸯躲在荷叶下密语，一片片有如伞盖的荷叶相互交接好似倾盖，知心的话且莫向浣纱的美人言说。恐怕怨歌，忽然被花信风吹断，又把如翠云层层堆叠的荷叶吹到残碎。

回想当年西汉的歌舞，天子怕赵飞燕被风吹去，让人随意将她的舞裙扯皱，于是有褶皱的留仙裙流传至今。让我念念不忘的青衫，还沾染着枯荷的清香，还叹息着鬓边白丝有如飘雪。绿盘一样的荷叶中心带着清露，有如铅水滚动，又在一夜之间被西风吹折。喜欢看那明月洒下澄净的月光，好似白色的素练，倾泻在半个湖面。

注释

1 **遗簪：**指还未展开的荷叶芽尖，形状像发簪。 2 **倾盖：**途中相遇，停车交谈，双方车盖倾斜相交。引申为好友相互投契，一见如故。这里指荷叶相互交接的样子。 3 **留仙裙折：**据《赵后外传》载，赵飞燕唱《归风》《送远》之曲，风起，飞燕飘然欲去，成帝命左右持其裙，风止，裙为之皱。飞燕说，皇上恩宠我，使我不能成仙而去。后来宫人皆仿作褶皱裙，名为留仙裙。

月下笛

张炎

导读

此篇是漫游抒怀之作。据词序，词人寓居甬东(今浙江舟山)，感落叶萧瑟而生家国灭亡之痛，因作此篇。上阕先写自己的孤游，"孤云"是自拟。以"连昌无柳"委婉表达亡国后今昔巨变的哀伤，紧接后文是对这种孤独、失落情绪的强化渲染。下阕以张绪不归自拟，伤己之漂泊，"西州泪"用羊昙与谢安的典故，表达词人虽然厌倦飘零，却不敢再回故国，害怕触目伤情的复杂心理。最末想象家人盼归，表达痛苦的心绪并非自己独有，更显沉重，写出了宋亡之后遗民的凄凉心境。

原文

孤游万竹山中，闲门落叶，愁思黯然，因动《黍离》之感。时寓甬东积翠山舍。

万里孤云，清游渐远，故人何处？寒窗梦里，犹记经行旧时路。连昌[1]约略无多柳，第一是、难听夜雨。漫惊回凄悄，相看烛影，拥衾无语。

张绪[2]，归何暮？半零落依依，断桥鸥鹭。

译文

我一个人独自在万竹山中漫游，闲寂的门前飘满落叶，愁郁的心中思绪黯然，因此惹动了《黍离》的伤感。当时我寓居在甬东的积翠山舍。

我好似万里孤云，独自一人清游，渐行渐远，不知故人都去了何处？在寒窗里入梦，仍然记得当时曾经走过的路。连昌宫大概已经没有多少柳树了吧，最让人难过的是听到夜晚的雨声。梦中惊醒，无端地感到凄凉寂寂，与烛影相互对看，拥着被衾默默无语。

清雅如柳的张绪为何迟迟不归去？柳枝一半已零落却仍摇曳多姿，陪伴着断桥边

天涯倦旅，此时心事良苦。只愁重洒西州泪[3]，问杜曲[4]、人家在否？恐翠袖，正天寒，犹倚梅花那树。

的鸥鹭。疲惫地奔波于天涯行旅，此时的心事有诸多辛酸困苦。只怕要重返故园旧地，触目伤情而洒下眼泪，试问繁华杜曲的故旧人家还在否？只恐家中的思妇在这天寒时节，仍倚靠着梅树痴痴地期盼。

注释

1 **连昌：**唐代宫名，在今河南宜阳西，多植有柳树。 2 **张绪：**南齐吴郡人，字思曼，风姿清雅，谈吐不俗，南齐武帝植蜀柳于太昌灵和殿前，叹赏曰："此杨柳风流可爱，似张绪当年时。"词中以张绪自比。 3 **西州泪：**据《晋书·谢安传》载，羊昙受谢安爱重，谢安病重时曾行经西州门（在今南京西），谢安死后，羊昙害怕触景伤情而"行不由西州路"。 4 **杜曲：**唐代长安杜氏世居之地，此指代豪门贵族居住的繁华之地。

天香

龙涎香[1]

王沂孙

导读

王沂孙（？—约1290），字圣与，号碧山，又号中仙。入元后曾为庆元路学正，但主要是作为南宋遗民生活。有《花外集》，存词六十余首。

此篇咏龙涎香，学界一般认为此词深有寄托。元朝初年，江南浮屠总管杨琏真伽曾盗发南宋帝后陵墓，盗墓者将理宗尸骨倒挂树梢以沥取水银，后又将遗骨胡乱弃于草丛，惨状不忍卒睹。后有义士唐珏，邀集乡人，收拾帝后遗骸归葬。后唐珏、王沂孙、周密、张炎等人结社填词，抒亡国之痛，结集为《乐府补题》，此篇列为卷首，是咏物寄怀之名篇。上阕言采香、炼香、焚香，下阕回忆当年佳人焚香之美态，如今却无此雅兴，暗寓对故国的无尽哀思。词篇语意委曲，寄意深远，怅恨无限。

原文

孤峤[2]蟠烟，层涛蜕月[3]，骊宫[4]夜采铅水。汛远槎[5]风，梦深薇露，化作断魂心字[6]。红瓷[7]候火，还乍识、冰环玉指。一缕萦帘翠影，依稀海天云气。

几回殢娇[8]半醉，剪春灯、夜寒花碎。更好故溪飞雪，小窗深闭。荀令[9]如今顿老，总忘却、尊前旧风味。漫惜余薰，空篝[10]素被。

译文

孤高耸峙的礁石笼罩着凝结不散的浓烟，明月从层层的海浪中缓缓升起，采香人趁着月夜潜入骊宫去采集龙涎香料。风吹送着木筏随海浪去远，夜深时龙涎和着蔷薇花露炼制，化作让人断魂的心字熏香。红釉瓷炉里的火候正好，又制成晶莹环状，令人乍然一见好似美人玉指上的冰环。点燃之时一缕青翠淡烟萦绕在帘幕，仿佛带着它从海上携来的云气。

想她多少次娇困慵懒地在半醉中点燃熏香，夜晚寒冷，将春夜的灯花剪碎。更好的是故乡的溪山飞下轻雪，小窗紧闭。我有如荀彧如今顿时衰老，总是忘却旧时酒杯前的美妙风味。心中珍惜当年留下的余香，徒然地将素被遮盖在空空的熏笼。

注释

1 **龙涎香：**一种名贵香料，取自鲸鱼内脏的分泌物。 2 **孤峤：**高耸的礁石。 3 **层涛蜕月：**形容明月从层层波涛上升起的样子。 4 **骊宫：**传说中骊龙所居之宫殿。 5 **槎：**木筏。 6 **心字：**指心字香。 7 **红瓷：**表面有红釉的瓷香炉。 8 **殢(tì)娇：**形容女子点香时娇困慵懒之态。 9 **荀令：**指东汉荀彧，字文若，为侍中，守尚书令，故称荀令。史载荀彧好熏香。
10 **篝(gōu)：**指熏笼。

眉妩

新月

王沂孙

导读

此篇咏新月。上阕描写新月初上的景色，清冷含愁。“画眉未稳”几句将新月比作嫦娥未画好的蛾眉，想象十分新奇。下阕借月之盈亏暗示国家衰亡，“太液池”一句，指当年宫禁中的池苑还在，却只剩一片凄凉，哀叹今昔巨变。“故山夜永”两句述月亮尚有再圆之时，而末尾两句则暗示故国再难恢复。词人心中的沉痛，全借咏月娓娓道出。

原文

渐新痕[1]悬柳，淡彩穿花，依约破初暝[2]。便有团圆意，深深拜，相逢谁在香径？画眉未稳，料素娥[3]、犹带离恨。最堪爱、一曲银钩[4]小，宝帘挂秋冷。

千古盈亏休问，叹慢磨玉斧[5]，难补金镜。太液池[6]犹在，凄凉处、何人重赋清景？故山夜永，试待他、窥户端正。看云外山河，还老桂花旧影[7]。

译文

渐渐升起的新月悬挂在柳树梢头，淡淡的光华穿过花丛，隐隐约约地划破初降的夜色。新月出现便让人生出团圆之意，于是深深地叩拜月神，昔日与谁在芳香的花径相逢？弯月好像是尚未画好的蛾眉，料想嫦娥因此仍然带着离愁别怨。最让人喜欢的是，这一弯小小的银钩，在寒冷的秋夜挂起帘幕。

不要问月亮千古以来的盈亏变化，慨叹那修月玉斧磨得太慢，难以将月亮补圆。宫苑里的太液池还在，到处都是一片凄凉荒芜，谁能够描绘出昔日的秀丽风景？故乡山河寂夜长久，正要待那月光照入窗户，看明月重圆。且看浮云之外的辽阔山河，也会让月宫的桂影衰老凋残。

注释

1 **新痕:**指新月。 2 **初暝:**初降的黄昏。 3 **素娥:**嫦娥。 4 **银钩:**指新月。古时用银钩挂帘。 5 **玉斧:**古时有玉斧修月之说。 6 **太液池:**汉唐宫禁中都有太液池。 7 **桂花旧影:**指月影,传说月宫中有桂树,故称。

齐天乐

蝉

王沂孙

导读

此篇咏蝉。起笔云"宫魂",用传说中蝉由齐女所化的典故,将鸣蝉比拟为宋室后妃,点出词人是借咏蝉而抒亡国之恨。上阕一派萧瑟秋景,"乍咽""还移"两句描写蝉鸣忽而在此处、忽而又在彼处突然响起,十分生动真切。而蝉鸣清越,蝉翼轻薄,暗寓词人对故国的美好追忆。下阕写铜仙人被迁移,寒蝉无露可饮,已至末路,鸣叫更为凄苦,"病翼""枯形"两语令人触目惊心,是写寒蝉,亦是写亡国之遗民。最末两句以想象中的春景作结,以寒蝉绝不可能再见此景,喻南宋复国绝无希望,在美景中建立绝望,让人尤其心痛。

原文

一襟余恨宫魂[1]断,年年翠阴庭树。乍咽凉柯[2],还移暗叶,重把离愁深诉。西窗过雨,怪瑶佩[3]流空,玉筝调柱。镜暗妆残,为谁娇鬓[4]

译文

宫苑的寒蝉满怀不尽的怨恨,年年都在庭院树木的绿荫里凄鸣。抱着秋日寒凉的树枝突然开始呜咽,又悄悄移至昏暗的树叶底下,重新把深深的离愁哭诉。西窗外下着雨,蝉鸣好似玉佩之声破空而来,又好似玉筝发出清亮回转之声,让人惊异。从前的明镜已昏暗,妆容也凋残,它为谁梳出如此轻薄缥缈尚如许？

铜仙[5]铅泪似洗，叹移盘去远，难贮零露。病翼惊秋，枯形阅世，消得斜阳几度？余音更苦，甚独抱清高，顿成凄楚。漫想薰风，柳丝千万缕。

的鬓发？

铜仙人以铅水似的清泪洗面，哀叹承露盘迁移到远方，还有谁能为寒蝉贮存饮用的清露。残病的蝉翼害怕秋寒，枯瘦的身形已阅尽了世事变迁，还能承受多少次这样的斜阳？它最后发出的鸣声更加凄苦，为什么要独自抱着清高的操守，转眼承受凄楚的命运。陡然想起再不能见春天的暖风，吹起柳条千丝万缕。

注释

1 **宫魂：**古有齐女化蝉之说，云齐后悲愤而死，化而为蝉，凄鸣于宫廷翠树，齐王闻之而悔。 2 **柯：**草木的枝茎。 3 **瑶佩：**用玉佩之声比喻蝉鸣。 4 **娇鬓：**蝉翼轻薄缥缈好似女子的鬓发。 5 **铜仙：**汉武帝时，在长安建章宫前筑铜人，手托承露盘，称为捧露仙人，铜仙即指此。

长亭怨慢

重过中庵故园

王沂孙

导读

此篇写故地重游、怀念友人、伤悼故国。上阕开篇直叙独泛孤舟，寻访故地，“尚记当日”几句回忆当年同游共饮的欢乐场景。“欲寻前迹”视角又回到当下，故人离散，只余惆怅。下阕承上文仍然怀念故交，“天涯梦短”数句又引入伤悼故国之情，“抚乔木”进而抒暮年之叹。词人将多种伤感情绪融入一篇作品，语言简淡，情感真切，不似其他词作大量用典，颇有清空之感。

原文

泛孤艇、东皋过遍，尚记当日，绿阴门掩。屐齿莓苔[1]，酒痕罗袖事何限。欲寻前迹，空惆怅、成秋苑。自约赏花人，别后总、风流云散[2]。

水远，怎知流水外，却是乱山尤远。天涯梦短，想忘了、绮疏[3]雕槛。望不尽、冉冉斜阳，抚乔木、年华将晚。但数点红英[4]，犹识西园凄婉。

译文

荡起孤舟将东面高地的水边游遍，还记得当日，绿荫里的门户深掩。在青苔上留下木屐的齿印，在罗袖上沾染酒痕，这样的乐事无穷无尽。想要再寻找从前的踪迹，只空留下惆怅的秋苑。从前相约赏花的故人，离别之后各自离散，无缘再见。

水流渐远，怎么知道流水之外，更远的却是纷乱的群山。流浪天涯，回归故园的梦太短，想要忘了从前的镂窗雕栏。望不尽的是缓缓落下的斜阳，轻抚着高大的树木，感叹自己年华已晚。只有残存的几点红色落花，还能让人记起从前凄婉的西园。

注释

1 **屐齿莓苔**：在青苔上留下木屐的齿印。 2 **风流云散**：形容与朋友分别后各奔东西，无缘再聚。 3 **绮疏**：指镂花的窗格。 4 **红英**：红色的落花。

高阳台

和周草窗寄越中诸友韵

王沂孙

导读

此篇是唱和周密并寄送给其他朋友的作品。上阕描写春已悄至，而故人不在。“残雪”“轻寒”“玉管”“小帖”等都是早春意象。“春在谁家”暗示南宋遗民未能感知春光。“相思”以下怀念故人，“满树”“满地”写梅花绽放之景，却冠以“凄然”，以乐景衬哀情。下阕仍承怀人之意，最末更进一层，不知这样令人愁苦的春风、落花还能再见几次，将失落情绪推向深处。

原文

残雪庭阴，轻寒帘影，霏霏玉管春葭[1]。小帖金泥[2]，不知春在谁家？相思一夜窗前梦[3]，奈个人、水隔天遮。但凄然，满树幽香，满地横斜[4]。

江南自是离愁苦，况游骢古道，归雁平沙。怎得银笺，殷勤说与年华。如今处处生芳草，纵凭高、不见天涯。更消他，几度东风，几度飞花。

译文

庭院背阴处还积有残雪，轻微的寒风推动帘影，律管里的葭灰纷纷飞扬。用金泥纸写好宜春帖，不知道春风会吹到谁家？思念你一夜，梦到窗前相见，奈何梦中的人，仍然隔着远水长天。窗外满树的梅花幽香，满地的梅枝横斜，只让人更觉凄凉。

独在江南，当然是离愁已苦，况且骑着青骢马走上古道，看到归来的大雁栖落在沙洲。怎么能得到银色的信笺，殷勤地与他诉说别后的时光。如今处处长满了芳草，纵然登高凭眺，也看不见他所在的天涯。更何况人生还能经受几次的春风和几次的落花。

注释

1 **玉管春葭：**古代用葭灰充实律管，当节候到时，律管中的葭灰会飞出，以此来占卜节候到来的时间。因律管多为玉制，故称玉管。 2 **小帖金泥：**指用金泥纸写的宜春帖子。古时立春之日在纸上写“宜春”二字或是诗句，贴于家中。 3 **相思一夜窗前梦：**化用唐卢仝《有所思》之句：“相思一夜梅花发，忽到窗前疑是君。” 4 **横斜：**指梅花。化用北宋林逋《山园小梅》：“疏影横斜水清浅，暗香浮动月黄昏。”

法曲献仙音

聚景亭梅次草窗韵

王沂孙

导读

此篇是词人次韵周密的咏梅之作。开篇写梅的形态，绿梅层层开放，花白似玉，梅枝斜斜地压在水面。由“过眼年华”展开回忆，思及曾经赏梅的情致乐趣。下阕以“消黯”开头，定下基调，“夜深归辇”再次回忆从前夜游的畅快，“荏苒”之间时光流逝，又回到当下的花残人单。词篇的视角不断地在今与昔之间跳跃，在繁华相聚与孤独悲泣之间转换，凄婉无望之情绵绵溢出。

原文

层绿[1]峨峨，纤琼[2]皎皎，倒压[3]波痕清浅。过眼年华，动人幽意，相逢几番春换。记唤酒寻芳处，盈盈褪妆晚[4]。

已消黯，况凄凉、近来离思，应忘却、明月夜深归辇。荏苒一枝春，恨东风、人似天远。纵有残花，洒征衣、铅泪[5]都满。但殷勤折取，自遣一襟幽怨。

译文

绿梅层层好似山峦重叠巍峨，梅花雪白好似细玉皎然，梅枝横斜倒压在水面，水波痕纹清浅。逝去的年华好像过眼的云烟，梅花动人的幽幽情意，再次相逢已经改换了几个春天。还记得呼唤着携酒寻找她的芳影，她盈盈而立凋谢得很晚。

已是黯然销魂，况且近来的离愁别绪更让人深感凄凉，应该忘却，从前畅游至月明深夜才乘着辇车归返。伴着时光流逝，梅枝的春意渐渐消散，可恨春风吹拂，思念的人远在天边。纵使还有残花，冷泪都将征人的衣衫洒满。只能殷勤折取梅花一枝，独自寄托一腔幽怨。

注释

1 **层绿:**指绿梅,因萼绿花白、小枝青绿而得名。 2 **纤琼:**细玉,指白色的梅花。 3 **倒压:**梅枝横斜于水面。 4 **褪妆晚:**指梅花凋谢较晚。 5 **铅泪:**冷泪。

疏影

寻梅不见

彭元逊

导读

彭元逊,字巽吾,宋亡不仕。存词二十首。

此篇借寻梅不遇抒寥落情怀。开篇写隆冬荒寒之景,“远道”几句述寻梅不遇,一派萧瑟寂寥之况。下阕写独处失落之情,“山深”“流落”“与子同赋”有与梅同为天涯沦落人之意。“心违”“媒劳”暗用屈原《离骚》求女之意,切寻梅不遇之主题。“遗佩环”句再用屈原《湘君》追寻湘君而不见的典故来表达对梅的至诚之心。

原文

江空不渡,恨蘼芜杜若[1],零落无数。远道荒寒,婉娩[2]流年,望望[3]美人迟暮。风烟雨雪阴晴晚,更何须、春风千树。尽孤城、落木萧萧,日夜江声流去。

日晏山深闻笛,

译文

江面空阔,江水凝冻不流,怨恨寒冬让蘼芜和杜若这般的香草,凋零了无数。我不畏道路遥远,到寒冷荒林来找寻梅的踪迹,可是光阴缓缓流逝,只能失望地见它如美人一般凋零迟暮。经历了多少风霜雨雪,经历了多少阴晴与傍晚,不见它的身影,更不用说看到春风吹过,花开千树。整个孤城只见落叶萧萧而下,江水日夜不停地奔流而去。

日暮之时在山林深处听到笛声,大概是

恐他年流落，与子同赋。事阔心违，交淡媒劳[4]，蔓草沾衣多露。汀洲窈窕余醒寐，遗佩环、浮沉澧浦[5]。有白鸥、淡月微波，寄语逍遥容与[6]。

害怕梅花年年零落，便将它写进了歌赋。相见之事没有边际，心愿难以达成，交情浅淡，媒人徒劳，衣衫上沾满蔓草上的清露。在汀洲的曲折之处，沉睡醒来，遗留的佩环在澧水边沉浮。只见月色浅淡，水波微漾，白鸥飞翔，向我寄语姑且逍遥从容。

注释

1 **蘼芜、杜若：**都是香草名。 2 **婉娩：**温和柔顺的样子。这里用来形容时光缓缓流逝。 3 **望望：**失望的样子。 4 **交淡媒劳：**交情浅淡，媒人徒劳。 5 **浮沉澧浦：**屈原《九歌·湘君》有句："捐余玦兮江中，遗余佩兮澧浦。"词中化用其意。 6 **容与：**从容的样子。

六丑

杨花

彭元逊

导读

本篇咏杨花。上阕写晚春时节，杨花有情而江山无情，无处收留，用拟人手法，寄寓着南宋遗民深深的哀痛。下阕"瓜洲曾舣"回忆往昔，"共飞归湖上"视角转至当下，终究是无处着落。最末想象奇特，杨花抟成湿润的绵球，是因为沾满了飘零之人的眼泪，为全篇佳处。

原文

似东风老大，那复有、当时风气。有情不收，江山身是寄，浩荡何世？但忆临官道，

译文

春风好似已经衰老，哪里还有当时复苏万物的风度。杨花满怀情意却无处收留，飘零于江湖身心如

暂来不住，便出门千里。痴心指望回风坠，扇底相逢，钗头微缀。他家万条千缕，解遮亭障驿，不隔江水。

瓜洲曾舣[1]，等行人岁岁。日下长秋，城乌夜起。帐庐好在春睡，共飞归湖上，草青无地。愔愔[2]雨、春心如腻。欲待化、丰乐楼前帐饮[3]，青门[4]都废。何人念、流落无几。点点抟作，雪绵松润，为君裛泪[5]。

寄，飘飘荡荡不知身在何世。只记得临近的官道，短暂来访未曾久居，便出门远行千里。痴心地想让春风吹落坠地，相逢在佳人的扇底，或在佳人的钗头点缀。家家户户的柳树垂下万千枝条，懂得遮护长亭和驿馆，却不能隔断江水奔流。

曾在瓜洲停靠，年年等待行人来往。秋日的斜阳落下，城头的乌鸦夜间惊飞而起。在帐庐里自在地春睡，杨花又一齐飞到湖面，到处都是青青芳草，无地存身不知要去哪里。细雨寂静无声，湿润难飞的杨花好似春心一样黏腻。它想要就此消亡，再也无法赴丰乐楼前的饯别宴席，无法去看青门外的天地。有谁留恋，杨花流落四方，所剩无几。它一点点地抟成了松软温润的雪白绵球，为你沾染了眼泪。

注释

1 **瓜洲曾舣**(yǐ)**：**曾在瓜洲泊船靠岸。瓜洲，在今江苏扬州，是大运河入长江之口。舣，泊舟靠岸。 2 **愔愔**(yīnyīn)**：**寂静无声的样子。 3 **帐饮：**设帐饮酒饯别。 4 **青门：**古长安城门名。此处代指京都城门。 5 **裛**(yì)**泪：**沾泪。裛，通“浥”，沾湿。

紫萸香慢

姚云文

导读

姚云文，字圣瑞，号江村。宋末元初人，宋度宗咸淳四年(1268)进士，曾任县尉。入元后授承直郎，做过抚州、建州两路儒学提举。存词九首。

此篇是重阳抒怀。开篇写重阳之日久雨忽晴，想要携友出游，一团喜气。然而“羁怀多感”一句将情绪急转，又言害怕登台望远，且无伴饮之人，一派“凄清”。又回忆起曾经走马长楸、百步穿杨的光辉事迹，“前事休评”悲叹如今英雄无用武之地，后又转至“汉家陵”句，直言对故国的怀念。全篇融羁旅愁怀、孤寂思友、感念故国等多种情绪于一炉，婉转悲怆，含蕴深长。

原文

近重阳、偏多风雨，绝怜此日暄明。问秋香浓未，待携客、出西城。正自羁怀多感，怕荒台[1]高处，更不胜情。向尊前、又忆漉酒[2]插花人，只座上、已无老兵[3]。

凄清，浅醉还醒。愁不肯、与诗平。记长楸[4]走马，雕弓笮柳[5]，前事休评。紫萸一枝传赐，梦谁到、汉家陵。尽乌纱[6]、便随风去，要天知道，华发如此星星，歌罢涕零。

译文

临近重阳，偏偏多有风雨，让人万分珍惜今日的温暖晴明。试问秋天的花香是否还浓郁，且待我陪伴着朋友出西城去游赏。正是自感羁旅愁怀之时，害怕登到荒台的高处，更难以承受悲戚之情。在酒杯之前，又回忆起曾经为我滤酒插花的人，只是座席上，已没有从前的伴饮之人。

凄凉冷清，微微带醉还易清醒。心中的浓愁不肯与写愁的诗歌齐平。还记得曾在长楸大道上策马而行，挽起雕弓百步穿杨，往事不要再评。朝廷传赐下一枝紫色的茱萸，梦中有谁到过故国的园陵？尽管让乌纱帽随风吹去，且让老天知道，头上的白发已如繁星，唱罢这一曲，涕泪交零。

注释

1 **荒台**：彭城（今江苏徐州）的戏马台，项羽曾在此阅兵，南齐宋武帝曾在重阳日登此台。 2 **漉(lù)酒**：滤酒。 3 **老兵**：指一同饮酒之人。《晋书》载谢奕曾逼桓温饮酒，桓温避之而走。谢奕遂引桓温一士兵共饮，云：“失一老兵，得一老兵。”4 **长楸**(qiū)**：**古人在大道旁种满楸树，一路绵延，故称为长楸。楸，一种落叶乔木。 5 **笮**(zuó)**柳：**射柳。 6 **尽乌纱：**指孟嘉落帽的典故。《晋书·孟嘉传》载，九月九日，桓温在龙山请宴，孟嘉的帽子被风吹落而不自知。此处指不在意落帽。

金明池

僧挥

导读

僧挥，俗姓张，名挥，法名仲殊，故又称僧仲殊，字师利。尝举进士，后弃家为僧。曾住苏州承天寺、杭州宝月寺。曾与苏轼交游唱和，卒于北宋末年崇宁年间。有《宝月集》，不传。今存词六十余首。

此篇是伤春词。上阕开篇写暮春傍晚的景色，视角由远及近，从云天写到庭院，笔触由外至内，从外物写到自我，由景入情，感叹未能珍惜春光，便韶华皆尽。下阕用拟人手法，将春光比作自己深情留恋之人，情意绵绵，悱恻动人。末句由情入景，仍回至眼前景致，与开篇相呼应。

原文

天阔云高，溪横水远，晚日寒生轻晕[1]。闲阶静、杨花渐少，朱门掩、莺声犹嫩。悔匆匆、过却清明，旋[2]占得、余芳已成幽恨。却几日阴沉，连宵慵困，起来韶华都尽。

怨入双眉闲斗损[3]，

译文

天空辽阔，浮云高远，溪水横贯，流向远方，傍晚落日生寒，散发着淡淡的光晕。空阶寂静，飘荡的杨花渐渐稀少，朱红的门户深掩，黄莺的啼声仍显娇嫩。后悔匆匆地度过了清明，不久之后虽占有了残余的春光，但是已化成了一腔幽怨离恨。这几日阴阴沉沉，连接几夜都慵懒倦困，睡醒起来美好的春光都已凋谢殆尽。

愁怨注入双眉，终日不得舒展，刚刚

乍品得情怀，看承[4]全近。深深态、无非自许，厌厌意、终羞人问。争知道、梦里蓬莱，待忘了余香，时传音信。纵留得莺花，东风不住，也则[5]眼前愁闷。

品味出春日的情怀，特别想与她全然亲近。我这深深眷恋的态度，无非是自我期待的深情，萎靡不振的病态，终究是羞于让人问起。怎么知道，想要忘了她的余香，却在梦里的蓬莱仙境，时时传来她的音信。纵然留得住莺鸟鲜花，也留不住东风，依旧是眼前这般愁闷。

注释

1 **轻晕**：淡淡的光晕。 2 **旋**：旋即，不久。 3 **闲斗损**：指终日愁眉不展。 4 **看承**：特别看待。 5 **也则**：依旧。

凤凰台上忆吹箫

李清照

导读

李清照(1084—约 1151)，号易安居士，是中国古代最著名的女词人。出身书香世宦之家，其父李格非是当时著名学者。年十八嫁赵明诚，夫妇二人雅好金石文玩，共著《金石录》。靖康之难后，二人避难江南，建炎三年(1129)赵明诚病逝，李清照只身流落江浙等地，尽尝凄凉。有论词专篇《词论》，提出词“别是一家”。词集《漱玉词》存词四十五首，为婉约大宗。

此篇是离别相思词。李清照与丈夫两情深挚，赵明诚离家赴任，李清照独居思夫，因作此词。上阕通过描写所居的环境与周围的物件，来表现词人独居的寂寞、无聊与愁苦。“新来瘦”明明是因为相思，却不说透，只说不是因为醉酒，也不是因为悲秋，这种排除法式的叙述方式，留给人十分广阔的想象空间。下阕开头云“休休”，即便唱多少遍送别之曲，最终还是要别离，多少无奈灌注其中。可是刚说完“休休”，紧接着又愁上心头，果真是回环往复，欲说还休。

原文

香冷金猊[1]，被翻红浪，起来慵自梳头。任宝奁[2]尘满，日上帘钩。生怕离怀别苦，多少事、欲说还休。新来瘦，非干病酒，不是悲秋。

休休，这回去也，千万遍阳关，也则[3]难留。念武陵人[4]远，烟锁秦楼。惟有楼前流水，应念我、终日凝眸。凝眸处，从今又添，一段新愁。

译文

狮形的铜炉里熏香已冷，床上的绣被翻卷起红浪，清晨起来懒怠梳头。任凭精美的梳妆盒落满灰尘，任凭阳光照上帘钩。害怕离别的愁怀痛苦，多少心中事，想要诉说又难说出口。近来渐渐消瘦，并不是因为喝多了酒，也不是因为悲秋。

罢了罢了！你这回离去，我千万遍地唱起《阳关三叠》，依旧是难将你留。想到你如武陵人一样去远，愁云浓雾笼罩了我的阁楼。只有楼前的流水，应该会感念我，整日盼望凝眸。凝眸远望的地方，从今天起又平添了一段新愁。

注释

1 **金猊**(ní)**:**狮子形状的铜香炉。猊，狻(suān)猊，即狮子。 2 **宝奁:**精美的梳妆盒。 3 **也则:**依旧。 4 **武陵人:**东晋陶潜《桃花源记》载武陵人沿着桃花溪，误入世外桃源。这里指李清照的丈夫赵明诚。

醉花阴

李清照

导读

此篇重阳怀人。开篇两句一室外一室内，描写秋日景物环境，白日漫长，云雾迷蒙，熏香缭绕，表现出词人的百无聊赖、度日如年。而“半夜凉初透”的是“玉枕”和“纱厨”，也是词人深夜无眠的心。下阕写重阳饮酒赏花，黯然销魂。最末三句，以帘外黄花与帘内销魂之人相映衬，人比黄花瘦，意境至美极伤。据说，李清照将此篇寄予外任的赵明诚，赵明诚赞赏不已，却又想要胜出李清照，于是闭门苦思，作成五十首，将李清照此篇混于其中，请朋友陆德夫品评，陆德夫细玩之后云：只三句最佳，便是“莫道不消魂，帘卷西风，人比黄花瘦”。

原文

薄雾浓云愁永昼，瑞脑[1]消金兽[2]。佳节又重阳，玉枕纱厨[3]，半夜凉初透。

东篱把酒黄昏后，有暗香盈袖。莫道不消魂，帘卷西风，人比黄花瘦。

译文

薄薄的雾气、浓厚的层云遮蔽了漫长的白昼，让人心中生愁，兽形的铜香炉里瑞龙脑香慢慢燃尽。又到了重阳佳节，镶玉的绣枕，方顶的纱帐，半夜被凉意浸透。

在东篱的黄昏手持美酒，菊花的幽香萦绕双袖。莫要说不黯然销魂，在西风将帘幕轻卷的时候，人比黄菊还要消瘦。

注释

1 **瑞脑**：即瑞龙脑，一种香料。 2 **金兽**：兽形的铜香炉。 3 **纱厨**：方顶的纱帐。

声声慢

李清照

导读

此篇是独居抒怀之作。李清照晚年独自漂泊于江南，此篇是她当时凄凉生活的写照。开篇连用七组叠词，且声调由舒缓至急切，表现出空虚、冷清、凄惨的心境。“雁过也”三句初读平淡，可细品来，鸿雁是往日传送书信的旧相识，如今雁还在，却无人可传书信，以此感念亡夫，越见其隐忍的悲痛。下阕以深秋凋萎的黄菊无人愿摘，来比拟自己的孤苦无人理会。而后独守寒窗，煎熬难挨，梧桐滴雨，直到黄昏，种种场景，都在加重凄凉的氛围。最末直言，这样的场景并非用一个“愁”字可以概括，将愁情推至无以言说的境地。全篇用近似口语的语言写成，不曾用一个艰深典故，读来却满纸幽咽，意蕴深远，断人肝肠。

原文

寻寻觅觅，冷冷清清，凄凄惨惨戚戚。乍暖还寒时候，最难将息[1]。三杯两盏淡酒，怎敌他、晚来风急。雁过也，正伤心、却是旧时相识。

满地黄花堆积，憔悴损、如今有谁堪摘。守著窗儿，独自怎生得黑[2]？梧桐更兼细雨，到黄昏、点点滴滴。这次第[3]，怎一个、愁字了得。

译文

四处寻寻觅觅，到处冷冷清清，心中总是凄凄惨惨戚戚。忽然天暖又忽而天寒的时候，最难保养休息。喝上两三杯淡酒，怎么敌得过傍晚凉风吹得迅急。看到鸿雁飞过，正是伤心之时，却原来是从前为我传信的旧相识。

满地凋落的黄花堆积，憔悴瘦损，如今有谁会将它采摘。守着窗户，独自一人怎么能够熬到天黑？更有细雨落在梧桐叶上，直到黄昏雨声还是不停地点点滴滴。这样的光景，怎么是一个愁字就能了结的。

注释

1 **将息：**保养。 2 **怎生得黑：**怎么能熬到天黑。 3 **这次第：**这个光景，这个情境。

念奴娇

李清照

导读

此篇是春日怀人之作。当是宋室南渡之前，赵明诚外任，李清照独守春闺，在无聊落寞之际写下此篇。上阕前五句写天气环境，衬托词人烦恼的心绪。“险韵”“扶头”两句写词人独居的解闷日常，但仍然“心事难寄”。下阕仍细述日常生活，春寒之时，帘幕低垂，被冷香消时才勉强起身，室外一派春日新景，勾起词人的游春之意，可是词人仍是懒怠心情，还要看是否真的天晴。种种细节、场景，活画了一位百无聊赖的空闺少妇形象。

原文

萧条庭院，有斜风细雨，重门须闭。宠柳娇花寒食近，种种恼人天气。险韵[1]诗成，扶头酒[2]醒，别是闲滋味。征鸿过尽，万千心事难寄。

楼上几日春寒，帘垂四面，玉阑干[3]慵倚。被冷香消新梦觉，不许愁人不起。清露晨流，新桐初引，多少游春意。[4]日高烟敛，更看今日晴未。

译文

寂寥冷落的庭院，斜风吹拂细雨，重重门户应当紧闭。受尽娇宠的新柳与鲜花在寒食临近之时，迎来了种种令人恼恨的天气。将险僻韵律的诗歌写成，令人扶头的酒醉已清醒，别是一番闲愁滋味。远征的鸿雁全部飞过，万千的心事难以寄托。

楼上一连几日都是春寒，帘幕垂落四面，白石栏杆已懒怠凭倚。绣被已冷，熏香已散，新做的梦也醒来，让愁苦的人不得不起。清露在晨间的草叶上滚动，梧桐新抽出嫩芽，勾动了多少游春之意。太阳升起烟雾收敛，再来看看今日天气是否晴明。

注释

1 **险韵：**作诗时用生僻字押韵。 2 **扶头酒：**易醉烈酒。扶头是指醉酒之状。 3 **玉阑干：**白色的石栏杆。 4 **清露晨流，新桐初引：**此两句出自《世说新语·赏誉》，形容天气清新明朗。初引，叶子刚刚抽芽。

永遇乐

李清照

导读

此篇是元宵感怀，是南渡之后，词人晚年流寓临安时所作。上阕描写元宵节的景象，“落日”“暮云”皆十分美丽，可是一句“人在何处”，立刻加入漂泊之感。后接烟柳、笛怨，却云不知春意几许，仍是无心于春。而后直点元宵佳节，天气亦暖，可是转语又云谁知道天气会不会转眼就变，分明暗含命运无常之哀感。词人在上阕连述三个佳节美景，却又连用三个问句，看似是云淡风轻的随意之问，却将前文之美好轻巧地击碎。后文云诗酒朋友来相邀出游，却被婉拒，只是未说明原因。下阕“中州盛日”，将思绪飘至从前繁荣的汴京，“记得偏重三五”谓从前尤其看重正月十五元宵之夜，为何如今却盛邀仍不愿出门呢？词人仍然未给出答案，而是用“铺翠”“拈金”“簇带”三句，极尽华丽地写出当时女子盛装出游的欢乐。直至“如今”一句，才表达词人此刻真实的心绪，因为年老憔悴，饱经风霜，已害怕在夜间出去。可是又是那么地渴望人间的欢乐和温暖，于是偷偷地在帘儿后面，听他人的欢声笑语。最末几句，凄惶无限，实令人不忍卒读，更不忍细思。

原文

落日镕金[1]，暮云合璧[2]，人在何处？染柳烟浓，吹梅笛怨[3]，春意知几许？元宵佳节，融和天气，次第[4]岂无风雨？来相召、香车宝马，谢他酒朋诗侣。

译文

落日好似熔化的金水一样灿烂，傍晚的云霞好似璧玉一样合成一块，曾经的人都去了何处？柳条好似被浓绿的烟雾点染，《梅花落》的笛声传出幽怨，春天的气息已透露了多少？正是元宵佳节，暖融融的天气，又怎么知道转眼间有没有风雨？朋友们坐着宝马香车来相邀同游，我只能婉言谢绝这些诗朋酒友。

中州[5]盛日，闺门多暇，记得偏重三五[6]。铺翠冠儿，拈[7]金雪柳，簇带争济楚[8]。如今憔悴，风鬟雾鬓，怕见夜间出去。不如向、帘儿底下，听人笑语。

当年汴京城一片繁华的时候，闺中多有闲暇，还记得尤其看重正月十五。女孩们都戴着镶嵌翡翠羽毛的帽子，又有金线拈成的绢花雪柳，满头插戴饰物争着看谁打扮得漂亮。如今容颜憔悴，头发蓬松，鬓发斑白如雪，更怕在夜间出去。不如贴近帘幕底下，听听别人的欢声笑语。

注释

1 **落日镕金：**形容落日好像金属熔化一样火红。镕，同“熔”。 2 **暮云合璧：**形容傍晚的云霞好像璧玉一样合成一块。 3 **吹梅笛怨：**汉代有横吹笛曲《梅花落》，声音幽怨。 4 **次第：**转眼。 5 **中州：**指北宋都城汴京（今河南开封）。 6 **三五：**指正月十五日元宵节。 7 **拈**（niǎn）**：**用手指搓。 8 **济楚：**整齐，漂亮。